Os Superstars da Cadeia

FÓSFORO

NANA KWAME ADJEI-BRENYAH

Os Superstars da Cadeia

Tradução do inglês por
ROGERIO W. GALINDO

NANA EKUA BREW-HAMMOND

Os Superstars da Cadela

Tradução de Inglês por
Portuguesa de Angela

Para meu pai, que dizia:
"Não tem nada como ajudar alguém que precisa, nada".

Espero que o Universo te ame hoje.

Kendrick Lamar

13 A libertação da Monja Melancolia

PARTE I

25 Furacão Staxxx

42 3B

50 Caneca

60 O movimento

66 Elétrico

76 Hendrix "Escorpião Cantor" Young

85 A van

96 Elo de pessoalidade

105 Circuito

127 Central de Esportes

135 Banho de sal

148 Simon

149 O novato

161 Comida

176 Porta Quatro

181 Estábulo

PARTE II

193 Simon Craft
198 Filhos de gente encarcerada
206 Vega
210 O Conselho
215 Combate Coletivo
226 Ser Influenciado
238 A arte da Influência
250 Sing-Attica-Sing
265 Férias
273 Falcão em solo
282 Simon J. Craft
283 Canto
290 Amor?
295 A viagem
300 McCleskey
304 Hamara
309 Coletiva
318 Nós, as escravizadas
321 Entrevista
327 Kai
331 Arco de balões
339 A feira agropecuária
346 Deane's Creams
353 Isso

PARTE III

361 Crepúsculo Harkless
371 Gás lacrimogêneo
378 A Lenda de Hendrix, o Escorpião Cantor de um
Braço Só, e do Indestrutível Jungle Craft
389 Água Podre

392 O Regional
403 Preparação
407 A viagem
410 Na manhã
419 Shareef
424 A sensação
426 Sim
429 Pela porta
434 Temporada trinta e três
437 Chupa, América
441 Blecaute
449 Jogo
453 Colossal
455 Dia da Libertação
459 Loretta Thurwar

465 AGRADECIMENTOS

A libertação da Monja Melancolia

Ela sentia os olhares deles, de todos aqueles carrascos.

"Bem-vinda, mocinha", disse Micky Wright, o locutor oficial dos Superstars da Cadeia, a joia da coroa do Programa de Entretenimento da Justiça Criminal. "Como você se chama?" As botas de cano alto dele estavam fincadas na grama do Campo de Batalha, que era longo e verde, delimitado por linhas retas de um branco que lembrava cocaína, um campo de futebol americano pouco ortodoxo. Era o fim de semana do Super Bowl, fato que Wright tinha obrigação contratual de mencionar entre cada luta da noite.

"Você sabe meu nome."

Ela notou a própria firmeza e sentiu um leve amor por si mesma. Estranho. Fazia tanto tempo que ela se sentia infeliz. Mas a multidão parecia gostar de sua coragem. Eles deram gritos de apoio, embora aquele fosse um incentivo marcado por uma ironia brutal. Desdenhavam desta mulher negra, vestida com o macacão cinza dos encarcerados. Ela era alta e forte, e eles desdenhavam dela e dos pequenos cachos negros em sua cabeça. Desdenhavam com alegria. Ela ia morrer. Acreditavam nisso como acreditavam no sol e na lua e no ar que respiravam.

"Rebelde", Wright disse com um sorriso. "Talvez a gente devesse te chamar assim... Garota Rebelde."

"Meu nome é Loretta Thurwar", ela disse. Ela olhou para as pessoas à sua volta. Era tanta gente, tantas ondas de humanos que nunca seriam objeto de uma atenção tão cruel. Nunca saberiam como isso faz você se sentir ao mesmo tempo pequena e onipotente. Jamais saberiam como a vibração de milhares de pessoas era tão alta, tão constante, a ponto de sumir dos ouvidos, e mesmo assim continuar a rugir como algo que se sente no corpo. Thurwar segurou a arma que tinha recebido: um saca-rolhas espiralado fino com cabo de cerejeira. Era leve, simples e fraco.

"Nada de Garota Rebelde, então?", Wright disse, cumprindo uma órbita ampla em torno dela.

"Não."

"Talvez seja melhor assim, Loretta." Ele deu um passo na direção do seu camarote. "Odeio desperdiçar bons nomes." Ele riu e a multidão ecoou o riso. "Muito bem, Loretta Thurwar", ele arremessou diretamente contra ela sua condescendência irônica, cortando o nome em três sílabas marcadas, usando uma entonação de cantilena infantil para anunciar o sobrenome, "bem-vinda ao Campo de Batalha, mocinha."

Houve um ruído elétrico no ar e Thurwar foi puxada para baixo com tanta força que chegou a achar que seu ombro tinha se deslocado. Ajoelhada, sem saber o que fazer, ela começou a rir. No começo, um riso leve, depois gargalhando profundamente. O sentimento de contenção vindo dos implantes magnéticos nos braços parecia, na verdade, uma massagem suave sob a pele. Ela mexia os dedos livremente, mas os pulsos estavam presos à plataforma. Era tudo ridículo. Ela riu até ficar sem fôlego, depois riu mais um pouco.

Os sinos começaram a tocar.

Wright gritou: "Por favor, todos de pé para receber Sua Majestade!". Ele correu o resto do caminho até o pódio.

A multidão se levantou. Todos ficaram parados e de pé. Para ela.

Ela caminhou até o falso campo de futebol. Liga de alumínio nos braços. Tranças até a nuca. Ombros expostos tatuados com o logo do MercadoIntegral[R]. Uma série de hastes se projetava de sua proteção torácica e circulava o abdome musculoso formando uma elegante armadura. Era um traje feito sob medida. Quando as viu pela primeira vez, Thurwar achou o máximo aquelas peças metálicas. A princípio pareciam exclusivamente defensivas, mas eram mais do que isso. Ela estava assistindo, amontoada com outras pessoas de seu pavilhão em torno da transmissão de vídeo, quando a mulher pegou duas das hastes da armadura e enfiou nos olhos de Bob Estilingue.

E agora Thurwar estava vendo aquilo de perto. Era a última luta da Monja Melancolia. A Monja tinha conseguido. Fez o que nenhuma outra mulher conseguiu antes, sobreviveu a três anos no Circuito. Três anos batendo com seu martelo, Hass Omaha, e golpeando com sua clava, Vega. Três anos conquistando almas.

"A Rainha dos Condenados do Condado do Rei Afogado!"

Tudo o que ela tinha nas mãos era o capacete. O Elmo da Melodia. No estilo das Cruzadas, feito de estanho com uma cruz de ouro no centro.

"A Aniquiladora, a Encarnação das Más Notícias, a Música da Morte em pessoa!"

O sétimo sino tocou; as pessoas gritaram. Por anos este foi seu ritual sagrado. Os sete sinos da Monja Melancolia. Eles a viram eliminar a escória da terra. Matar mulheres e homens que um dia disseram amar. Agora ela estava de pé e olhava para eles pela última vez. Logo, estaria livre.

Melancolia
Melancolia
Melancolia

A multidão bradava. Os olhos castanhos dela exploravam as arquibancadas. Então ela ergueu o elmo acima da cabeça. Assim que começava, ela se sentia em casa.

Melancolia
Melancolia
Melancolia

"Pela última vez", Wright aplaudiu, "vamos todos dar boas-vindas à maior vencedora que já pisou no Campo de Batalha. A Musa da Balada Assassina. A Amante Sagrada. A Cruzada. A pessoa mais cruel que o planeta jamais viu. A sua, a minha Melody 'Monja Melancolia' Price!"

A sua, a minha, Thurwar pensou, chacoalhada pela força do amor que explodia do público. Eles a amavam tanto, e ainda assim esta mulher, apesar de tudo, não pertencia a nenhum deles. Havia uma aura nela que deixava isso claro. Foi o suficiente para fazer Thurwar olhar para o chão. Como se a mulher diante dela realmente pertencesse à realeza.

Thurwar, curvada em sua Detenção, um poder invencível diante dela. O martelo e a clava. De um lado do campo havia uma cavaleira de armadura. Do outro estava Thurwar de macacão, um saca-rolhas escorregando de suas mãos suadas.

Monja!
Monja!

"Alguma palavra final para nós, Melancolia?", Wright perguntou.

"O que falta dizer?", ela disse, e sua voz ecoava metálica, mas familiar, através do capacete enquanto se dirigia à multidão. "Estou no mesmo lugar onde comecei."

A multidão aplaudiu descontroladamente.

"Quando cheguei aqui, tinha dois As nas costas. Dois assassinatos. Quando sair, ainda vou ter só dois. Mas tive que matar muito mais gente para chegar aqui."

"Isso é verdade. Você acabou com muita gente", Wright disse. "Mas algum deles se destacou para você? Tantos momentos incríveis. Muita gente duvidou, mas você conseguiu. Aqui, depois de chegar ao topo da montanha, quando olha para trás, do que mais sente orgulho?"

"Orgulho?" Um rosto de metal se virou para o céu. Os ombros sacudiram e ela riu. A multidão acompanhou sem jeito. Rindo porque aquela era a rainha deles. À medida que a multidão caía na gargalhada, Melancolia ficou em silêncio. E chegou o momento em que a multidão pareceu não saber o que fazer.

"Podem prender!", Wright gritou. De novo, uma força soou, desta vez prendendo a Monja à plataforma sob ela. O HMC* para o qual ela estava falando voou para cima e para trás dela. A multidão suspirou. Prendê-la à força, silenciá-la, no dia de sua libertação. Era baixo demais para eles. Prender de repente era o que se fazia com os desprezíveis, os não iniciados, os indisciplinados, os amedrontados. E por isso viraram o rosto, mas voltaram a olhar na mesma velocidade para registrar a história acontecendo: a libertação da Monja Melancolia.

"Vamos começar a luta até a morte!", Wright gritou.

O som alto e seco do destravamento percorreu a arena. As mulheres foram soltas umas sobre as outras.

Thurwar se levantou e correu, correu na direção da mulher inquebrável que estava diante dela. Quando chegou perto o suficiente, pulou no ar, puxou o punho para trás, apertando o saca-

---

* Holo Microphone Camera (HMC) EyeBall[R] é o principal dispositivo de gravação de áudio/vídeo de todos os esportes. Estas câmeras inteligentes e autopropulsoras podem entrar na ação e lidar com a sujeira, para que você não precise fazer isso. Um produto Kodex.

-rolhas, e se preparou para atacar. Gritou, desceu com tudo. O pescoço, o pescoço. O corpo dela dizia para atacar o pescoço.

Melancolia a agarrou pelo punho, transformando a força de Thurwar em nada, depois lhe deu um golpe na boca do estômago.

Melancolia

As pessoas gritavam no ritmo dos tambores. Tinham visto tantas vezes a Monja "pegar e detonar", tantas vezes a viram bater com Hass Omaha ou com Vega e pegar a oponente com uma mão antes de usar qualquer arma que estivesse segurando na outra para dar o golpe fatal. Mas agora ela estava segurando este nada pelo punho e deu um soco com a mão nua. Um golpe ao qual qualquer um podia sobreviver. A Monja estava brincando com a comida. Eles riram e torceram e choraram. Uma artista até o fim.

"Não enrole, golpeie", Melancolia disse. Isso as pessoas não tinham como saber. Em seu capacete, sem HMCs voando ao redor — eles podiam distrair ou afetar a luta —, as duas mulheres no Campo de Batalha estavam sozinhas com suas palavras.

Melancolia bateu em Thurwar de novo e a jogou na grama.

Thurwar soube que tinha sido poupada. Mas não entendeu por quê. Ela engoliu a morte que viu no momento em que a Monja a segurou. Olhou para cima, na direção da mulher heroica e terrível em pé diante dela.

"Está me ouvindo?", Melancolia perguntou.

Thurwar cambaleou pelo campo, respirando pesado, suando sobre o gramado. Tinha perdido o saca-rolhas. Ela se odiava, um sentimento intenso, familiar. Loretta estava chorando. Sentia pena da coisa triste que havia se tornado naquele momento, curvada, procurando. Agitada e prestes a morrer. Mas sua assassina estava falando com ela. "Escute", ela disse. Então Thurwar sentiu um chute nas costelas. Rolou na grama, tentou respirar e lutou para ficar de pé novamente.

Ela conseguiu se controlar e olhou para a Cruzada. Thurwar queria vencer. Queria desesperadamente vencer. Ela tinha um desejo furioso de destruir a mulher à sua frente. Queria que a multidão chorasse. Pela primeira vez em muito tempo, ela queria viver.

Sem nenhuma arma na mão, Thurwar correu até Melancolia. Antes que pudesse pular, viu que tanto o martelo quanto a clava estavam no chão. A titã estava brincando com sua vida. Então correu e atacou a mulher com a urgência dos moribundos. Elas caíram juntas brevemente, os corpos deslizando pelas linhas brancas. Então Thurwar sentiu um aperto na cabeça. Estendeu a mão para cima e sentiu um golpe no peito. Depois foi puxada pelos cabelos até ficar de joelhos.

"Raspe tudo", Melancolia disse, a mão segurando os cabelos de Thurwar. Desta vez Thurwar ouviu, entendeu que estava recebendo ordens.

"Raspe a cabeça", a Monja repetiu, a voz dura e baixa. Ela atingiu Thurwar no rosto novamente. Thurwar sentiu nos lábios o gosto do sangue que descia do nariz. De novo ela foi atirada no chão.

"Está bem na sua frente", Thurwar escutou. "Escolha agora." Melancolia ergueu os braços num gesto de vitória. O mundo inteiro gritou.

Thurwar viu: o metal retorcido preso na madeira. Como uma cobra ela saltou sobre a arma e na pressa de pegá-la cortou o próprio indicador profundamente. Ignorou o sangue, ficou de pé e enquanto isso a Monja Melancolia se virou na direção dela, depois se abaixou e pegou o martelo.

Thurwar deu passos longos, cuidadosos, enquanto se movia em um perímetro mais amplo em torno de Melancolia. O barulho havia se tornado um rugido constante, mas o som era só um eco agora, assim como a dor no corpo de Thurwar.

"Eu joguei o jogo deles. Não faça isso."

"Eu não vou morrer aqui", Thurwar disse. Uma parte dela há muito sufocada emergiu.

"Então não enrole e golpeie." Thurwar olhou para a Monja.

"Estou muito cansada", a outra mulher disse. "Entende?"

"Eu não vou morrer aqui", Thurwar repetiu, as palavras evocando a si mesma. Ela continuou a andar em volta da Monja, se afastando ainda mais, ganhando espaço para o ataque. A Monja a seguiu num giro suave.

"Então não enrole e golpeie. E raspe a porra da cabeça. Faça com que eles amem sua nova versão. Essa é a parte importante, independente do que você faça. Quando eles te amarem, fuja."

Thurwar esperou. Saca-rolhas empunhado.

Os joelhos da Monja se dobraram só o suficiente para sua postura dizer, *Venha para cima de mim*. Ela olhou para Thurwar e falou. "Eu não vou te deixar viver. Você precisa escolher viver. Vou golpear com tudo. Quando o martelo descer não tem como parar. Entendeu?"

Thurwar entendeu e não entendeu. Ela não tinha como entender. Não ali. A Monja pôs a mão no elmo e o tirou. Apesar da pele escura, as cicatrizes no pescoço brilhavam. Os cabelos negros formavam tranças justas. Melancolia levantou os braços e a multidão gritou com animação renovada. Thurwar olhou para o Telão. Ela se deu conta de que aquela deusa era uma mulher como ela.

A Monja Melancolia sorriu brevemente mais uma vez antes de seu rosto endurecer e se tornar homicida. Thurwar deu um passo em direção a seu destino.

O braço esquerdo levantado no ar. Com a mão em concha, ela ergueu a perna, firmando-a com toda a sua força. Foi em frente, totalmente imersa na certeza de ganhar impulso. Os olhos focados no pescoço da Monja, tão flexível e humano quanto o de qualquer pessoa. O braço esquerdo se projetou para trás, atravessando o ar enquanto a perna esquerda se erguia, o joelho apontado para a frente e a velocidade aumentando. Ela correu.

Mel —

O pé esquerdo desceu primeiro, a sola tocou o chão e ela se movimentou até que os dedos chegassem ao solo antes de impulsionar o pé novamente. O corpo dela lembrou, como sempre lembrava, como correr com propósito.

— *an* —

Outra vez, os braços se inverteram, passando precisamente um pelo outro enquanto a perna direita levantava e descia, o passo se alargando. Ela estava muito perto. Não pensou em nada, confiou no corpo enquanto se impulsionava para a frente.

— *colia*

Os braços trocavam de posição e as pernas impulsionavam. Ela continuou com o impulso e o balanço dos braços e pernas, ganhando velocidade. O corpo lhe disse: esta velocidade, eu, seu corpo, essa é a sua arma.

Quando estava a dois passos, o braço de Melancolia girou para trás, um movimento negativo, com violência. Ela puxou o martelo, a imagem do potencial destrutivo.

O pé de Thurwar tocou o chão novamente. Melancolia avançou, empurrando primeiro e depois deixando o martelo puxá-la. Ele cruzou o ar numa canção homicida. Thurwar mergulhou em direção ao chão, protegeu a cabeça e o pescoço e rolou enquanto o martelo semeava morte fresca no vácuo. Ela se agachou e depois pulou, a mão direita empunhando o saca-rolhas à frente. Gritou enquanto abria um rasgo no queixo de Melancolia.

O silêncio causou algo novo em Thurwar. Seu corpo formigou enquanto o vermelho caía em seu punho. Uma explosão de sangue dos lábios de Melancolia. O martelo se levantou brevemente e caiu, apenas raspando no ombro de Thurwar ao mesmo tempo que ela escapava do trajeto homicida. Thurwar pulou nas costas de Melancolia. Enrolou as pernas em torno da cintura da Monja e enfiou com força na lateral do pescoço dela, depois puxou o saca-rolhas e enfiou mais uma vez. Dessa vez, enquanto tentava puxá-lo novamente, o saca-rolhas resistiu, preso na carne da Monja. Thurwar puxou com mais força e, quando conseguiu, o cabo saiu sozinho, a rosca metálica perdida em algum lugar da garganta da Monja. Sem nada mais para golpear, Thurwar socou a cabeça de Melancolia. Ela deu três golpes pesados antes de sentir os joelhos da campeã cederem.

A Monja deu um golpe fraco para trás, contra Thurwar, como se tentasse acertar uma mosca irritante. O martelo dela estava no chão. Thurwar bebeu o doce, rico silêncio da mais absoluta reverência.

Soltou um rugido e naquele momento esse era o único som. Thurwar saltou das costas de Melancolia, que estava quase inconsciente, mas de alguma forma, firme. Vendo a mulher aos seus pés, Thurwar correu para pegar o martelo. Seus dedos encontraram tração e Melancolia olhou em sua direção. De repente, com medo, Thurwar recuou. A Monja balançou, mantendo o pescoço erguido, depois deixando que ele caísse. Os olhos castanhos, lindos, cansados, se arregalaram por um momento enquanto ela olhava para Thurwar, sua assassina.

Venha, aqueles olhos diziam.

Thurwar obedeceu. Ela correu. Soltou o martelo como uma bomba no rosto da antiga dona, e as pessoas, aquelas pessoas, já não estavam mais em silêncio.

Parte I

Furacão Staxxx

Isso era sagrado.

O rugido surdo de milhares de pessoas esperando por ela. Um oceano de vozes no alto, em toda a volta. A foice nas mãos. Ela mandou os guardas se afastarem e brandiu a foice à esquerda, depois à direita. Coluna vertebral aquecida. A energia fluía pelo corpo. Fechou os olhos e entrou em seu corpo. Aquele corpo nem sempre lhe oferecia uma sensação de segurança, mas ali, debaixo do oceano de vozes, ele parecia imaculado.

O portão à sua frente se abriu. Ali, no fim do túnel que se abria para a luz, Hamara "Furacão Staxxx" Stacker ainda era uma mera silhueta.

Uma bola flutuante de metal brilhante apareceu à sua frente. Ela falou na direção do equipamento: "Quem deixa a lâmina feliz?".

Um sintetizador soou sobre uma melodia dançante e um loop de voz com tom alterado. O coração da plateia disparou.

STAXXX, a plateia disse num uníssono definitivo.

Ela correu para o campo. Luzes cênicas desciam e emolduravam sua pele marrom-clara. Os dreads pendiam livres em grossas cordas pelo pescoço, pelos ombros, passando até mesmo pelo protetor de tórax leve e reforçado com polímero de fibra de carbono, marcado com a insígnia do MercadoIntegral[R], uma abundante cesta de frutas. As canelas e o braço esquerdo enfaixados em couro branco, o estilo popularizado por Thurwar. Havia também um pedaço de armadura sobre o pano de batalha enrolado em seu braço esquerdo. As botas antes brancas agora manchadas de marrom e vermelho, um tom pálido, terroso. As coxas comprimidas por um tecido elástico que se esticava sobre seus músculos, e ali também se via a cesta de frutas do MercadoIntegral[R], impressa perto de sua cintura, visivelmente não centrada em sua genitália, como muitas outras marcas teriam feito. O MercadoIntegral[R] era uma marca de família.

Seus pulsos brilhavam, uma prova do poder eterno das algemas magnéticas sob a pele.

Uma outra câmera voadora se movia em torno dela, registrando os Xs desenhados por todo o seu corpo. Havia um em seu abdome firme, alguns no pescoço, muitos nos braços e um em cada pálpebra. Cada X era uma história do triunfo de sua vida sobre outra. Ela era uma coleção de morte e vitalidade.

"Vocês não conseguem fazer melhor do que isso?", ela gritou para o estádio.

Seu rosto virou uma careta ampliada centenas de vezes no Telão. Percebendo o fracasso, a multidão gritou ainda mais forte. A boca de Staxxx se transformou num sorriso mau.

"Quem é a delícia que enche vocês de tesão?", Staxxx disse para a HoloMicCam que flutuava à sua frente. Ela girava sua foice, Perfídia de Amor, em torno das mãos e dos braços. O movimento foi acelerando, a ponta afiada à frente, veloz e cortando o ar enquanto Staxxx a passava em volta do corpo. Aquele cabo e a lâmina, o mundo sabia, eram uma extensão dela. A plateia gritava seu nome.

STAXXX!

"Quem é a destruidora de corações que vocês querem que pegue vocês?"

STAXXX!

"Quem vocês amam tanto que chega a doer?"

STAXXX!

Furacão Staxxx. Eles eram seu vento e trovão.

"O amor de vocês está morto. Estou tentando mudar isso. Venham, me façam voltar à vida!" Staxxx enfiou a ponta de sua Perfídia de Amor no chão para que uma parte da lâmina ficasse enterrada na terra e o cabo, enrolado em couro preto e dourado, brotasse inclinado do chão duro da arena, erma e plana, a não ser por alguns montes perto do centro e cinco carros posicionados ao redor deles, dando aos espectadores uma visão ideal dos modelos em exibição. A borda externa do campo tinha sido construída para parecer uma pista oval de alta velocidade, embora o "asfalto" fosse plastificado. O sedã branco do lado oposto a Staxxx estava com o para-brisa quebrado por causa da luta anterior. A porta do passageiro de uma caminhonete azul turbinada não muito longe do centro do campo estava pendurada como um dente solto em gengivas sangrentas.

"Vocês gostam da Furacão ou é um amor que chega a doer?"

A-mor. A-mor. AMOR. AMOR!

"Vocês nem sabem o que isso quer dizer. Como é que iam saber? Nunca viram amor. Mas vamos mudar isso. Hoje eu vim trazer um pouco de amor eletrizante pra vocês! O que acham?"

A corrente de som uniu a plateia, desde as pessoas nos lugares mais baratos no alto das arquibancadas até as que estavam nos Camarotes de Sangue, logo atrás dos Elos que haviam dado Pontos de Sangue para estar ali, como Thurwar.

A cabeça careca de Thurwar coçou enquanto ela assistia num silêncio reverente. À direita e à esquerda dela havia dois policiais militares; eles a prenderam no assento com as palmas voltadas para cima como se estivesse pedindo uma graça aos céus. As três linhas verticais vermelhas brilhantes nos pulsos significavam que não podia se mover mesmo se quisesse. Olhou para o braço direito, a linha do meio rompida, um defeito apenas cosmético. Ela se forçou a esquecer da coceira, concentrada em sua admiração pela artista que cativava a multidão.

"Quanto?", Staxxx disse, arrancando Perfídia de Amor do chão e dando um passo à frente. Como um tipo de marca registrada, Staxxx às vezes começava suas batalhas com a arma jogada em algum lugar longe dela. Colocava-se em desvantagem para diversão da plateia.

"Vocês me amam esse tanto?", Staxxx cuspiu no HMC à sua frente. Ele a seguiu, apenas uma fração de segundo atrás de seus movimentos, enquanto ela usava o cabo da foice para desenhar uma linha no chão. A multidão vaiou, querendo mais.

"Seus filhos da puta gananciosos", Staxxx riu, correndo alguns passos para a frente, nuvens de poeira se levantando e caindo sob suas botas.

"E que tal assim?" Ela desenhou outra linha. De novo, a multidão gritou alto demonstrando descontentamento. "Certo, certo, vocês acham que eu posso dar conta dele?", Staxxx disse, apontando para o portão à sua frente. Deu um passo para fora do centro da arena, rumo a um monte duro de terra. As pessoas gritaram outra vez. Perfídia de Amor descansou em seu ombro por um momento, depois ela a afastou do corpo, enfiando a lâmina afiada no chão. Deixou a foice ali, fincada como uma bandeira. O público nunca havia visto Staxxx deixá-la tão longe. Gargalhava, deliciado.

Ela tirou uma grossa faixa elástica de cabelo que estava em seu pulso, juntou os dreads e os amarrou, transformando o que antes eram chicotes soltos em um único ramo que saía de sua cabeça. Depois deu as costas para sua arma. Fez o caminho de volta enquanto as pessoas gritavam. O espírito era algo que se sentia, não algo que se domava. Ele fluía por Staxxx, lhe dava confiança, brilho, vida, quase chegava a lhe dar liberdade. Foi até a lajota preta instalada na frente do portão por onde entrou na arena. A plataforma MagnetoDetenção brilhava em vermelho na base enquanto ela se aproximava.

Staxxx ficou em pé com os braços sobre a cabeça. Deixou o som de adoração banhá-la, depois apontou para o X preto do lado esquerdo de seu pescoço.

"Acerte aqui e talvez você consiga ser aquele que domou a Furacão Staxxx!"

O pulso veio: o som das algemas magnéticas ligando. Por um momento isso foi um show à parte, Staxxx resistindo à inacreditável pressão que a puxava para baixo. Os pulsos dela foram de laranja a muito vermelhos enquanto as algemas sob a pele, presas aos ossos, exigiam que ela caísse na plataforma aos seus pés. Staxxx fingiu que mandava um beijo na fração de segundo que se passou até as algemas magnéticas baterem na plataforma preta, seu corpo forçado a um ajoelhar nefasto. Staxxx esperou, os joelhos na plataforma, os pulsos magneticamente presos. Os dedos se abriram, prontos para escapar quando o momento chegasse.

Micky Wright assistiu enquanto subia ao topo de seu Camarote de Batalha, que servia como palco e plataforma para o mestre de cerimônias. Ele estava a apenas alguns metros do portão de onde Staxxx saíra. Conferiu o próprio sorriso no Telão antes de respirar fundo e gritar no HMC. "Um de nossos competidores está pronto para a selvageria. Mas quem vai sobreviver? O Urso-Pardo ou a Tempestade?" *Urso-Pardo na Tempestade* era o título da luta, e as arquibancadas estavam cheias de camisetas com um grande Urso-Pardo agarrando uma nuvem explodindo com relâmpagos irregulares. "Parece que o Furacão está em velocidade máxima", Micky disse enquanto subia em seu pódio. "Vamos ver como está o Urso."

Do lado oposto da arena, um portão de metal se abriu. Uma enorme montanha humana surgiu: Barry "Urso Furioso" Harris.

As caixas de som tocavam death metal. Urso Furioso foi vaiado sem pena. Ele avançou lentamente sob a armadura, uma placa grossa de estanho no peito e nas costas que parecia ter sido retirada do casco de um velho submarino. Havia um pedaço semelhante de metal numa das coxas. Mãos, braços, cotovelos e joelhos estavam expostos, sujos e rosados. Não usava camiseta sob as placas de peito/costas. Dois bastões de metal estavam pendurados nas costas e na cintura, tilintando nas placas, ambos marcados com o famoso H alado da Horizon Wireless. Estava com um capacete de ferro sobre o rosto que parecia uma máscara de soldador, com a boca aberta de um Urso-Pardo salivando, pintada a spray na frente.

Um HMC flutuou na frente do Urso e ele rugiu. Seu característico "Rugido do Urso" parecia uma montanha desmoronando e provocou gritos dos fãs mais ardorosos. Afinal ele havia acabado com Elos muito bons. Fez o arpão do Pescador Powell parecer um ferrão de abelha. E o Pescador Powell não era moleza.

O Urso pegou os bastões e os deixou no chão ao lado de sua plataforma. Ele se ajoelhou na plataforma, que pulsou e o prendeu.

"O.k., temos um Furacão e um Urso esfomeado presos e prontos", Micky Wright disse alegremente. "Hora das palavras finais." Ele desceu de seu Camarote de Batalha e pegou uma moto elétrica. Andou pelo perímetro da arena, sorrindo e acenando. Criando tensão, à espera do que as pessoas realmente queriam.

Ele foi até o enorme Barry Harris. Quando estava próximo, largou a moto e se sentou de pernas cruzadas ao lado do Urso

Furioso na plataforma MagnetoDetenção, os dois muito perto um do outro, uma imagem que Wright sabia que ficaria na mente das pessoas. O homem-urso coberto de metal enferrujado e ele em um terno de alfaiataria cinza. Claro, Wright ficou longe o suficiente para que, caso as algemas magnéticas de Urso Furioso se soltassem de alguma forma, ele estivesse fora do alcance.

"Então, quer falar alguma coisa, Urso? Últimas palavras antes de enfrentar a Furacão?"

Curvado, algemas ainda brilhando em vermelho, o Urso olhou através do campo ondulante de terra rumo a Staxxx e a foice que ela havia colocado tão longe de si e tão perto dele.

"Não digo nada pra essa vagabunda", o Urso disse, sua voz pesada abafada pela máscara. *Mate essa vaca, mate essa vaca,* o Urso dizia para Barry. O Urso o manteve vivo por muito tempo. *Mate essa vaca.* Ele havia chegado tão longe. Não podia pensar em mais nada. Estava pronto. Rugiu. Estava pronto. A multidão gritou. Eles o odiavam. Mas, se vencesse a batalha, seria o favorito de todos.

"Ah, que agressivo!", disse Wright enquanto se levantava, voltando para sua moto turbinada e seguindo em direção a Staxxx para fazer a mesma coisa, mas mais rápido; as pessoas já estavam aquecidas o suficiente. Esperaram e logo teriam o que queriam. Dessa vez ele ficou na moto, como se já estivesse atrasado para um compromisso. A voz de Wright ecoou pela arena: "E você, srta. Staxxx, uma última palavra?"

Staxxx olhou para cima. Sua cabeça ficou curvada por vários minutos, como se ela estivesse em meditação profunda ou rezando. Ela sorriu com sinceridade.

Thurwar quase conseguia ver em Staxxx o dente de baixo quebrado. Não era preciso olhar para o Telão gigante para perceber que os olhos de Staxxx brilhavam com uma bondade que fazia Thurwar sentir algo parecido com medo.

"Eu te amo", Staxxx sussurrou, olhando para Barry Harris. As últimas palavras dela sempre foram as mesmas em suas últimas dez aparições no Campo de Batalha, e então, enquanto as dizia, elas eram multiplicadas milhares de vezes pelo público, que as repetia como um mantra.

EU TE AMO, o mundo inteiro gritava. Staxxx ouviu a proclamação ecoar pelo estádio e se recolheu a seu próprio corpo para sentir a verdade de seu poder. Ela era um veículo para ele, para o amor, e a cada batalha mortal pregava isso explicitamente. Amor, amor, amor. Ela impunha o sentimento a esse lugar sem amor, fazia disso o tema de sua vida. Mostrava ao público que a Furacão era capaz de um grande amor e que, se eles procurassem, veriam que também eram. E talvez um dia entendessem o que tinham permitido, o que tinham criado.

"Muito bem, tudo certo", disse Wright. "Não consigo mais esperar!" Ele dirigiu a moto até a sala do locutor e se trancou lá. Olhou pelo acrílico que ia do chão ao teto, se inclinou sobre o microfone com fio. "Soltem!", gritou. O som dos campos magnéticos de alta potência se desprendendo, como se o próprio ar tossisse forte, disparando pelo estádio. E começou.

O Urso rugiu, oferecendo raiva aos céus, como era seu hábito. Do outro lado do campo, Staxxx havia pressionado as palmas contra a plataforma e estava em pé e andando. Seus primeiros passos eram precisos e deliberados. Como se estivesse se alongando.

O Urso pegou os bastões e começou a correr. Seus movimentos eram pesados, famintos e óbvios. Ele batia os bastões contra a cabeça enquanto andava. Os HMCs, que o seguiam a uma boa distância, captavam os sons das placas de ferro, mantidas no lugar por faixas de couro nos ombros, batendo e tilintando contra a pele úmida e as costas.

Staxxx também começou a correr. Thurwar observou a corrida leve e desimpedida. As mãos abertas e macias enquanto os braços bombeavam cada vez mais rápido, os passos superando com facilidade a distância diante dela.

Ela estava acabando de pegar o cabo de Perfídia de Amor quando os dois se encontraram.

O Urso preparou o golpe para esmagar.

Com Perfídia de Amor nas mãos, Staxxx girou o corpo com a facilidade de quem faz uma coreografia. Os dois bastões passaram no ar a centímetros de seu flanco esquerdo, com o impulso frio e cruel de um rebatedor que erra a bola. Staxxx continuou girando, inclinando a lâmina como se ceifasse o mundo num lampejo tão forte que só quando o corpo pesado do Urso ricocheteou no chão ele percebeu que tinha sido separado de sua perna direita.

A multidão era um só corpo: buscando ar atordoada.

Depois a euforia, a alegria honesta e crua, engoliu tudo. O público levantou dos assentos. Thurwar, se pudesse, teria levantado com eles. Uma obra magistral de violência. Um ataque lendário. E então Thurwar ficou de pé, porque os guardas mudaram suas algemas para laranja e pediram que ela os seguisse para se preparar. Ela observou Staxxx até que seu pescoço não virasse mais. Em seguida Thurwar desapareceu no estádio com os guardas.

O rosto do Urso estava no chão, mas os braços ainda se moviam, ainda sacudindo os bastões para cima, para baixo, para cima, para baixo, como se tentasse nadar no chão sólido. O HMC mais próximo flutuou e captou seus gritos, que se transformaram em gemidos, murmúrios e lamentos. Anos de vida jorravam da coxa em uma torrente vulcânica. A multidão estava frenética.

"Merda", disse Barry.

"Eu te amo, tá bom?", Staxxx disse, e então pegou sua arma secundária, uma faca de caça chamada Morte e cortou as alças do capacete e da armadura do Urso. As costas dele mostravam uma única letra A tatuada em azul. Ela o virou para que ele pudesse ver algo além do chão. Quando tirou o capacete de ferro da cabeça dele, a multidão pôde ver como o Urso era na morte. Os olhos castanhos pareciam incapazes de focar, como se estivesse tentando acompanhar algo que flutuava de um lado para o outro. O cabelo emaranhado e oleoso. As bochechas rechonchudas estavam incolores. "Não se preocupe com eles, bebê", disse Staxxx. "Não se preocupe com eles. Isso é seu. Não perca." Ela beijou o rosto do Urso várias vezes e depois cortou sua garganta.* A música tema de Staxxx irrompeu dos alto-falantes e o público rugiu. Ela esculpiu o corpo dele com Xs. O sangue brotou e, a cada X, ela beijava a pele sangrenta. Ela era grata por conseguir ficar tão distante de si mesma. Ela sabia o que tinha que fazer e por que estava fazendo, observava-se como se fosse parte da plateia que gritava.

Quando Staxxx terminou, o Urso parecia ter passado por um triturador de madeira. Ela parecia ter tomado banho de sangue. "Eu amo vocês!", gritou, enquanto os guardas a puxavam afastando-a do corpo, prendendo-a à força de volta na Detenção.

"Esse é um final que garante um caixão fechado, sem dúvida",

---

* Barry Harris estava bêbado. De novo. Os policiais o encontraram desmaiado sobre o corpo de Harold Marcer, um homem que Barry afirmava ser seu melhor amigo. "Olha, você com certeza tem uma maneira interessante de mostrar que gosta do cara", brincou um policial, depois deu um soco na boca dele e o empurrou algemado para dentro da viatura. Barry e Harold lutaram juntos no ensino médio. Eles ainda lutavam às vezes. E Harold não era do tipo que recuava, embora Barry tivesse lutado na faixa dos 100 e Harold na dos 70. "Você se lembra de ter ficado chateado com alguma coisa?" Barry lembrava de ter ficado chateado com alguma coisa, mas não conseguia imaginar ser capaz de ficar tão bravo. Harold geralmente era quem lhe fazia companhia quando Tiff procurava confusão, terminava com ele ou o aceitava de volta sabendo que logo ia terminar de novo. Mas eles estavam bêbados e ele acordou com Harold frio e adormecido, a cabeça apoiada no peito de Barry, que envolvia o pescoço do amigo com o braço. Barrington Eli Harris.

disse Micky Wright de seu camarote, enquanto dois guardas enrolavam o homem morto em plástico e o arrastavam de volta pelo túnel de onde ele tinha saído, com um terceiro homem atrás carregando a perna de Barry. "O que significa alguns Pontos de Sangue extras adicionados ao já robusto estoque da srta. Stacker." Wright colocou a cabeça para fora e saltitou pelo campo exaurido pela batalha em direção a Staxxx.

Staxxx levantou a cabeça e cuspiu no chão enquanto ele se aproximava. Wright reduziu o passo, mas não parou. "Que show, que show", ele disse, um sorriso em sua voz. "Qual é a sensação de ser a Furacão neste exato momento?"

"É como esmagar uma criança com as mãos. É como ver sua própria pele se abrir enquanto você esculpe uma mensagem para o futuro em seus braços", Staxxx disse. "Me chamem de Colossal, porque eu consigo ver o futuro. De nada." Um dia eles iriam entender.

A multidão aplaudiu em gratidão. Eles eram cultos, gostavam de Staxxx e de suas palavras. Queriam que ela vivesse e adoravam que continuasse a viver assim. O Campo de Batalha era um santuário de violência severa e Staxxx era tão violenta quanto qualquer outra, mas, ao contrário dos outros, ela oferecia algo a mais depois de quase todas as batalhas. Um poema, uma história e, claro, mais amor. Ela insistia nisso. A violência, a ternura, as mensagens enigmáticas ou óbvias: tudo se acumulava e formava a personagem que chamavam de Furacão. E, como se consideravam pessoas boas e eruditas, já haviam concluído muito tempo antes que eram capazes de admirar a maneira como ela os entretinha, mesmo que isso deixasse o peito pesado, mesmo quando se perguntavam se... Bem, não há necessidade de insistir nisso. A maioria estava entusiasmada por ela estar muito mais próxima do posto Colossal, um patamar que apenas os maiores Elos já haviam alcançado.

Nos corredores do estádio, Thurwar sorriu diante da pontada de desconforto que sentiu por ser a mais nova Grã-Colossal.* Uma espécie de propriedade. Ela estava no jogo há quase três anos completos e tinha uma sensação de domínio sobre seu novo título. Um título que conquistou após a recente morte de um dos melhores amigos que teve nesta fase da vida. Agora o posto era dela, Grã-Colossal. E embora Staxxx tivesse acabado de dizer à multidão para chamá-la de Colossal, o fato é que, pelo menos por enquanto, Staxxx ainda era uma Superceifadora.

"A poeta falou", disse Wright, fazendo um gesto para que os guardas levassem Staxxx.

"Alguma palavra de encorajamento para a pombinha?" Wright agarrou um punhado do cabelo encharcado de sangue de Staxxx antes de soltá-lo e fazer uma cara de nojo enquanto sacudia o vermelho da mão. "É uma noite importante para ela, você sabe. Se ganhar, ela vai estar em um novo patamar. Quase trinta e cinco meses. O que você acha disso?"

"Acho que vamos comemorar no Circuito", disse Staxxx. "E talvez caras como você ganhem alguma coisa por fora." A multidão riu junto. Wright colocou a mão na boca, fingindo constrangimento.

"A esperança é a última que morre", disse Wright enquanto um dos guardas atrás de Staxxx pressionava um Magrod^{R}** preto em seus pulsos. As três linhas vermelhas de status se fun-

---

* Título dado ao Elo que estivesse mais perto, a qualquer momento, da liberdade. Todos os Elos têm uma das seguintes posições: Novato, Sobrevivente, Ferrão, Ceifador, Superceifador, Colossal, Grão-Colossal, Liberto.

** Da ArcTech^{R}, o Bastão Magnético Te-SIP 2.2 Magrod^{R} modelo 7 pode se conectar com todos os produtos da série 7 da família de segurança Magnética como um dispositivo de controle, um auxiliar portátil para transporte e um instrumento robusto de defesa e disciplina contundentes. ArcTech^{R}, a mais rígida em segurança tática.

diram em uma só quando os pulsos de Staxxx aderiram à haste e ela se levantou. Parecia um tubarão içado na linha de pesca.

"Eu amo vocês", disse Staxxx mais uma vez na despedida. A multidão rugiu. Enquanto a puxavam, ela virou a cabeça para tentar ver Thurwar. Encontrou o lugar vazio, como esperado. Um dos guardas pegou a foice e a faca de Staxxx, e todos desapareceram nas entranhas do estádio, enquanto a multidão assistia a um comercial da nova picape FX-709 Electriko Power[R].

As botas dos policiais militares ressoavam no piso cinzento e ecoavam nas paredes cobertas de retratos do Vroom Vroom City Rollers, um time de beisebol da segunda divisão. "Então, ninguém pensou que eu podia precisar de uma toalha?", Staxxx disse. O guarda que a puxava diminuiu um pouco o passo. Dava para ver que ele estava envergonhado, apesar do visor que protegia seus olhos. Como todo policial militar, seu capacete tinha um escudo preto que escondia completamente os olhos.

"Quieta, condenada", disse o chefe da guarda, uma distinção marcada por uma faixa cinza no bíceps. Ele a cutucou nas costas com sua vara preta.

"Você não quis dizer isso", disse Staxxx, olhando pelo visor.

"Boca calada, condenada", repetiu o guarda. Ele fez sinal para a unidade prosseguir.

Staxxx fechou os olhos e continuou a andar. "Quero uma toalha."

"Você vai ter uma toalha no vestiário e um banho. Você sabe disso, Stacker."

"Staxxx."

"Condenada", o líder disse.

"Colossal."

"Ainda não."

Staxxx caiu no chão. Ela caiu de costas, os braços erguidos acima dela, ainda ligados ao Magrod[R] do guarda. Sentiu o sangue sobre a pele, que estava secando e descamando. Staxxx tentava absorver esses momentos, esses raros momentos em sua vida em que não estava sendo vista por centenas de milhares de pessoas, mas só por uns poucos homens fracos. Momentos em que não havia câmeras flutuando na sua cola, pedindo que fosse a Furacão. Aqui ela podia se arrepender livremente, podia ter esperança livremente, podia ser ela mesma. Tentou pensar em si mesma. Não no Circuito, não em Thurwar ou no Crepúsculo ou no pobre homem que tinha acabado de despedaçar.

Um dos guardas bateu nas costelas dela com o bastão. Forte o suficiente para ela tossir, mas fraco o suficiente para que soubesse que ele temia o que aconteceria se a machucasse. "Vamos, condenada."

Queria aproveitar esse tempo com a versão de si mesma que ela quase nunca via. Ela sentia um pavor profundo, a queda da adrenalina, uma dor de cabeça e um forte medo da retribuição que poderia vir de muitas maneiras. Disse a si mesma que era Hamara Stacker. Disse a si mesma que era Furacão Staxxx. Depois disse a si mesma que também não era nenhuma dessas pessoas. Sentiu a pressão da ansiedade e tentou lembrar de respirar, tentou lembrar que este era o seu momento feliz. Outro chute nas costelas e uma vara batendo no seu quadril com força. Respirou fundo e pensou no que tinha diante de si: homens fracos que a temiam. Sangue recém-derramado. O frio do concreto. O som de botas se aproximando.

Staxxx abriu novamente os olhos e olhou para o líder. Ele girou a cabeça. A unidade estava focada nele.

"Poderosa senhorita Staxxx", disse o líder, "por favor, levante sua bunda colossal." Ele a puxou pela axila. Ela permitiu e se levantou.

"Isso é tudo que estou pedindo", ela disse docemente.

Ela alongou os ombros e o pescoço para mostrar que não estava machucada, não podia ser machucada pelo policial militar.

Uma porta se abriu alguns metros à frente deles. Staxxx sorriu e acenou.

"Me deixem vê-la", Thurwar disse discretamente.

"Rapidinho", um dos policiais militares respondeu. Ela era Thurwar, afinal de contas.

Thurwar percebeu que Staxxx havia forçado a pausa que permitiu que elas se encontrassem no corredor. Ao vê-la viva e sorrindo, mesmo coberta de sangue — principalmente coberta de sangue —, Thurwar sentia que estava vendo a verdadeira Staxxx. Essa pessoa que havia acabado de matar e estava revigorada por todos os sentimentos que surgiam ao causar a morte. Ela apertou ainda mais o martelo de guerra em sua mão e caminhou adiante. Os homens ao redor de Staxxx sabiam que deveriam se afastar quando Thurwar se aproximava. O oficial que segurava Staxxx em seu bastão olhou para o superior, que assentiu, e libertou a prisioneira. Os pulsos exibiam duas linhas vermelhas quando se encaixaram. As duas guerreiras, uma limpa e a outra encharcada de vida perdida, trocaram olhares.

"Você se saiu bem", disse Thurwar, com os pulsos presos, assim como os de Staxxx.

"Romântico", disse Staxxx, contorcendo o rosto e projetando uma decepção grande demais para ser real. Thurwar sorriu. Depois se virou e ofereceu o ombro, envolto por uma proteção de fibra de carbono marcada com a imagem de um martelo batendo em um prego, a insígnia da Materiais da Vida[R]. Staxxx respondeu gentilmente e ofereceu o seu próprio ombro. As duas roçaram os corpos, o sangue manchando o logotipo da empresa de materiais de construção. Thurwar fechou os olhos. Staxxx manteve os seus abertos e observou Thurwar aproveitar o momento. Foi um abraço de batalha entre duas verdadeiras guerreiras, do tipo que o mundo não via há séculos.

Thurwar continuou a esfregar o corpo na outra até que Staxxx se afastou, se endireitou e esperou que Thurwar abrisse os olhos. "Concentre-se agora", disse Staxxx. "Eu preciso que você volte para mim pra gente poder mudar as coisas. Faça como o Crepúsculo queria." Ela não disse mais nada; sugerir muito sobre um futuro que estava além da luta era perigoso. Você tinha que estar presente no agora para matar. "Somos eu e você", ela terminou.

"Você e eu", Thurwar murmurou em resposta.

E então Thurwar estava pensando em Crepúsculo, o antigo Grão-Colossal. Assim como ela, ele entendeu o que significava escolher esta vida e prosperar nela. Mas no início daquela mesma semana, quando todos acordaram, ele foi encontrado morto. Crepúsculo tinha sido morto e ninguém reivindicou sua morte. Morreu durante uma noite de Blecaute, quando todas as câmeras estavam desligadas. Ninguém no mundo viu como ele foi morto, exceto a pessoa que fez isso. Descobriram que havia sido degolado, como se alguém tivesse chegado por trás. Quem quer que tenha feito isso usou a espada de Crepúsculo com precisão. Crepúsculo estava tão perto de ver o mundo. Ela o deixara escapar pelos dedos. Um dos seus, um dos membros da Cadeia Angola-Hammond, matou Crepúsculo Harkless, e ela, Loretta Thurwar, que sabia tudo sobre a A-Hamm, que era da A-Hamm, não tinha ideia de quem pudesse ter sido. E não conseguia pensar nas pequenas suspeitas que tinha.

Um sentimento cresceu e ela o reprimiu, como tantas vezes tinha que fazer. Inspirou, segurou o ar e depois botou para fora tudo que não fosse ela e seu martelo. Até que a luta terminasse, nada mais podia existir. Finalmente, Thurwar abriu os olhos e olhou para Staxxx. Thurwar tinha recebido um Combate-surpresa; não havia como saber quem estava prestes a enfrentar ou o que essa pessoa poderia fazer. Mas nem nisso Thurwar podia pensar.

"Não tem ninguém com quem você deva se preocupar", disse Staxxx. "Você tem sorte de estar na minha Cadeia", ela acrescentou, sorrindo. Era uma piada, mas também era verdade. Elos da mesma Cadeia nunca lutavam entre si no Campo de Batalha. Cadeias não tinham sido projetadas como equipes, mas, por causa dessa regra, podiam ser. Seus Elos podiam compartilhar estratégias de batalha ou ajudar uns aos outros a ganhar armas, como Thurwar fez com tantos deles. Solidariedade na Cadeia, era isso que Crepúsculo pregava. Os Elos da sua Cadeia estavam entre as únicas pessoas em quem você podia confiar. Ainda assim, eles se destruíam com frequência. Mas Crepúsculo era diferente e incentivou os outros a serem também. Enquanto esteve entre eles, sendo um campeão, não enfatizava a própria força ou quantos tinha matado, mas pregava a ideia de que cada pessoa ali era melhor do que o mundo pensava, e que poderiam usar uns aos outros para mostrar isso.

"Você está na minha Cadeia", disse Thurwar, enfatizando implicitamente qual delas era Colossal.

Staxxx tentou arrancar mais um sorriso de Thurwar, mas o rosto desta tinha voltado a ficar sem expressão. Ela sabia que Thurwar já havia se transformado na guerreira que o mundo temia. Staxxx desejou mais alguns minutos, mais alguns segundos de ternura com sua companheira. Mas tinha terminado.

"Certo, certo", disse o líder dos guardas de Staxxx. E, por um momento, todos no salão ficaram agradecidos a ele. Staxxx seguiu em direção ao processamento, a um banho e a um novo X para tatuar na pele.

Thurwar avançou. Ela podia ouvir Micky Wright preparando as pessoas para ela.

3B

Três B não é para mim. Três B não é para mim. Três B não é para mim.*

A Coalizão pelo fim da Neoescravidão era apenas um dos vários grupos de manifestantes do lado de fora da Arena Moto-Kline. Ao todo, eram... dezenas? Havia cem pessoas lá? Nile não sabia, mas esperava que os repórteres dissessem centenas, não dezenas, embora definitivamente não houvesse duzentas pessoas na manifestação. Mesmo assim ele estava orgulhoso, com as palmas das mãos suadas em volta do megafone. A convocação para o protesto tinha sido feita. Eles viram as notícias em seus *feeds*. E a morte surpresa de Crepúsculo Harkless significava que *tinham* que participar.

---

* A Lei da Legítima Escolha, comumente referida como Brecha do Bobby para Batalha, ou BBB, 3B ou Três B (sancionada durante a presidência de Robert Bircher), afirma que, por sua própria vontade e poder, presidiários condenados podem trocar uma pena de morte ou condenação de pelo menos vinte e cinco (25) anos de prisão pela participação no Programa de Entretenimento da Justiça Criminal (PEJC). Após três (3) anos bem-sucedidos no referido programa, o condenado poderá receber clemência, comutação de sentença ou perdão total.

Nile saiu com seu carro de Saylesville, sede de sua base da Coalizão. Levou lanches. Foi uma decepção Mari não ter viajado com ele, e sim com a mãe, Kai, a presidente do Comitê de Direção da Coalizão. Mas ele veio vestido de preto, como todos, e estava suando, dialogando e não assistindo a Staxxx ou Thurwar ou Sai Eye Aye, mas sim lembrando a todos que passavam pela manifestação e entravam na arena que estavam consumindo veneno, não importava quão saboroso aquilo parecesse. Estava aqui em luto pelo amigo. Além disso, era legal que os outros membros o achassem bom com o megafone, um nostálgico equipamento de plástico, que em suas mãos dava a sensação de poder.

"Três B não é pra mim!" Sua voz amplificada liderava as dezenas de pessoas que o seguiam. Perderam a conta de quantas vezes já tinham marchado em torno da arena. Faziam suas vozes serem ouvidas a cada passo. Já estavam ali fazia mais de uma hora quando Nile se sentiu confiante o suficiente para aceitar o megafone. E agora aqui estava ele.

"Tudo bem, faça barulho", Mari disse, gentilmente dando uma cutucada com o cotovelo nas costelas dele. "O microfone está com você, não deixe cair o ritmo."

"Três B não é pra mim!" Nile gritou uma última vez. O cabelo de Mari espiralava em uma explosão de cachos negros ao redor da cabeça, presos por uma faixa preta que cobria a testa e a linha do cabelo. Os olhos tinham um brilho castanho atento e, se os lábios se curvassem um pouco, as covinhas em ambos os lados do rosto ganhavam vida. Isso não aconteceu muito durante o protesto, o que, claro, Nile entendeu.

Nile ouviu a multidão, ouviu como as palavras se arrastavam ao sair das gargantas, em vez de saltarem. Ele tirou o rosto do megafone e sussurrou para Mari: "Está bom assim?".

"Isso é do mal, você não vê, não queremos BBB", respondeu ela.

"Isso é do mal, você não vê, não queremos BBB", Nile repetiu no megafone. A pequena multidão gritou em aprovação enquanto continuava contornando a arena. Com a polícia militar observando de perto, eles cantaram com vigor renovado. Antes de ter coragem suficiente para liderar a pergunta e a resposta, Nile tinha observado os outros de perto. Era uma forma de arte. Escolher as palavras de forma rápida, precisa e honesta para transmitir o momento. Se fizesse algo errado, seria estranho, como correr com um tornozelo machucado. Se fizesse certo, era como se tivesse costurado todas as almas reunidas em uma única força poderosa, unificada e invencível. E se você conseguisse unir um número suficiente de pessoas em uma só voz, acreditava Nile, seria possível fazer qualquer coisa.

Isso é do mal, você não vê, não queremos BBB
Isso é do mal, você não vê, não queremos BBB
Isso é do mal, você não vê, não queremos BBB

Nile observou as pessoas ao redor. Os policiais militares faziam a "escolta", estavam ali para proteger, segundo os alvarás. "Peça permissão e você estará dando poder a eles", tinha dito Kai três reuniões atrás. Mas o grupo Vroom Vroom local, que liderava a manifestação, optou por pedir os alvarás. Eles esperavam que aparecesse bastante gente e queriam ter certeza de que as coisas não iam sair do controle. Agora Nile concordava com Kai.

Os policiais militares estavam com uniformes azul-escuros e pretos, orbitando o grupo em suas motocicletas ou andando com o peito estufado e os distintivos brilhando sob o sol ameno do fim da tarde. E, como acontecia na maioria dos grandes eventos esportivos, shows e (principalmente) comícios e protestos, um pequeno tanque preto estava estacionado do outro lado da rua, as letras PMVV inscritas na lateral em amarelo-brilhante, a cabeça de um único policial militar aparecendo

no topo, um sorriso fácil exposto sob a viseira do capacete.*
Quando um carro passou e gritou: "Vagabundas!" diante da
multidão, Nile viu um dos policiais rir e fazer sinal de positivo
para o motorista.

Ainda assim, alguns espectadores levantaram os punhos em
solidariedade. Outros aplaudiram quando eles passaram. Alguns
riram. Mas a maioria agiu como se os manifestantes nem estivessem presentes. E, claro, alguns não estavam fingindo. Realmente não pensaram no fato de que homens e mulheres estavam
sendo assassinados todos os dias pelo mesmo governo a quem os
seus filhos juravam lealdade na escola.

Isso é do mal, você não vê, não queremos BBB
Isso é do mal, você não vê, não queremos BBB

A voz de Nile estava ficando rouca. Ele beliscou Mari no ombro e estendeu o megafone para ela.

"Não, você está indo bem", disse Mari, tirando a tampa da
garrafa de água, exagerando de propósito a cara de prazer ao
tomar algo refrescante, quase se engasgando de tanto rir. Nile
engoliu a saliva e estava prestes a voltar a gritar quando a música voltou. Do lado de fora dava para ouvir muito bem — a
música tema de uma das mais letais e amadas estrelas dos esportes de ação, Hamara Stacker, tornada célebre com o pseu-
dônimo Furacão Staxxx.

"Merda", Nile disse no megafone antes que pudesse pensar
em tirá-lo da boca. Ele se esforçou ao máximo para evitar o
Campo de Batalha real. Mas a brutalidade daquilo estava por
toda parte. Supostamente, a RedeEsportiva estava se prepa-

---

* O Escritório de Apoio a Segurança Pública (EASP) opera o programa 1033, que
surgiu durante a administração do presidente George Herbert Walker Bush e
transfere equipamento militar excedente para departamentos de polícia civil.
O excedente de equipamento, armas etc. é utilizado para apoiar a repressão
às drogas.

rando para a cobertura completa dos jogos. Até agora, só mostravam imagens estáticas dos Elos, uma pessoa erguendo os punhos, flexionando os bíceps ou batendo no peito, a outra morta no chão. Agora, mesmo aquela pequena decência editorial seria abandonada em troca de uma cobertura completa. Em vez do modelo *pay-per-stream*, os Superstars da Cadeia estavam prestes a ficar facilmente disponíveis em plataformas de streaming.

Nile não via mais a RedeEsportiva.

O Campo de Batalha dava a ele a sensação de estar com os órgãos expostos. Quando ainda frequentava a faculdade, poucos anos depois do início dos Superstars da Cadeia, Nile perdeu amigos porque se recusava a falar sobre os combates mortais, exceto para se envolver em duras críticas ao assassinato. Ele tinha trabalhado por alguns anos antes de se matricular. Tinha a idade de um veterano quando ainda era calouro, e sua recusa em aceitar qualquer coisa dos Superstars da Cadeia o tornou ainda mais estranho no campus.

É um esporte.

Eles se inscrevem para isso.

Esse cara é um estuprador, mano.

Tem uns brancos também, é justo.

Essa gente é perigosa.

Para de viadagem.

Ele rejeitou tudo e isso fez dele uma pessoa bem singular. Mas finalmente encontrou amigos que sentiam o mesmo e então, como sabiam que precisavam fazer alguma coisa, tornaram-se ativistas. Ou tentaram. Geralmente festejavam, estudavam e faziam as tolices de gente jovem. Mas, quando tinham tempo, participavam de manifestações e reuniões. Escolheram o nome Liga Humana. Nile, que tinha se formado três anos antes, estava orgulhoso de ainda existir uma filial no campus.

"Rapaz, anda com isso", disse Mari rápido, e puxou o megafone das mãos de Nile. Ela respirou fundo e gritou mais alto, com mais clareza do que Nile: "Um homem foi assassinado hoje". A primeira vez que ela falou, parecia que estava afirmando um fato, quase casual. "Um homem foi assassinado hoje", ela disse pela segunda vez, e se ajoelhou. O grupo ao redor deles seguiu o exemplo em uma onda que não tinha a uniformidade de dominós caindo. Depois de um tempo, estavam todos de costas ou de bruços na praça Sul da Arena MotoKline, como era de costume sempre que uma luta terminava enquanto eles estavam marchando.

"Um homem foi morto hoje!", Mari disse, gritando como se estivesse observando alguém de sua família à sua frente. Um pai. Nile podia ver o peito dela subindo e descendo, conseguia sentir a energia crua, violenta e verdadeira. Mari não teve uma vida fácil. Isso se devia em grande parte a pessoas que ela não chegou a conhecer, pessoas que foram tiradas dela. Quando Nile tentou falar com Mari sobre a infância dela, ela cortou. Ele não gostava de pressionar, mas decidiu perguntar se ela queria conversar depois do protesto.

"Um homem foi morto aqui hoje!", Mari gritou novamente, olhando para o céu, respirando fundo entre as frases. Os manifestantes estavam com ela. Nile estava com ela. Acidentalmente ele roçou o chão com os lábios e não se importou nem um pouco. Eles eram um memorial vivo. Estavam completamente juntos. As vozes, lideradas por Mari, saíam das bocas e levavam as almas a uma espécie de sincronização. Eles repetiam e gritavam.

Um homem foi morto aqui hoje.
Um homem foi morto aqui hoje.
Um homem foi morto aqui hoje.

E depois: *Esperamos e rezamos por um mundo diferente. Pedimos que você veja que nós nos desviamos do caminho. Há um caminho melhor. Por favor, veja. Você está com medo. Temos medo e somos iguais. Por favor, ouça. Um homem foi assassinado. O nome dele era...*

Nile procurou em seu telefone e encontrou a informação.

"O nome dele era Barry Harris", Nile disse a Mari.

"O nome dele era Barry Harris", gritou Mari, e a máquina transformou sua voz em um coro de raiva e adoração.

O nome dele era Barry Harris, o grupo gritou para o mundo.

O nome dele era Barry Harris, eles disseram, e juntos significavam muito mais.

Ele nasceu e viveu, foi amado e odiado. Não estamos perdoando quem ele foi nem o caos e a dor que causou ao mundo, mas por vermos e sabermos que o que ele fez num momento de confusão e raiva foi um ataque a tudo o que é sagrado, devemos lembrar e ver que o que fizemos com ele como retribuição deu razão a ele. Retribuir na mesma moeda prova que ele não estava errado, mas sim que era pequeno. Punir dessa forma é regar uma semente. O nome dele era Barry Harris. O nome dele era Barry Harris. Nós o sacrificamos para alimentar nosso medo. Para satisfazer nosso ócio.

O nome dele era Barry...

"Vão se foder!", veio da fresta de uma janela parcialmente fechada. O carro passou sem parar, mas as palavras perfuraram o ar.

"Vá se foder você também", disse um dos manifestantes, levantando-se, tenso e furioso.

"Ei, está tudo bem."

"Não, que se foda esse cara!"

Kai e alguns outros foram acalmar o homem que agora estava parado com os punhos ao lado do corpo como pequenas armas. Nile observou o policial militar perto da faixa de pedestres rir, mostrando os dentes brancos. O oficial deixou de sorrir por um momento quando percebeu que Nile estava olhando, depois riu de novo antes de voltar a um sorriso tímido. Nile limpou o cascalho dos lábios. Ele ouviu, de repente e definitivamente, o som de um punho atingindo um rosto. Por um momento, Nile ficou confuso — como? quem? —, mas quando se virou viu que um novo grupo de homens, todos vestindo camisas estampadas com seus Elos favoritos, um deles com uma tatuagem de X sob o olho direito, havia entrado correndo na praça Sul. A briga já estava acontecendo. Mari correu em direção às pessoas que se debatiam umas contra as outras.

Mari, que acabara de perder o pai, o homem conhecido como Crepúsculo Harkless, um dos Elos mais famosos do mundo, correu para lutar.

E Nile correu atrás, sentindo-se ele próprio cheio de violência.

Caneca

Hass Omaha estava vivo em suas mãos quando ela cortou o ar, usando os ombros e as costas para erguer o martelo devagar, metodicamente. A face ampla e franca do martelo, o cabo com mais de sessenta centímetros acabando em uma ponta raivosa capaz de rasgar osso, pele e certos metais, como Thurwar provara em suas batalhas contra Kenny Da Doggone Demi-Demon Fletch e Sarah Go. O martelo subiu até certo ponto, como a cauda de um escorpião.

Depois de empunhar o martelo Hass por um ano, Thurwar envolveu o cabo em couro tratado para evitar que ficasse escorregadio com o suor de sua mão. O martelo fazia parte dela, e ela cantou uma canção de marcha que aprendeu com outro Elo, que a entoava antes de toda luta, enquanto abraçava o cabo.

Havia seis guardas ao redor de Thurwar. Embora tratassem a maioria dos Elos feito bonecos de pano ou gado, cuidavam de Thurwar como de uma mãe idosa: mantinham uma distância segura e, às vezes, até lhe dispensavam ligeiros olhares de deferência.

Ela olhou para os jovens lábios do guarda à esquerda. Ele mexeu a mão em torno do bastão. Dava para ver que ele queria dizer algo. Como o medo que começava a aborrecê-la, ela falou:

"Como está o seu dia?"

Ele abriu a boca em um riso nervoso e cheio de dentes que rapidamente se transformou em um sorriso indiferente. "Tudo bem, senhora."

"Pare com isso, Rogers", disse o guarda líder. "Ela precisa se concentrar", acrescentou de modo cavalheiro.

"Sem problemas", disse Thurwar, pensando em como os homens estavam sendo negligentes com ela. Estava completamente liberta. Uma única linha verde nos pulsos. Essa pequena liberdade era a maior que um Elo conseguia ter. Ela podia mover os braços e, teoricamente, ir até quatrocentos metros de distância de um dos pontos centrais determinados pela Âncora na arena. Numa ironia um tanto cruel, quanto mais mortífera ela se mostrava, menor era a precaução dos homens e mulheres que a arrastavam entre as apresentações. Muitas vezes, parecia que queriam se alinhar a ela. Seu sucesso, sabia, legitimava algo na mente deles. Ela matava, eles a amavam mais e ela os odiava mais profundamente. Thurwar respirou fundo. Eram apenas pessoas, e as pessoas eram todas iguais. "Todo mundo só quer ser feliz." Ela ouviu isso de uma mulher brilhante com quem dividiu a cela quando estava na prisão. Todo mundo estava procurando a mesma coisa de muitas maneiras diferentes.

"O que você quer perguntar?", Thurwar disse.

"Bom", começou o guarda, "como você se sente agora? Tipo *agora* mesmo. Qual é a sensação?"

Thurwar parou um momento para avaliá-lo. Era um sujeito magro e jovem, não apenas seu carcereiro, mas também seu carrasco, e nem percebia isso. Ficou aliviada por não sentir nenhum impulso de violência contra ele. Em outra época, que durou muito tempo, antes de conhecer Staxxx, Thurwar era regularmente tomada por impulsos repentinos e profundos de destruir outras pessoas. A vontade de se destruir, é claro, era mais constante.

"Você... você já desceu uma ladeira muito rápido de bicicleta?"

"Uhum", ele respondeu. Dava para ver que ele ia contar essa história para seus amigos.

"Tipo, o mais rápido que você consegue." Ele explicaria a história usando superlativos. A mais confiante, a mais calma, de pele mais lisa, a mais forte, a mais legal, a mais fria. A maior — talvez a segunda maior — Elo de todos os tempos.

"E no meio da descida você tenta frear e percebe que os freios estão cortados. Isso já aconteceu com você?", ela perguntou, olhando para cada um dos homens ao redor. Eles absorviam as palavras, pensando nelas, tentando apreciar o momento, a atenção dela.

"Não. Mas claro. Entendo", ele disse.

"Aconteceu comigo", disse outro homem timidamente. "Não em uma ladeira superíngreme, mas até que grande. Quando eu era criança. Sei lá. É."

"Aquele pânico que você só sente quando está descendo em alta velocidade. Você sabe do que eu estou falando." Todos os homens assentiram. Ela baixou a voz e os observou se aproximarem. "Quando qualquer erro pode virar você do avesso e é quase como se sua alma soubesse e começasse a descascar. Sabe essa sensação?"

Quando era assim, quando não havia muito a perder, quando ela não se importava, Thurwar sabia como entreter uma plateia. Os homens assentiram com tanta força que os capacetes chacoalharam em volta da cabeça.

"Bem, não é assim não", disse Thurwar, e desviou o olhar.

O queixo do jovem guarda caiu como se ele estivesse prestes a dizer mais alguma coisa, mas voltou a subir quando ele pensou melhor.

O portão na frente dela desapareceu. As pessoas rugiram. Não havia música; Thurwar decidiu ir contra a tradição, dizendo para seu oficial/agente penitenciário que se tratava de "uma distração que servia como consolo num mundo em que não havia consolo".

Ela era agora oficialmente a terceira participante mais duradoura do Programa de Entretenimento da Justiça Criminal de todos os tempos e, desde a morte de Crepúsculo, era o Elo do circuito mais próximo desse objetivo universal, a liberdade. A liberdade, para Thurwar, era uma possibilidade ridícula. Uma possibilidade que esteve tão longe por tanto tempo que ela nem precisava se dar ao trabalho de imaginar. E agora se aproximava como um trem.

Thurwar era um ícone no mundo dos esportes de ação. Ela sabia porque Micky Wright lhe perguntava regularmente como era ser um ícone no mundo dos esportes radicais. A pergunta fazia seu estômago embrulhar. Ela se tornou uma espécie de símbolo sexual. "Como é ser a mulher mais gostosa do planeta?", Micky Wright perguntou depois de ela esmagar o crânio de uma mulher do Tennessee, que gritou a primeira metade de um pedido desesperado antes de o martelo cair: "Por...". Uma patética sílaba final. E Thurwar ficou enojada consigo mesma por ter gostado de ouvir isso. Foi sua terceira luta. E atraiu o maior público da história dos esportes de ação. Um recorde mantido até sua luta seguinte. Ela deixou de ser uma ninguém e se tornou uma lenda. A mulher que ganhou o martelo.

Após o sucesso inicial, Thurwar raspou a cabeça. Seguiu o conselho da Monja Melody, pensando que isso diminuiria seu status de celebridade. Além disso, o cabelo era um problema no Campo de Batalha. Mas a cabeça raspada, assim como o martelo, só a tornou mais icônica. Agora, na multidão, metade das mulheres tinha a cabeça raspada. Entre os fãs, o corte "LT" só era legítimo se você mesma fizesse, como ela fez. Tinha que parecer que foi feito com uma faca, como foi o caso de Thurwar.

Ela não conseguia escapar disso, da fama. Agora lia cada vez menos as cartas dos fãs; a grande maioria era de homens dizendo que sua pele negra era deliciosa, que se ela removesse a armadura de ombro seus ataques seriam ainda mais mortíferos, dizendo como ela deveria lidar com Staxxx quando estavam juntas na cama.

Thurwar chegou a gostar da adoração sem filtros, gostava de agradar os fãs. Para falar honestamente, ela ainda gostava, ainda que odiasse. Ela adorava não ser a fraca. Por muito tempo, a pessoa que o mundo conheceu como "Thurwar" era tudo o que ela conhecia. Por isso ela continuou. E ainda continuava. Todos os dias acordava com vergonha de ter seguido por tanto tempo, mas ter Staxxx em sua vida, ter algo real em que se agarrar, tornava mais fácil se livrar dos fãs, da fama, de todos os lindos ornamentos que obscureciam o fato de que o Estado estava tentando matá-la e de que, embora tivesse vergonha de sua vida e não achasse que merecia viver, ela não permitiria que a matassem.

Era tudo morte, lenta ou rápida. Dolorosa ou repentina. Nada mais. A cultura dos Superstars da Cadeia era a morte.

E isso foi algo que ela entendeu quando assinou os papéis. Ela queria acabar com sua vida triste e miserável. Mas agora tinha Staxxx, tinha sua Cadeia, e parecia que não podia simplesmente ir embora. E por isso continuou, em um mundo onde a morte havia encontrado todos menos ela.

Quatro meses antes, no Acampamento, um Elo de sua Cadeia, Gunny Puddles, mutilou outro Elo, depois tirou o pau da calça e mijou no cadáver enquanto os HMCs o rodeavam como vaga-lumes. "Bem-vindo ao mundo dos profissionais, garoto", disse Puddles, depois de fechar o zíper das calças. Thurwar viu isso acontecer. Puddles matou um Novato que tentou se estabelecer como alguém com quem ninguém devia mexer, mas, ao fazer isso, mexeu com o Elo errado. Thurwar tinha visto tanta coisa no Circuito que assistiu ao assassinato com tranquilidade, até com um interesse casual, enquanto levava à boca uma colherada de comida quente com Staxxx ao seu lado.

Crepúsculo também viu aquilo acontecer. Ele protestou de leve. Gunny o mandou se foder. Crepúsculo riu, mas só porque Staxxx e Thurwar já tinham pegado as armas para defendê-lo e ele estava cansado e pronto para sua liberdade.

Agora Thurwar saiu para ver a luz e ouvir um coro de gritos.

Thur-war

Thur-war

Thur-war

Um orbe flutuou na frente de sua boca e ela não disse nada. Já haviam se passado muitos meses desde que disse as últimas palavras. Por algum tempo ela fingiu, interpretou um personagem que talvez quisesse esta vida. Queria existir e prosperar. Mas agora, mesmo com Staxxx em sua vida, a vergonha de sua existência transformava o Campo de Batalha em qualquer outra coisa, menos algo extasiante. Por isso, a escolha pelo silêncio. Ela escolheu o silêncio porque não podia dizer às pessoas que tinha vergonha do seu sucesso, do próprio fato da sua existência.

"Aqui está ela, com trinta e duas vitórias, vinte e três finais de caixão fechado. A mulher mais mortal do planeta, Loreeeettaaaaaaa", gritou Micky Wright, "Thurwar!"

Thurwar desceu até a plataforma escura. O joelho esquerdo, o joelho problemático, rangeu e ela respirou com dor ao se ajoelhar na Detenção. "Estoica como sempre!" Micky Wright disse de seu espaço de transmissão. "Já viram uma máquina de matar mais concentrada?"

A multidão gritou em resposta.

A maioria dos humanos nunca sentiu isso, Thurwar sabia. Essa eletricidade. Essa concentração de atenção. Essa solidariedade coletiva em nome de sua perseverança. Ela deixou a energia percorrer seu corpo. Permitiu-se aproveitar apesar de toda a vergonha. Era o agora, e agora era tudo o que havia ali.

"E travando hoje seu quinto Combate-surpresa!", Wright continuou. As algemas ficaram vermelhas sob a pele enquanto ela esperava. "Ela sempre foi uma mulher de ação!" Wright tentava transformar sua recusa absoluta em teatralidade. E, claro, ele conseguia. Mais alto, mais alto.

Normalmente ela estaria repassando anotações mentais específicas sobre seu oponente, sua arma e temperamento. Mas esse era um Combate-surpresa. Tudo o que podia fazer era considerar seus fundamentos, lembrar-se de não tentar brigar com a dor no joelho. Para se mover de forma rápida e eficiente. Para atacar sem enrolação.

"Seu oponente?", Wright perguntou ao mundo, e o Telão exibiu a imagem de uma máquina caça-níqueis gigante, com os três cilindros girando. A expectativa se espalhou pela arena.

Ninguém jamais adentrou o desconhecido tantas vezes e voltou para contar história. Talvez fosse porque Thurwar soubesse que muito do seu poder estava na sua preparação; ela decidiu se expor a mais um Combate-surpresa porque queria que a pessoa do outro lado tivesse uma chance. Ou talvez quisesse provar que ela, e não a Monja, nem o Crepúsculo, era o maior Elo de todos os tempos.

O primeiro cilindro parou e parou nas letras CCAN.* As pessoas não ficaram impressionadas. A CCAN era uma das maiores redes, então isso por si só não lhes dizia nada. Eles esperaram enquanto o segundo cilindro diminuía a velocidade e congelava em um grande V com uma cobra deslizando por uma de suas metades. Isso eles adoraram.

A Velmont Vipers era uma Cadeia que se originou em um centro penitenciário em Velmont, Indiana, e que, por um tempo, produziu Elos incrivelmente amados — Ray "Lefty" Peterson, Tito "Turnup" Marcon e Jane Marshall, todos falecidos. Eles se saíram bem o suficiente para que os fãs tendessem a pensar na Viper como uma Cadeia cheia de potencial. Duas das vitórias mais memoráveis de Thurwar foram contra Elos da Viper. Quem poderia esquecer a maratona contra Udine "Ulcer" Potly ou a destruição de Falcon Winston Eaton? Essa seria uma rara chance de vingança em nome da Viper. As pessoas ficaram roucas esperando que o cilindro final parasse.

Tudo isso era parte do show, é claro. Quem quer que fosse enfrentar Thurwar e Hass Omaha já estava esperando do outro lado do túnel fechado.

Thurwar olhou para o Telão. Agora, pensou.

O cilindro parou no rosto de um garoto que Thurwar nunca tinha visto antes. Ela franziu a testa. O público, defensor veemente dos esportes radicais, engasgou, riu tímida e nervosamente e depois rugiu de novo.

"Bom", disse Wright, "que jeito de perder a virgindade!" O portão oposto a Thurwar subia. Um par de pernas magras usando calças jeans saiu. O menino não usava camisa, por isso dava

---

* A Corporação Correcional da América do Norte (CCAN) é a maior corporação prisional privada do mundo. Cofundada por Tomas Wesplat, Berto Rants e T. Ron Kutto, com diversas instalações em todo o país, a CCAN gera consistentemente bilhões em receitas anuais.

para ver os dois As tatuados em azul nas costas. Ele segurava uma panela nas mãos. Thurwar notou e avaliou por um instante o fundo chamuscado da panela. Será que um produtor pegou aquilo em casa, esperando um reembolso depois da cerimônia de armamento? Ou teriam se dado ao trabalho de segurar a panela sobre o fogo até que as manchas escuras no fundo lhe rendessem uma sensação perversa de autenticidade?

Os olhos do menino não disseram nada para ela. Ele piscou ao dar um passo à frente, olhando para a multidão, que o aplaudiu e xingou. "Ei, ei, ei, que bebê! Vamos recebê-lo!", Micky Wright gritou do camarote. "Por favor, diga-nos seu nome, *senhor.*"

"Tim", ele disse. Visivelmente ele se assustou com a magnitude de sua voz nos alto-falantes. O orbe com o qual ele falou se aproximou de seu rosto. Dava para ver pelo Telão uma erupção de espinhas em sua testa.

"Nome completo, por favor", disse Wright, revirando os olhos deliberadamente para as câmeras.

"Eu sou Tim Jaret", disse o menino.[*]

"Tim Jaret, Tim Jaret. Vamos te chamar de Caneca por enquanto." Micky Wright levou a mão à boca e inclinou-se para o lado, como se estivesse contando um segredo e não gritando nos alto-falantes. "Porque parece que ele vai quebrar ao meio se cair no chão." O público riu. Wright continuou. "Mas falan-

---

[*] Assassino, assassino.
Não foi uma sensação boa. Ou foi e não foi. Sempre me senti sozinho. Nunca deixei de estar sozinho. Terminado o trabalho, totalmente sozinho. Já não tinha amigos, agora sem pais.
Peguei uma arma e apontei. Mãe e pai. Pá-pá-pá. Morta e morto. Pensei que ia ser melhor. Mas a dor continua a mesma.
Aí disseram: "Ele é um adulto". Ele assusta as pessoas. Bem, ele se assusta com tudo. Principalmente consigo mesmo.
Talvez isso seja bom. Pelo menos é um fim. O Elo mais jovem de todos os tempos.

do sério, Caneca, por que você está aqui hoje? Como você se meteu nessa confusão?"

"Matei minha mãe e meu pai", disse Caneca. A multidão vaiou e gritou. Eles amavam suas mães e seus pais.

"Uma criança problemática. Já vimos isso antes", disse Wright. "Mas ouvi dizer que você é um caso especial."

"Não sou especial", disse Caneca. Ele parecia não saber para onde olhar enquanto falava, então olhou para o camarote de Micky Wright do outro lado do campo. Wright olhou para ele.

"Mas você é", Wright retrucou. "Aos dezesseis anos e cento e vinte e dois dias, você é oficialmente o Elo mais jovem de todos os tempos! Parabéns!"

Caneca não disse nada.

Wright continuou. "E por que você..."

"Pare." A voz dela conteve e acalmou a multidão. Wright sorriu para ela com ódio nos olhos.

"Oh! A senhorita Thurwar quer..."

"Não diga mais nada", disse Thurwar, olhando para Caneca. "Você se ajoelha e não diz mais nada." Foi cruel encurtar ainda mais a vida desse menino? Ela tinha sido Caneca. E a cada palavra que ele falava ela pensava no passado, o que era ainda pior do que pensar no futuro lá no Campo de Batalha.

Micky Wright fez beicinho. "Se a mamãe mandou", ele disse, fingindo diversão. "Por que você não vai até aquele bloco ali?" Caneca olhou para Thurwar e obedeceu. Ela pensou ter visto um breve sorriso no rosto dele, mas percebeu que não havia razão para isso. Quando olhou para o Telão, a câmera já havia mudado para ela. Thurwar parecia rígida, irritada. Respirou fundo e verificou se tinha relaxado. Não tinha. Finalmente, se virou e se concentrou em seu oponente, o jovem chamado Tim, que ela mataria em breve.

O movimento

Isso era competição. Todos os outros esportes eram apenas uma metáfora. Isso era pra valer. Não havia nada melhor. E ainda assim, Wil não estava feliz. Os assentos eram bons. Ele estava com a barriga cheia de uma maravilhosa IPA local, uma boa surpresa que encontrou no quiosque, e estava cogitando um terceiro cachorro-quente coberto com mostarda e chucrute. Tinha visto Staxxx arrasar. Foi rápido, mas foi lindo. Um golpe reverso maluco. Um golpe que cheirava a Colossal. Agora ele mal podia esperar para assistir novamente em casa — Wil gravou toda a transmissão dos Superstars da Cadeia, embora estivesse lá em carne e osso. Ele havia comprado o pacote *platinum* para ter acesso a tudo dos Superstars o tempo todo. Até os episódios antigos.

Wil sabia que a luta contra Staxxx seria rápida. As lutas dela duravam em média pouco menos de dois minutos. Ela era única. Já fazia algum tempo que Wil achava que ela talvez fosse melhor que a Thurwar. Teve essa impressão antes de todo mundo começar a pensar o mesmo e agora estava irritado porque, se começasse a dizer que a Staxxx era sua favorita, ia parecer que estava entrando numa modinha quando ele era, na verdade, o líder do movimento. Wil construiu o movimento Staxxx. Desde quando ela era Ferrão, ele sabia que ela seria Colossal. Ele não tinha nenhum X no corpo — ainda —, mas era conhecido por cruzar os dois dedos médios na frente do pescoço quando seu chefe saía da sala, o que causava risadas e sorrisos de aprovação de seus colegas de trabalho.

A melhor parte do modo como Staxxx destruiu o Urso Harris foi que ele perdeu para Kyla, que apostou que Staxxx venceria o Urso em menos de um minuto. Wil imaginou que, se ela ia derrotar o Urso Furioso, faria isso em menos de quarenta segundos, mas preferiu dizer que levaria mais tempo porque queria perder para Kyla; era o jeito mais viável de abrir as portas. Da vida dela e também do quarto. Agora ele poderia dizer "você me pegou", e ela riria e provavelmente diria o que queria para o almoço naquele dia. Como resultado da derrota, o almoço seria por conta dele, que ofereceria a possibilidade de um upgrade para jantar naquela mesma noite ou em outro dia da semana. Por conta dele, é claro. Tinha certeza de que ela ia aceitar. Ela vinha dando sinais desde que descobriu que Wil gostava de esportes radicais. E Wil sabia captar vibrações muito bem. Portanto, a luta da Staxxx foi ótima para ele. O que foi bom, porque o combate da Thurwar realmente o irritou. Ele olhou para o merdinha que tinha matado os pais no portão leste. Uma buchinha de canhão. O som do aprisionamento tocou e o menino, Caneca, quase teve os braços arrancados quando caiu na MagnetoDetenção.

A beleza dos esportes de ação, ele explicava muitas vezes a quem não entendia, era que todos tinham chance. Os jogos deram àquelas pessoas que, convenhamos, não mereciam nem um picolé de bosta, a chance de viver, de competir, de conhecer o país, até de serem heróis. No fundo, aquilo era um exercício de justiça. Mulheres, homens, pessoas não binárias de todas as cores, religiões e origens, todos tinham chance uns contra os outros. Quase cem por cento das vezes, as partidas do Campo de Batalha eram bastante justas. Eles tentavam selecionar lutadores que tinham um número semelhante de lutas no currículo. E faziam um ótimo trabalho, considerando que as derrotas eram definitivas. Algumas pessoas estavam em outro patamar, mas aos poucos as lesões e o peso de sobreviver ao Circuito por muito tempo nivelavam tudo.

Mas um novato contra a maior das campeãs: bucha de canhão. E era verdade, agora que Crepúsculo Harkless se foi, Thurwar era o topo da cadeia alimentar. E Wil gastou uma montanha de dinheiro para comemorar essa grandeza. Ele se considerava feminista, e ela tinha sido sua porta de entrada para a grandiosidade do poder feminino. Mas alguém no GEOD* deve ter mexido alguns pauzinhos, garantindo que ela tivesse uma vitória certa. Wil nunca iria querer manchar o bom nome de Thurwar — ela era a Melhor de Todos os Tempos, sem contar a Monja-M e Staxxx, que certamente estava a caminho desse status —, mas verdade seja dita. Um garoto de dezesseis anos.

"Isso é realmente uma merda", disse Wil, alto o suficiente para provocar uma conversa com as pessoas sentadas em volta dele e de sua esposa, Emily.

"Ela merece uma noite tranquila", disse um homem com um chapéu onde se lia *thurWAR*.

"Sei, sei", disse Wil, sorrindo timidamente. "O que ela precisa é de algo para mantê-la no jogo. A Staxxx já está no encalço dela. A Thurwar tem sorte das duas estarem na mesma Cadeia." Ele era o verdadeiro maestro.

"Vamos ver se a Staxxx consegue chegar a Colossal. Aí sim eu topo compará-la com a senhorita Loretta Thurwar."

---

* Corporação Correcional do Grupo GEOD. A corporação-mãe de 20% das Cadeias do Circuito. A segunda maior participante do programa PEJC depois da CCAN.

"Ele ainda deve ser virgem!", Wil gritou, e isso rendeu muitas risadas. A aprovação de estranhos o satisfez de maneira vigorosa e descomplicada. Ele sentou por um momento para ver como estava Emily, que estava em seu lugar, assistindo a tudo horrorizada. Ela realmente envergonhava Wil às vezes.

"Você está bem, querida?", ele disse, abaixando-se ao nível dela, desaparecendo em um mar de coxas bem modeladas e bolsos traseiros. Ele mal conseguia ver a arena.

"Tudo bem", disse Emily, agindo como se estivesse observando atentamente, sem se preocupar em olhar para ele, embora olhasse para o Telão de vez em quando.

"Você entende por que não é justo, né? Porque a Thurwar é durona. A Grã-Colossal. Isso significa que ela tem, tipo, mais de trinta vitórias. Ela é a líder. Não existe nenhum status superior a esse. Bem, só o status de Liberto, mas isso não importa agora. E esse garoto é um Novato total. Mesmo se ele fosse um Ferrão, não seria justo. Um Ferrão..."

"Entendi, Wil. Ela vai matar o cara."

"Sim, mas geralmente não é assim." Ele estava sendo paciente com ela porque isso era algo que imaginou que poderia aprimorar na esposa e este era um momento educativo. "Normalmente eles dariam a Thurwar alguém com muito mais experiência em batalha. Um Ceifador ou até melhor, alguém com uma chance. Sabe?"

"Entendo."

"E, tipo, provavelmente estão compensando porque ela não sabia para quem se preparar, já que era um Combate-surpresa. Mas tipo, caramba, sabe?"

"Sei."

"Você está bem? Tem certeza que não quer se levantar?"

"Certeza", disse Emily.

"Tudo bem", disse Wil. Ele se ergueu e foi como entrar em um mundo totalmente novo. Estava mais claro e mais alto, e estava mais feliz. O ar tinha cheiro de cerveja derramada, carne defumada, sujeira e do hálito de milhares de pessoas que realmente entendiam o que era competição. Que não tinham medo do fato de todos morrerem em algum momento. Que sabiam que não havia sentido em fugir disso.

"Vocês. Estão. Prontos?", Micky Wright gritou, de seu jeito particular. Ouvir isso ao vivo fez com que Wil se sentisse como se ele próprio estivesse no Campo de Batalha.

"Sim, caralho!", ele gritou, e todos os seus irmãos e irmãs gritaram com ele. Mas dava para sentir o desconforto. Ele continuava berrando a plenos pulmões, e não saberia como dizer o que sentia, ou, se fosse forçado a dizer, classificaria o sentimento como uma reação instintiva ao fato de que aquele garoto, Caneca, era assustador, zoado ou estranho. Mas o que incomodava mesmo Wil, e ele sabia que também incomodava os outros, pelo tom dos gritos, pelas vaias e pelo volume — extremamente alto, mas tinha como ser mais alto —, era que diante deles, no Campo de Batalha, que ele conseguia ver inteiro por causa dos ótimos lugares que conseguiu, dava para ver bem que, de jeans e tênis, com uma panela na mão, Caneca parecia um cordeirinho. E ver um cordeirinho ser abatido não era um bom esporte.

"Comece a luta!", Micky Wright gritou. Um sinalizador disparou para o ar. Wil engoliu em seco quando o som da liberação magnética atingiu seus ouvidos. Thurwar correu. O peso de Hass Omaha deveria tê-la deixado mais lenta do que os outros Elos de elite, mas hoje, como ela já havia mostrado antes, mesmo com a densa força do metal em sua mão, seu passo era forte e suave. Não como era um ano antes, quando estava no auge, mas ainda assim era incrível de ver. Não dava para ver o seu M por causa da armadura, mas suas costas pareciam fortes enquanto ela se movia. Ele deu uma olhada em Caneca. O menino estava de pé, apontando a panela redonda que tinha na mão para

Thurwar como se fosse uma varinha mágica, como se uma luz verde fosse explodir e matar Thurwar. Thurwar avançou, suas longas pernas fazendo evaporar a distância. Qual seria a sensação disso? Vê-la correr até você. Ninguém vivo sabia. Então a panela caiu. Wil viu. Caiu das mãos do menino. Os lugares deles eram muito bons. E Thurwar estava sobre ele, uma grande força contra um cordeirinho. O menino esticou o braço para a frente como se fosse esfaquear, mas sua mão estava vazia. Os olhos arregalados. Thurwar balançou o martelo com força e rapidez, as pernas, o quadril e as costas criando o impulso. Hass Omaha obedeceu aos movimentos dela e acertou o alvo.

Todo o estádio ouviu o crânio do menino estalar. Como uma árvore se partindo ao meio.

Wil observou, absorvendo a carnificina. O que tinha acontecido? Como é que um momento antes aquele corpo era um menino e um segundo depois era uma casca? Um berço vazio. Um monumento a algo que se foi.

E ainda assim.

"ISSO!" Wil gritou. Provavelmente foi ainda mais rápido que a luta de Staxxx. Ele cumprimentou o homem que usava o boné escrito *thurWAR* e depois olhou para a esposa. Ela estava cobrindo o rosto com as mãos, espiando o Telão por entre os dedos. Ele se esgueirou para chegar até ela em meio ao caos de aplausos e alegria.

"Que tal?", Wil perguntou, cutucando Emily na lateral do corpo. "Você realmente gosta disso?"

"Não me diga que você não curtiu?", Wil disse. "Nem um pouquinho?"

"Talvez um pouco", disse ela, franzindo a testa para si mesma e depois dando um soco no braço do marido.

Elétrico

"Outra vitória. Uma homenagem, talvez, ao falecido Crepúsculo, que certamente teria se empolgado com essa eliminação", Wright disse. E, como se tivesse sido puxada por uma corda, Thurwar parou de andar em direção à base dele.

"Não", Thurwar disse.

A arena mergulhou em silêncio.

Micky Wright sorriu. "O que é isso, Mãe de Sangue?"

"Pare", ela disse.

As pessoas murmuraram, sem saber o que esperar, exultantes com Thurwar.

"Você sabe que eu odeio essa palavra. Mas diga, o que está incomodando você, Sanguinária?"

"Estou dizendo que isso não é verdade. Ele não teria ficado empolgado." Thurwar olhou para Micky Wright e se permitiu o pequeno prazer de observar o autoproclamado dono da "voz mais elétrica de todos os esportes de ação" enquanto o rosto dele desmanchava por um momento, antes de voltar àquele sorriso perfeito. O sangue do menino ainda estava quente. Ela não se lembrava da arena ter ficado silenciosa daquele jeito depois de uma luta. O HMC flutuou para mais perto de seus lábios. Ela falou.

"Alguns dias atrás, acordei e encontrei Crepúsculo morto no chão, longe o suficiente do Acampamento pra que eu... só tivesse alguns momentos antes de ele ser puxado pela Âncora. Ele ficou lá, a noite toda e a manhã toda, com a garganta cortada." A multidão ouviu. "Morto sem motivo. Morto e eu só notei minutos antes do início da Marcha. Mal consegui olhar para ele. Morto e eu não pude fazer nada. Nem sei quem fez isso. E você está me dizendo que ele ia ficar feliz hoje? Você está louco? Vocês estão todos loucos?" Ela estava gritando agora. Tinha prometido a si mesma que nunca permitiria que eles a ouvissem assim. Respirou fundo e se acalmou.

Micky Wright riu de nervoso.

"É um garoto. Um menino morto. O Crepúsculo era... ele provavelmente teria chorado. É isso."

Cada palavra ecoou antes de se unir à próxima. Quando terminou, ela caminhou até a plataforma, juntou os braços e se ajoelhou para ser presa. Era uma campeã, então lhe ofereceram a dignidade de ir até a Detenção. Seus músculos ficaram tensos em antecipação e logo os pulsos marrons exibiram as três linhas vermelhas.

Thurwar baixou a cabeça, como sempre fazia, para ouvir o comentário de Micky. Para si mesma, ela disse: "Eu sinto sua falta, Crepúsculo. Desculpa". Tão baixo que mesmo o HMC, a centímetros de sua boca, só ouvia a respiração.

O estádio continha o som confuso de muitas pessoas que, coletivamente, não sabiam o que dizer. Micky Wright odiava aquele som. Ele saiu de seu Camarote e entrou na arena.

"Bem, aí está, pessoal! Como se aquele impressionante Combate-surpresa não bastasse, agora vemos luto, vemos uma tristeza comovente da própria Mãe de Sangue." Houve murmúrios, mas a multidão ainda estava muito mais silenciosa do que ele gostaria. Wright passou as mãos pelos cabelos loiros e lisos e respirou fundo antes de gritar para o orbe diante dele. "Depois de massacrar Caneca, que — vamos ter que verificar — talvez seja a pessoa mais jovem já executada como punição legal,* a Rainha do Punho, Loretta Thurwar, compartilhou sua indignação com o assassinato do homem que tinha o título de Grão-Colossal antes dela! Será que ela consegue se controlar?"

Mais murmúrios, mas sem alvoroço. Wright queria alvoroço.

"Sua assassina doida, linda, sensível!", Wright disse. Agora ele conseguiu. O fã-clube T adorava quando ele a chamava de linda, e adorava quando ele a chamava de assassina. Loretta Thurwar. A maior estrela do Circuito, fácil. Quase completando três anos. A expectativa de vida média dos Elos de hoje era de cerca de três meses, mas muitos não passavam da terceira semana. Em menos tempo, caso sobrevivesse, Thurwar seria libertada e integrada à população, e seus crimes seriam absolvidos pelo sangue.

Micky Wright adorava Thurwar. A ascensão dela foi também dele. Mas agora a atitude presunçosa e superior que ela tinha em relação a tudo lhe dava um aperto no peito. Ele via pretensão nela. Bastava olhar para o nome dela — ou melhor, para a firme recusa em aceitar qualquer um dos apelidos dados por ele. Começou como uma brincadeira, ele oferecia um nome e ela recusava. Mas a essa altura estava claro que ela simplesmente se achava superior. Ele lhe deu tantos apelidos — Mãe de Sangue, General T, Jesus Careca —, mas basica-

---

* George Stinney Jr., na verdade. Jovem, negro da Carolina do Sul. É óbvio, claro. Em 16 de junho de 1944, George Stinney Jr., de catorze anos, tornou-se a pessoa mais jovem já executada pelos Estados Unidos. Ele foi acusado do assassinato de duas jovens brancas que foram mortas por um golpe de trilho de trem na cabeça.

Setenta anos depois que a eletricidade destruiu sua vida, ele foi inocentado.

Desde 1973, pelo menos 186 pessoas condenadas injustamente foram levadas à pena de morte.

mente todo mundo a chamava de Thurwar. O único nome que não veio dele.

Wright gostava de saber que ele era um dos poucos homens no mundo que podia ficar ao lado de Thurwar e não sentir nem um pingo de medo, embora apenas quando ela estava curvada e incapaz de se mover. A maioria dos homens a teria temido mesmo que estivesse morta aos seus pés. A pulsação de seu coração era a pura alegria de estar ao lado da estrela. E ele não era bobo — sabia que ela era a estrela, não ele. Aquela vadia linda e sem coração. Ela o pegou de guarda baixa de propósito para causar.

Wright caminhou com passos curtos e precisos. Se abaixou e deu um tapinha na cabeça baixa de Thurwar. Suave, apenas um pouco molhada. Ela não se moveu. "Quem sabe. Ela venceu aqui, mas será que perder Crepúsculo Harkless pode ser a derrota que finalmente fará a poderosa Thurwar ceder?"

Novo alvoroço. Os gritos da plateia fizeram o pau dele latejar. Ele deitou na Detenção ao lado dela. "É isso que está acontecendo, Lore?", ele disse com sua vozinha especial, uma de suas muitas marcas registradas. "Mamãe finalmente está que... que... quebrando?" Dava para sentir o cheiro do suor de Thurwar. Olhou para ela. As grandes ombreiras. A armadura da coxa que descia até o joelho esquerdo. O equipamento de batalha, de couro, imaculado em volta dos braços e pescoço. Uma pesquisa recente descobriu que os espectadores dos programas dos Superstars da Cadeia se sentiam mais atraídos por Thurwar no pós-luta. Desde então, a produção disse a Wright para passar esse tempo com ela. Três HMCs flutuavam no ar; um trio de luzes circulava seus corpos, dando aos espectadores acesso a todos os ângulos que eles pudessem desejar.

Essa foi a primeira vez em meses que Thurwar disse alguma coisa depois de uma batalha. E se Wright fosse ser honesto consigo mesmo, a reticência dela feriu seus sentimentos. Ele era seu maior torcedor. Os dois se tornaram estrelas juntos. Demonstrou amor por ela do melhor modo que um artista pode fazer, dando seu melhor em cada uma de suas aparições no Campo de Batalha. E agora ela não ligava pra ele. Doía. Mas não importava. Logo ela iria embora e ele ainda seria a voz do programa que mais cresce no mundo.

Wright apontou e um dos orbes holográficos passou por baixo da cabeça curvada de Thurwar. Sua respiração pesada ecoou como um vento forte pelos amplificadores. Ele deixou os súditos nas arquibancadas ouvirem a respiração da rainha. Wright podia sentir que eles estavam se divertindo. Amavam tudo nela. Literalmente. Durante o *Vida de Elo*, não houve uma única parte do dia de Thurwar que os espectadores não tenham assistido. Ela era a mais brilhante entre tantas supernovas e, de alguma forma, sua estrela ainda estava crescendo.

Quando não aguentou mais ouvi-la respirar, Wright voltou a ficar de pé. "Falante como sempre", disse ele com uma risada. Tirou a poeira das calças e deu um tapinha na cabeça de Thurwar uma última vez.

"Nossos agradecimentos à Wal-Stores, à Sprivvy Wireless e à McFoods por patrocinarem a temporada trinta e dois do Superstars da Cadeia. Como sempre, tudo isso foi possível graças a CCAN, GEOD, Sistemas Correcionais Spigot Correctional e TotemWorks, o que há de melhor em sistemas prisionais. Além disso, um grande agradecimento à ArcTech Security.* ArcTech, a mais dura em sistemas de segurança táticos. Sintonize na próxima semana para ver Mark Marks e seu Pálido

---

* A mais dura em segurança tática. ArcTech^R é uma empresa norte-americana de armas, defesa e tecnologias carcerárias com interesses multinacionais. O CEO Rodger Wesplat é filho de Tomas Wesplat e Monica Teasley-Wesplat.

Destroçador enfrentando Levi Paul e sua espada, a Corta-Línguas. E não deixe de nos contar suas reações ao grande momento da Rainha Thurwar. Nos vemos no próximo Campo de Batalha!"

Antes de ser escoltada até a van, onde esperaria pelos outros em silêncio forçado, Thurwar cumprimentou as pessoas que estavam, como sempre, à sua espera. Os guardas a levaram para fora da arena usando uma saída de carga, as portas pesadas e claras se abrindo com um ruído metálico.

Os olhos dela se acostumaram ao sol tardio; as pessoas gritaram. Ela estava de moletom e gola redonda.

Eles tinham objetos com a imagem dela. Diziam que a amavam. Gritavam o nome dela como se fossem seus donos. Uma massa de centenas de pessoas reuniu-se atrás de uma barricada de metal.

Os policiais militares a conduziram em direção à multidão e ela respirou fundo, lentamente. A vergonha estava se instalando. Rugiram e ela ficou aliviada. Aliviada porque o som da adoração poderia distraí-la de sua própria continuidade.

Suas mãos foram soltas e liberadas, linha verde. Os guardas a olharam. Ela assentiu e eles a seguiram. As barreiras de metal resistiram à empolgação das pessoas. As mãos cresciam como ervas daninhas. Thurwar caminhou, deixando que a tocassem. Esfregaram sua cabeça, sentiram seus braços. Ela deixou, até se inclinou, estendeu os braços na direção deles. Tocou a pele deles, tão incrivelmente macia. As roupas, os cabelos. Se fosse possível tirar um pedaço dela, teriam tirado. Eles a beliscaram. Esfregaram, puxaram. Aqueles homens, tão pequenos, fingiam que era um acidente quando seus dedos roçavam e depois agarravam seu peito.

Thurwar. Thurwar. Eu te amo. Vá se foder. Thurwar. Puta. Assassina. Lésbica do caralho. Aqui. Aqui. Uma foto. Foto! Por favor. Thurwar. Bem aqui.

Eles deram tapas em seu pescoço, puxaram seu moletom e ela seguiu em frente, às vezes parando para segurar a mão de alguém. Segurar de verdade. Os guardas observavam, mas mantiveram a atenção relaxada. Afinal, ela era Thurwar. Ela se esticou para tocar uma criança sentada nos ombros do pai. Não sabia se o calor que sentia vinha do fato de se odiar enquanto as pessoas que pagavam para ver seu aprisionamento imploravam por uma chance de tocá-la. Era como se precisassem senti-la com as próprias mãos para saber que era real. O que achavam que poderiam obter de sua pele? Dava para ficar embriagada com o desejo selvagem deles. Eles a faziam se sentir como se fosse outra pessoa. Uma pessoa merecedora.

Thurwar viu um homem e uma mulher na barricada. A pele negra da mulher brilhava num tom levemente roxo ao redor do olho. Ela usava uma faixa preta na cabeça. O homem com quem estava era alto e vestia uma camiseta amarrotada de gola frouxa, revelando o peito escuro. Eles também gritaram, e a voz da mulher cortou a multidão; ela falava como se já a conhecesse. Parecia alguém desesperada e familiar.

"Loretta!", a mulher disse. Ela tinha uns vinte e poucos anos, provavelmente. Thurwar olhou para a mulher e para o homem, que a ajudava a abrir espaço enquanto se aproximavam. "Loretta!" Ela estendeu a mão. "Você é digna, Loretta!" Thurwar se viu estendendo a mão para o braço da mulher. "Você é digna!" A voz parecia desesperada com uma energia que perfurava o resto. Era a voz de alguém que gritava mesmo com a garganta apertada, mesmo enquanto lutava pela própria vida.

Um homem pequeno e com rosto oleoso se interpôs entre eles, estendeu a mão e tocou a clavícula de Thurwar antes de deixar seus dedos encontrarem seus mamilos, que ele beliscou de leve, propositalmente. Thurwar olhou para ele, que sorriu e depois desapareceu na multidão. Thurwar não disse nada. Ela procurou pela mulher com o olho machucado, estava com medo de perdê-la de vista na floresta de humanos. Ela sabia que essa mulher era diferente. Sabia pelo som de voz. A maneira como ela dizia seu nome, as lágrimas. Muita gente chorava na presença dela, mas aquilo era diferente. Parecia que realmente se importava, que para ela aquele não era um momento para consumir. Thurwar diminuiu a velocidade para permitir que a mulher a encontrasse novamente.

"Loretta." Desta vez, mais à esquerda do que estava. Thurwar virou a cabeça e encontrou a jovem ainda estendendo a mão, que estava fechada. Ela se inclinou para a frente e braços percorreram seus ombros, pescoço, peito e costas. Quanto mais ela dava, mais agressivamente eles pegavam. Puxando o tecido do moletom. *Thurwar, Thurwar.* Finalmente, seus dedos encontraram os da mulher. Ao estender a mão, ela sentiu as mãos da mulher, macias, mas não muito; elas se abriram e as duas se deram as mãos.

"Eu sou uma amiga. Quero que você saiba o que está por vir", disse a mulher, ou Thurwar pensou que ela disse. Havia tantas vozes gritando por atenção. E então ela se soltou e observou Thurwar continuar a longa fila de adoração, agora com um pequeno pedaço de cartolina escondido nas mãos.

"Senhor?", disse um dos policiais militares.

O coração de Thurwar pulou. Ela se perguntou se os homens tinham visto a transação. Se o item contrabandeado seria tirado dela antes mesmo que ela tivesse a chance de olhar para ele. Ela o agarrou com mais força.

"Sim, Daniels", disse o líder da tropa.

Thurwar cerrou o queixo. Decidiu que isso era algo que ela não abandonaria. Preferia ser Influenciada a soltar o presente em suas mãos.

"Será que eu poderia tirar uma foto?", o oficial chamado Daniels perguntou. "Com a Thurwar."

"Você acha que isso é apropriado durante o trabalho?"

"Eu entendo, senhor, é só que... o Jakey é superfã e..."

Thurwar assistiu à conversa. Essa permuta por seu corpo.

"Tá bom, cacete, não me faça parecer um idiota, então. Tire o capacete pelo menos. Me dá aqui a câmera."

"Obrigado, senhor." Daniels tirou o capacete, revelando o cabelo castanho, emaranhado de suor. Ele passou os dedos pelas mechas molhadas algumas vezes.

"Estou bonito?", Daniels perguntou.

"Pelo amor de Deus, Daniels", disse o líder.

"O.k." Daniels voltou-se para Thurwar. "Você se importa de sorrir?" Ele posou com os punhos na cintura perto da arma, do bastão e do Influenciador.

"Eu me importo", disse ela.

"Ah, claro", disse Daniels, e se ajustou um pouco, deixando mais alguns centímetros de espaço entre eles enquanto o líder tirava a foto. Thurwar, apesar de tudo, sorriu quando um flash de luz capturou suas imagens.

"Obrigado", disse Daniels.

"Disponha", disse Thurwar.

Os homens destrancaram a van e ela entrou. Estava vazia.

"Vou te prender no azul. Você entende o que isso significa?"

Thurwar resistiu à vontade de dizer algo sarcástico — é claro que ela entendia que o cadeado azul significava silêncio. Que se ela falasse enquanto seus pulsos estavam azuis, sentiria um choque paralisante. É difícil esquecer as coisas que te machucaram. Ninguém esquece com frequência o formato da própria jaula. Em vez disso, assentiu e disse: "Entendo". Ela queria ficar sozinha.

"Tudo bem", disse o líder. "Bom trabalho hoje", acrescentou e apertou alguns botões no controlador Slate preto em suas mãos. Uma única linha azul apareceu em cada um de seus pulsos. As portas se fecharam.

Thurwar suspirou com alívio silencioso. Ela estava sozinha. O luxo mais raro de sua vida. Antes de abrir a mão, se abandonou em si mesma, neste momento em que estava invisível, despercebida. Deixou para trás a energia da multidão. Como foi que ela, uma pessoa que, antes de tudo isso, tirou a vida de uma boa mulher, se tornou essa pessoa que tanta gente achava que amava? Ela merecia o A nas costas. E, pelo que tinha feito, achava que não merecia adoração. Mais do que isso, não acreditava que merecia existir. E ainda assim seguia em frente.

Ela abriu a mão, esticou a perna e deixou o sangue fluir para o joelho. A cartolina estava amassada, mas as palavras escritas eram claras. No topo do papel estava escrito "SUPERSTARS Temporada 33". Examinou o que estava escrito abaixo do título, e qualquer coisa boa que ainda restasse dentro dela foi arrancada. Era como se suas entranhas tivessem se liquefeito e uma adrenalina galopante queimasse seu peito. Ouviu a fanfarra de uma multidão do lado de fora. Enxugou as lágrimas dos olhos. Rasgou o bilhete ao meio e colocou os dois pedaços na boca. A cartolina tinha gosto de terra seca.

Mas quando as portas da van se abriram para depositar outro Elo da Corrente, Thurwar estava quase sorrindo.

Hendrix "Escorpião Cantor" Young

Lá dentro, não mando nada.[*]

"Sei que você me ouviu, Oito Dois Dois", diz o guarda da manhã. Joga palavras para todo lado como se nem ligasse para o tesouro que tem. Deito na cama. E, ao não me mover, faço ele falar de novo.

"Oito Dois Dois, vamos", diz o guarda da manhã. *Voilà*, olha esse poder que eu tenho.

"Vamos." Olho para ele do outro lado do ferro. Mexo meu braço e vejo os olhos dele seguirem meu gesto. Estamos aqui juntos, mas não. Um homem faminto conhece melhor o preço da comida. Um glutão derrama sua porção no chão. Ele está de uniforme, verde-escuro na parte inferior e verde mais suave na camisa, e tem uma arma na cintura, e um spray de pimenta na cintura, e um cassetete na cintura, e um Influenciador que causa

---

[*] Novo Centro Reexperimental de Auburn, modelado a partir do Sistema Auburn criado no século 19. O Sistema Auburn exigia que os prisioneiros vivessem em silêncio. Isso foi concebido para despojar os presos do sentido de identidade, o que foi pensado para ajudá-los a realizar as tarefas diárias — construir produtos e realizar outros trabalhos para serem vendidos comercialmente — de forma mais eficiente.

dor até os ossos, faz você desmoronar e chorar e se cagar porque seu corpo pertence à dor e não a você.

Poucos dos guardas carregam o Influenciador, e esses guardas você só vê quando faz algo sério. Além de toda a dor que o guarda da manhã carrega na cintura, ele tem um rádio para chamar reforços. Todos eles têm. Olho para meus pulsos. Olho para a linha azul na veia. Linha azul significa que, se você fala, você sente dor. Fale e leve um belo de um choque. Use sua voz e sinta um raio brutal. A linha azul significa que você deve calar a boca enquanto ela estiver lá, ou seja, para sempre. A linha azul significa que ainda estamos aqui. Aqui há sempre uma linha azul em nossos pulsos.

Aceno com a cabeça para o guarda da manhã, que passa pela minha jaula solitária para entregar a ração do cara logo ao lado. Eu me visto. E pouco depois estou sentado colocando ovos cinzentos na boca. Sons de mastigação e colheradas e, às vezes, um estalo. Nem uma voz no refeitório. Olho em volta e vejo os homens ao meu redor picando ovos, exatamente como faço. Homens em longas mesas cinzentas com bancos cinzentos.

Sou como eles e eles são como eu. Nossos pulsos. Nossas mãos. Nossos olhos. Nossa pele. A sirene toca e todos nós passamos do refeitório para a Praça. Usamos um macacão branco que vai por cima do macacão cinza. Por cima disso, usamos aventais laranja ou verdes. Eles nos dão óculos transparentes. Redes para o cabelo. Luvas para manusear os abatidos.

A Praça é o que parece. Uma sala grande. Mais para armazém. Quatro lados longos. A carne pendurada em ganchos passa lentamente por um espaço na parede leste. Carcaças de futuros hambúrgueres e bifes. Há serras verticais do meu lado da Praça. Ou melhor, do nosso lado. Nosso trabalho: partir os animais ao meio. Puxamos para baixo, baixamos a carne até o cortador. Serras, três saindo da esteira à nossa frente. Depois de os partirmos em dois, a carne segue para a mesa seguinte, onde os homens com facas cortam ainda mais os corpos. Homens com aventais verdes têm facas e homens com aventais laranja trabalham nas serras e na esteira. Uma praça cheia de homens cortando. Só o que fazemos é dilacerar carne. Imagine isso, uma prisão cheia de homens segurando e manuseando lâminas. Eles nos controlam tão bem que não se preocupam. Essa é a Praça. Esse é o trabalho. Esse é o dia. Preparamos carne.

Há sangue no chão e também em nós. Na Praça, nossos pulsos azuis ganham uma linha vermelha, então ficamos presos no lugar.

Acima de nós, os guardas, observando.

Os pulsos parecem roxos à distância.

Nós trabalhamos. Meu trabalho é minha vida. Rezo por trabalho. Odeio meu trabalho. Preciso do meu trabalho. Puxo/empurro carne para as serras que vibram.

Parto o corpo ao meio.

A serra age com prazer.

Duas partes de um corpo.

Tenho um corpo.

Parto um corpo ao meio.

Parto de novo. Parto de novo.

A serra funciona como se tivesse recebido uma ordem de Deus para não parar. Todo mundo na linha gosta disso. A serra é forte e quente.

Faça o trabalho. Faça direito.

Há um homem ao meu lado hoje. Ele corta e empurra bem. O cara do lado dele não. Nós trabalhamos. Apenas um metro e meio entre nós. As linhas azuis em todos nós significam que não há nada a dizer. As linhas são sempre azuis.

Nós cortamos e à nossa frente eles fatiam e empurram. A serra canta com um *zzzz* quando é ar e com um *crriiii* quando é carne e um *prprprpr* quando é osso. A serra canta um solo. No quinto ano de vinte e nove. Há cinco anos não ouço a minha voz por mais do que um instante. Mas isso eu mereço. Não há desculpa.

Pressione e segure para que a serra coma a carne e não as mãos. O sangue é da mesma cor. Perca meia mão e só perceba quando for tentar fazer o sinal da paz e não tiver mais os dedos. Só um L. Um solo. A serra não se importa com o que está à sua frente.

O homem ao meu lado está ao meu lado não faz muito tempo. Um ano, talvez dois. O homem ao lado dele já é velho. Poderíamos ser parentes. Gerações de Preto mais Preto mais Preto. O homem ao lado do homem ao meu lado é velho e bambo. Não consegue cortar direito. Ele erra, todos nós sentimos dor.

Cortamos de manhã e depois comemos.

Arroz de água cinza e vai saber o que mais. O som é de mastigação e há cheiro de sangue em minhas mãos e em todas as outras coisas neste lugar. Depois, de volta à Praça. É um trabalho cansativo. Olho para o homem ao meu lado e para o homem ao lado dele e me vejo, depois me vejo ainda mais longe. O último homem tem cabelos grisalhos e óculos e treme quando tenta ficar parado.

Não é um lugar feliz.

No final do dia estamos todos cansados, e no final do dia o último homem está especialmente cansado. Pior que cansado. Bambo e torto. Trabalhamos de graça. Trabalhamos e trabalhamos sem receber por isso. Cometemos erros, então agora somos escravos.* Trabalhar de graça aqui dentro para as pes-

---

* Ratificada em 6 de dezembro de 1865, a Décima Terceira Emenda à Constituição dos Estados Unidos diz: "Nem a escravidão nem a servidão involuntária, *exceto* como punição por um crime pelo qual a parte tenha sido devidamente condenada, existirão dentro dos Estados Unidos, ou em qualquer lugar sujeito à sua jurisdição" (grifo nosso).

soas de fora. Isso. Escravos em uma caixa horrível. Nada mais que isso.

O último homem foi escravo. Bambo, agora. Muito bambo. Um galho fino numa canção de vento silenciosa. Cutuco o homem ao meu lado com o cotovelo para que ele cutuque o homem ao lado dele. Acordo o cara porque o terceiro homem não parece bem. Tenho que me apoiar em uma perna para alcançar, mas consigo. Cutuco o sujeito para que ele faça o mesmo com o último homem, para que o último homem, o velho, não acabe se matando. O homem ao meu lado não faz nada. A única coisa que posso fazer é cutucar de novo! Bato com o cotovelo em seu ombro. Todos presos onde estamos. Com os olhos digo que ele deve olhar para o velho a seu lado. O homem ao meu lado me olha feio, como se eu que tivesse acorrentado ele a esta linha de produção para cortar carne para sempre. Seus olhos dizem: *Vá se foder*. Depois olha o último homem da nossa fila cambaleando e o homem ao meu lado balança a cabeça e não faz mais nada. Cutuco outra vez, porque é só cutucar o último homem e ele acorda. Os cortes do último homem estão tortos agora. Carne vai ser destruída. Todo mundo vai sentir a dor. Ele parece doente, como se fosse cair no chão, provavelmente bater a cabeça num corrimão, ou cair para a frente e se cortar todo. O homem ao meu lado olha para o último homem, sofrendo, parecendo doido, depois olha para mim e sorri como se fosse essa a parte do filme que ele estava esperando ver.

Tento dar passos. Às vezes, não ajustam a embreagem magnética forte o suficiente. Geralmente não, mas eu sempre testo e vejo. Normalmente, dá pra se mexer numa caixa invisível para cortar a carne e nada mais. Tento dar um passo para trás. Dá. Tento outro e é como se uma mão mais forte do que qualquer homem me puxasse de volta ao lugar. A corrente invisível prende todos à linha de corte de carne. A gente só faz cortar carne.

O último homem deixa seus pedaços passarem sem corte. Oscilando. Bato palmas uma vez. Bato palmas novamente. O guarda lá em cima olha para mim. Ele não vê nada além de escravos, depois olha para trás, vê sei lá o quê. Cutuco aquele homem ao meu lado outra vez. Forte nas costelas porque o último homem não está bem e não vai ficar acordado por muito tempo. O homem ao meu lado me bate no ombro, para não me dizer nada, exceto que se eu mexer com ele mais uma vez, ele vai fazer mais do que cutucar. Bato palmas e olho. Parto um corpo ao meio. Vejo o homem ali, homem que foi escravo por anos, oscilando para trás e depois para a frente. Talvez precise cair. Às vezes penso o mesmo. Talvez já foi demais. Talvez seja uma saída. Vejo ele e vejo a carne sendo cortada e todos os homens de linha azul no pulso, que significa que eles são só trabalho e nada mais.

Lembro como dizer. Lembro e respiro fundo porque a linha azul em meus pulsos significa que não se diz nada, só o que passa por cima da dor.

"Ei!", digo com minha própria voz. Há muito que não ouço. Parece fina e seca, como um bicho abatido, mas é minha e eu amo. Todo mundo olhando para mim. Jovem, no centro das atenções e então a eletricidade me destrói. Aperta todos os músculos ao mesmo tempo. Grito mais e essa é minha voz avisando que ainda estou na mão deles e que também não estou.

Caio no chão. Mais longe do que eu deveria ser capaz. O choque dá uma folga. Há um limite do que as algemas podem fazer a cada vez.

"Ei", digo novamente do chão, e novamente sinto o raio me esfaquear. Mas posso me mover um pouco. Me esforço no chão. Rastejo pelos mares rasos de sangue no chão. Me sinto possuído pela dor e por um tipo diferente de força que não pode ser ignorado. "Ei!" Grito de novo, e meu corpo se contorce com tanta força que a língua sai da boca e toca o chão ensanguentado. Se sinto gosto de algo, não sei. Dor é tudo que vejo, ouço, lambo e toco. Pressiono os joelhos no chão ensanguentado. Faço força e rastejo. Vou em direção ao meu último homem enquanto botas vêm na minha direção.

Então ouço mais vozes, vozes como a minha, pisoteadas, mas ainda ali, ainda ali.

"Lionel!", alguém lá em cima grita.

"Mary, estou com saudades de vo..."

Uma pequena revolta, do tipo que acontece quando eles sabem que não há muito que possa ser feito a respeito do caos.

"Fodam-se eles!", alguém grita, e aí grita diferente quando chega o choque.

"Vinte e dois anos amanhã e..."

Mais e mais deles seguem. Um coral de escravos. Toda nota abafada pela eletricidade, mas ainda assim um coral. Eles levam o choque só para ouvir as próprias vozes. Só para dizer alguma coisa, pelo menos. Eles, como eu, continuam gritando seus nomes e tudo o mais que pensam. Aqui, a própria voz é uma espécie de desejo. Uma estrela cadente. Você não desperdiça com besteira. É um show mágico de vozes rápidas, depois grunhidos fortes e gritos. Eles são destruídos e depois levantam, prontos para cortar.

Rastejo porque é difícil. Rastejo passando pelo homem que estava ao meu lado. Respiro fundo e me agarro ao último homem e puxo o velho escravo de volta e o sento no chão duro e ensanguentado para que ele não caia e se parta no meio.

Levanto. Fico de pé.

E olho para baixo, para o último homem, que não parece muito bem, mas pelo menos não foi retalhado, e sinto meus pulsos me puxando e estou quase fazendo um *moonwalk* de volta para onde estava. E aí um corpo com pernas verdes e uma camisa menos verde taca um cassetete na minha cara e me joga de volta em direção ao som do zumbido.

Faz tempo, John,
Ele se foi faz tempo,

"Como você conhece essa música, filho?", ele pergunta e quer que eu responda. Continuo cantando.

Como um peru no milharal,
Em meio aos pés altos de milho.

"Se você assinar esses papéis, você entende como será sua vida no Programa de Entretenimento da Justiça Criminal, senhor Young? É importante que você entenda." É um homem de terno falando como se eu não soubesse ler ou pensar. Estou numa cama macia, então eu canto. Estou numa cama. Minha comida tem gosto, minha comida tem cor, então eu canto. Meus pulsos estão verdes, uma cor que não vejo neles há muito, muito tempo. Então eu canto.

Bem, meu John disse:
No capítulo dez,
"Se um homem morrer,
Ele viverá novamente".

Deixei meu braço na fábrica, então eu canto. Canto porque mesmo sem um pedaço de mim, estou inteiro outra vez, ouvindo a mim mesmo. É dura e macia ao mesmo tempo, minha voz, como uma árvore com polpa tenra sob a casca.

"Você já passou pela instalação da algema Arc quando entrou nessa instituição, então uma coisa a menos para você fazer agora, nesta transição. Nenhuma nova cirurgia será necessária, exceto aquela que já aconteceu em relação ao seu recente" — ele faz uma pausa como se não soubesse dizer quando seu braço foi serrado — "acidente."

Bem, eles crucificaram Jesus
E eles o pregaram na cruz;
Irmã Maria chorou,
"Meu filho está perdido!"

"Se for isso que você quer, pode assinar aqui indicando que esta decisão foi tomada por vontade própria e que ninguém nas instalações de New Auburn jamais o coagiu de alguma forma a buscar o Programa de Entretenimento da Justiça Criminal?"

Bem, faz tempo, John,
Ele se foi faz tempo,
Ele se foi faz tempo.

Ele está falando sobre Auburn agora. Lugar para onde nunca voltarei. Canto uma música que me preenche. Assino seus papéis e ele sorri, franze a testa para mim e se afasta, e estou na cama esperando estar bem o suficiente para ver o mundo lá fora, se ele me aceitar.

A van

A Cadeia Angola-Hammond ia inteira na van. Todo mundo e Jerry. E, claro, as câmeras de circuito fechado empoleiradas nos quatro cantos da parte traseira da van, que permitiam a Jerry uma boa visão dos Elos a todo momento. Enquanto se afastavam rapidamente de Vroom Vroom em direção à próxima parada, Jerry fez questão de olhar, no retrovisor analógico e na série de telas embutidas no console do veículo, para sua carga de supervilões/heróis. Ele fez questão de observá-los de verdade enquanto estavam ali sentados em silêncio. Ali estavam eles, os oito, presos por algemas magnéticas. Naquele momento, Jerry imaginou, ele era o líder do grupo. A van ficou em silêncio, exceto pelo assobio dele. Imaginou que, presos ao silêncio como estavam, provavelmente gostavam de ouvir algo vindo de alguém.

Jerry se considerava um membro adicional desse grupo de bandidos e, de certa forma, sim, definitivamente ele era o líder. Qual seria a outra opção para designar o cara que dirige a van — ou melhor, que fica sentado no banco do motorista da van enquanto a mão da automação os levava com firmeza pela estrada em direção ao ponto onde todos seriam entregues? Jerry observou as telas do console enquanto se reclinava no banco. A promoção a assistente de produção e dirigente de transporte intercircuito do Sistema de Elos Angola-Hammond foi uma das poucas vitórias de sua vida. E uma das vantagens era que ele ganhou seu próprio episódio especial do *Vida de Elo* que ninguém mais veria. *Vida de Elo: a Van*. Talvez um dia desses ele apresentasse a ideia para seus superiores.

Porque Jerry era o único que sabia que, depois de uma vitória brutal, Staxxx chorava silenciosamente no ombro de Thurwar. Era Thurwar, sempre Thurwar, quem Staxxx procurava nesses momentos. E só ele sabia como Thurwar massageava com delicadeza o couro cabeludo de Staxxx enquanto as lágrimas dela molhavam seu moletom. Só que hoje Thurwar parecia estar olhando para si mesma. Seus braços estavam em volta de Staxxx, mas frouxos, como se ela estivesse surpresa por estar abraçando aquela mulher que abraçara tantas vezes antes.

Tanta coisa acontecia ali enquanto eles esperavam para ser deixados no próximo local de Marcha. Uma ópera silenciosa só para os ouvidos dele. Ninguém mais sabia como Gunny Puddles, aquele maluco careca, olhava furioso, com a mandíbula cerrada, no banco mais próximo da porta durante todas as viagens da van. Ninguém via Sai Eye Aye, aspirante-a-Thurwar-e-brabeza--em-pessoa, tentando fazer os outros Elos rirem. Se a risada durasse mais de meio segundo, Jerry ouvia os gritos causados pela eletricidade que saía de seus pulsos e percorria aqueles corpos. Se um deles levava um choque, o jogo parava por um tempo e recomeçava quilômetros depois. E também tinha Randy Mac, que fazia o possível para parecer indiferente e até tranquilo. Ele se esforçava principalmente para fazer parecer que não se importava com o fato de Staxxx escolher Thurwar para confortá-la, e não ele. Mac escondia o ciúme organizando torneios de Pedra, Papel e Tesoura com Rico Muerte ou Sai ou Ice. Mas Jerry via em suas telas como Randy espiava Staxxx enquanto mostrava a palma da mão para Ice Ice Elefante, o brutamontes de Samoa, que exibia um punho enorme. E, claro, toda a van sentia a ausência de Crepúsculo Harkless, o único deles que Jerry realmente conhecia... um pouco.

Randy Mac ergueu as mãos em sinal de vitória. Apertou as próprias mãos e balançou-as acima da cabeça. Randy Mac, Jerry pensou. Que homem triste debaixo daquela casca. Jerry suspirou enquanto se reclinava no banco. Amor não correspondido. Nisso, Jerry e Randy eram meio como irmãos. Pelo menos Staxxx se deitava com Randy às vezes. Nisso, Randy tinha sorte. Para Jerry, não passava de um sonho.

Os Elos A-Hamm conheciam bem Jerry, embora ele mal tivesse falado com eles. De um ano para cá, fez a maior parte dos transportes, deixando-os em campos no meio do nada, como se deixasse os enteados na escola. Geralmente era gentil o suficiente para compartilhar o silêncio deles. No ramo do entretenimento, isso era chamado de "ficar no gelo". A ideia era evitar que os Elos falassem quando as câmeras não estivessem olhando; caso contrário, havia o risco de delícias serem pronunciadas sem que o mundo pudesse ouvi-las. A van era um dos únicos lugares onde uma Cadeia podia estar reunida sem ser monitorada diretamente — a não ser, é claro, pelo olhar atento de Jerry. Havia também as Noites de Blecaute, mas elas eram imprevisíveis e raras.

Se não tivessem sido fisiologicamente forçados ao silêncio, Jerry falaria com eles sobre a própria vida. Talvez a van, o programa que ia tomando forma em sua cabeça, pudesse ser um talk show. Conversaria com eles sobre sua ex-esposa, Meghan, e seu filho, Kyle. Mas será que falar sobre família seria o mesmo que balançar um bife na frente de cães famintos? E, para ser honesto, já fazia meses que ele não via a ex e o filho. Obviamente não poderia falar com eles sobre seu trabalho e, claro, esse era o único assunto que interessava a ele. Não podia falar sobre seu relacionamento pessoal com o falecido Crepúsculo, do qual nem mesmo os chefes sabiam. Se soubessem, certamente não lhe teriam atribuído essa nova posição, que na verdade era de segundo assistente de produção e codirigente do transporte intercircuito do Sistema de Elos Angola-Hammond.

Os novos amigos — todos os antigos amigos escolheram Meghan em vez dele — adoraram ouvir sobre seu cargo de segundo assistente de produção e codirigente do transporte intercircuito do Sistema de Elos Angola-Hammond. E isso realmente o aproximou de sua sobrinha — seria ex-sobrinha? Ela nunca tinha gostado dele. Chegou a dizer isso mais de uma vez. Mas mesmo assim ele ligou depois do divórcio para saber como ela estava, disse esperar que mantivessem contato.

Mari era uma dessas crianças — bom, ela não era mais criança — mas era o tipo de pessoa que não gostava de nada. Odiava o governo, odiava a maioria dos alimentos que não eram preparados em algum tipo de santuário de paz e felicidade, odiava a maioria das pessoas na TV porque não faziam o suficiente a respeito disso ou daquilo. Era durona, sempre foi, e se você levar em conta que não tinha o pai presente, parecia justo. Ela tinha vindo com uma mão ruim e agora jogava todas as cartas da mesma forma: com muita crítica, sem confiança. Mas apesar dos protestos hipócritas, realmente pareceu animada ao falar da promoção dele. No início, disse que não acreditava, não acreditava que ele viajava com Crepúsculo, que pudesse conversar e, de certa forma, conhecer o pai dela. Depois pediu, primeiro com timidez, depois com mais insistência, que ele contasse sobre o pai dela. Como ele era de perto? Como era pessoalmente? E Jerry contou a verdade: o cara estava sempre sorrindo. Você não acreditaria que ele fez as coisas que fez. Era sempre o primeiro a entrar na van e o último a sair. Quando não estava silenciado, perguntava a Jerry sobre seu dia, os dois fingindo que suas ex-parceiras não eram irmãs.

Mari escutava, silenciosa, no holofone. Certa vez, Jerry disse: "Ele é um homem muito melhor do que era quando entrou. O programa tem algum mérito em...", mas ela desligou na cara dele antes que pudesse terminar.

Jerry se sentiu culpado quando Mari o procurou depois de o pai ser assassinado, antes que ele pudesse entrar em contato com ela. Ele disse a verdade, não sabia o que tinha acontecido. E, como não sabia mais o que dizer — não tinha como dizer "era um bom homem" —, começou a falar sobre o programa, deixando escapar algumas mudanças de regras que ele descobriu em um e-mail que lhe foi enviado acidentalmente. Só quando ela se despediu e encerrou a ligação é que ele percebeu que havia divulgado informações confidenciais. Mandou uma mensagem pedindo que ela nunca mencionasse isso. Ela respondeu: *Com certeza.*

Tanto a ex-sobrinha quanto a ex-cunhada deixaram claro, muito antes de ele ter esse emprego, que não curtiam os Superstars. Mas os esportes radicais eram o ganha-pão dele. E embora não coubesse a ele julgar se a vida dos Elos era justa ou não, ou fazer julgamentos sobre a maneira como esses criminosos estavam servindo à comunidade por meio do entretenimento, ele fazia questão de não assistir ao programa em casa. Às vezes era muito sombrio.

No entanto, de alguma forma, por ser segundo assistente de produção e codirigente do transporte intercircuito do Sistema de Elos Angola-Hammond e responsável administrativo de atividade humana e segurança, a quem foi confiada a responsabilidade de garantir que a Cadeia Angola-Hammond chegasse aonde precisava ir, ele se importava com os condenados. Eram a Cadeia mais popular de todos os tempos, muitos deles celebridades por mérito próprio. E naqueles momentos na estrada, quando ninguém estava olhando, ele meio que era o líder deles, ou quase isso.

Jerry sentia um afeto paternal por eles. Quando voltava para buscar os Elos depois do Campo de Batalha, ou quando ia buscá-los em uma parada em uma Cidade-Conexão, ou quando ia entregá-los para a Marcha, ele contava os passageiros e sentia uma pontada de vergonha se um deles estivesse faltando. Fosse no Campo de Batalha ou em algum conflito interno do A-Hamm, ficava difícil olhar nos olhos de qualquer um deles. Dias antes, quando Thurwar entrou na van seguida por Staxxx e toda a Cadeia sentou e não havia sinal de Crepúsculo, ele quase chorou ali mesmo. Conduzindo a A-Hamm sem Crepúsculo, ele sentiu desesperadamente que queria fazer parte da vida de seu filho novamente. A filha de Crepúsculo nunca mais o veria, mas com Jerry e Kyle não precisava ser assim. Mas Meghan andava dificultando e Kyle sofria. Por enquanto, Jerry fingia que tinha vários Kyles nos bancos de trás.

Um vulto preto e branco saltou na estrada a muitos metros de distância. Tempo mais que suficiente para sair de lá. A van não diminuiu a velocidade e o vulto não se moveu. Um gambá? Um gambá. Parado na estrada como um mártir. Jerry se inclinou para a frente, mas não tocou em nada. A van avançava sobre as rodas. Não havia razão para não acelerar naquelas colinas vazias. Exceto agora. A coisa ficou ali, olhando para Jerry como se estivesse esperando por eles e estivesse aliviada ao ver que finalmente haviam chegado. Jerry espiou pelo para-brisa, observou o volante oscilar para um lado e depois para o outro, corrigindo o trajeto e permanecendo constante numa calma autônoma.

"Puta que pariu", disse Jerry, segurando o volante e pisando no freio enquanto buzinava. Diminuiu a velocidade, rápido o suficiente para sentir seu corpo ir para a frente. Lá embaixo dava para ouvir o som de armas raspando no chassi da van. Mas foi a buzina, ao que parece, que resolveu. O barulho fez a coisa quase saltar no ar antes de sair correndo para o outro lado da estrada, passando por baixo de uma grade de proteção e caindo no mato alto.

Jerry olhou pelo retrovisor. Encontrou os olhos de Randy Mac, que o encarou, faminto e cansado. Randy Mac sorriu e ergueu os braços, mostrando a Jerry a palma das mãos, o brilho azul em seus pulsos. Depois ele levantou o que restava de seus dedos médios — o dedo médio esquerdo, e o anular, aliás, haviam sido parcialmente removidos meses antes — e mandou Jerry se foder inteiro com uma das mãos e um pouquinho com a outra.

Realmente era um trabalho ingrato.

Jerry parou de assobiar. Seguiram em completo silêncio, ao que parece, durante os últimos quilômetros, até que, de sua posição reclinada, ele sentiu a van desacelerar e parar.

"Boa sorte, hein?", Jerry disse alto o suficiente para que os Elos pudessem ouvi-lo, mesmo ainda trancados lá dentro. Jerry estacionou em uma estrada vazia. Ele abriu o chassi da van e puxou uma longa haste metálica preta que terminava em um disco plano quase perfeito que formava um cone na ponta. Tirou a tela preta do bolso e pressionou a superfície. A Âncora ArcTech, que esteve debaixo deles durante todo o caminho como sempre, ficou ereta, se elevou e ficou esperando ali, suspensa no ar. Jerry pegou o pequeno arsenal de equipamentos na parte de baixo da van e deixou no chão, para que cada um pegasse sua arma. Ele pegou o martelo, tentando não machucar as costas no processo, a foice, várias facas, um tridente, um taco de golfe e o resto da carga destrutiva, e colocou tudo na grama quebradiça à beira da estrada.

Depois abriu a traseira da caminhonete para que os Elos pudessem sair, correu de volta para o banco da frente e trancou a porta enquanto eles desciam. Todos os pulsos emitiram um alerta vermelho intermitente enquanto as algemas sincronizavam com a Âncora. O mesmo vermelho brilhou nas bordas do mandachuva metálico de um metro e meio de comprimento, como uma Space Needle em miniatura, como um corpo negro flutuante.

Ao se instalarem em sua detenção a céu aberto, eles olharam para o nada ao redor, olharam um para o outro. Thurwar fechou as portas da van. Foram deixados nos arredores de uma fazenda há muito abandonada. Nenhum carro passou enquanto esperavam e as únicas luzes visíveis vinham do brilho minguante do céu e seus corpos astrais e dos pulsos dos condenados. Cinco deles tinham estado no Campo de Batalha naquele dia: Thurwar, Staxxx, Randy Mac, Ice Ice Elefante e um homem chamado Água Podre. Todos venceram suas lutas, mantendo a Cadeia A-Hamm com oito Elos fortes.

Não fazia nem um minuto que tinham saído quando a van em que chegaram começou a se afastar. E permaneceram juntos naquele curto período em que não eram observados e não estavam silenciados. Thurwar, Staxxx, Randy Mac, Sai Eye Aye, Ice Ice Elefante, Gunny Puddles, Água Podre e Rico Muerte: a Cadeia Angola-Hammond.

"Bom ver todo mundo", disse Staxxx, sorriso largo. A pontinha branca de um curativo aparecia por baixo de sua camisa. Abaixo dele, sua última tatuagem de X, recebida de seu tatuador pós-luta, cicatrizava na pele. As tatuagens se tornaram uma tradição pós-jogo tão arraigada que eram oferecidas, sem custo de Pontos de Sangue, em todas as arenas.

Ouviu-se um som semelhante ao de latão caindo no concreto. Os pulsos ficaram laranja. Staxxx pegou a foice e Thurwar foi pegar o martelo. Assim que pegou a foice, Staxxx pareceu se iluminar, como se um pedaço dela tivesse sido dolorosamente removido e só agora ela estivesse inteira novamente. Com a foice na mão, Staxxx correu em direção a Thurwar e a pegou nos braços. Thurwar deu um beijo no alto da cabeça de Staxxx e abraçou sua cintura. Thurwar olhou para Randy Mac, que sorriu de canto de boca enquanto Staxxx a apertava e a abraçava de volta antes de afastá-la. Sai Eye Aye se aproximou de Thurwar e puxou-a para um abraço profundo.

Thurwar respirou nesse curto intervalo antes que os HMCs chegassem e o show começasse. Era isso que eles faziam, e ela sabia que era diferente do que outras Cadeias faziam. Quando saíam da van, se cumprimentavam de novo. Esse foi um hábito que ela e Crepúsculo estabeleceram no grupo. Ela sentiu que deveria dizer que a pessoa que matou Crepúsculo deveria se apresentar e pelo menos explicar o porquê. Queria restabelecer a hierarquia que, mesmo quando Crepúsculo ainda estava lá, tinha começado com ela. Queria saber quem matou seu amigo.

"Mãe de Sangue", Sai Eye disse num sorriso com poucos dentes. Uma pedra na mandíbula arrancara dois pré-molares superiores e um canino inferior. A pele delu era arenosa e limpa e a cabeça tão careca quanto a de Thurwar. "Foi uma noite interessante", Sai concluiu. "Você é a Grã-Colossal, faça bonito. Estaremos com você até a Alta Liberdade." Sai deu um sorriso de camaradagem verdadeira.

Depois da viagem silenciosa, a sensação de falar era como a de água em boca seca. "Ei", respondeu Thurwar. "Sim. Você se saiu bem."

Thurwar e Staxxx cumprimentaram Ice Ice Elefante, tocando em seu ombro. Ele acenou com a cabeça em resposta. Era alguns centímetros mais baixo que Thurwar, embora provavelmente tivesse o dobro do peso dela, com braços, pernas e torso grossos como troncos de árvores.

"Boa luta", disse Ice.

"Idem", disse Staxxx. Depois ela continuou. "Qual de vocês quer outro apertão antes de começar a transmissão?", Staxxx perguntou. Seus olhos pararam em Randy Mac. "Acho que vi alguém que quer."

"Depende do que você vai apertar", disse Mac. Staxxx se aproximou dele.

A transmissão começará em sessenta e cinco segundos, disse a voz leve e animada da Âncora. Parecia uma voz humana, mas o objeto era claramente desprovido de alma, sua única preocupação era direcionar a ação.

Um painel na cabeça da Âncora se abriu e três orbes HMC flutuaram.

"Sei que você precisa disso. Aposto que estava preocupado comigo, seu ursão." Staxxx teve cuidado ao abraçar Randy, para não o decapitar com sua foice. Ele a aceitou calorosamente. Derretido nela. Todos observaram de perto. Era difícil fazer o que Staxxx fazia. Permitir-se ser um alívio para os outros em um esporte projetado muito especificamente para que eles nunca aliviassem ninguém de nada.

Gunny Puddles cuspiu no chão.

"Eu também preciso de um pouco disso", disse Sai Eye Aye.

"Quero muito disso, na verdade", acrescentou Rico Muerte.

A transmissão começará em trinta segundos. Formem uma fila.

"Tudo bem, vai ter que ser uma turma dupla", disse Staxxx com uma risada maligna.

Sai encolheu os ombros e Staxxx envolveu elu em seu braço esquerdo enquanto Rico Muerte avançava e deixava que ela o puxasse para dentro dela com a direita. "Sem timidez. Foi um longo dia."

Nos últimos meses, esse era o procedimento de Staxxx. O toque de outro humano era como amor na pele. Crepúsculo incentivou Staxxx quando ela criou a tradição de começar cada Marcha com um pouco de amor. De certa forma, ele orientou Staxxx no caminho do estrelato.

Holovisão iniciando.

Tinha acabado. Eles se separaram, apartados pela força da mestra, a Âncora; estavam em fila, ombro a ombro, separados por cerca de um metro. Os três HMCs flutuaram e descansaram aos pés de Rico Muerte. Ele já estava em sua pose, agachado com seu taco de golfe, um ferro número seis, no chão, como se estivesse avaliando a posição em um gramado complicado. Os HMCs voaram e circularam ao redor dele.

O programa de esportes radicais mais popular da América do Norte tinha começado.

Elo de pessoalidade

"Tem umas coisas que eu preciso explicar."

Taí uma verdade.

"Preciso que você confirme que entende a natureza do Programa de Entretenimento da Justiça Criminal, doravante denominado PEJC, que é uma extensão de sua sentença de trinta e seis anos pelo assassinato de Keyan Thurber, e de forma alguma lhe concede clemência por seus crimes contra Keyan Thurber.* No entanto, através de sua participação no programa PEJC, você poderá obter sua exoneração e ser libertado, embora isso seja improvável. Para isso, deverá participar com sucesso do programa PEJC por um período de três anos, a partir do momento em que assinar o documento que estou prestes a ler em voz alta. Você tem sua própria cópia, então pode ler comigo enquanto analiso os termos. Você sabe ler?"

---

* Um homem assassinado. Abatido a tiros. Quando você atira em um problema, você vê o problema, não a vida que a pessoa viveu, nem a felicidade, nem a tristeza. Na maioria das vezes, você atira no calor da raiva, é o que Hendrix Young imaginava. Quando matou Keyan Thurber, ele tinha plena consciência de que o sujeito era uma pessoa capaz de grandes sentimentos, de grande amor. Esse era o problema. Chamam isso de sangue-frio. Mas, quando puxou o gatilho, tudo esquentou. Peito incendiado.

Ele fala como uma máquina, diz os nomes com muita facilidade. Machuca. Dizer isso não me torna menos monstro. E eu saber disso também não me torna menos monstro. Mesmo assim, machuca.

São três homens brancos neste escritório. Posso virar a cabeça e me ver no espelho da sala. Cada espelho uma porta. Neste vejo meu rosto, a pele escura, olhos castanhos, brilhantes. Cabelo preto e barba preta desgrenhados. Preciso fazer a barba. Uma barba bem-feita é que nem amor. Um amor que não sinto há um tempo.

O homem que fala é um representante do programa, usando uma gravata bem governamental. O homem ao meu lado na mesa é Dan, chamado de diretor de pessoal aqui em New Auburn. Queima a pele estar de volta aqui. Um lugar que me silenciou. Um lugar onde eu fui escravo.

Vou assinar esses papéis, não importa de que tipo de morte eles falem.

Ou melhor, onde eu fui escravizado. Ser escravizado não te faz um escravo. Você não pode ser escravo.

Dan, o diretor, grande sinhô de escravos. Não o vi muito desde que entrei e, quando o vi, ele disse que era bom que eu não o visse muito.

Na primeira reunião com Dan, ele me fez uma pergunta. Olhei para meus pulsos. Cirurgia recente, mas o azul brilhava através dos pontos. Dan havia dito: "Você pode fazer sim ou não com a cabeça". Então ele falou comigo. Eu disse: "Meu nome..." e a eletricidade me fez cair no chão. Chorei ali por um tempo. Dan disse: "Por favor, volte para seu lugar, sr. Young".

Esse foi o início da minha passagem por Auburn.

Na frente de Dan agora está outro homem, com cabelo preto penteado para trás e uma gravata cor de peixinho dourado. Para começar, ele me disse que o nome dele era Sawyer. "Vou ser tipo seu agente", ele disse. "Também sou seu novo comandante. Vamos nos divertir, irmão." Sorriu e tentou não olhar para o coto enfaixado que saía do meu ombro.

Estamos no escritório de Dan. Uma sala apertada com paredes nuas e uma televisão antiga encostada na parede. Está mais quente do que precisa. Estamos no escritório de Dan, mas não parece que seja dele agora.

"Ele sabe ler", diz Dan, olhando para mim e depois para os dois homens à nossa frente antes de continuar. "Praticamos o protocolo de silêncio como uma iniciativa de comportamento reexperimental e isso vale para todos os momentos enquanto..."

"Sabemos que aqui é silencioso. Assim como sabemos que cheira a merda", Sawyer diz, e olha pra mim. Pisca pra mim. Estou do seu lado, amigo, ouço ele pensar, embora ele deva saber que vejo a imagem de uma guilhotina nele. "Gostaria que meu cliente pudesse falar. Isso é muito importante, Dan. A gente ouviu ele falar não faz muito tempo, quando ele estava hospitalizado, então por que insistir nisso agora?"

"Aqui na instituição aplicamos a política de forma rigorosa. Na enfermaria permitimos o desligamento. Por motivos óbvios." O motivo é que todo mundo grita quando se machuca. Não dá pra pessoa gritar e levar um choque que vai fazer gritar mais. Teve um cara que quebrou a perna aqui, quase fritou o cérebro de tanto gritar. Às vezes você consegue chorar baixinho e não acionar o choque. Todos nós ficamos bons em chorar baixinho em New Auburn.

O Cara do Governo fala: "Como eu disse, já temos a confirmação preliminar, mas preciso ouvir isso do sr. Young. É o protocolo para seguir em frente, diretor Rottermith, que os novos participantes do PEJC demonstrem aceitação por meio de assinatura e confirmação verbal, a menos que estejam fisicamente incapacitados. E, se você quiser a possibilidade permanente de sua população optar pelo programa, como acontece em outras unidades, esse vai ser o padrão".

E estou quase triste ao ver Dan perder o poder sobre mim. Dá pra ver o quanto é dolorido para ele ter que ouvir minha voz, me ouvir usar minha voz, mesmo que eu esteja falando para escolher a morte. Você sempre encontra mais perversidade se cavar bem fundo. "Faz parte da..."

"Isso não é negociável. O presidente da sua empresa concordou com isso há muito tempo. Por favor, desligue o SILÊNCIO do sr. Young."

Dan pisca e, sem olhar para a esquerda, para mim, puxa uma pequena tela preta da mesa. Ele pressiona e desliza o dedo, pressiona e desliza o dedo novamente. As linhas no meu pulso ficam verdes.

"Obrigado", diz o Cara do Governo. "Então, como eu disse, queria que você lesse enquanto eu repasso as regras e condições do PEJC com você. Você confirma que sabe ler?"

Olho para Dan e vejo como ele está triste. Sawyer está sorrindo para o Cara do Governo e o Cara do Governo está entediado. Um carrasco entediado. Camisa branca e gravata preta. O rosto dele parece sem vida.

"Pode falar, Hendrix", ele diz. "Você sabe ler?"

"Ele sabe ler", diz Dan.

"Estamos conversando com o garotão aqui", diz Sawyer.

"Precisamos que você confirme que é capaz de acompanhar e compreender o que estamos dizendo. E precisamos que confirme que está fazendo isso sem coerção."

Uma coisa eu admito, penso enquanto começo a rir, eles pegam a dor e toda hora inventam uma novidade com ela. Eles têm dores de todos os sabores e não param de inventar novos tipos.

O Cara do Governo franze a testa. Sawyer ri comigo, porque esse é o tipo de homem que ele é. Ha-ha.

"Você sabe..." E não aguento ver o cara me perguntando de novo. Me dobro no chão de rir. É surpreendente que eu ainda consiga fazer isso. Não rimos em New Auburn e ainda assim o espírito está ali esperando esse momento.

"Eu sei ler", digo, ainda rindo.

"Obrigado", diz o Cara do Governo, novamente inexpressivo. Sawyer faz que sim com a cabeça. Dá para sentir que Dan teria preferido nunca ouvir minha voz. Como se meu som fosse manchar as paredes com alguma coisa que ele não era capaz de limpar.

"Vou continuar." O Cara do Governo é tão apegado à sua linguagem, mas o significado do que ele diz se resume a assassinato. Ele tenta pintar todo esse nada por cima da morte. Ele também é um nada. Só assim pra conseguir. Uma casca, um pedaço codificado de uma coisa tão enorme que o destruiria quando olhasse no espelho se ele já não estivesse morto por dentro. Como eu.

Eu me pergunto: posso odiar um homem assim?

"Por favor, ouça com atenção e, se você tiver alguma dúvida, pergunte depois de eu ter lido todos os termos."

Claro que posso.

"Você, Hendrix Young, ao assinar este documento, confirma e reconhece que optou por renunciar à pena restante de vinte e quatro anos e trinta e nove dias de um total de vinte e nove anos no Centro Reexperimental de New Auburn para participar do PEJC, uma plataforma hiperatlética de entretenimento esportivo de ação pesada concebida pela associação da Corporação Correcional da América do Norte, doravante denominada CCAN, e pelo grupo GEOD, e entende que a Superstars S.A. e todas as suas séries subsidiárias são parte do programa PEJC e, como tal, estão alinhadas a muitos modelos de Punição Corporal Iniciados e Conduzidos por Programas."

Eles pintam as paredes com palavras. Constroem muros com palavras.

"Como participante do programa você concorda com as seguintes condições irrevogáveis:

"Como Elo, nome genérico que designa os participantes do braço Superstars S.A. do programa PEJC, você viajará com Elos associados como parte da Cadeia Sing-Auburn-Attica-Sing, formalmente conhecida como Cadeia Sing-Attica-Sing. Essa rede é composta de presidiários do Centro Correcional Attica, em Attica, no estado de Nova York; do Centro Correcional Sing Sing, em Ossining, Nova York; e do Centro Reexperimental New Auburn, em Auburn, Nova York, todos de propriedade da corporação de correção GEOD, ou operados para fins de programação PEJC pela GEOD. A Cadeia também será composta de Elos que foram reatribuídos ou 'negociados' para a Cadeia, conforme às vezes é considerado logística ou financeiramente necessário e benéfico. O programa PEJC reserva-se o direito de realocar qualquer Elo, desde que os diretores das Redes cheguem a um acordo.

"Como membro da Sing-Auburn-Attica-Sing, será seu principal dever defender-se em todos os momentos e absolutamente nenhuma responsabilidade por sua pessoa recairá sobre o programa PEJC, sobre qualquer uma das afiliadas comerciais do programa ou sobre o governo dos Estados Unidos da América.

"Como Elo, você concorda em ter todo e qualquer aspecto de sua vida registrado para visualização pública/privada e consente que sua imagem seja usada como ferramenta de marketing, a critério do programa PEJC, a partir do momento da assinatura, perpetuamente.

"Ao assinar este documento, você concorda em renunciar ao seu direito a todos e quaisquer bens, exceto aqueles obtidos através da participação bem-sucedida no programa PEJC e descritos, em parte, neste documento.

"Ao assinar este documento, você perde todo e qualquer direito não formalmente destacado e delineado pelo programa PEJC.

"Como Elo, você receberá um valor numérico de valor econômico. Esse valor é quantificado em pontos coloquialmente conhecidos como 'Pontos de Sangue', obtidos através da participação bem-sucedida no programa. Esses Pontos de Sangue permitirão que você compre bens como alimentos, armas, certos níveis de cuidados médicos, armaduras e roupas, entre outras comodidades. Patrocinadores externos também podem apoiar sua participação. Os Pontos de Sangue só podem ser usados para obter novas armas ou armaduras depois que um Elo tiver uma aparição bem-sucedida no Campo de Batalha.

"Ao assinar este documento, você receberá quinze pontos. O valor de cada Ponto de Sangue é um milésimo de um centavo.

"Todos os Elos começam na categoria um-N, ou Novato. Após três lutas bem-sucedidas no Campo de Batalha, o Elo ascende ao nível de Sobrevivente.

"A sequência atual de classificações é a seguinte: Novato, Sobrevivente, Ferrão, Ceifador, Superceifador, Colossal, Grão-Colossal. Você receberá uma lista mais completa de quais oportunidades, armaduras e comodidades estão disponíveis por meio de Pontos de Sangue para cada nível de classificação à medida que novos regulamentos forem lançados a cada temporada."

Escuto ele subindo a escada que construíram. Todos os degraus, os diferentes nomes que você pode ganhar ao se tornar um traficante da morte. Todas as moedas que eu poderia ganhar matando os melhores deles.

"Entendeu tudo até aqui?"

Olho para ele diretamente e aceno com a cabeça.

"Isso é uma confirmação?", pergunta o Cara do Governo.

"Sim", digo.

Ele continua.

"Uma vez recebido o Elo de pessoalidade, você, Hendrix Young, concorda em passar todo o seu período de contrato vinculado ao equipamento ArcTech. Você também concorda que qualquer tentativa de fugir da custódia do programa resultará na eliminação imediata por meio de injeção, detonação, eletrocussão ou qualquer outro método considerado adequado.

"Ao concordar em participar da programação do Superstars da Cadeia S.A. do PEJC, você também concorda em participar das Marchas, cada uma de tempo indeterminado (embora geralmente durem de quatro a dezesseis dias). Durante as referidas Marchas, Elos estarão sempre vinculados a uma Ancoragem Prisional remota. Qualquer tentativa de fuga resultará em processo legal ou eliminação.

"O fim de cada sessão de Marcha será imediatamente seguido por uma estadia em uma 'Cidade-Conexão', onde Elos participarão de atividades cívico-comunitárias para valorizar e apoiar as comunidades anfitriãs. Qualquer falha no cumprimento dessas atividades resultará em eliminação imediata.

"Durante as estadias em uma Cidade-Conexão, que não durarão mais do que quatro dias, os Elos viverão em dormitórios a eles designados, que podem ser melhorados em troca de Pontos de Sangue.

"Após as sessões nas Cidades-Conexão, os Elos serão levados pelo transporte do PEJC até o estádio para lutas no Campo de Batalha, que serão determinadas durante as sessões de Marcha e comunicadas aos Elos por mensagem eletrônica. Informações antecipadas sobre lutas no Campo de Batalha também podem ser adquiridas em troca de Pontos de Sangue.

"Durante as lutas no Campo de Batalha, os Elos devem se defender o tempo todo. Um Elo só pode ser considerado vencedor se todos os oponentes tiverem sido eliminados. Na temporada atual de Superstars da Cadeia S.A., os Elos não podem ter um Elo de sua própria Cadeia designado como oponente no Campo de Batalha.

"A falta de defesa e a falha na tentativa de eliminar o(s) Elo(s) oponente(s) resultarão na eliminação imediata para todas as partes."

Ele continua e continua. É impossível acompanhar tudo o que ele diz e ao mesmo tempo é óbvio: tudo o que ele fala, sem parar, é: Você já está morto.

"Você aceita essas regras?"

"Aceito", digo. Outro tipo de altar.

"Agora, tendo compreendido esses termos e condições irrevogáveis, você, Hendrix Young, concorda em se inscrever no programa PEJC?"

Olho para Dan. Dá para ver que aquilo ainda o incomoda. Olho para o Cara do Governo, tentando não sentir nada e conseguindo. Dá para ver Sawyer lambendo os dentes.

"Sim", digo.

Sawyer me entrega uma caneta.

"Ótimo. Agora que a parte chata acabou, vamos preparar você para isso. Você sorteia sua arma amanhã. E receberá suas notas e algumas informações básicas."

Olho para os homens e para meu pulso. Estou aqui com eles porque amar uma voz é uma coisa dolorosa. E agora que dei o braço para recuperá-la, todo o meu corpo sabe que não posso voltar ao silêncio, a menos que me jogue novamente contra a serra, para ser mais preciso.

Eu assino.

Circuito

Emily olhou para uma tela de 8K instalada na parte de trás de sua nova U-geladeira para assistir a um programa que publicamente odiava, mas a que agora assistia religiosamente. Com o dinheiro que a avó deixou, ela sincronizou todos os eletrodomésticos do apartamento, agora quase todos eram dispositivos U-nificados. Ignorou as uvas velhas demais e viu Rico Muerte agachado como um jogador de golfe, usando uma bandana na cabeça e calças cargo camufladas que se estreitavam nos tornozelos. Ele apontou para a cruz tatuada de cabeça para baixo logo abaixo do olho esquerdo enquanto se agachava. Muerte não tinha uma arma primária de verdade, muito menos uma arma secundária, já que ainda era só um Novato — ou será que Muerte era um Sobrevivente? Emily não tinha certeza. Mas Muerte ainda era carne fresca. Então era apropriado vê-lo ali na geladeira. Eca, Emily pensou, uma das piadas de Wil ficou na sua cabeça.

De toda a U-nificação, a geladeira foi a parte mais ridícula. Wil adorava aquilo tudo e a incentivou a usar parte da herança assim. E, embora ela tivesse dificuldades para assistir ao *Campo de Batalha dos Superstars da Cadeia*, seu programa irmão, *Vida de Elo*, era um estudo de humanidade em que, ela concluiu, qualquer pessoa intelectual e socialmente consciente deveria pelo menos dar uma passada de olhos. Fazia parte do debate cultural; mesmo que ela tivesse opiniões ambivalentes sobre a parte ética da coisa, não dava para fingir que não era uma parte interessante do mundo e, por causa de Wil, também parte de sua vida. Ela assistia aos dois programas, mas *Vida de Elo* era de longe a parte mais agradável para Emily. Tudo importava no *Vida de Elo*.

Cada Marcha começava com a Apresentação. Era um lembrete de quem estava vivo e quem não estava. Era épico. Dava para dizer como os Elos se sentiam, tendo acabado de assistir ao triunfo ou à morte de seus companheiros de Cadeia. Dava para ver qual era a imagem que eles queriam projetar nos corações e nas mentes dos norte-americanos e você via o potencial de cada um. Como Rico Muerte, o novo garoto dessa rede poderosa, que tinha um certo senso de humor. Ele não estava se esquivando da enormidade de seus companheiros de Cadeia. Dizia, *estou aqui, olha para mim*, não tenho medo, a cada movimento.

Wil explicou repetidamente as nuances da Apresentação que abria o programa. Buscou nos arquivos e se emocionou ao lhe mostrar uma Apresentação da A-Hamm de quatro meses antes, logo após a queda de Madame Lulu Watts.[*] Todos os membros da A-Hamm imitaram a marca registrada dela, bebendo com o mindinho levantado em uma xícara de chá invisível enquanto as câmeras passavam pelo grupo. Até hoje, Staxxx às vezes erguia o dedo mindinho em memória de sua companheira de batalha morta, Emily notara.

Agora a tela exibia Ice Ice Elefante, mantido vivo nas últimas quatro lutas por sua constituição sólida e pelo modo in-

---

[*] Baixa Liberdade. Ceifadora. Eles a chamavam de Assassina de Alta Classe. Sua família a chamava de Lucy.

teligente como ele usava a armadura. Na estrada, ele usava botas simples e uma calça de moletom cinza. Também usava uma camiseta e uma jaqueta leve onde se lia "Oficina do Mike" em letras tão pequenas que provavelmente não ficariam ali por muito mais tempo. Ice estava cada vez mais popular e a "Oficina do Mike" seria substituída em breve por alguma empresa maior. A bola com pontas de sua clava estava enfiada em uma bolsa, a corrente ia enrolada em sua cintura grossa como um cinto. Quando as câmeras apontaram para o rosto de Ice, ele rosnou de forma brincalhona.

Em seguida, a câmera examinou as botas de caubói azuis que se tornaram a assinatura de Gunny Puddles, com o MF dourado da McFoods perto dos calcanhares. Ele não tinha armas visíveis, mas era conhecido por ter quatro armas de nível secundário, suas facas de arremesso, e nenhuma arma primária. Uma solução singular que até agora se mostrara eficaz. O cabelo ralo parecia oleoso, penteado para trás. Quando seu rosto pálido entrou em foco, ele cuspiu no chão.

Mas as costas de Emily já estavam doendo.

Ela se endireitou com um ginger ale na mão depois de levar à boca algumas uvas doces e fechar a porta da geladeira. "Valeu a pena", disse em voz alta para si mesma, e percorreu o curto trajeto até o sofá, onde acenou para ligar a tela principal.

Um Teleflex Infinity Viewcaster totalmente pronto para visualização 3D completa com atualizações de reconhecimento para registrar todos os gestos. Quantas vezes ela perguntou aos convidados se eles queriam ver a vista, só para ter a chance de dizer "U, ativar", enquanto juntava os dedos e os separava como se estivesse abrindo cortinas. Era mágico.

"*Vida de Elo*", disse Emily, e a parede oposta ao sofá se transformou no programa. Eles ainda estavam fazendo Apresentações. A câmera estava em Staxxx, com as botas de escalada plantadas no chão. Depois, a calça de moletom que Staxxx rasgou nas coxas, três cortes em cada uma. O logotipo do MercadoIntegral^R estampado no peito do moletom.

Quando Staxxx não estava no Campo de Batalha, usava uma faixa de couro em volta do braço esquerdo, e dava para ver essa parte escorregando até a palma da mão dela.

"U, ativar e imersão", disse Emily, e agora ela estava basicamente lá com eles. Dava para ver o campo aberto, a grama a seus pés, sobreposta ao chão de madeira. Ela podia admirar de novo os Xs no abdome e no pescoço de Staxxx, e que maravilha era assistir àquilo. O moletom de Staxxx foi cortado para que fosse possível ver o abdome e o mosaico de Xs em sua pele negra. Os cabelos iam até o meio das costas.

A vista também era perfeita. Quando as câmeras foram até o rosto de Staxxx, ela parecia brincalhona como sempre: pôs o braço direito sobre os olhos de modo que os dois Xs pintados no antebraço os cobrissem. Mostrou a língua e deixou a cabeça pender para o lado, qual um personagem de desenho animado nocauteado. Com o outro braço, ela segurava uma forca imaginária sobre a cabeça. Emily observou, um pouco surpresa, que Staxxx não havia feito nada em memória de Crepúsculo Harkless. Sentiu uma pontada. Crepúsculo tinha sem dúvida sido um cara legal na Cadeia. Ela vira clipes dele preferindo brincar em momentos em que outros teriam matado, e ficou surpresa ao ver como a notícia da morte dele, um homem que ela só conhecia de clipes arquivados, fez surgir sobre ela uma nuvem que ainda não tinha ido embora.

Merda, ela pensou.

Staxxx manteve a pose até que Thurwar aparecesse na tela. Thurwar e seu corpo perfeito estavam quase completamente escondidos debaixo de calças pretas largas enfiadas em meias altas. Os braços enrolados em couro e cobertos por mangas de uma blusa espessa de gola rolê com o logotipo da Materiais da Vida[R]. Thurwar não olhou para nada, não fez nada, estoica como tinha sido nos últimos meses. Então, no último segundo, protegeu os olhos com a mão, na pose clássica de Crepúsculo. Emily sentiu seus próprios olhos arderem.

Marcha iniciando em vinte e cinco segundos.

"Beleza", disse Emily enquanto enxugava as lágrimas e se acomodava no prazer da aventura em outro mundo.

Marchem, disse a Âncora. Ela começou a puxar.

A Âncora tinha apenas alguns comandos, todos absolutos: Em Fila, Marchem, Combatam, Retomar Marcha, Parar, Descansar, Blecaute. Ela te arrastava antes que você pensasse em arrastá-la, e a atração magnética que exercia no corpo era a maior certeza na vida de qualquer Elo. Ela subiu ainda mais no ar até ficar cinco metros acima da cabeça dos integrantes da A-Hamm e começou a flutuar casualmente rumo ao norte.

Os Elos estavam acostumados, por isso deram o primeiro passo, alongaram os braços e tentaram não se perguntar o que viria depois. Eles seguiram a Âncora e se espalharam por um círculo uniformemente espaçado ao redor da máquina.

"Alguém importante deve gostar de você, acho", disse Gunny Puddles, olhando para Thurwar. Gunny Puddles, que ficava a sudeste na bússola humana, odiava aquela vagabunda, que se achava superior demais para ser chamada de qualquer coisa que não fosse seu nome verdadeiro. Mas sem dúvida ela era a líder agora. Uma vagabunda negra, líder dele — imagine isso. Ele caminhou, curioso para ver como ela reagiria ao fato de ele denunciar a ação afirmativa disfarçada de luta de Campo de Batalha com a qual ela acabara de ser presenteada. Gunny cuspiu no chão e foi andando pela grama.

Thurwar, o norte deles, disse: "Sei". Ela estava tentando não ficar irritada com o modo como todos evitavam falar sobre Crepúsculo. À medida que andava, a lembrança muscular de caminhar sob a influência da Âncora atraiu sua atenção para o momento. Como ela exerceria sua liderança nas últimas semanas? Como lidaria com Gunny Puddles, um estuprador/assassino, que a quis morta durante a maior parte dos últimos dois anos? Como conseguiria sem Crepúsculo por perto para fazer tudo parecer mais fácil do que realmente era? E agora que sabia o que a garota em Vroom Vroom lhe mostrou, será que ela se importava com isso tudo?

Staxxx era o polo sul deles, já fazia algum tempo. Ela andava um pouco mais rápido do que todos os outros porque estava diretamente atrás da Âncora; se não mantivesse o passo constante acabaria sendo arrastada. Às vezes ela parava de andar e via seus braços serem puxados para a frente, depois corria, alcançando a posição para onde estava sendo atraída, e seus braços caíam novamente, então fazia uma pausa enquanto os pulsos flutuavam outra vez em obediência à Âncora. Hoje não fez nada disso. Hoje ela sorria e mantinha a atenção. Todos na Cadeia sabiam que a posição de Staxxx às seis horas era uma promessa: se alguém atacasse Thurwar — se alguém tivesse atacado Crepúsculo Harkless —, que estava relativamente vulnerável, andando com tantas pessoas atrás de si, Staxxx contra-atacaria imediatamente. Staxxx tinha orgulho de ser uma espécie de autoridade. Ela não sentiu prazer ao partir Whittaker "Cha-Ching" Ames ao meio, mas, quando ele tentou esfaquear Thurwar há alguns meses, em março, acabou destroçado. Staxxx odiava o que era, mas adorava o que era capaz de fazer.

Walter Água Podre caminhava à esquerda de Staxxx, um pouco à frente dela. Ele assistia em silêncio, como sempre fazia, maravilhado com a própria sobrevivência, maravilhado com a inocência que ainda guardava em seu coração como uma coisa moribunda carregada para o túmulo. Ele não tinha feito nada, no entanto aqui estava, punido. Água Podre tinha uma faca de caça que Gunny Puddles lhe dera de presente. Ele aceitou antes de saber que aceitar um presente de Gunny o colocaria em conflito com Crepúsculo, Thurwar e até Staxxx. Enfim, sua inocência não significava nada.

"Está uma noite tranquila aqui. Espero que os mosquitos não matem a gente de tanta picada", disse Ice Ice Elefante. Ele sobreviveria a esta noite e tentaria sobreviver a todos os dias que viriam pela frente. Pouco antes disso, tinha matado um homem. Ele matou um homem e agora estava falando sobre mosquitos. Mas era assim. Um dia de cada vez. Essa era a única coisa que ele dizia a si mesmo antes e depois de cada Marcha. Sua corrente de metal chacoalhava na cintura, um som que sempre lhe trazia conforto.

"Verdade", disse Sai Eye Aye, repetindo o amigo. Bem à frente deles, à direita, estava Thurwar, LT, a Grã-Colossal. Sai ainda sentia uma onda persistente de prazer, a euforia que se instalou assim que ganhou a própria luta, com rapidez e facilidade, e que continuou até o momento em que o oponente do Combate-surpresa de Thurwar foi revelado e o garoto apareceu — um alvo fácil. Elu assistiu da estação de troca. Ainda limpando o sangue do próprio corpo. Sai sentiu náusea por sentir aquele êxtase. Mas o menino não tinha chance de qualquer maneira, e tudo que elu queria enquanto assistia era que sua líder sobrevivesse às últimas duas semanas. Afinal, LT era LT. Também era verdade que pensar em LT tornava mais fácil não pensar em Rolade Qurriculum, o guerreiro que elu tinha matado no Campo de Batalha. Seria necessário pensar nele, processar aquela morte, mas por enquanto elu se concentraria em LT e em garantir que a mesma coisa que aconteceu com Crepúsculo não acontecesse com ela.

"Fala sério, aqueles mosquitos que pegaram a gente uma noite dessas eram de lascar", disse Rico, só para dizer alguma coisa. "Uns puta vampiros alados." Ele riu. Ninguém mais riu. Ele estava andando atrás de Gunny Puddles, perto de Staxxx, e estava grato por isso, porque estar perto dela dava uma sensação de segurança. Ninguém na Cadeia o desafiou, e também estava grato por isso. Estar no lugar errado levava as pessoas a serem assassinadas; ele mesmo viu. Com as botas esmagando a grama seca, sentiu o terror habitual tomar conta dele. *Senhor, você conhece meu coração em todas as coisas,* orou. *Eu sei que tenho tendência a fazer merda e não estou dizendo que não fiz nada para merecer punição, mas você conhece meu coração, Senhor, e oro para que me dê um pingo de sua graça para enfrentar esta provação que está diante de mim.*

Randy Mac era um Ceifador e andava com seu tridente, o Santo Sagrado, na mão, usando como bengala. Ele ficou em silêncio, perdido em pensamentos, considerando o fato de que agora, depois de Staxxx e Thurwar, era o Elo mais bem classificado da Cadeia. À medida que caminhavam, o chão parecia mais macio. Randy não gostou da ideia daquela responsabilidade e fez uma careta ao apoiar o tridente no lamaçal. Eis a era pós-Crepúsculo.

A Cadeia caminhou 7,1 quilômetros. Caminharam até a escuridão se tornar realidade no céu. E, exceto pelo comentário de Gunny, não discutiram o Campo de Batalha. Eles se moviam com facilidade. Seus corpos haviam sido treinados para coisas muito piores do que isso; Thurwar garantiu que fosse assim.

Randy Mac falou. "Vocês conhecem esse lugar? Não estamos longe de Vroom Vroom, mas só sei isso."

"Eu sou de Old Taperville. Não é tão longe", disse Staxxx, animando-se por um momento. A Cadeia ouviu.

"Fazem gente que nem você naquele fim de mundo?", Randy Mac falou, sem olhar para trás, confiando que suas palavras atingiriam o alvo, mesmo com a suavidade que reservava só para Staxxx.

"Não fazem gente que nem eu em lugar nenhum daqui. Eu quis dizer que foi onde aterrissei", disse Staxxx.

"Você é alienígena agora?", Mac perguntou.

"Sou do outro lado de Urânus", disse Staxxx.

"Acho que isso muda um pouco o que sinto por você."

"Sabia que você era racista", disse Staxxx, rindo.

"Meu cunhado é alienígena. Tenho um monte de amigo alienígena. Não posso ser racista", continuou Randy Mac. A Cadeia riu. Randy tinha uma espécie de charme preguiçoso que divertia Staxxx. Ele era forte o suficiente, bonito e, além de alguns arranhões no pescoço e, claro, da parte que faltava dos dedos, sua pele marrom-clara apresentava poucas marcas, fossem de batalha ou não. Pior ainda, ele não era um idiota — pelo menos não na maior parte do tempo. Randy Mac era o tipo de cara que dizia quantos livros tinha lido. E, Thurwar admitia a contragosto, ele tinha um papel importante no projeto de manter Staxxx feliz o suficiente para funcionar e Marchar com a Cadeia.

Por fim, terminaram em uma grande fogueira no meio de um acampamento montado pelos assistentes de produção antes de o grupo chegar. Ao lado do fogo havia lenha ChamaAlta[R] empilhada e pronta para queimar. A Âncora encontrou um ponto bem acima da chama e falou: *Iniciação da Fase de Acampamento. Marcha recomeça em onze horas.*

Os pulsos ficaram verdes. Durante o acampamento, o verde permitia-lhes trezentos metros em qualquer direção, embora a maioria permanecesse ali mesmo, perto do fogo. Havia cinco tocos de árvore ao redor da chama; pareciam de madeira sob a iluminação parca, mas na verdade eram assentos QuintalPro[R] feitos de plástico tratado. Espalhadas ao lado deles havia várias caixas de vários tamanhos e cores.

Era assim desde a 17ª temporada. Uma hora, o público cansou de ver os Elos exaustos lutando para sobreviver na selva, e aí surgiu o Acampamento, um local que imitava um camping real, mas que era aprovado pelos produtores e montado para fins comerciais toda noite para todas as Cadeias do Circuito. Os espaços eram limpos por equipes e passavam por inspeções em busca de animais selvagens perigosos, plantas venenosas ou qualquer coisa que pudesse comprometer a segurança dos Elos. Os espectadores queriam ver gente sendo morta por gente, não por picadas de cobra. Havia tendas e camas que os Elos podiam comprar com seus Pontos de Sangue, com diferentes modelos disponíveis para cada uma das diferentes categorias. A comida era preparada e servida por profissionais.

O último toque de realidade era o fogo brilhante no centro de cada Acampamento, embora também houvesse algumas lanternas e lâmpadas de aquecimento disponíveis quando as temperaturas caíam. Fogo significava lar. Fogo significava algo mais próximo da liberdade. Eles só podiam usar o fogo como fonte de luz, que era complementada por tochas espalhadas pelo Acampamento de uma forma que parecia aleatória, mas que, na verdade, era meticulosamente projetada para fornecer um bom equilíbrio entre luz e escuridão em todos os lugares dentro da área em que podiam se mover.

Havia todo tipo de mochilas e malas à espera deles, encostadas em "tocos" situados ao redor de uma fogueira bem cuidada. Como sempre, a primeira parte da Marcha era a viagem até os objetos que os Elos carregavam além das armas. Seus bens materiais enfiados em sacolas de marca. Thurwar foi a primeira a se adiantar e pegar uma mochila preta. Havia emblemas de martelo dourado impressos em cada uma das alças grossas. Ela pegou o material e desapareceu na tenda maior — a Tenda da Rainha, a única do tipo no Circuito. Agora que Thurwar era a campeã do circuito, a Tenda da Rainha era dela.

Staxxx pegou a própria mochila verde e dourada e puxou-a para si. "Não há lugar como o nosso lar", ela disse enquanto sentava em um dos troncos.

Os outros Elos pegaram suas mochilas. Em Cadeias menos estáveis, esse era um momento tão perigoso quanto qualquer outro. Elos perdiam as mãos por tocar na mochila de outra pessoa. Staxxx, com Perfídia de Amor descansando apoiada em seu corpo, observava o processo. Havia uma sensação de calma forçada no grupo hoje. Staxxx respirou fundo e olhou para o fogo.

"Chupa, América." Randy Mac suspirou enquanto tirava sua mochila jeans do chão. Seu bordão, falado sem um sorriso.

Havia oito Elos da Cadeia e seis tendas. Rico e Água Podre ainda não mereciam esse luxo, então tinham sacos de dormir e o céu como coberta, a menos que alguém da Cadeia oferecesse espaço. A Tenda da Rainha havia pertencido, por último, a Crepúsculo, embora seu nome se referisse para sempre à grande Monja Melancolia, que fez do poder um estilo de vida. A tenda era grande o suficiente para ficar de pé e vinha com rações adicionais — salgadinhos de pita, homus e garrafas de água com gás, bem como absorventes, absorventes internos, manteiga de cacau e papel higiênico em uma pequena mesa — e estava solidamente presa ao chão. As outras barracas eram unidades de camping mais tradicionais, embora Staxxx, Randy Mac e Gunny também tivessem espaços grandes o suficiente para ficarem de pé com facilidade, com mais de um compartimento. Em todas as tendas, o que mais importava era a cama. A de Thurwar, criada pela Sono-Real^R, era o lugar mais confortável para dormir na natureza.

Thurwar sentou no chão macio. Na verdade, ela dormia na SonoReal^R desde que era uma Superceifadora, graças a seu sucesso sem precedentes. No mundo dos Superstars da Cadeia, Loretta Thurwar foi rica desde o primeiro dia.

E, por sua vez, as imagens de Thurwar na cama fizeram da SonoReal^R uma das empresas de colchões mais lucrativas do mundo.

Um HMC flutuou em sua direção. Ela largou a mochila no chão, a seus pés. Pegou lá dentro uma garrafa de água AquaHGente^R e engoliu em seco. Dentro também havia um conjunto de roupas quentes, incluindo roupas íntimas (um conjunto novo sempre pronto para ela) e um poncho, além de um caderno, duas canetas e sua arma secundária, um canivete chamado Jack. Este momento de reencontrar os pertences era ao mesmo tempo íntimo e violento. Thurwar massageou o joelho dolorido. Ela o pressionou, sentiu a dor boa.

Staxxx entrou na tenda. "Eu sei o que há de errado com você", disse Staxxx. Ela jogou a mochila no chão e deixou cair a foice ao lado da cama.

Thurwar colocou Hass Omaha ao lado da mochila. "O quê? Não tem nada de errado." Ela se arrependeu imediatamente. Algo sempre estava errado. Thurwar era uma pessimista de coração. Mas desde Vroom Vroom e do que ela soube, os anos de pessimismo pareciam validados.

Staxxx tirou as botas e se aninhou na cama.

"Está tudo bem", disse Staxxx, e de repente estava chorando. Ela se enroscou em Thurwar. Nos últimos meses, era exatamente assim que costumavam ficar depois das lutas de Staxxx. Staxxx usava esse tempo depois de ter matado para extravasar em Thurwar.

"Chorona", disse Thurwar, esfregando o entalhe mais destacado no pescoço de Staxxx.

"Vá se foder", disse Staxxx, sugando o ranho de volta para o nariz, apenas para vê-lo deslizar de volta para o lábio superior enquanto suspirava. Staxxx tirou o moletom, ficando de regata. Depois começou a desenrolar o couro do braço. Thurwar puxou-a para perto e beijou-lhe o pescoço. O X no pescoço de Staxxx, "o alvo", foi o primeiro que ela fez. Virou o símbolo máximo dessa lutadora que o povo passou a amar.

Thurwar passou o braço em volta da cintura de Staxxx e segurou-a enquanto ela chorava. Beijou seu nariz ranhento e sentiu os músculos abdominais de Staxxx que se expandiam e contraíam numa respiração pesada.

"Sei que você também não gosta. Mas tem que ser hoje", disse Staxxx.

Thurwar enrijeceu por um momento antes que uma expressão de compreensão se instalasse em seu rosto.

"Logo a gente faz isso. Antes preciso descobrir esse lance do Crepúsculo. Colocar minha cabeça no lugar. Não se preocupe. Sei que é difícil porque não tenho mais muito tempo." Thurwar pensou no bilhete e nas informações que havia ali e em quanto estava perto de ficar livre. Quase se juntou a Staxxx no choro.

"Hoje", disse Staxxx de novo. Thurwar não gostava que lhe dissessem o que fazer. Pouca gente podia fazer isso, mas Staxxx continuou. "Tem uma coisa que eu preciso te contar. Mas você tem que fazer isso primeiro."

O choro diminuiu para que a profundidade de sua convicção fosse inequívoca.

"Faz você então", disse Thurwar.

"Tem que ser você. Exatamente como ele teria feito", disse Staxxx.

Um ressentimento surgiu e, rápido como um relâmpago, desapareceu. Thurwar olhou com desprezo para o HMC que flutuava acima das duas. Ela olhou nos olhos do país. Thurwar era a Grã-Colossal e, portanto, quando algo tinha que ser feito, era ela quem tinha que fazer.

"A gente pode esperar até a próxima luta em dupla. Eu não quero..."

"Então eu vou dormir com o Randy hoje", disse Staxxx. "E se eu for lá hoje, não sei se volto. Como você disse, você só tem algumas semanas. Será que eu deveria começar o processo de desapego agora?"

Thurwar fez uma pausa para pensar. Ela queria dizer que não importava onde Staxxx dormisse, ela era dela, mas Thurwar esperou e deixou as palavras ficarem apenas na sua cabeça. De várias maneiras, o ciúme moldara sua vida. Era parte do motivo dela ter sido presa e agora era mais uma característica pela qual o país a amava. Seu relacionamento com Staxxx, o modo como a relação era aberta o suficiente para Staxxx dormir periodicamente com Randy Mac e o jeito como controlava seu ciúme, o suficiente para deixar acontecer pacificamente.

"Você acha que eu me importo?", Thurwar disse. Ela tentou parecer entediada, embora nem de longe descrevesse o que estava sentindo. Os dois HMCs giraram em torno delas.

"Entendido", disse Staxxx, e pegou Perfídia de Amor do chão com uma mão e a mochila com a outra. Staxxx levantou e imediatamente Thurwar fez o mesmo.

"Por favor", disse Thurwar. Ela se moveu com rapidez suficiente para que seu joelho protestasse, mas ignorou a dor. Thurwar ficou na frente da entrada da tenda, com Hass Omaha na mão. Parecia que tinha pegado o martelo sem perceber. Uma grande vergonha cresceu no coração de Thurwar.

"Hoje", disse Staxxx. "O Crepúsculo não está mais aqui. Somos você e eu."

"Essa Cadeia já está de boa. Por que a gente vai fazer uma coisa que possa atrapalhar o nosso — o meu — jogo?", Thurwar perguntou. Mas como eles poderiam estar "de boa" se Crepúsculo tinha sido morto?

"Não vai. Prometo", disse Staxxx, calçando novamente as botas. "Podemos fazer isso agora. Você vai se sentir melhor depois de hoje. O menino."

"Estou bem com isso", disse Thurwar, e a voz dela exalava verdade.

"Claro que sim", disse Staxxx. "Mais uma razão para fazer agora." Staxxx enxugou os olhos uma última vez e saiu para a noite. Ainda dava para sentir o cheiro de uma garoa que já havia cessado, que molhara a terra e a grama seca e moribunda.

"Ei", Thurwar ouviu Staxxx dizer. Dava para ouvir a Cadeia. "Todo mundo reunido. Grande anúncio para todos vocês." Os HMCs passaram zunindo por Thurwar, saindo da tenda, para encontrar Staxxx.

Thurwar a seguiu. Ela estava com fome e viu uma grande caixa preta com uma porção quente de seu jantar. A maior parte da A-Hamm já estava comendo.

Thurwar limpou a garganta. Foi o som mais fraco que fez em muito tempo. Ela deu um passo em direção ao fogo, a sombra gigante atrás. Os Elos estavam lá, mais ou menos prestando atenção. Thurwar olhou para Staxxx, que sorriu. Então começou.

"Vou dizer isso agora porque estava esperando que alguém se apresentasse." Staxxx sorria menos. "Crepúsculo foi morto semana passada e quero saber o que aconteceu. Quero saber quem e por que e quero saber hoje. Quero saber o que aconteceu com meu amigo. E quando vocês ouvirem o que estou prestes a dizer, vão ver que ninguém precisa ter medo de confessar." Ela olhou nos olhos de cada um de seus Elos por um momento enquanto falava, se demorando e depois seguindo em frente, se demorando e depois seguindo em frente. Tentou mascarar a verdade: quem quer que tenha feito isso estava certo em ter medo. "Pode vir me contar mais tarde. Mas eu quero saber hoje."

Ela falou com o coração, dirigindo-se ao grupo como fazia quando se dedicavam a exercícios de batalha ou corriam com suas armas nos dias anteriores ao Campo de Batalha. Estava acostumada a falar para o grupo. Gunny olhou para ela com frieza. Água Podre olhou para o chão. Mac e Sai observaram seriamente. Ela continuou. "Perdemos alguém importante para a A-Hamm. E para homenagear o Crepúsculo, é isso que estamos dizendo. Daqui pra frente, oficialmente, não iremos machucar uns aos outros nesta Cadeia. Essa é a nossa nova política. Tão real quanto qualquer outra parte dos jogos. Não vamos fazer mal aos nossos colegas Elos na Angola-Hammond. Isso está decidido. Não vamos mais fazer isso uns com os outros."

Os Elos pareciam confusos, até achando engraçado.

Thurwar pigarreou novamente. Ela usou uma voz visceral. "O que estou dizendo é que, de agora em diante, a menos que você esteja em uma luta no Campo de Batalha, não vai haver violência entre nós. O Crepúsculo pregava isso. Agora nós vamos viver isso."

Eles responderam com ainda menos interesse. Como se ela tivesse contado a mesma piada boa pela segunda vez. Thurwar agarrou Hass Omaha e passou-o da mão esquerda para a direita. Sabia que, até certo ponto, o que estava dizendo não fazia sentido. Seu poder, sua capacidade de matar, era o motivo pelo qual ela era quem era. A morte, e o potencial de morte, era o superpoder de Thurwar.

"Sabe, quando eu e o Crepúsculo chegamos, todo mundo atacava todo mundo o tempo todo. E isso era meio que o ponto. Alguém como Rico já ia ter morrido só por ser novo." Ela olhou para Rico e viu o terror tomar conta dele antes que pudesse tentar esconder. "Era o ponto porque tudo isso era um jeito de escapar.

"Não estou contando nenhuma novidade pra vocês. Vocês sabem disso. A maioria não espera conseguir a Alta Liberdade. Mas, ainda assim, a maioria de vocês sabe que somos meio diferentes do resto das Cadeias. Aqui existem chances reais. Se não fosse pelo que aconteceu na semana passada, dois membros desta Cadeia poderiam ter chegado à Alta Liberdade com duas semanas de diferença. Isso nunca aconteceu antes. Mas quase aconteceu porque crescemos juntos. E só foi possível porque eu e o Crepúsculo não estávamos o tempo todo preocupados com a possibilidade de sermos esfaqueados quando estávamos no Circuito. Eu tenho um A, como muitos de vocês." A Cadeia pareceu ficar mais atenta quando ela passou a usar a si mesma como exemplo. Ela não falava sobre o próprio passado. Não para todos eles, não desse jeito. "Eu estava com uma mulher. Ela era..." Thurwar já se arrependia do caminho que havia seguido, fez uma careta enquanto as câmeras circulavam ao seu redor. "Ela era especial e eu a tratava como se fosse sua dona. Quando ela quis ir embora... eu... digo, eu sei como é esmagar a traqueia de alguém que você ama. E eu me odeio por isso. Quando conheci o Crepúsculo, tudo que eu queria era uma saída. Ele me ajudou e eu ajudei ele e nós dois ajudamos outros e agora estamos todos aqui conversando. O Crepúsculo era como era na Cadeia porque ele achava que as pessoas podiam mudar. Ele falava disso o tempo todo."

Nesse ponto, Randy disse: "Isso é verdade". Thurwar ficou grata.

"E o que ele estava tentando fazer era isso. Fazer da Cadeia uma família. Então, de agora em diante, em homenagem ao Crepúsculo, nada de assassinato. Nem batam em ninguém, a menos que seja para salvar a própria vida. Nem durante a Marcha, nem durante o Acampamento, nem na hora de comer, nem quando alguém estiver dormindo. Essas coisas só podem acontecer na arena. Aqui somos uma família, certo? A Angola-Hammond é uma família. Não só por Crepúsculo, mas por nós. Já jogamos o jogo como eles querem há muito tempo e agora vamos mudar isso."

Thurwar observou e notou sorrisos fracos e confusão nos rostos ao seu redor. Ela deu um passo à frente em direção à luz do fogo e sentiu seu calor. O que estava pedindo era simbólico? Não, iria impor aquilo. Ia acontecer. E sim, não estava curada da própria culpa. Sim, se não fosse por Staxxx ela provavelmente não estaria mais viva. Mas ela era Loretta Thurwar e esta era a sua Cadeia, e quer funcionasse ou não, eles tentariam ser algo de que as pessoas pudessem se orgulhar.

"Não estou pedindo uma grande mudança. Já estamos praticamente fazendo isso. O que eu quero agora é que todos aqui aceitem esses termos. Quero que, se você estiver nesta Cadeia, você jure ver seus companheiros Elos como família e não causar nenhum dano."

Ice Ice Elefante disse: "E se eu estiver tentando não matar alguém e essa pessoa me esfaqueia, o que vai acontecer?". Ele olhou para Thurwar com seriedade. Era leal a ela e faria o que ela quisesse. Dentro do razoável. Ela tinha oferecido a proteção e as armas que o salvaram até agora. "Só estou dizendo que não tem nenhum santo aqui."

"Em primeiro lugar, você poderia ser um santo ou algo assim, se quisesse", disse Thurwar. "O que tem nas suas costas, um duplo HC? E um A." Ice Ice Elefante assentiu e depois olhou para as próprias botas. "Isso não é tão ruim, então você teve alguns problemas com bebida, homicídio culposo e talvez tenha matado um cara no caminho."

"Um deles foi minha mãe", disse Ice Ice Elefante.*

---

* Lany Vines, agora conhecido como Ice Ice Elefante, estava em um carro. Bêbado ao volante. Sua mãe, também alcoólatra, pediu que ele acelerasse mais. Havia tanto para ver no mundo e o que eles estavam fazendo, presos em Wisconsin, vendo literalmente nada? Agora veriam tudo. Mas precisavam de bebida para a viagem repentina. "Oh", foi a última coisa que Opal Vines disse. Isso ele conseguiu ouvir, pelo menos. Não tinha ideia do que o jovem de dezoito anos no outro carro disse enquanto os faróis iluminavam seu rosto com uma última luz.

Depois, já lá dentro, ele matou um cara porque o cara queria matá-lo.

"Isso não é pouco e lamento que tenha acontecido", disse Thurwar. "Mas conheço você e sei que poderia ser um santo." Ela tentou manter o ritmo.

"E você." Todos os Elos que compunham a Cadeia ficaram mais atentos quando ela apontou para Rico Muerte. "Você tem um I e um A, certo? Então, um incêndio matou uma pessoa. Você também pode ser o próximo santo, se quiser. E você também, Sai." Sai Eye Aye enrijeceu, mas assentiu.

"Foi uma igreja que eu incendiei, mas entendo o que está dizendo", disse Rico Muerte com um sorriso fraco.

"Jesus", disse Staxxx, "ainda te ama, tenho certeza." Ela levantou, arrastando Perfídia de Amor a seu lado. "A questão é que não vamos mais fazer coisas ruins uns com os outros. Regra do Crepúsculo."

"Este jogo não é assim", disse Gunny Puddles.

"É assim que vai ser agora", respondeu Staxxx sem olhar em sua direção.

"Sim. Exatamente", disse Thurwar. Ela jogou Hass Omaha no chão. "Vamos tentar melhorar. Essas marcas não significam que não somos gente. Essas correntes não significam que a gente tem que fazer como eles querem."

"Porra nenhuma", disse Gunny Puddles. Ele estava com sua caixa de comida nas mãos e duas facas no colo. Estava sentado num toco. "Não vim aqui pra ficar de frescura. O Crepúsculo ficou nessa de ser bonzinho e morreu de bruços, e ninguém vai admitir que cortou a garganta do filho da puta. Eu sei por que vim parar aqui. E não foi para ser amigo de ninguém. Estou aqui para comer até me deixarem ir embora."

"Você ainda pode fazer tudo isso", disse Thurwar. "Você ainda vai lutar, vai conseguir muitos Pontos de Sangue nos confrontos diretos. Mas não vai ter baixaria aqui na estrada. A Superstars a partir de agora é uma família."

Puddles era veterinário. Dois anos no Circuito. A sorte e um verdadeiro talento para arremessar coisas afiadas lhe renderam muitos seguidores. "Eu sei quem eu sou", disse Gunny Puddles.*

Era um homem cuja vida foi tirada depois que seu cruel desprezo pelas mulheres explodiu de maneiras terríveis. E Thurwar, uma mulher, estava no topo do submundo que ele habitava. Gunny olhou atentamente para o fogo.

"É um momento conveniente", ele disse depois. "A mulher mágica, mergulhada em cadáveres até o pescoço, decide que todo mundo tem que baixar a guarda e ser bonzinho, bem quando ela sair para ver o mundo sem a gente."

Era isso. A esperada luta pelo poder. E Walter Água Podre já tinha recuado, assim como Rico Muerte.

"Estou muito mais próxima de ser Liberta do que você e estou tentando dizer para você que esta é a melhor maneira de fazer isso. É mais qualidade de vida, é a melhor estratégia."

"Então tudo bem. Vamos ser uma grande família. As únicas pessoas que nós sabemos que não vamos ter que enfrentar aqui somos nós. Nada de estupro, nada de assassinato, nada de roubo, nada de nada", disse Staxxx.

Thurwar sentiu um aperto no peito. Esperou um momento e seus olhos pousaram em Puddles e ela falou lentamente: "Nada de estupro, nada de assassinato, nada".

"Eu ouvi você, mas nem fodendo", disse Puddles com a boca cheia de arroz com molho. "Sabe, o filho da puta que você está alegando que foi um profeta do bem matou e estuprou e foi por

---

* E, mesmo que a gente não seja definido pela pior coisa que a gente já fez, puta que pariu. Gunny Puddles viu os olhos e o medo delas e arrancou algo daqueles corpos. Ele sabia quem e o que ele era e, cacete, se tivesse chance de ver o país antes de morrer, já era alguma coisa. Vencer no Campo de Batalha lhe dava essa mesma sensação. Ele era chamado de monstro. E não negava isso.

isso que ele veio parar aqui, pra começo de conversa. Ele podia fazer a pose de bonzinho que fosse, isso não muda os fatos. Todo mundo está aqui porque mereceu." Thurwar se perguntou se concordava. Ela sabia que em relação a si mesma, ao Circuito, à constante ameaça de morte, à dor e ao sofrimento, até isso era melhor do que merecia.

"Está decidido", disse ela. O horror que você cometeu seria seu para sempre.

"Eu não dou a mínima para que tipo..."

Staxxx fez um movimento de chicote com sua Perfídia de Amor como se fosse a cauda de um escorpião. A foice se moveu com velocidade letal em direção a Gunny Puddles, mas de alguma forma ela foi capaz de, no meio do movimento, girar a lâmina para que o lado cego se movesse em direção ao homem, depois diminuiu a força para que as costas de Perfídia de Amor dessem um beijo forte no pescoço de Puddles. Não havia nada que Staxxx não pudesse fazer com sua foice e cada movimento era intencional e preciso. Com Perfídia de Amor, ela não cometia erros. Todos os HMCs giraram em torno da ação. Gunny Puddles tossiu arroz com molho. Os Elos assistiram.

"Entendi", disse Staxxx. "Você ficou com medo por um segundo. E não teria sido um fim triste e inútil para a sua vida?"

Gunny não se mexeu. Ele olhou para Staxxx, com fogo nos olhos. "Faz isso se quiser. Eu mereço, assim como você e o Crepúsculo também. Todo mundo aqui sabe que o cara era um estuprador assassino de merda e merecia morrer como morreu. Assim como todo mundo aqui merece a terra que vai cobrir o corpo."

"Droga, Puddles, cala a boca", disse Mac.

"Acaba com o cara se ele quiser. O resto de nós pode ser legal, fazer o lance da família", disse Sai Eye Aye.

"A partir de agora", disse Staxxx, puxando a lâmina para trás, deixando Gunny Puddles vivo e inteiro. Staxxx tocou o ombro dele e depois caminhou até Thurwar. Ela beliscou a lateral do corpo de Thurwar com o polegar e a dobra do indicador. "Você não está feliz por termos essa nova regra?"

Gunny Puddles levou a mão até o pequeno machucado em seu pescoço. Ele levantou e foi em direção à tenda. "Como eu disse." Gunny se virou. "É um momento muito conveniente. Um dos filhos da puta que estava tentando dar uma de coroinha aqui matou o cara para quem vocês estão rezando há menos de uma semana."

"Sobre isso...", começou Staxxx, e deu um passo à frente, iluminando-se com o fogo. "Tenho uma coisa a dizer", falou. E ela parecia não saber para onde olhar enquanto falava. "Eu matei o Crepúsculo Harkless."

Emily levantou em seu apartamento e disse: "Puta que pariu".

Central de Esportes

Tracy Lasser está sentada à mesa pronta para falar ao mundo.

"Opal optou por partir de Oxenfurt com apenas um optômetro." Ela olhou para a câmera uma vez e depois ensaiou mudar lentamente para a câmera dois, um movimento que Lee, o diretor de cena, a incentivou a fazer com mais frequência nas semanas que antecederam esse momento. As semanas que antecederam o dia em que seu sonho se tornaria realidade.

"Peter Piper pegou um pedaço de pimenta picado. Opala optou por partir de Oxenfurt com apenas um optômetro." Ela mediu as palavras, tentou enfatizar cada uma apenas o suficiente. Puxou o vestido que estava usando. Ficava um pouco apertado nos quadris, mas ela concordou com Tom, seu figurinista de estúdio, que brilharia na tela, uma peça cor de bronze que contornava o corpo com detalhes em marrom. O cabelo também estava bom. Ela sabia que essa peruca, uma peça que custou mais de um mês de aluguel, faria parte de sua estreia, seria sua parceira. Batizou a peruca de Stella.

Tracy virou a cabeça para a câmera um, Stella seguindo seus movimentos magnificamente.

"Peter Piper pegou um pedaço de..."

"Não se preocupe, você vai se sair bem", disse Elton Vashteir, seu outro parceiro de estreia, sorrindo para ela à sua maneira. Um sorriso que dizia: *A maioria dos meus problemas pode ser resolvida olhando para pessoas com esta cara.*

"Obrigada, Elton", disse Tracy.

Ela fechou os olhos e imaginou seus pais reunidos em torno do projetor de tela em Old Taperville. Os mesmos pais que pediram à escola para fazer uma cópia das transmissões matinais que ela fez na sexta série. Os mesmos que deram uma festa na primeira vez que ela apresentou uma reportagem numa rede local. E agora eles poderiam vê-la no RedeEsportiva, como âncora do *Central de Esportes*, o programa esportivo número um dos EUA — ou, pelo menos, era isso que estava escrito em todos os moletons e camisetas que ela mandava para casa. Fazia muito tempo que Tracy queria deixar seus pais orgulhosos, e esse momento estava prestes a lhe dar uma crise de náusea.

Pouco antes de ir para o trabalho, ela sentiu um pânico tão forte que dava para ouvir o zumbido do sangue em seus ouvidos, como as águas turbulentas de um rio. Por reflexo, pegou o telefone e, quando olhou a tela, viu que tinha uma transmissão perdida do pai. Ver a notificação bastou para aliviar o som do bombeamento de sangue. Ela colocou o telefone sobre a mesa e disse: "Estabelecer link de holovisão", e o rosto de seu pai surgiu.

"Está pronta? Estou ligando", viu o pai gritar para alguém que ela não conseguia ver, mas ela sabia quem estaria lá com ele.

"Espere um segundo." A voz de sua mãe veio clara, embora Tracy ainda não conseguisse vê-la.

"Bem, eu já comecei. Ah, não, o que é isso?"

O pai apertou os olhos para ver o transmissor, tentando ter certeza de que poderia ver e ser visto.

"Quem falou pra fazer isso?", a mãe disse enquanto seu rosto aparecia ao lado do pai.

"Só estava tentando configurar tudo pra gente não se atrasar. Está funcionando agora, eu acho, então não atrapalhe."

"Você já atrapalhou o suficiente", concluiu a mãe, e então os dois ficaram olhando para a filha.

"Ei, querida", disse a mãe.

"Ei, Rapidona", disse o pai com um grande sorriso no rosto.

Ela ganhou o apelido de Rapidona porque tinha pavio curto e se irritava e brigava fácil quando criança. Ninguém da cidadezinha mexia com Tracy porque todo mundo sabia que ela ia atacar com rapidez. Depois, por acaso, acabou gostando das provas de duzentos e quatrocentos metros no ensino médio. Na época ela é que era entrevistada por repórteres por quebrar recordes com sua equipe de revezamento.

"Oi, mãe, oi, pai", ela disse.

"Qual o problema, bebê?" A voz do pai passou pelo transmissor com muita clareza.

"Não é nada. Estou muito animada", ela disse, e enxugou cuidadosamente a umidade sob os olhos para que nenhuma lágrima manchasse seu rosto.

"Certo, a gente sabe que é uma coisa bem importante. Mas a gente ama você. Você vai se sair lindamente", disse a mãe.

"Obrigada, mãe", disse Tracy. Agora ela chorava bastante. Havia tempo para voltar a se maquiar e reiniciar. Escondeu o rosto dos pais. "Sei lá", disse ela. E era louco de pensar. Esse sonho que tinha há tanto tempo, desde que rompeu um ligamento do joelho no campeonato de atletismo no Sul da Flórida e sua carreira como atleta terminou. Finalmente o sonho estava se realizando.

"Escute, Rapidona, você é boa demais para ter qualquer tipo de preocupação. Já estamos muito orgulhosos de você." Quando o pai falava, Tracy sempre se sentia melhor. Mas hoje as palavras dele a fizeram se sentir pior.

"Não importa o que aconteça, estamos com você, querida. Você vai se sair muito bem."

"Obrigada, mãe."

"E eu?!"

"Você também, pai."

"Eu só estou brincando com você. Nós te amamos, o.k.?"

"Eu sei. Eu também amo vocês." Eles se entreolharam. Tracy forçou um sorriso. "Eu só estava nervosa, acho. Vou me maquiar de novo. Tudo bem?"

"Claro!", seus pais disseram em conjunto, transparecendo que também estavam nervosos.

"A gente conversa depois que você terminar a transmissão para todo o mundo", disse o pai.

"Mas pra que falar isso, a menina acabou de dizer q..."

"Até mais pessoal."

"Te amo", seus pais disseram novamente juntos. Ela fez um gesto com as mãos e o link holográfico terminou.

Depois foi refazer a maquiagem e recomeçar.

Tinha trabalhado muito tempo para estar ali. Estaria linda para isso.

Sentada na bancada da *Central de Esportes* com as câmeras um, dois e três olhando para ela e Elton, Tracy fez o possível para não vomitar. "Peter Piper pegou um pedacinho de p..."

"Prometo, você vai ficar bem. Não se estresse. Você sabe ler. Você já se saiu muito bem. A única diferença é que desta vez o mundo está vendo. Mas fique calma." Elton empurrou a cadeira na direção dela. "Eu estou aqui com você." Tocou a coxa dela e esfregou o tecido do vestido para cima e para baixo. "A propósito, adorei como esse vestido ficou em você. Você está linda."

Tracy olhou para Elton e sentiu seu medo virar raiva. "Eu estou calma", disse e se endireitou, afastando a mão dele. Ela deixara claro na primeira vez que ele esfregou seus ombros de "maneira amigável" que não queria ser tocada. E o fato de ter deixado isso claro não mudou em nada o comportamento dele. Na verdade, durante os últimos meses em que eles estiveram ensaiando em estúdio, ele deixou perfeitamente claro que, enquanto fosse Elton Vashteir, faria exatamente o que queria. Por enquanto, eram toques rápidos, contatos amigáveis, mas estava certo o que viria a seguir.

"Entramos ao vivo em quarenta segundos", disse o diretor no ouvido dela. Tracy assentiu com a cabeça enquanto Elton voltava para seu lugar a um metro de distância, na frente de suas anotações. Ela tinha as anotações, sua própria caneta. Era âncora da *Central de Esportes*. Apenas a segunda mulher negra nas décadas de história do programa.

Ela passou os olhos pelas anotações à sua frente. Não foi surpresa ver o nome de uma velha amiga nas notícias de última hora. Uma antiga companheira de equipe. Piscou rapidamente. Não ia chorar, embora sua vontade fosse desmoronar.

"Vinte segundos."

Ela pensou, durante a contagem regressiva, no que era o amor pelo esporte, no que significava pegar um bastão e correr. Fazer parte de uma equipe. Tracy adorava o significado de querer tanto alguma coisa. Adorava correr o mais rápido que podia. A sensação de encontrar a linha de chegada e olhar para trás, sabendo que o que restava da pista era tudo o que você tinha. E adorava o modo como, no triunfo ou na derrota, dava para descobrir caminhos para crescer. Quem foi melhor? Eu ou você? Nós ou eles? Eu ontem ou eu hoje?

O revezamento dos quatrocentos metros era o momento mais importante da maioria das competições. Ela queria ser a âncora em seu último ano e, em vez disso, foi a terceira corredora do time.

"Ao vivo em dez segundos."

A âncora, a pessoa para quem ela passou o bastão, era uma atleta sobre-humana. Uma garota tão estranha e tão ela mesma que, já no ensino médio, era amada por quase todas as pessoas que a conheciam. O talento fez dela a joia do distrito.

No campeonato de revezamento do Sul da Flórida, em seu último ano, Tracy recebeu uma boa passagem de bastão. Sem olhar. Ela estendeu a mão e confiou em sua companheira de equipe. Tracy sentiu o metal liso na palma da mão e voou. Duro e pesado. Deu o seu melhor na pista. Mas lá pelos trezentos metros: um estalo na perna direita. A velocidade derreteu e ela começou a mancar. Implorou a seu corpo para se mover, mas isso não aconteceu. Tracy viu as costas das outras garotas passando por ela. Tinha rompido um ligamento, mas só saberia disso mais tarde. No momento só sabia que não seria mais a pessoa que esperava ser. Mas, enquanto todas aquelas garotas voavam longe, sua companheira de equipe, sua âncora, Hamara Stacker, corria em sua direção e depois a puxava, carregando-a nos ombros, aguentando a maior parte do peso da atleta. Ela deitou Tracy quando as duas terminaram a volta e disse: "Caramba, guria, não precisava ir tão rápido. Vamos ver o que eu posso fazer". E ela decolou. E, de alguma forma, fez Tracy sorrir, mesmo quando a dor na perna se tornou real, embora, é claro, tivessem perdido e sido desclassificadas. Mesmo não havendo mais nada a ganhar, Hammy terminou a prova. Os médicos estavam em cima de Tracy antes de Hammy cruzar a linha, mas mesmo assim Hamara encontrou uma maneira de chegar à ambulância para dar adeus antes que as portas se fechassem e Tracy ficasse sozinha com um técnico assistente e os médicos.

"Ao vivo em cinco, quatro, três, dois..."

"Olá e bem-vindos, gente boa, à *Central de Esportes*", começou Elton. "Foi um fim de semana movimentado no mundo do atletismo e, como vocês devem ter adivinhado, tem algumas mulheres poderosas nas manchetes hoje. Mas, antes disso, vamos dar as boas-vindas a outra mulher incrível na equipe *Central de Esportes*."

"Valeu, Elton", disse Tracy. Ela teve duas frases de introdução antes de começar a recapitular os últimos combates mortais.

"Que sonho falar de esporte neste palco. É uma honra estar aqui." Ela olhou para Elton, que sorriu para ela, para o país. Ela se virou para o teleprompter. "E, como o Elton disse, hoje vamos começar com as façanhas de Loretta Thurwar e da mulher que vocês conhecem como Furacão Staxxx."

No monitor dois havia um vídeo de Staxxx falando para a multidão. Aqui, Tracy deveria fazer a narração enquanto os vídeos de melhores momentos continuavam passando na tela.

"O engraçado é que", disse Tracy, e imediatamente sentiu a energia na sala mudar, "eu conheço a Furacão Staxxx muito bem. Nós duas fomos superamigas. A gente chamava ela de Hammy. Foi uma das melhores atletas que já conheci. Mas o que ela está fazendo agora, isso que este programa está dizendo para vocês que é esporte... isso não é esporte.

"Eu queria fazer parte deste programa para falar sobre conquistas, não para falar de assassinato, linchamento, morte. Mas, nos últimos meses, este programa do qual sonhei fazer parte durante anos adotou a prática de transmitir exatamente isso: assassinato, linchamento, morte. Eu torcia para que fosse uma fase que ia passar rápido. Errei. Que vergonha, *Central de Esportes*. Meu nome é Tracy Lasser", e agora os vídeos tinham terminado e a câmera não teve escolha a não ser voltar para ela: "E sou solidária àqueles em todo o país que se manifestaram contra os chamados esportes de ação radicais. Apoio a revogação da 3B e de todos os chamados esportes de ação radicais, assim como apoio o fim da pena de morte. Lutamos por uma sociedade mais humana. Obrigada pelo seu tempo."

Ela se levantou. O queixo de Elton caiu. Então ele se voltou para a câmera.

"Olha só, que maneira curiosa de fazer sua estreia. Sempre tem alguma coisa interessante aqui na *Central*."

"Vá se foder, Elton", Tracy disse, e então saiu do set em direção ao camarim. Em direção ao resto de sua vida. Ela esperou pelo som do corte para o comercial.

"Que merda foi essa?", Elton gritou quando saíram do ar. "Que merda foi essa que aconteceu aqui?"

Ela foi pegar suas coisas. E, quando saiu do set com lágrimas nos olhos, Tracy estava sorrindo, porque, no fim das contas, ela era exatamente quem esperava ser.

Banho de sal

A A-Hamm olhou para Thurwar, esperando que ela lhes dissesse o que fazer. Thurwar olhou para Staxxx, a verdade sobre o
assassinato de Crepúsculo Harkless pairando no ar entre elas.

"Olhaí, parece que a senhorita Paz e Reconciliação não tinha
esse amor todo no coração na semana passada", disse Gunny, rindo. "Mas escute, não estou puto com você. Como eu disse, ele era
um filho da puta. Assim como a maioria aqui, pra falar a verdade."

Thurwar pensou em Crepúsculo. Ela o viu chorar pela vida
que tinha perdido, pela filha que segurou nos braços e que tinha
certeza que nem lembrava mais dele. Ela o viu se tornar amado
pelo país, abrindo caminho com o sangue que fazia jorrar com
sua espada. Na noite em que Crepúsculo Harkless foi assassinado, Staxxx disse para Thurwar que tinha dormido com Randy Mac.

Thurwar ficou de pé, o rosto sem expressão. "Por quê?", ela
perguntou.

Os olhos de Staxxx encontraram Thurwar, embora tenha
parecido que eles relutaram em fazê-lo.

"Não estou orgulhosa disso." Staxxx largou Perfídia de Amor
no chão e se aproximou dos Elos. "Eu também amava o Cre-

púsculo. Estava conversando com ele sobre a Alta Liberdade."
Thurwar se aproximou do fogo. Queria ver o rosto de Staxxx
enquanto ela contava a história do assassinato de seu amigo
mais próximo. O ar estava seco e quente. O fogo fazia sombras dançarem ao redor do queixo de Staxxx. Thurwar segurou
Hass Omaha nas mãos; isso a ajudou a lidar com os sentimentos. Em algum nível, aquilo não era uma surpresa. Ela não queria pensar nisso diretamente, mas não sabia quem mais, além
de Staxxx, poderia ter vencido Crepúsculo.

"Vocês sabem que eu gostava dele. Então, é isso, fui até ele
e a gente estava conversando sobre o fim de tudo isso e sobre
a vida depois da morte. E..." Staxxx olhou para o grupo. Seus
olhos estavam brilhando de lágrimas. "Sinto muito. Mas tive
que fazer o que fiz. Espero que vocês possam entender isso."

Thurwar sabia que era sua função falar primeiro e sabia que
o que ela dissesse ia ajudar todos a enfrentar aquela noite.

"Puta merda, inacreditável", disse Gunny Puddles. "A senhora do amor mata um amigo e que surpresa, ela nem consegue..."

"Você sente... que teve que fazer o que fez?", Thurwar perguntou.

"Você sabe que eu amava o Crepúsculo, Lore", disse Staxxx.

"E agora?", Puddles perguntou. "O que acontece agora que
a gente é uma grande família feliz com uma filha que matou o
papai?"

Staxxx olhou para Gunny. Pegou Perfídia de Amor do chão
e enxugou os olhos com o antebraço revestido de couro no mesmo movimento.

"É isso aí. A verdade nos libertará", disse Gunny. Ele puxou
três facas de arremesso de sua jaqueta. Colocou uma na boca, a
lâmina presa entre os dentes, as outras duas prontas para atirar, uma em cada mão. "Faça o que você quiser. E eu vou fazer o
que eu quiser", disse com os dentes cerrados.

"Se atirar uma faca nela, você morre hoje", disse Thurwar. Ela olhou para Ice Ice Elefante e Randy Mac, e eles ficaram de pé. Randy apontou o tridente para Gunny e Ice passou os dedos pela corrente em volta da cintura; ambos os corpos estavam inclinados em direção ao outro homem.

Staxxx balançou a cabeça. "Acabamos de combinar. Se ele atirar uma faca no meu olho agora, você não vai matar ele. A gente não faz mais isso. A partir de agora. Sinto muito pelo Crepúsculo. Juro." E então Staxxx se afastou e entrou na Tenda da Rainha, arrastando a foice atrás de si.

Sai tinha levantado, se posicionando entre Gunny e Thurwar, e agora olhava para Thurwar como se dissesse: *Dê o sinal e Gunny Puddles some da Terra.* Thurwar encarou todos os olhares voltados para ela, tentou não imaginar os olhos do mundo todo em sua direção.

"Não toquem nele", ela disse. Os seus Elos não se moveram. Ficaram de prontidão, esperando que Gunny fizesse algo que pudessem responder.

"Eu disse para não fazer isso", repetiu Thurwar, e os Elos permaneceram observando Gunny, mas relaxaram para mostrar que ouviram e só fariam algo se Gunny fizesse.

"Seus cordeirinhos do caralho", disse Gunny Puddles. Ele tirou a faca da boca e a pegou antes de enfiar as três em seu longo casaco e se afastar na direção da própria tenda.

Todos, exceto Thurwar, sentaram.

"Droga", disse Rico, tentando afastar o pânico com uma risada.

"Cala a boca", disse Randy Mac.

"Certo. Mas não fale assim comigo", disse Rico, estufando o peito.

"Cala a boca, Rico", disse Thurwar.

"Tudo bem", disse Rico, murchando ao dar uma mordida num sanduíche de pasta de amendoim e geleia.

O que deveria fazer agora? Agora que todo mundo estava olhando para ela?

"Bem", Sai disse depois de um tempo. "Vocês duas trabalharam bem na arena hoje."

"Ele era uma criança", disse Thurwar.

"Cada morte conta", disse Sai. Era uma coisa que Thurwar havia dito a Sai há muito tempo, depois que elu teve que destruir uma pessoa que mal conseguia andar de tanto medo.

Thurwar assentiu.

"A Staxxx arrasou", disse Rico, iluminando-se um pouco, com a boca pegajosa ao mastigar.

"A Staxxx é foda", disse Randy Mac.

"Isso vem da preparação", disse Thurwar. Sentia que a Cadeia estava oferecendo uma saída para ela e Staxxx. Sentia os prazeres da lealdade e do poder e como tudo ia trabalhar para que não precisasse fazer nada.

Ainda assim, até a palavra "preparação" a lembrou de Crepúsculo, que, de tanto estudar os oponentes antes das lutas, passava a considerá-los parte da própria família. Thurwar o ajudava a dissecar as imagens que ele comprava das lutas anteriores usando seus Pontos de Sangue. E ele fazia isso pelos outros também. Ela, Crepúsculo e Randy Mac tinham acabado de assistir às gravações do último oponente de Randy, Glacier Reme, e Crepúsculo lhe disse para esperar Glacier cansar antes de partir para a matança. E, de fato, quando Randy enfiou o tridente na lateral de Glacier, o homem estava ofegante de exaustão depois de persegui-lo com suas cimitarras por vários minutos.

E lá estava Randy, agindo como se fosse deixar o passado para trás. E talvez fosse porque ele amava Staxxx. Mas Thurwar também amava Staxxx, e nem por isso sentia a tranquilidade que Randy parecia sentir apoiado nos cotovelos perto do fogo.

Ela queria fazer alguma coisa. Mas todas as formas que conhecia de honrar a morte, todas as formas que qualquer um conhecia de honrar a morte, significavam mais morte, e não tinha outro jeito.

Thurwar começou a caminhar na direção de sua tenda.

Staxxx estava imersa em água morna e sal Epsom. Ela deixou os olhos fecharem. Dava para ouvir Thurwar se agitando e cortando o ar enquanto guiava Hass em seus exercícios, com cuidado para não atingir as paredes da grande tenda, mas mortal mesmo nos treinos. Staxxx não achava que fosse o momento certo para exercícios de ataque.

"Você está chateada", disse Staxxx, entregando seu corpo ao calor. Tentou absorver a sensação de ter feito algo bom, certo e difícil que ninguém conseguia entender. Staxxx não se perguntou se estava certa; ela se perguntou por que era seu destino fazer tantas coisas boas e difíceis. As câmeras flutuantes a observavam.

Thurwar deu um golpe de esquerda e Staxxx sentiu a brisa resultante do golpe lamber as beiradas de sua pele.

"Estou sempre preocupada", disse Thurwar. Sua respiração era constante, controlada, embora seguisse esmagando o nada ao seu redor.

Staxxx tentou, mas não conseguiu engolir a risada.

"Você nem sempre está preocupada", disse Staxxx. "Isso é só uma coisa que a gente diz pra te deixar mais relaxada." Ela observou Thurwar.

"Por que você não me contou?"

"Contei. Agorinha mesmo."

"Por que você não me contou na hora?"

"O Blecaute tinha terminado, então não dava para conversar com você sozinha. E eu não queria te distrair antes do Combate-surpresa", disse Staxxx, inspirando e expirando de olhos fechados. Tudo isso era verdade.

Thurwar interrompeu os exercícios e ajoelhou devagar. Staxxx manteve os olhos fechados, embora pudesse sentir o rosto de Thurwar pairando sobre a borda da bacia. A mera existência de Thurwar exercia uma espécie de pressão. Staxxx tinha aprendido a adorar a sensação, como um casaco pesado, uma gravidade espessa.

"Você achou que encontrar meu melhor amigo morto não ia me distrair? Não faz sentido. Por que você não veio falar comigo?"

"Achei que eu era sua melhor amiga", disse Staxxx.

"Você devia ter me contado."

"Eu tomei uma decisão."

Dois HMCs flutuavam acima delas. A luz deles brilhava na água.

"Não foi uma boa decisão."

Staxxx franziu a testa. Ela entendia a frustração de Thurwar, mas odiava ter que explicar seus sentimentos para a mulher que melhor a conhecia.

"Eu sei que parece que estou sendo difícil."

"Parece?", Thurwar disse. Depois: "Desculpa".

Staxxx abriu os olhos. Tão impressionantes quanto a pressão que Thurwar normalmente exalava eram os momentos em que ela recuava. Quando se deixava ser leve para as pessoas que amava.

"Estou pedindo que você confie em mim", disse Staxxx.

"Eu confio. Eu quero confiar. Mas não me deixe fora de algo assim. Quero estar por dentro", disse Thurwar.

Staxxx levantou da banheira. Os HMCs giraram ao redor de seu corpo nu.

"Tem razão. Somos eu e você. Eu deveria ter contado antes", disse Staxxx. Ela abraçou Thurwar. Thurwar reclamou de leve por causa da umidade e depois começou a tirar a roupa. "Você se preocupa demais", disse Staxxx enquanto a ajudava a se despir. Leve, sem armadura, apenas o corpo dela.

Foram até a cama, fingindo que estavam sozinhas. Embora nunca tenham estado. Mas, mesmo que os HMCs flutuassem a centímetros da pele delas, as duas se moviam com facilidade em torno uma da outra, os humanos e as câmeras estavam acostumados uns com os outros. Thurwar tirou as mãos do quadril de Staxxx e as moveu para as coxas dela, acariciando lentamente para cima e para baixo. Staxxx relaxou e viveu o momento enquanto as duas se beijavam. Elas estavam unidas além do pensamento, um encontro de sentimentos. Staxxx deixou as mãos acariciarem as curvas de Thurwar, os músculos, o corpo forjado para a morte, mas capaz de tanta suavidade. Os dedos de Thurwar moveram-se entre as pernas de Staxxx e Staxxx desejou, antes de se entregar completamente ao momento, que Thurwar entendesse. Que Thurwar confiasse nela da mesma forma que ela confiava em Thurwar.

Thurwar olhou nos olhos castanhos de Staxxx e beijou sua boca. E depois mudou. Deixou de olhar profundamente para Staxxx, examinando seu rosto, saboreando os detalhes, e passou a olhar para algum lugar distante, já pensando no que tinha que fazer a seguir, depois de menos de trinta minutos deitadas juntas. Staxxx queria dizer: "Espere", chamá-la de volta antes que Thurwar se levantasse, mas ela sabia que a outra já tinha partido. Thurwar não se permitia muita alegria. Staxxx tinha prazer em ser uma das grandes exceções. Ela adorava fazer as pessoas sentirem coisas que não conseguiam acessar sem ela. Amava isso; e não tinha problemas em admitir, como fazia para a plateia antes das lutas. Sabia que estava mudando o mundo ali, mesmo que fosse no pior contexto possível. Falando com todas aquelas pessoas feridas a partir do lado mais verdadeiro de si mesma. Tudo estava a serviço de sua mensagem. Depois de conquistar Perfídia de Amor como arma primária, depois de eviscerar a primeira meia dúzia de oponentes, ela finalmente entendeu. O Superstars da Cadeia era seu propósito na terra. Era um lugar para lembrar ao mundo do que estava esquecido. E, para cumprir esse propósito, precisava de Thurwar. Isso era óbvio desde o início.

Mas Staxxx, para além do seu propósito, também era uma pessoa. Uma pessoa que precisava receber. Uma pessoa que precisava de atenção, de amor. E Thurwar fazia isso, mas só pelo tempo necessário para garantir que Staxxx não ficasse faminta; nunca até satisfazê-la.

Staxxx viu Thurwar levantar e pegar uma faixa de couro. Lenta e amorosamente, envolveu o antebraço esquerdo. Sentir a fibra pressionada contra a pele ajuda na concentração. É um lembrete de que você não tem o luxo de se preparar. De que precisa estar sempre em estado de "prontidão". O couro era respirável, mas não tão respirável a ponto de ser especialmente confortável. E, ainda assim, os Elos que podiam pagar o usavam na maior parte do tempo em que estavam no Circuito. Só dava para receber uns poucos metros por vez, então a maioria envolvia apenas um braço, talvez ambos, transformando os antebraços em escudos.

Staxxx se conteve. Este era um dos poderes de Thurwar. Num momento talvez você estivesse em uma espiral de sentimentos sobre amar e ser amada, e no momento seguinte estava com ela, pensando no jogo. Pensando em como seu corpo precisava sobreviver. Thurwar usava couro em um braço, em uma das coxas e na cintura. Era uma das muitas coisas que fazia e que foram amplamente copiadas por Elos em todas as Cadeias.

Thurwar era obsessiva em seu treinamento. Todo mundo sabia. Foi assim que ela se tornou quem era. A Mãe de Sangue. A Colossal. Staxxx entendia isso bem. Mas vê-la vestida, agitando o martelo tão cedo, doeu. O corpo era só parte do que precisava sobreviver aos jogos.

Staxxx levantou e encontrou o caminho de volta para a banheira. Sua primeira imersão tinha sido interrompida.

Ela girou a torneira e a água jorrou, vinda de um tanque a poucos metros do Acampamento. A água vinda de lá escoava para outras três banheiras externas e duas mangueiras comunitárias. Existiam os mesmos postos de higiene em todos os Acampamentos, bem como três ou quatro pias com água potável.

Staxxx fechou os olhos e deixou o calor tomar conta de seu corpo até ouvir água transbordando no chão. Que desperdício, pensou. Então abriu os olhos e viu o brilho verde em seus pulsos. Um lembrete constante de que não devia nada a eles. Ela riu com o corpo todo, e mais água transbordou da banheira. Observou o HMC orbitando à sua volta lentamente como uma lua. Um segundo dispositivo oscilava entre ela e Thurwar.

"Não devo nada a vocês", disse Staxxx. O HMC voou mais perto. "Nada, só amor", ela concluiu. Staxxx fechou os olhos novamente e deixou a água abraçá-la. Ouviu Thurwar se aproximar. Os passos suaves no chão de náilon.

"Eu me preocupo porque alguém precisa se preocupar", disse Thurwar.

Staxxx sentiu os olhos castanhos de Thurwar sobre ela antes de abrir os seus. Thurwar estava acima dela, respirando fundo, o suor escorrendo pela têmpora.

Staxxx, mesmo na água quente, sentiu um arrepio percorrer o corpo. Ela adorava como Thurwar conseguia fazê-la sentir algo apenas com um olhar.

"A gente fez a coisa certa. E agora é ver o que acontece", disse Staxxx. Ela estava sorrindo. "Eu não quero sentir que isso é... isso não é um fardo extra na sua reta final."

Thurwar deu dois passos até a cama e colocou Hass Omaha no chão. Elas não falavam sobre o fim. As duas eram guerreiras em uma jornada que continuaria até serem libertas. De um jeito ou de outro. Alta ou Baixa Liberdade. Mas, de alguma forma, era isso. Faltavam duas semanas.

"No mínimo", Staxxx tentou manter a voz sonolenta e relaxada, "esta nova regra é uma garantia. Tem um padrão agora. E se somos bons aqui, somos bons em todo lugar."

"Eu sei", disse Thurwar. "Somos só cinco agora."

"Vocês, os gigantes." E, embora isso não devesse ser um incômodo, Staxxx sentiu uma pontada no peito por não estar incluída no grupo em que Thurwar estava pensando. Ainda. Nas Cadeias ativas atualmente no Circuito, havia só quatro Elos classificados como Colossais além de Thurwar. Após sua próxima vitória, Staxxx se juntaria a essa honrosa classe.

"Nós, os gigantes", disse Thurwar.

"É melhor para todos nós", disse Staxxx, e fechou os olhos.

Thurwar começou a tirar a roupa de novo. Quando ficou nua, usou o chuveirinho da banheira para se banhar. Depois se secou e foi em direção às roupas recém-lavadas que tinham sido deixadas para ela. Roupas com o símbolo do martelo e da cesta farta. Como uma gentileza, os produtores deixavam conjuntos de roupas para Staxxx nas tendas de Thurwar e Randy Mac, bem como na dela, para que nunca se sentisse tentada a usar nada com a marca de uma empresa que ainda não a patrocinava.

O rosto de Staxxx permaneceu com a mesma expressão. Ela olhou para os braços e viu nomes. Kitty Ruthless era o X em seu bíceps; Higgs "Landslide" Letupe no antebraço; acima do joelho, duas barras pretas grossas cruzadas em homenagem ao homem enorme que foi o Urso. Todos eles tinham feito muita coisa. Esse era o propósito dela, fazer algo a partir de todos esses horrores. E havia alguma diferença entre o Urso que ela matou naquela manhã e Gunny Puddles, que esteve a segundos de matar agorinha mesmo? Ela era uma assassina ou o mundo a transformou em uma?

"Sim", Staxxx murmurou para si mesma.

"O quê?"

"Legítima defesa é uma coisa diferente", Staxxx disse em voz alta e firme.

"É isso que eu estou dizendo", disse Thurwar. "Nossa Cadeia já está de boa."

"Bom, agora as coisas vão ficar mais claras. Não deveria ser tão difícil." Staxxx olhou para Thurwar e depois para o HMC, um gesto que os Elos usavam para dizer *Não deixe que eles te vejam assim* — ou, neste caso, *Não deixe que eles transformem você em algo que você não é.*

"Não vamos exagerar a importância. É só uma tentativa. Estamos lembrando todo mundo que eles são importantes, que são diamantes, melhores que diamantes."

Thurwar tentou não revirar os olhos.

"Estou dizendo que nós podemos mostrar que somos, sei lá, no fundo, perfeitos. Só cobriram a gente de merda. Mas lá no fundo temos nosso brilho. É isso que a gente pode dizer. E eles vão ouvir, porque é você. Você é a mãe dessa família. Eu sou só a tia maluca-barra-amante. Você decide como a gente faz as coisas."

Thurwar pensou: se todos são tão perfeitos, então de onde veio todo esse horror? Elas ficaram em silêncio e Staxxx viu Thurwar piscar diante do que ela tinha dito.

"E sinto muito, a propósito. Por hoje, pelo menino", disse Staxxx. "Como você está se sentindo?" Elas protegiam uma à outra de inúmeras maneiras. Essa era uma delas.

Thurwar vestiu um roupão com a insígnia do martelo da Materiais da Vida^R costurada no peito. O HMC que saltava entre as duas se aproximou para obter um ângulo ideal do logotipo antes de recuar e oscilar entre elas de novo.

"Me senti bem, fisicamente. Eu estava pronta."

"Uhum." Staxxx se acomodou na água. Um HMC observou o corpo dela pingando.

"E é por isso que..." Thurwar voltou-se para o HMC, decidindo. Respirou fundo e depois falou como se quisesse dizer: *Esta verdade eu vou compartilhar*. "Eu fiquei com raiva. Eu me senti enganada. Eu estou..."

Staxxx saiu da banheira, se enxugou e se enrolou numa toalha.

"Eu não preciso de ajuda."

"Faz sentido", disse Staxxx. "Ninguém quer bater na cabeça de uma criança com um martelo." Sentou do lado de Thurwar na cama.

"Sim, muito menos eu, porque eu não preciso disso. Mas, por outro lado..." Thurwar parou abruptamente.

"Mas, por outro lado, é claro que você ficou aliviada e feliz por não ter que se preocupar em vencer."

"Eu nem deixei ele terminar de dizer o que ia dizer", disse Thurwar. Ela se inclinou para Staxxx e riu. A risada seca e plena que Staxxx sabia que vinha nos momentos em que outras pessoas chorariam. "Por que eu não deixei? Por que não deixei ele falar? Por que me entregaram uma criança?"

"Acho que queriam ver se o garoto conseguia dar uma de Thurwar pra cima da Thurwar."

"É", disse Thurwar. "Que idiotice." E foi isso. Staxxx queria mais; ela sabia o que cada luta no Campo de Batalha representava para Thurwar. Sabia que sempre uma parte de Thurwar esperava fracassar. E toda vez que ela fracassava em falhar era uma ferida reaberta.

"Certo", disse Staxxx. "Nós", ela disse, e fechou os olhos outra vez.

Simon

Ésse, i, eme, o, ene.

Vou pro buraco. Acho que não volto.* Já vi gente ir pro buraco por seis meses por causa de contrabando.** Não vou ficar com contrabando.***

Quem sabe eu saio.

Acho que não volto.

* Os EUA mantêm mais pessoas em confinamento solitário que qualquer outro país democrático.

** Albert Woodfox passou quarenta e três anos e dez meses isolado. Robert King passou vinte e nove anos na solitária antes de ser libertado. Herman Wallace. Herman Wallace. Herman Wallace. Herman Wallace. Morreu de câncer no fígado dois dias depois de matarem ele por quarenta e dois anos.

Albert Woodfox, Herman Wallace e Robert King, Albert Woodfox, Herman Wallace e Robert King, Robert e Herman e Albert. Herman, Robert e Albert. Wallace, Woodfox, King.

*** Os encarcerados podem ficar em confinamento solitário por crimes não violentos, como posse de itens contrabandeados ou insubordinação. Celas de isolamento também são por vezes utilizadas para a "proteção" do indivíduo encarcerado.

O novato

Mais dois, foi a primeira coisa que ela pensou ao acordar. Ia ter que matar pelo menos mais duas pessoas. Mais duas vezes teria que defender sua vida no Campo de Batalha.

Thurwar era uma coleção de números e estatísticas. Números e estatísticas que ela, uma Grã-Colossal, definiu e desafiou. Grande parte de sua letalidade vinha da capacidade de entendê-los.

No começo, quando ainda era mais civil do que Elo, adorava os momentos em que quase conseguia esquecer a própria situação. Aqueles segundos pela manhã em que, se os HMCs não estivessem flutuando acima dela para começar o dia, desfrutava de um doce silêncio e fingia que sua vida não era um entretenimento brutal.

Ela olhou para Staxxx, que dormia com o maxilar cerrado, e a beijou na testa. Os músculos tensos nas laterais do rosto de Staxxx relaxaram. Thurwar rolou para fora da cama e começou a fazer as primeiras cinquenta flexões do dia. A cada movimento em direção à terra, fazia uma espécie de autoinventário. Ela observava qualquer resistência que surgisse nos cotovelos, a firmeza dos ombros. Mantinha o abdome tensionado a cada vez que se erguia e regulava a energia contra a gravidade durante a descida. Seu peito pressionava o chão de náilon a cada flexão. Ela ainda estava cansada, mas seu corpo era aquilo que ela precisava que fosse. Alongou-se, arqueou as costas e depois ficou em quatro apoios, gato, camelo, várias vezes para aquecer e relaxar a coluna.

Thurwar pegou Hass Omaha do chão e fez seus agachamentos. Hass tinha uma haste de um metro e meio de comprimento, uma liga que o mantinha leve o suficiente. A cabeça do martelo, por mais atemporal que fosse, tinha o formato igual ao de qualquer cabeça de martelo encontrado numa loja da Materiais da Vida^R, só que oito vezes maior. Um lado de ferro liso e no outro uma ponta afiada banhada a ouro. Ela pagava Pontos de Sangue adicionais todos os dias para manter sua arma primária com ela na estrada; a maioria dos Elos que tinha condições fazia o mesmo.

No total, Thurwar acumulou Pontos de Sangue suficientes para, dentro dos limites de uma pessoa completamente privada de liberdade básica, viver bem. Fazia duas refeições incríveis por dia, a primeira das quais seria entregue em aproximadamente — ela olhou para o WaYTime^R que exibia holograficamente 7h08 no ar — vinte e dois minutos. Nenhuma surpresa. Thurwar acordava basicamente na mesma hora todos os dias. Agora estava tentando não se irritar por estar alguns minutos fora de sua programação normal. Segurou Hass com os braços estendidos, pegou a base da cabeça da arma com a mão dominante e a ponta do cabo com a esquerda.

Thurwar continuou seus agachamentos. Mais uma observação de resultados. Isso ficava cada vez mais desagradável. Um ano atrás, ela conseguia fazer cinquenta agachamentos com o martelo e o joelho esquerdo só começava a doer quando chegava nos quarenta. Suas pernas, antes e depois da prisão e do Circuito, salvavam a vida dela. Para balançar um martelo, é preciso usar as pernas e as costas. Você corre na direção dos demônios a toda velocidade. Foi assim que chegou a Grã-Colossal. Mas agora, desde o primeiro agachamento, ela sentia um pouco de dor. Uma faísca que crescia e depois ia atenuando à medida que ela aquecia, depois crescia novamente até zumbir sem parar. Mas ela continuava. Para as milhões de pessoas sintonizadas na transmissão, não havia dor alguma.

Thurwar alongaria mais e depois tomaria um banho rápido. Daria seu melhor sorriso quando Staxxx acordasse por volta das sete e meia. Tentaria manter tudo como estava, mesmo que Staxxx tivesse matado Crepúsculo, mesmo que elas tivessem forçado um novo modo de vida na Cadeia, mesmo que tivesse ficado sabendo pela mulher em Vroom Vroom de uma mudança de regra devastadora que ocorreria na temporada 33.

Entrou na banheira. Os olhos de Staxxx piscaram, depois ela moveu os braços freneticamente, tentando encontrar Thurwar. "Achei você", ela disse, e apertou o travesseiro de espuma viscoelástica REMington[R] Sleep Cannon[R] onde Thurwar aninhava a cabeça durante a noite. Abriu os olhos. "Ah, você achou que eu estava procurando você?" Staxxx apertou ainda mais o travesseiro, envolvendo-o com os braços e as pernas da mesma forma que envolveu Pincer Goreten quando o eliminou com quatro facadas rápidas no pescoço e no olho. O X de Pincer estava na pálpebra esquerda de Staxxx.

"Você é ótima", disse Staxxx. "Mas eu adoro mesmo é isso aqui."

Thurwar riu apesar de tudo. Era difícil imaginar alguém melhor ou pior para esta vida do que Staxxx. Além de sua habilidade óbvia de eliminar humanos, ela era engraçada e sempre pensativa. Sabia que, se uma frase de efeito ou momento particularmente bom de um Elo na Marcha atraísse os espectadores, isso renderia uma reunião com a empresa que tinha sido colocada em evidência e, provavelmente, levaria a uma oferta de patrocínio. Patrocínios significavam mais acesso a coisas que tinham que ser compradas com os Pontos de Sangue, às vezes acesso exclusivo. E muitas vezes com desconto, o que significava economia de pontos. Mais Pontos de Sangue significavam mais vida. Staxxx entendia o jogo. Era quase certo que a REMington[R] fosse ligar quando elas chegassem à próxima Cidade-Conexão.

"Tonta", disse Thurwar.

Ela abriu a torneira do chuveiro no alto. Usou uma toalha de rosto limpa e seca e aproveitou para continuar sua observação diária. Pressionou ombros, bíceps e tríceps, as laterais do pescoço e a nuca, em busca de qualquer dor não documentada. Continuou seus alongamentos leves. Ela se movia lentamente, evitando os HMCs que seguiam seus movimentos como sombras.

"Mate as cretinas, ganhe dinheiro", disse Staxxx. "Ah, e outra coisa, eu te amo."

"Estou sabendo", disse Thurwar, e de novo ela ficou chocada com a facilidade com que Staxxx conseguia tirá-la de seus pensamentos e trazê-la para o mundo.

Staxxx se virou até sua mochila. Amarrou o cabelo usando um dread grosso e depois o envolveu com uma touca de banho feita para ela. Escovou os dentes e enxaguou com água mineral. Quando Crepúsculo estava por perto, era comum que ele trocasse de tenda com Thurwar ou Staxxx, deixando a Tenda da Rainha para elas, então não era exatamente uma novidade ter tanta coisa agora, embora houvesse uma estranheza incômoda em tudo ser de Thurwar.

"Não se esqueçam dos molares, crianças", disse Staxxx.

Staxxx jogava o jogo como se fosse uma parte natural e esperada de sua vida. Falava diretamente com o público, fazia piadas que só tinham sentido se você fosse o tema de um programa sem fim, ganhava popularidade, o que lhe rendia patrocínios, o que fazia dela um Elo mais letal.

E aí os dois HMCs foram embora. Elas estavam sozinhas, sem câmeras à vista. Já fazia muito tempo que Thurwar não sentia o que era não ser vista no Circuito. Seu primeiro pensamento: felicidade por estar sozinha com Staxxx, sem os olhos do mundo observando. Uma oportunidade de contar para Staxxx o que ela ficou sabendo pela mulher em Vroom Vroom. Esse momento podia ser útil. A verdade estava em seus lábios, mas sabia que, depois de dizer aquilo, elas nunca mais seriam as mesmas. Engoliu as palavras e, ao fazê-lo, ocorreu-lhe que algo significativo deveria estar acontecendo fora da tenda, significativo o suficiente para arrancar os HMCs dela, nua como estava, e de Staxxx, que já vestia o roupão, claramente tendo chegado à mesma conclusão um momento antes.

"Merda", disse Staxxx, e correu para Perfídia de Amor. E o momento, a oportunidade de contar para Staxxx, desapareceu.

Thurwar pulou da banheira, pegou uma toalha e enrolou no corpo. Correu atrás de Staxxx. Do lado de fora da tenda, a grama abraçava seus pés molhados e grudava em sua pele enquanto ela corria com o martelo na mão.

Rico Muerte estava parado perto da tenda menor, com as duas mãos no seu taco de golfe, um ferro número seis. Sai Eye Aye estava sentade alguns passos à frente dele em um dos tocos do acampamento. Em uma mão, Sai segurava Knockberri e na outra Tusk. Knockberri era um porrete duro feito de osso com uma pedra redonda na ponta, e Tusk era um pedaço de madeira mais fino com cabo de borracha. Semanas antes, Sai havia aprimorado Tusk, que agora contava com pregos irregulares saindo do topo como dentes afiados.

"Não dou a mínima para nenhuma dessas merdas", disse Muerte.

Ele estava parado com o peito estufado, o taco nas mãos, os olhos em brasa e disparando para os olhos que o encaravam e depois se fixando novamente em Sai.

"Olá, pessoal, qual o problema?", Staxxx interrompeu. Thurwar observava atentamente. Já estavam brigando. Claro. Foi tolice achar que iam conseguir refrear todo o instinto e toda a história da humanidade só pedindo pra todo mundo ficar de boa.

"Sai tem que entender que comigo não se brinca."

Staxxx olhou para Rico. Falou como se os dois estivessem sozinhos numa sala, embora o resto da Cadeia tivesse se aglomerado ao redor.

"Então me diz qual é o problema e a gente acha uma solução."

"Elu sabe o que é. Eu..."

"Porque ninguém aqui vai brigar." Thurwar deu um pequeno passo à frente porque sabia o que Staxxx ia dizer a seguir. "Só de pensar que alguém aqui está indo contra o que a gente combinou tão bem ontem... É meio que um tapa na minha cara. Sabe?" Staxxx girou lentamente Perfídia de Amor de forma que a lâmina apontasse brevemente em todas as direções. Ela manteve a foice girando, movendo-se como se fosse o ponteiro de uma bússola acima da cabeça deles, no ar úmido da manhã.

"Não tenho nenhum problema com você nem com LT, mas não vou deixar ninguém me criticar como se eu fosse uma criança. Com todo o respeito, mas juro pela minha mãe, isso não vai acontecer."

Como se de repente estivesse explodindo, Sai levantou, sua energia mudara de um modo sombrio.

"A gente não precisa bater papo. Vou ganhar os pontos pela sua cabeça, tigrão." Sai falou sem rodeios, quase com tédio, mas com a sede de sangue de alguém que seria Ceifadore no futuro. Um título adequado para quem durou tanto tempo nos jogos. O título anterior era Ferrão, e na verdade, naquele momento, você estava ganhando um novo ferrão, se tornando um tipo diferente de assassino. Ganhando desejo pela batalha, passando a ver a morte como uma ferramenta que pode ser usada a qualquer hora e em qualquer lugar. "Acho legal o que vocês estão tentando fazer, mas, se ele quer morrer, eu mato", disse Sai.

Randy Mac espiou para fora de sua tenda. Thurwar notou que ele observava o corpo vestido de Staxxx. Adiante de Sai e Rico, Ice Ice estava no chão, usando a mochila como travesseiro. Walter Água Podre estava perto do chuveiro comunitário, a pele rosada e molhada.

"Não tenho medo de nada", disse Muerte.

"A próxima coisa que alguém disser vai ser uma explicação clara." Perfídia de Amor parou de girar. Staxxx deixou cair a foice e sua lâmina cravou na terra entre Rico e Sai.

Thurwar observou os três e sabia que a única coisa que todos queriam era não lutar. Para um Elo, independentemente da classificação, o custo de uma luta era enorme. Mesmo se vencesse, quase certeza que acabaria ferido, e isso significava uma chance muito maior de não sobreviver à próxima partida do Campo de Batalha. Era muito melhor matar rapidamente do que lutar. No entanto, de Rico transbordava uma praga que arruinava a vida dos homens e de tudo o que eles tocavam: ele precisava ser visto como forte, ameaçador, poderoso. E lutava contra isso constantemente.

"Eu estava cuidando da minha vida", começou Rico, e agarrou seu ferro número seis com força, "falando que estou quase deixando de ser Cabaço, e que provavelmente nunca mais na vida vou comer pasta de amendoim com geleia."

"Beleza", disse Staxxx.

"Então, eu estava cuidando da minha vida conversando com Ice, Sai quis se meter." Rico franziu muito a testa antes de imitar a voz baixa de Sai. "'Se preocupe mais com o que você segura do que com o que você come.' Aí eu disse: 'Não estou falando com você, porra', e elu disse: 'Você não vai falar é com mais ninguém se continuar assim', tipo me pressionando. Não fui eu que comecei!", Rico estava ficando nervoso. Enfiou seu taco na grama. Staxxx olhou para o movimento tenso e violento e depois para os olhos de Rico. Ele parou.

"Juro por Deus, foi isso que aconteceu, o Ice viu!", Rico disse.

Ice Ice Elefante, estava lendo um livro; ler era um hábito que ele havia adquirido recentemente com Sai Eye Aye. Certamente, Rico entendia que Ice Ice e Sai Eye tinham criado uma boa amizade. Estavam quase no mesmo nível e até combateram em dupla. Talvez, em algum nível, Rico estivesse denunciando o fato de que sentia que não tinha ninguém no time dele? Thurwar pensou nisso e observou.

Staxxx olhou para Ice, que disse: "Sim, basicamente". Uma confirmação que demonstrava pouco interesse em todo o caso.

"Alguma coisa que você queira acrescentar, Sai?", Staxxx perguntou.

"Não. Foi exatamente isso que aconteceu", disse Sai Eye Aye.

"Bem, olhe só, eles já estão concordando", Mac riu perto de sua tenda.

"Quieto." Staxxx virou a cabeça na direção dele por um momento.

"Sim, senhora", disse Randy Mac.

"Então o que você está dizendo é...", Staxxx começou.

"O que estou dizendo é que eu não sou otário. Sou novato, mas todo mundo começa em algum lugar. Tenho direito de dizer que não quero mais comer pasta de amendoim e geleia pelo resto da vida e não dou a mínima para o que alguém acha disso", Rico cuspiu.

Gunny Puddles emergiu de onde quer que estivesse e agora estava a apenas um braço de distância de Thurwar. Ele lançou um sorriso cheio de dentes para ela e deu alguns passos em direção ao resto do grupo.

Como acontecia na vida civil, as coisas barulhentas geralmente eram menos preocupantes. Mas era preciso observar as silenciosas com atenção.

"É simples", anunciou Staxxx.

"Sim, o que é simples é que não sou um bunda-mole e vou provar isso se for preciso. Pode acreditar."

"O que eu ia dizer", continuou Staxxx, "é que você provavelmente está cansado de ser o mais novo, de não ter uma arma primária de verdade e tudo mais."

"O garoto nem tem uma primária de verdade", repetiu Sai.

"Quatro filhos da puta descobriram que o que eu tinha era primário o suficiente para dar uma Liberdadezinha Caixa pra eles", disse Rico, estufando ainda mais o peito.

Staxxx continuou como se não tivesse ouvido nem Sai nem Rico. "E te incomodava ter alguém jogando isso na sua cara."

"Eu não sou otário."

"E não acho que alguém esteja tentando contestar isso. Tudo parece um mal-entendido." Staxxx apontou a foice para Sai Eye Aye. Era algo que só se fazia quando ameaçava outro Elo. Apontar a arma primária para outro significava que você estava pronto para matá-lo e que estava disposto a isso. Do jeito como as coisas iam, sob as novas regras, o gesto era benigno, mas, ainda assim, o eco do antigo significado foi sentido.

"Sai, você acha que nosso amigo Rico aqui é, como ele diz, um otário?"

Sai de repente pareceu se divertir com o teatro que tinha sido armado.

"Qualquer um que entra e sai do Campo de Batalha é mais resistente do que a maioria. Se você faz isso algumas vezes, bom, não é pouca coisa."

Staxxx sorriu. Thurwar franziu a testa. Ela fez as contas. Nada disso — a explosão rápida, a solução fácil — parecia fazer sentido.

"Bom, é isso", disse Staxxx. "Todo mundo está bem?"

O grupo olhou para Rico.

"Eu não fiquei bolado, pra começo de conversa. Eu só estava deixando as coisas claras de uma vez por todas." Staxxx colocou a mão no ombro de Rico. Ele olhou para a mão dela e mudou de tom. "Sim, estou relaxando."

"E você?", Staxxx perguntou.

"Tudo gelado", disse Sai, soltando o bordão óbvio, mas cativante, de Ice Ice.

"Viu só, não foi tão difícil."

Os HMCs focaram em Sai e Rico para ver se o conflito ia reacender. Thurwar aproveitou a oportunidade para falar rapidamente com Staxxx enquanto as duas voltavam para a tenda.

"Quando?", foi a única coisa que Thurwar perguntou. Ela manteve o rosto sério, nem moveu os olhos. Quase imediatamente, um dos HMCs começou a se aproximar.

"Não sei do que você está falando", disse Staxxx, e desapareceu na tenda. Quando o HMC encontrou uma posição perto da têmpora de Thurwar, ela estava com um sorriso engessado, observando sua Cadeia se acalmar.

Este é o primeiro dia da nova fase, pensou Thurwar. Ela tinha sido tão recompensada pelo jogo que uma mudança tão dramática na violência que ela conhecia se tornava motivo de preocupação. Você está com medo, ela pensou de forma clara e direta, que teria sido dita em voz alta caso ela não estivesse sempre sendo observada, caso ela não precisasse que algumas coisas fossem dela e só dela. Você está com medo do novo. Você está com medo de intenções ocultas. Você tem medo de surpresas. Thurwar examinou sua consciência, respirou lentamente e deixou que as sensações de seu corpo esclarecessem seus pensamentos. Você está com medo e odeia que algo possa ter sido planejado sem você, de novo. Que Staxxx tenha planejado uma briga falsa sem você.

O calor se afundou em seu peito. Thurwar repassou a cena entre Rico e Sai, porque obviamente era uma cena. Para começar e terminar tão rápido. Não era assim que essas coisas funcionavam. Staxxx deve ter orquestrado a farsa, uma tentativa de reforçar a ideia da Cadeia como família. Mas ela fez isso de um jeito óbvio demais, descuidado. Não era do feitio dela.

Logo no dia seguinte ao anúncio. Que conveniente que assim meio do nada dois Elos com certo carisma de repente tivessem uma disputa em que alguém podia acabar morto, não? E que conveniente a Staxxx conseguir resolver a disputa em instantes? Deviam ter planejado isso. Mas quando? Thurwar pensou em sua última estadia na Cidade-Conexão e tentou montar em sua cabeça o itinerário de Staxxx.

Você está se perguntando por que ela não confiou em você para ajudar, pensou Thurwar. Não gosta que ela só tenha deixado você participar apenas de parte do plano.

Além disso, talvez esteja paranoica.

Talvez você esteja paranoica porque também tem um segredo.

Talvez tenha sido real.

Talvez seja melhor imaginar que foi real.

Thurwar tinha mais duas semanas.

Mais duas lutas.

Ela tentou se concentrar nas próximas lutas e não no que Staxxx planejou ou não. Pensar naquele lugar, naquele Campo de Batalha, trazia uma espécie de calma explosiva e caótica.

Desde a primeira vez que pisou no Campo de Batalha, Thurwar sentiu algo explodir dentro de si. Como uma maldição. Algo que não só a fez lutar, por mais indigna que se sentisse de viver, mas também a fez se preparar meticulosa e obsessivamente. Queria ser a melhor.

Ela piscou e olhou para o céu. Enxugou os olhos. Um bando de drones voou acima da linha das árvores e começou a descer em direção a eles. Mais duas lutas, a primeira em dupla com Staxxx, depois da qual Staxxx se tornaria Colossal. A temporada 32 terminaria. E assim que a temporada 33 começasse, as regras iam mudar.

Você tem medo que Staxxx guarde segredos de você porque está escondendo um segredo dela.

E o segredo era que, assim que a nova temporada começasse, não seria mais permitido que dois Elos de classificação Colossal estivessem na mesma Cadeia. Assim que a temporada 33 começasse, Thurwar seria forçada a lutar contra a pessoa que ela amava, a mulher que chamava de Furacão Staxxx, em seu dia de Libertação.

Thurwar viu os drones descerem e começou a salivar.

Comida

A comida flutuava ao redor dela. O drone com a caixa de refeições selecionadas era antigravitacional, projetado magneticamente. Voava com a mesma tecnologia que mantinha a Âncora e os HMCs flutuando. Os drones não faziam barulho ao deslizar pelo ar, parte de um pequeno rebanho de triângulos escuros e lisos, cada um deles carregando caixotes de comida pendurados numa cesta de arame.

Dava para ouvir Staxxx no chuveiro enquanto Thurwar via os drones descerem, descendo do céu e depois pairando tranquilamente antes de liberar as cargas em um círculo ao redor da Âncora, que flutuava acima das cinzas da fogueira da noite anterior. Randy Mac pulou na sua cesta, um sorriso largo no rosto. Ele usara Pontos de Sangue para garantir que seu pacote de refeições diárias refletisse seu status como Ceifador: comida quente, preparada por um chef de verdade. Coisas que geralmente tinham um gosto bom, às vezes realmente bom.

Ice Ice, Sai e Randy se amontoaram ao redor da Âncora, mal se movendo do local onde a comida havia sido deixada. Thurwar sabia que os três eram o núcleo da Cadeia. Eles tinham passado juntos por muita merda. Ela sentia gratidão por eles e pela forma como a deixavam liderá-los. Mesmo que Randy quisesse Staxxx exclusivamente. Mesmo que Sai tivesse secretamente, talvez, orquestrado uma briga com Rico para selar o novo decreto de Thurwar e Staxxx.

"Hora de comer. É sempre a melhor hora", disse Mac, levando sua porção em direção a um toco para se sentar. Randy Mac tinha deixado de usar o fio de cobre com que estrangulava outros Cabaços para salvar a própria vida e agora era um Ceifador confiante, empunhando seu tridente. Thurwar não só viu aquilo acontecer. Ela foi a doula da sobrevivência dele, assim como fez com tantos outros.

Thurwar olhou para Rico e o viu pegar um sanduíche de pasta de amendoim e geleia, uma caixa de suco de "vitaminas" e uma banana. Ele olhou para Randy, Ice e Sai, depois começou a caminhar em direção à segunda facção da Cadeia: Gunny Puddles e Walter Água Podre. Gunny preferia comer longe do grupo principal, e Água Podre, um homem fraco que provavelmente não duraria muito nesta Cadeia, nem em qualquer outra, nunca foi atraído pelo resto do grupo. Recentemente, Água Podre tinha conseguido pagar algo melhor do que seu sanduíche usual de geleia e pasta de amendoim e, ainda mais recentemente, começara a passar um tempo com Gunny. Eles se uniram depois de sobreviver ao último combate mortal como dupla. Poucas coisas aproximavam mais as pessoas do que serem parceiras numa morte.

Água Podre explicou a Thurwar que "achava os negros ótimos", mas parecia que Gunny era um sujeito solitário que precisava de companhia. Água Podre coçou sua bandana roxa e sorriu ao abrir a cesta de comida. Como Sobrevivente, provavelmente comeu ovos com queijo e torradas. Depois de algumas semanas ingerindo apenas pasta de amendoim e geleia, os ovos e o queijo tinham gosto de vida.

"Você está vestida?", Thurwar perguntou a Staxxx, os olhos ainda em Rico enquanto caminhava lentamente em direção a Gunny e Água Podre.

"Nunca", disse Staxxx.

"Acho que é hora de tomar café da manhã com Rico", disse Thurwar. "Vou chamar ele." Esse era o trabalho dela. Ela e Crepúsculo descobriram como controlar uma Cadeia juntos.

"Sério?" Staxxx pareceu surpresa, mas feliz.

Estava no controle? Sim, e convidar Rico seria um lembrete para ela e para todos os outros de quem ela era.

"Claro", disse Thurwar. "Por que não?"

"Beleza." Staxxx ouviu o fluxo da água cessar. "Chame ele."

"Rico", chamou Thurwar. Ele estava a poucos passos de Gunny e Água Podre. "Vem tomar café da manhã comigo."

Rico provavelmente sentiu como se tivesse passado em algum tipo de teste. Thurwar olhou para Randy, Sai e Ice Ice. Todos estavam na Cadeia há muito mais tempo do que Rico quando ela os chamou para conversar. Sai assentiu. Ice riu sozinho, mas assentiu também. Randy franziu a testa, depois encolheu os ombros e concordou também. Ela não precisava da permissão deles, mas aquele momento de reconhecimento enquanto Rico sorria e tentava se recompor foi sua maneira de mostrar que ainda se importava com as opiniões deles. A A-Hamm não era apenas Thurwar e Staxxx, mas um conjunto de Elos bons e inteligentes o suficiente para proteger uns aos outros. Rico não tinha provado que merecia ser incluído dessa forma. Ainda não. Mas Thurwar via isso como parte de seus deveres antes de ir embora. Preparar o terreno para o que sobraria depois dela.

Thurwar dirigiu-se para a caixa com o seu café da manhã e depois parou. "Pegue essas duas pra mim." Ela apontou para a grande caixa preta térmica, que tinha seu nome gravado em letras douradas na lateral, e para o caixote de Staxxx, ao lado, vermelho e pintado com Xs pretos e brancos por toda parte. Rico pegou as duas, jogando a própria refeição em cima da caixa de Staxxx para poder segurar tudo empilhado.

Rico caminhou até o lado de fora da tenda, sorrindo estupidamente para Thurwar.

Thurwar voltou para dentro. "Estamos entrando", gritou.

Depois ela se voltou para Rico, viu o orgulho em seu rosto e a comida em suas mãos. "Vamos", disse. Ajeitou a longa toalha em que estava enrolada e entrou. Rico a seguiu alegremente.

Na época em que Sai Eye Aye se juntou à Cadeia, talvez até antes disso, a maioria dos Elos convocados para a A-Hamm sabia muito bem quem era Thurwar. Eles tinham assistido aos melhores momentos de suas lutas e ficaram espantados ao ver que o corpo dela jamais cedia. Alguns já a seguiam antes da fusão das penitenciárias Angola-Smith e Hammond. A essa altura, ela era a única razão pela qual muitos novatos ingressaram no PEJC. E Rico era o mais novo dos novatos. Ela e Crepúsculo significavam algo parecido com esperança, para gente como ele. Thurwar ficava incomodada com isso, mas também adorava, sabendo que seu nome e sua vida representavam todo um caminho de possibilidades para pessoas como Rico. Sua sobrevivência fez com que o jogo impossível parecesse possível. É claro que eles eram tolos e desorientados e iam acabar mortos. Mas, nos seus momentos de maior fraqueza, ela gostava de ser um farol. Quando se sentia forte, sabia que era uma chama para as mariposas.

"Que loucura", disse Muerte enquanto admirava o espaço. Staxxx tinha acabado de se vestir. Ela estava com um pé na banheira, de costas para eles enquanto massageava a perna com manteiga de cacau.

"O caminho para chegar até aqui é longo", disse Thurwar.

"Mas, por outro lado, você está certo, é uma loucura", disse Staxxx ao se virar.

Thurwar deixou-o assimilar o espaço e, enquanto isso, colocou um roupão escuro por cima da toalha. Deixou-o se sentir bem-vindo no luxo que só ela poderia proporcionar.

Rico virou-se lentamente, como se fosse necessário o apoio de todo o corpo para que seus olhos absorvessem a Tenda da Rainha.

"Muito doido", ele disse por fim.

"Sente", disse Thurwar.

Dois HMCs ziguezagueavam entre ela e Staxxx, enquanto o outro flutuava acima da poltrona macia em frente à cama, como se apontasse para onde ele deveria se mover. Rico deu os três passos rápidos e caiu na poltrona. Pequenas coisas como essa eram importantes. Quando Thurwar dizia para sentar, as pessoas sentavam. Fazia parte de seu ser falar, com tranquilidade e segurança, o que esses homens e mulheres que matavam para viver deviam fazer. Todos já haviam quebrado a lei sagrada, e ainda assim a palavra dela significava alguma coisa para eles.

"Obrigada", disse Thurwar enquanto se dirigia para uma das caixas que Rico havia trazido.

Ela puxou uma trava e as laterais da caixa caíram, revelando um prato de ovos beneditinos e uma porção de aspargos, além de uma xícara de frutas frescas, tudo em uma bandeja.

"Porra", disse Rico. O riso no rosto dele era triste. Agarrou o saco plástico com mais força.

Staxxx caminhou até a cabeceira e pegou a própria caixa, o Pacote Staxxx.

Hoje tinha tigela com ovo frito com quinoa e legumes variados. O prato fumegava quando ela tirou a tampa de plástico.

Como civil, Thurwar nunca esteve em um bom hotel. E, ao contrário do que acontecia no tempo que passou na prisão — onde toda vez que podia comia no restaurante, já que a comida do refeitório estava sempre mofada —, no Circuito Thurwar comia bem.* Ela comia maravilhosamente bem. Comia coisas de que nunca tinha ouvido falar antes de ser presa, o tipo de coisa de que a maioria dos Elos jamais sentiria sequer o cheiro. Olhou para o prato. Pegou as frutas para si, colocando em sua cama o pequeno prato com pedaços brilhantes de abacaxi, melancia e uvas embrulhados em filme plástico. Depois levantou a bandeja com o resto da comida e tirou-a da caixa preta maior.

"Está quente, tome cuidado", disse Thurwar enquanto se inclinava e colocava a comida no colo de Rico. Ela removeu a tampa de plástico.

"Gosta de ovos beneditinos?", Staxxx perguntou.

Rico olhou para o que estava diante dele. O molho holandês brilhava ao cobrir os ovos poché e depois se acumulava, amarelo e cremoso, nas fendas de um muffin inglês e ao redor dele. Uma fatia grossa de bacon canadense com bordas delicadamente carbonizadas saindo por debaixo dos ovos. Aspargos grelhados. E uma garrafa térmica lacrada que Thurwar sabia que tinha suco de maçã ou de goiaba. Três garrafas de água também estavam na caixa; Thurwar ia despejá-las em seu cantil. Mas agora ela estava observando Rico observando a comida. Sabia que já fazia quase quatro anos que ele não comia comida de verdade. E aqui estava ele, subitamente mergulhado em algo que, para ele, deve ter sido o mais requintado dos banquetes.

Os joelhos trêmulos de Rico faziam o garfo chacoalhar na bandeja.

---

* Pessoas encarceradas têm um número desproporcional de doenças de origem alimentar.

"Por favor, Rico", disse Thurwar suavemente. "Vá em frente." A suavidade de sua voz era calculada. Ela queria que ele sentisse no mais íntimo de si que enfim estava seguro com ela.

Thurwar colocou um pedaço de abacaxi na boca e olhou para Staxxx. Ela já tinha feito a mesma coisa muitas vezes e Rico não foi o primeiro a chorar, mas ainda assim isso a fez sentir algo que gostava de sentir. Uma torrente que parecia jorrar de seu peito, através de seu corpo, um orgulho por aquilo que ela tinha se tornado. Um oásis em meio ao inferno. Um poder improvável forjado pela força de vontade. Nestes momentos, ela compreendia com intimidade e precisão o que sentiam no coração as multidões que gritavam seu nome. Não atuava da maneira barulhenta e exuberante de costume. Mas ainda assim atuava. Era uma atriz de método. Deixava que parecesse real. Esse era o trabalho dela e ela se permitia aproveitar.

Observou Rico até que ele se virou para encontrar seu olhar.

"Eu não estou..." Ele respirou fundo e enxugou os olhos. "Faz muito tempo que não como nada, sabe?"

"Eu sei", Thurwar disse. "Eu posso ficar com isso? Podemos trocar?"

Ela apontou para o saco plástico que ainda estava em suas mãos.

"Isso?"

"Troque comigo", disse Thurwar. Ele olhou para ela como se ela fosse louca e ela olhou para ele de uma forma que deixava claro que não iria dizer de novo.

Uma hora até o início da Marcha. A voz da Âncora pairou ao redor deles.

Rico entregou a sacola. O sanduíche estava no pão de trigo e claramente havia sido montado às pressas antes de ser jogado em um saco de plástico zip biodegradável grande demais.

"Coma", disse Thurwar.

"Estou comendo", brincou Staxxx, colocando quinoa na boca.

"Obrigado", disse Rico.

"E obrigada", disse Thurwar.

"Coma um pouco, depois a gente conversa mais", disse Staxxx.

"Vá em frente", disse Thurwar. Ela mordeu o sanduíche, a doçura gratinada, a familiaridade singela. Rico finalmente mergulhou na comida. Thurwar observou, achando divertido vê-lo engolir primeiro um talo de aspargos — o que a surpreendeu — e depois usando as mãos para comer os ovos beneditinos. Ela pensou em avisar que havia um garfo e uma faca de plástico no canto da bandeja, mas estava claro que ele tinha decidido que ia gostar de comer assim. Mastigou com força e rapidez, depois diminuiu a velocidade, saboreando por um momento, e depois continuou em velocidade. Para o inferno com os devaneios.

Thurwar ainda tinha um pedaço do sanduíche quando Rico terminou. Num mundo onde você estava cercado por assassinatos, cada refeição podia ser a última. E quando essa sensação te agarrava com força, mesmo uma coisa simples como um sanduíche de pasta de amendoim e geleia tinha gosto de morte. Para o paladar dela, porém, na verdade não estava tão ruim assim. Ela disse isso.

"Quando comecei no Circuito, tinham acabado de tornar obrigatórias duas refeições", ela disse. "Nossos sanduíches vinham estragados e sem geleia." Ela terminou e engoliu. Depois engoliu novamente para tirar a sensação que a comida deixou na boca. "Mas isso foi há muito tempo."

Rico olhou para ela, os dedos cobertos de molho holandês. Staxxx levantou e pegou uma toalha de mão de um suporte perto da banheira. Molhou a toalha por um momento e depois passou para Rico, que limpou os dedos, um por um, antes de enxugar o rosto.

"Caramba", disse ele, recostando-se na cadeira. "É outra vida."

"Já é alguma coisa, né?", Thurwar disse.

"É muita coisa." Rico sorriu. Ele parecia mais novo quando sorria. Rico mal tinha idade para beber.

Os três ficaram quietos por um momento. Thurwar deixou a comida assentar e depois olhou para Staxxx.

"Por que você saiu?", Staxxx disse.

"Eu sabia que não ia conseguir viver lá dentro. Decidi que prefiro morrer aqui fora."

"Onde você estava?", Thurwar perguntou.

"Jersey, uma prisão comum. Não essas merdas experimentais. População comum."

"Não fez nenhum amigo?", Staxxx disse.

"Eu tinha um grupinho, mas depois acabou. A coisa ficou estranha por causa de alguma briga idiota. Tentaram me ferrar. Na quarta vez que um cara que devia ser meu irmão tentou me machucar, assinei os papéis."

"O que foi que mudou? Por que começaram a te tratar assim?", Thurwar perguntou. Ela se inclinou.

"Faz diferença?" Rico colocou a bandeja no piso de náilon.

"Justo", disse Staxxx.

Rico não disse nada.

"O que você pensou quando te mandaram para a Cadeia Angola-Hammond?"

"Pensei: alguém me ama."

"Ah", disse Staxxx, "que fofo."

Thurwar deu um sorriso genuíno. "Por que você pensou isso?"

"Você sabe por quê."

"Quero ouvir você explicar."

"Estar no time de vocês é uma vibe. Todo mundo sabe."

"O que todo mundo sabe?"

Rico olhou para Staxxx, que Thurwar sabia que ia fazer um gesto tranquilizador com a cabeça para que ele continuasse falando.

"Depois que vocês se conectaram, digo, você e o Crepúsculo mudaram a energia. E, claro, com a Furacão a coisa ficou melhor ainda. Vocês mostraram que as pessoas podiam se fortalecer juntas. Se ajudar."

"Mataram o Crepúsculo, como você sabe", disse Thurwar. "O que você acha disso?" Ela não tinha planejado essa parte. Mas, quando podia evitar, fazia questão de não se preocupar. Virou a cabeça apenas o suficiente para ver Staxxx, que tinha perdido um pouco do ânimo, embora ainda sorrisse para Rico.

Rico mordeu o lábio. Thurwar olhou fixamente para ele. Dava para sentir que estava lutando para manter contato visual com ela. "Fiquei triste pra caralho, pra falar a verdade... no começo, quero dizer. Mas a Staxxx é bacana, então está tudo bacana. Então, tudo bem da minha parte. Eu só não sabia se você continuaria com essa parada de Anjo Mãe de Sangue sem ele."

"Como assim?", Thurwar pressionou.

"Você é tipo o anjo dessa merda. Dando uma força pra todo mundo e tal. Você dá uma chance às pessoas. No meu bloco de celas, o pessoal te chamava de Criadora de Ceifadores. E tipo, você pedia pro pessoal não fazer merda, e a sua Cadeia ficou 'sussa' por um tempo. Eu via no programa como o pessoal daqui não tentava se matar. Sem contar semana passada, com todo respeito. E coisas tipo isso que vocês fizeram ontem de noite deixam tudo mais oficial. Decente pacas. Fico super-honrado de estar nessa."

"Você mencionou ontem à noite", disse Thurwar. Ela pegou Hass Omaha, que tinha ficado adormecido perto dos pés de Thurwar durante todo o tempo em que eles estiveram na tenda. De repente, a presença do martelo preencheu o espaço. Rico

Muerte sentou um pouco mais reto. "Ontem de noite eu estabeleci uma posição oficial nesta Cadeia para evitar a todo custo a violência entre os outros Elos da mesma Cadeia. Você lembra disso?" Thurwar observou atenta para ver se Rico ia pedir ajuda de Staxxx com o olhar. Talvez ele admitisse abertamente que a "briga" com Sai foi uma farsa.

"Claro."

"E agora estou sentada aqui, ficando irritada, porque já na manhã seguinte você ameaçou um outro Elo meu. Um Elo bem próximo a mim. Faz quanto tempo que você está no Circuito?"

Rico não fugiu do olhar dela e ela o respeitou por isso.

"Um mês e meio. Estive no Campo de Batalha três vezes. Semana que vem vou lutar de novo."

"Qual é a sua classificação?", Thurwar perguntou.

"Cabaço, digo, Novato. Mas vou ser Ferrão..."

"Você está dizendo que tem a classificação mais baixa possível."

"Sim, mas..."

"E qual é a classificação de Sai Eye Aye?"

"Nem sei, mas o meu problema ali era que..."

Thurwar levantou. Havia Cadeias onde estes seriam os últimos momentos da vida de Rico Muerte.

"Elu é quase Ceifadore", disse Thurwar. "No Circuito há mais de um ano. Um Elo sólido há mais de um ano, e você, um dia depois de eu deixar claro que não é pra fazer mais isso, um dia depois de eu fazer algo por todos nós, você tentou brigar com elu."

"É que foi, tipo..." E nesse ponto ele olhou para Staxxx. Do lado direito de Thurwar. Thurwar se agachou, ignorou o gemido do joelho e segurou o queixo de Rico. Ela virou o rosto dele de volta para ela.

Dez meses antes, um Elo chamado Refar Nichs esteve na mesma posição que Rico estava agora. Thurwar, Crepúsculo e

Staxxx estavam com ele. Refar entrou em pânico sob pressão e tentou agarrar Perfídia de Amor enquanto falavam com ele. O que ele queria fazer com isso, o mundo nunca vai saber. Thurwar esmagou o crânio dele antes que sua mão agarrasse o cabo da foice. Eles arrastaram o corpo para fora de uma tenda à luz da manhã e ninguém na A-Hamm disse uma palavra sobre o cadáver.

"Foi o quê?", Thurwar perguntou. Imaginou esmagar o crânio dele ali mesmo. Ela queria que ele sentisse sua imaginação. Como seria fácil e definitivo. "Foi como se você quisesse cuspir na minha cara?"

Rico tentou olhar para a refeição que acabara de devorar. Os pratos quase limpos.

"Olha pra mim", disse Thurwar. Ela sentiu a barba nascendo no rosto dele.

"Elu me irritou. Desculpa."

"Desculpa. E o que mais?"

"E eu... eu não sei. Isso não vai acontecer de novo?"

"Você está me perguntando?"

"Isso não vai acontecer de novo. Foi culpa minha, Mãe de Sangue. Minha culpa."

Ela o soltou.

"Obrigada, eu agradeço. Agora a gente pode falar do que eu queria."

Thurwar não disse nada, mas viu a gratidão de Rico. Ele tentou não sorrir, mas falhou, sorrindo largamente.

"Por que você está tão feliz?"

"Por isso", disse Rico, "por esse momento. Eu estava pensando que, já que estou aqui, quero ter um bagulho que impressione, talvez algo tipo o que Mac ganhou. Um puta machado grande, quem sabe."

Staxxx riu um pouco; Thurwar não.

"Você sabe sobre o que eu quero falar com você então."

Rico se recuperou um pouco. "Todo mundo sabe. Você ajudou metade do pessoal aqui."

"Fico feliz que esteja tão bem informado."

"Não vou mentir, sou fã. Estou honrado."

Thurwar pensou em todas as armas que tinha levado para os jogos. As regras mudaram na temporada 24, permitindo que os Elos gastassem Pontos de Sangue com outros Elos, e de uma hora para outra, os jogos nunca mais foram os mesmos. Desde o início, Thurwar percebeu que era possível usar sua riqueza e promessa de poder para sobreviver. Desde o início, por causa do modo como entrou, da montanha que derrubou, nunca faltou uma arma ou Pontos de Sangue para ela.

"Eu ajudei e não faço isso de graça. Você sabe o que eu espero com a minha generosidade."

"Até a Alta ou Baixa Liberdade, estou com você", disse Rico. Ele levantou. Colocou o punho no peito e respirou fundo pelo nariz.

"Obrigada. Também quero que você estenda essa promessa a Staxxx." Thurwar já pensava em fazer isso há algum tempo. Queria repassar os detalhes com Staxxx com antecedência, mas naquele momento decidiu deixar claro o que a maioria já presumia.

"Estou a duas semanas, duas lutas, de ser Liberta e pretendo fazer essa jornada." Rico assentiu. "Depois disso, quero que você tenha com a Staxxx a mesma lealdade que tem comigo. A posição que tenho aqui vai ser dela quando eu for embora. Entendido?"

"Claro que sim. Estou pronto para jurar lealdade a qualquer um."

"Qualquer um não. A mim, e quando eu estiver Liberta, à mulher à minha direita."

Thurwar adivinhou que Staxxx estava chateada antes de se virar e ver o sorriso duro em seu rosto.

"Claro, com certeza", disse Rico. "Eu juro, eu prometo, tudo isso."

"Outra coisa. De agora em diante você não vai comer esses sanduíches."

Rico olhou para ela, confuso.

"Agora que somos uma família, todo mundo come. Vamos ver como vai ser o sistema, mas todo mundo vai ter uma refeição decente daqui pra frente."

Thurwar não tinha feito essas contas. Ela não tinha certeza até que ponto podia garantir isso quando estivesse fora do Circuito. Mas sabia que isso faria Rico feliz. E as contas que ela fez diziam que era melhor Gunny ter só um amigo de verdade no Circuito do que dois. Então era bom ter Rico ali, feliz por receber as bênçãos de Loretta Thurwar, a personagem em quem ele pensou quando assinou os papéis. Ela era a chama que derreteria suas asas.

"Eu agradeço e significa muito pra mim, mas não quero ser um peso pra ninguém. Só preciso de uma arma principal massa pra poder me dar bem lá fora."

"Estar preparado é o que te faz vencer lutas. Isso inclui o que você come." Thurwar sentiu um poder fluindo dentro dela. Observou as câmeras voadoras dançando em volta de seu rosto.

"Não sei o que dizer", disse Rico. "Obrigado."

"Vamos voltar ao motivo pelo qual esse cara está tão animado, certo?", Staxxx disse.

Thurwar virou para ela e sorriu. As duas podiam fazer coisas surpreendentes.

"Sim, boa ideia", disse Thurwar.

"Certo, então eu estava pensando que quero algo que realmente chame a atenção. Um bagulho foda."

"Tudo bem", disse Thurwar. Ela ergueu o braço e segurou Hass Omaha à sua frente. "Imagine carregar algo assim no combate mortal."

"Ai, caramba", disse Rico.

"Não fique muito animado", acrescentou Thurwar antes de deixar que ele segurasse o cabo. "Esta é a última vez que você vai segurar este martelo. Só quero ver o que você consegue aguentar."

"Entendido", disse Rico.

Thurwar largou o martelo. Mesmo para uma demonstração parecia um pecado.

Quase imediatamente, nas mãos de Rico, o martelo caiu no chão. Ele se esforçou e pegou de volta.

"Vamos continuar pensando no assunto", disse Staxxx. E, embora estivesse envergonhado, Rico Muerte deixou escapar outro sorriso.

Porta Quatro

Você pode ser propriedade de um homem, como eu fui. Você pode pertencer ao Estado, como aconteceu comigo. Talvez o cativeiro seja ter a sua voz tirada e arrancada de você. Seu corpo vivendo sob os olhares do zumbido da eletricidade. Talvez o cativeiro seja isso. Querer deixar de pertencer a alguém. Quando fui preso, os jogos de assassinato eram só debatidos, não iam acontecer. Cruéis demais, violentos demais, tudo o que havia de ruim. Era o que diziam. Depois passaram a dizer menos. Agora, os jogos de assassinato são o novo futebol. Vão dizer que esse é meu cativeiro agora. Meus grilhões feitos de uma distante liberdade. Estive em silêncio. Nunca fui cego. Meu cativeiro é meu próprio erro e nada mais.

Não mais, meu Senhor
Não mais, meu Senhor

"Essa sua cantoria, continue com isso, eles adoram", diz Sawyer. Sawyer, meu comandante. Sujeito de sorriso astuto. Mentiroso de terno que às vezes diz a verdade. Ele me diz que as pessoas gostam do modo como eu tenho sobrevivido. Do modo como tenho matado. Do modo como tenho usado minha voz desde que a recuperei. Minha voz me faz companhia.

"Escorpião Cantor", é assim que andam me chamando. Eu ganho, Auburn ganha, todo o sistema ganha. Eles ficam felizes o tempo todo enquanto eu respiro. Sentamos em uma sala, antes de eu sair para ficar diante das pessoas que comemoravam. "Você sabe que já revolucionou a cultura das pessoas com deficiência. Você é um ícone nessa comunidade. Você é um ícone antes da sexta luta, e isso significa que pode continuar crescendo. Precisamos de uma armadura melhor para você. Foi legal no começo, esse visual desprotegido, mas você vai acabar morrendo assim."

Ele diz isso há um mês.

Senhor, eu nunca voltarei
Não mais.

"Mas essa cantoria. Não pare com isso. As pessoas adoram. Escorpião Cantor. Excelente. Você vai ter uma chance real."

Sinto falta da minha lança. Gosto dela em minhas mãos, admito. Não foi um acidente. Difícil dizer que foi um acidente depois que acontece. Uma lança. Está comigo há meses e a conheço bem. A lança me liberta assim como liberta os outros. Ela me escolheu. Admito isso também. Nem precisei fazer nada. Deus, o Poder Superior, seja quem for, colocou essa lança em minhas mãos. Gire a roda, ganhe uma chance de sobreviver. Gire a roda e coma da vitória. Gire a roda. Aguilhão. Há dois meses, eu girei.

No programa, um homem gira a roleta com medo no coração. Ele ganha uma chave inglesa, suja de óleo, como se tivesse acabado de sair da oficina. Ele aceita com prazer. Meu Deus, a felicidade dele. Perdoe-me pelo que fiz.

A mulher gira em seguida. Ganha uma tesoura. Afiada, do tipo que se usa na cozinha. Ela pula no ar, animada, feliz por si mesma. Feliz por suas chances. A multidão aplaude e grita com ela. Feliz pelas chances da tesoura, feliz, feliz como se estivessem todos no mesmo time.

Depois um homem se aproxima da roleta. Agitado. Como se a boa vontade com que os deuses acabaram de abençoar a mulher diante dele ainda estivesse no ar.

"Está pronto?", diz o apresentador loiro. Nós, aqueles que escolhemos a morte em vez do confinamento, ficamos num banco de madeira à esquerda do palco.

"Pronto pra caralho", ele diz, tremendo.

Não mais, meu Senhor

Todo o corpo tremendo. Agitado. A multidão também sente isso. A multidão louca por ele. "Nasci pronto, Micky!"

Esta parte é um concurso de televisão. É tudo um concurso de televisão. *Especial de Iniciação Superstars da Cadeia: Roda-Viva.* Espetáculo cruel. A mesma coisa atrás das portas um, dois e três.

"Pode girar."

Clique, clique, clique, cli, cli, cl — e a multidão engasga. O homem fica olhando. Faz menção de girar de novo.

"Não seria ótimo? Mas cada Elo só pode girar uma vez, infelizmente", diz o apresentador.

Uma colher. Uma colher de prata brilhante.

Botar a colher ali era uma piada. A roda tem imagens de todo tipo de bobagem. Coisas que não ajudam em uma luta. Mas todos achamos a colher a mais cruel. A colher serve para que as pessoas se lembrem o que é tudo isso. Mas a plateia não vê assim. Suspiram e depois vaiam. Como se todos estivessem no mesmo time. Como se estivessem chocados.

A porta número dois se abre e o homem vê seu próprio cadáver. Sorte grande, triplo sete, alguém ganha, mas definitivamente não ele. Ele para de tremer. Eu o observo de perto. Os assistentes de palco lhe entregam um travesseiro roxo com uma colher em cima. Mais sal para novas feridas. Ele segura a colher. Olha para ela. Vê-se torturado pela roda. Eu o observo de perto. Já vi isso antes. Quando um homem percebe que foi abandonado. Descobre que talvez não seja abençoado. Pensando que entendeu. De repente, ele vê que os deuses que respeita não o respeitam da mesma maneira. Não do modo como ele esperava. Ele viu que estava errado o tempo todo.

Pode me dizer aonde ele foi?

Desça, desça

O próximo homem recebe uma bola de boliche.

Então dou um passo em frente. Cantando, cantarolando, fazendo meu próprio barulho, mesmo que se engasguem ao me ver. Eles sentem pena. Eles pagaram para estar aqui. Não sabiam que ia ter um sujeito com um braço só lutando pela vida. Sigo em frente. Às vezes sinto meu braço esquerdo, embora não reste nem vestígio dele. Ombro, depois ar. Posso sentir o espaço no ar, às vezes melhor do que quando havia carne. Aqui, na sala da roda, está quente. Ainda sinto arrepios num braço que não está lá.

"Nome?"

Olho para o apresentador e para a plateia. O cara da colher está em algum lugar lá atrás, dá para ouvir os gritos dele. Gritando com todo o seu bom coração. Todos nós ouvimos. A porta um se abriu mostrando a colher e ele também não gosta. Ele se vê enforcado atrás daquela porta.

E talvez você possa

Encontrá-lo lá

"Que bela voz você tem, como a gente podia te chamar? Elvis, talvez?" Olho para ele, ele próprio um Elvis loiro. "Parece que você já teve alguma luta complicada." Faço menção de sufocá--lo com o braço que não tenho. O braço desaparecido encontra seu pescoço e aperta.

Faz uma pausa, vendo que suas piadas não surtem efeito. Limpa a garganta. "Certo, certo, isso foi insensível. Qual é o seu nome?"

"Hendrix Young", digo. Pego a alça de uma roda roxa e puxo para baixo. A roda do destino gira. Ela gira e gira e gira e gira. Ouço o homem da colher gritando. A roda do destino gira para todos nós. Ele não para de gritar.

Atrás da porta número três, há apenas um espelho.

E meu braço, que não encosta na roda, diminui a velocidade só o suficiente. E, quando o giro para, a seta aponta para um painel dourado. No meu caso as pessoas gritam. Festejam no pequeno estúdio. É algo que posso usar. O oposto de uma colher. A sorte grande.

Porta quatro. Não existe porta quatro. Mas ela está ali, na minha frente.

Uma longa haste preta com uma lâmina preta na ponta. A haste é forte e banhada em ouro escuro. É uma coisa linda. As pessoas gritam. Elas estão felizes. Mesmo time. Certo, vejam isso.

Eu uso minha lança para matar. Batizada de Aguilhão Negro, em homenagem ao escorpião. O escorpião.

Estábulo

"As pessoas amam a Thurwar por que ela dá armas pra todo mundo?", Emily perguntou enquanto uma transmissão gravada passava ao fundo, sem som.

Rico Muerte, um Elo magro de Jersey, brandia uma espada imaginária no ar enquanto Thurwar e Staxxx observavam. Emily queria assistir ao resto da avaliação de Rico, mas seu marido, Wil, ficava tirando o som do programa de forma intermitente para explicar as coisas para ela.

"Basicamente", disse Wil. Ele tocou a covinha do queixo, imerso em contemplação. "Mas ela também conquistou todo o respeito que tem. Não é uma mentira. Ela não é uma fraude como Nova Kane Walker."

Wil disse o nome "Nova Kane Walker" com um desdém que poderia fazer você pensar que os crimes dos quais ele foi absolvido pela participação no PEJC foram contra membros da própria família de Wil.

"Esse é o cara que agora faz programas de televisão, como psicólogo ou sei lá o quê."

"Isso, aquele cara. Um cretino. Está na cara que armaram tudo pra ele ganhar. O único que conseguiu chegar até o fim", disse Wil. "Thurwar tem um grupo que é mais ou menos leal a ela. Mesmo quando Crepúsculo Harkless estava vivo, tinha um grupo de Elos que seguia especificamente a Thurwar." Quando mencionou Crepúsculo, Wil bateu duas vezes no próprio peito em memória da lenda. "A Staxxx obviamente é o braço direito da Thurwar, e é uma merda que ela tenha feito isso com o Crepúsculo. E, para ser honesto, se fosse qualquer outra pessoa, acho que a A-Hamm estaria fodida. Mas foi a Staxxx, então eu sei que ela tem um motivo. Mas dói. Estou tentando ficar de boa com isso." Wil riu timidamente. "O Crepúsculo deveria ser Liberto."

Emily ouviu Wil e pensou: é isso que tem de interessante neste jogo. Wil, que não era um cara lá muito sofisticado, mas que em geral era gentil, esse sujeito que para ela era meio que um porto seguro, estava negociando um perdão complicado em tempo real, instigado por isso, por esse programa. Quase que por acidente, ele passou a ter a mente muito mais aberta sobre o que significava ser bom ou mau. Alguém que respeitava tinha feito a pior coisa possível para outra pessoa que ele respeitava e, em função da forma como A-Hamm funcionava, ele pensava nisso de um modo a que a própria Emily resistia, mas que admirava em silêncio.

"Mas é verdade, Staxxx sempre foi considerada muito leal. Agora eu já não sei." Wil fez uma pausa para ter certeza de que Emily estava se dando conta da gravidade daquilo que ele estava dizendo e depois continuou. "Seja como for, a Staxxx e o Ice Ice Elefante e Tracer McLaren e Sadboy Blusie e Sai Eye Aye receberam uma quantidade estúpida de Pontos de Sangue para as primárias. Começa com as armas, mas é muito mais do que isso. Alguns deles foram para a Baixa Liberdade logo depois, e ainda assim." Wil olhou para Emily e ela entendeu que, na cabeça dele, ela tinha perdido alguma coisa. "Baixa Liberdade significa..."

"Significa que eles estão mortos", disse Emily rapidamente. Ela sabia que o marido ficava feliz em ensinar coisas para ela, mas ele já tinha contado a mesma coisa tantas vezes nos últimos dias que ela não tinha estômago para ouvir de novo. Vinha assistindo aos destaques da transmissão. Percorreu um período assustador de temporadas só vendo os momentos mais explosivos.

"Exato, querida."

Emily sorriu.

"Mas as armas na verdade eram uma troca e duravam pouco. Ela é mais do que aquilo que ela dá. Muito mais. Tipo, olha, dá pra ver quem é líder só de olhar. Tipo aquele livro que eu disse pra você dar uma olhada."

Emily folheou as primeiras páginas de *Lidere com a cabeça: o guia do macho-alfa para compreender e liderar o homem comum* e rapidamente largou.

"Certo."

"Então, apesar de eu ter dito que essa Cadeia era menos interessante por ser estável demais, acho que vale muito a pena ficar de olho por enquanto." Aqui ele literalmente esfregou as palmas das mãos.

"Sim, tem muita coisa acontecendo."

"Eu sei que você gosta mais da Cadeia Sing", disse Wil. Ele cruzou a perna direita sobre a esquerda e se recostou no sofá, com um sorriso sonhador. "Uma mulher que pensa como eu."

"Achei que você gostasse mais da Angola-Hammond", disse Emily.

"Quer dizer, é a mais vista e, claro, tem Thurwar e Staxxx, mas ao mesmo tempo você está certa."

"Faz sentido ter Cadeias se é um jogo de cada um por si? Por que não existem mais Cadeias como a A-Hamm?" Isso era o que Emily estava se perguntando. Em parte foi por isso que ela se sentiu atraída pelo drama. Era quase como se o programa e esses personagens que compunham a A-Hamm estivessem se ajustando à sua tolerância relativamente baixa ao sangue.

"A beleza do Superstars da Cadeia", uma frase que Wil dizia várias vezes por semana, "é que ele é tanto um esporte coletivo quanto um jogo individual. A tensão entre as duas coisas é a chave de tudo. Num Combate Coletivo você tem que agir em equipe, e o mesmo em lutas em dupla, mas você também é recompensado por eliminar seus próprios companheiros de equipe."

"Mas será que dá pra dizer que eles são realmente uma equipe se a única coisa que fazem juntos é ir do ponto A ao ponto B?" Ela inclinou o corpo para desviar a visão da tela e olhar nos olhos de Wil.

"Nã, nã, não." Ele balançou a cabeça, desapontado. "É muito mais do que ir de um lugar para o outro. Mas você vai ver quando eles chegarem à Cidade-Conexão. A Marcha é onde muitos dos laços são formados. Tipo agora, a Thurwar acabou de trazer Rico Muerte para o seu grupo central. Ela basicamente adotou o cara. E deixou passar o fato de ele ter desrespeitado a Lei do Fim das Brigas que ela criou — é assim que estão chamando nas *threads*. Tanta coisa acontece entre as Cidades-Conexão e o Circuito de Marcha. A Marcha é onde acontecem as partes mais cerebrais do jogo."

Emily piscou e voltou sua atenção para a televisão. Rico ainda lutava contra um adversário imaginário. Havia *feeds* menores nos cantos direito e esquerdo que mostravam a imagem dos outros dois HMCs. O da esquerda também estava na Tenda da Rainha, filmando principalmente Thurwar, embora fizesse questão de apontar para Staxxx de vez em quando, e sempre que ela falava. A imagem no canto direito da tela pairava acima do meio do acampamento e girava à luz do sol. Mostrava Randy Mac e Ice Ice comendo e conversando. A sensação que Emily vinha tendo cada vez menos enquanto assistia aos Superstars de repente cresceu em suas entranhas.

Ela nem sequer tinha votado em Robert Bircher, o presidente que abriu o caminho para os esportes de ação radicais, e acreditava que não era por acaso que pessoas racializadas, e, particularmente, pessoas da diáspora africana, eram uma parcela enorme dos personagens do programa. Sabia que pessoas negras e outras minorias eram presas de forma desproporcional.*
Thurwar, Staxxx e Sai Eye Aye eram pessoas negras, assim como Randy Mac, embora ele também fosse metade filipino. Além disso, tinha Rico Muerte, que era dominicano e que, ela descobriu em um documentário, também contava como negro.

E, ainda assim, Emily estava genuinamente interessada na vida desses criminosos em seu console de transmissão U-habilitado. Eles estavam realizando a fantasia de algum idiota rico e isso atraía os olhos dela como um acidente na estrada. De alguma forma, a promessa e o potencial da carnificina faziam você esticar o pescoço e, se o esforço resultasse num prêmio sangrento, você tinha o quê? Uma história para contar. Trauma pessoal.

Certa vez viu um homem ser arremessado da moto na estrada. Ela estava acelerando, muito atenta à estrada; o carro dela era tão velho que controlá-lo com o corpo era tão seguro quanto deixá-lo no modo autônomo. De repente, ela notou um movimento, uma roda virando para a esquerda e para a direita. Um movimento que não era natural para uma reta com aquela velocidade. A seguir percebeu foi que o homem estava voando da moto. Ela diminuiu a velocidade para ver a cena. O corpo caiu

---

* Em 2018: 2 272 de cada 100 mil homens negros estão encarcerados em nível estadual ou federal contra apenas 392 de cada 100 mil homens brancos; 88 de cada 100 mil mulheres negras estão encarceradas em nível estadual ou federal, contra 49 de cada 100 mil mulheres brancas.

com um baque terrível no acostamento da estrada. A última coisa que viu ao passar foi um vermelho brilhante contrastando com a camisa de mangas compridas amarelo neon dele. Emily segurou o volante com mais força. Será que devia fazer alguma coisa? Não, seu carro já estava a meio quilômetro do local. Mas ela sentiu a estranha emoção do testemunho. A consciência inquieta de que a vida é cheia de riscos. Um quilômetro de distância. Nada que ela pudesse fazer. Tomara que ele esteja bem. A pele do ombro e das costas ficaria com cicatrizes, mas talvez fosse só isso. Finalmente, ela aceitou que estava seguindo em frente, segura, e ele não. Emily fechou os olhos e deu um comando por voz para que seu veículo dirigisse de forma autônoma. Ela não tinha mais estômago para fazer nada manualmente.

Agora Wil estava explicando o conceito de "estabilidade da Cadeia" pela quarta vez. Parecia bastante intuitivo que, quando uma Cadeia não estava passando por turbulências, quando não havia nenhuma tensão óbvia entre os Elos, isso era chamado de "estabilidade". Quando cada Elo da Cadeia podia passar o dia de Marcha sem muitos problemas. Ela já sabia disso antes de Wil contar. Ela, sozinha, já tinha assistido o suficiente às transmissões e comentários em seu computador no trabalho. Ela assistia por horas, chegando à conclusão de que as complexidades do jogo eram tão infinitas quanto os jargões.

"Certo, o.k.", disse Emily. Mesmo que preenchesse as pausas de Wil concordando, ele continuava, imperturbável e sem perceber que ela não estava prestando atenção. Ela se perguntou como deveria ser uma mulher como Thurwar. Ter esse tipo de poder, ser adorada por legiões. Olhou nos olhos de Thurwar e viu sua vaga diversão com Rico Muerte.

"Mas será que eles estão estáveis agora?", Emily disse, virando-se para Wil.

"Como assim? Você diz a história do Crepúsculo?"

"Isso, a Thurwar acabou de fazer mudanças grandes, mas a Staxxx literalmente matou um líder da Cadeia, então parece que o grupo como um todo pode estar em transformação por um tempo."

Por tudo que ela viu, uma Cadeia manifestamente comprometida em não causar danos a seus membros era algo inédito. Ela também observou que, no caso das Cadeias, falar de estabilidade não fazia sentido. Nada era estável na vida de ninguém, pensou Emily, muito menos na vida das pessoas no Circuito.

"Como naquela transmissão antiga que eu vi ontem à noite com aquela outra Cadeia", Emily começou. "Mesmo que não tivesse qualquer rixa entre os irmãos Eraser e aquele loiro, eles mataram o cara." A vergonha, aquele sentimento, cresceu nela de novo. Ontem ela sentou e viu um homem ser assassinado. Sim, técnica e legalmente foi o Estado, e não os trigêmeos Eraser, que determinou e levou a cabo a execução de sei lá qual era o nome do cara loiro, mas foi ela quem de fato assistiu aos homens espancarem o sujeito até a morte antes de dormir, na noite anterior. Ela sentiu aquela tensão e assistiu a tudo junto com o mundo, que sentia o mesmo. E então ela viu novamente.

"Sim, mas tinha uma rixa, querida." Ele falou com ela como se fosse uma criança. "Só que ninguém falava disso. Os Erasers nunca curtiram o Phil the Pill porque achavam ele um traidor da raça por ser de boa com o Navalha e a Bells e aquele lado da Cadeia."

"Mas o mero fato de existirem facções dentro da Cadeia sugere que a Cadeia é instável."

"Toda Cadeia tem gente tensa. Assim como em qualquer empresa. Mas, às vezes, facções como os Erasers querem secretamente matar os outros. Aí sim é uma verdadeira instabilidade. A A-Hamm tecnicamente nunca vai ser estável enquanto o Gunny Puddles estiver vivo, mas, no caso da A-Hamm, a Thurwar é tão épica que ela meio que resolve as coisas. O lance da Staxxx... eu te entendo. Mas acho que eles vão ficar bem, provavelmente."

"Não sei", disse Emily.

"Confie em mim, querida. A Thurwar colocou todo mundo na linha. Eles estão de boa."

"Você realmente gosta da Thurwar, hein?"

"Eu não *gosto* da Thurwar, eu adoro a Thurwar. Ela é sem dúvida a maior atleta dessa geração."

"Entendi." Emily sorriu com timidez. Uma última vergonha para ela era o fato de que a óbvia paixão de seu marido por Thurwar despertava seu interesse mais do que qualquer outra coisa no programa. A paixão que ele sentia por essa mulher que não poderia ser mais diferente dela. Que era diferente de qualquer pessoa que tinha estado com Wil, até onde ela soubesse. E não só porque ela era negra, embora essa diferença estivesse clara em sua mente, mas por ela ser tão equilibrada; tão cheia de violência, mas quase perpetuamente calma de uma forma que era falsa e também irritante.

"Não me diga que você odeia a Thurwar, querida", disse Wil, com um enorme sorriso se estendendo pelo rosto. De repente, ele estava em cima dela, quase jogando Emily no sofá.

"Eu não estou convencida sobre ela ainda. Veremos. Da última vez que eu vi, ela matou uma criança", Emily riu enquanto Wil a enchia de beijos.

"Eu preciso que você tenha muito cuidado com o que diz. Não blasfeme contra a Melhor de Todos os Tempos. Imagine se aquele garoto ganhasse a primeira luta. Foi assim que ela entrou nos Superstars."

"Não sei. Não estou convencida. Me convença." Wil a prendeu no sofá pelos pulsos. "Vem me convencer", ela disse de novo.

Wil olhou para ela e ela olhou para ele. Era inegável que, para eles, para o casamento deles, o fato de ela começar a assistir esportes radicais fazia uma diferença incrível. Sem dúvida, isso tornava o amor de seu marido mais completo, mais pleno.

"Tudo bem, eu te convenço. Você não viu a primeira luta dela. É por isso que você usa o nome da rainha em vão." Wil saiu de cima dela, deixando de lado todo o clima que eles tinham construído. "Vou passar a transmissão agora. Está pronta?", Wil perguntou, a voz cheia de alegria. Ela não respondeu, mas os dedos dele já estavam digitando seus desejos no tablet de controle. "Isso foi há algumas temporadas, então certas coisas estão diferentes."

"Quantas temporadas atrás?", Emily disse. Ela poderia fazer as contas ou pesquisar sozinha, mas mesmo que isso a fizesse se sentir meio enjoada, sua vida ficava muito mais fácil se ela desse a Wil o que ele queria: deixar que ele fosse um especialista, um bastião de conhecimento.

"Bom, recentemente houve cerca de três temporadas de Superstars por ano."

"Por que elas são tão curtas?"

"Parecem curtas em comparação com outros esportes", disse Wil, de novo adotando um ar pensativo que talvez não fosse só pose. Ele pensava nisso o tempo todo. "É um esporte muito jovem, assim como os esportes de ação radicais em geral. A cada temporada tem novas classificações, e as classificações mudam o tempo todo porque, você sabe."

"Porque as pessoas morrem."

"Sim, exato. E o jogo está sempre evoluindo, então as mudanças nas regras passam a valer na temporada seguinte. À medida que o esporte amadurece, as mudanças ficam menos dramáticas, mas a cada temporada tem uma coisa diferente. Quando o Superstars começou, eles realmente ficavam por contra própria e tinham que caçar para comer."

"Como funcionava?"

"Mudaram isso na nona temporada", disse Will.

"Certo."

"E durante a temporada que estamos prestes a assistir, era uma novidade poder pegar a arma de alguém que você derrotou. A pessoa tinha que estar pelo menos dois níveis acima de você."

"Virar-um-monge", Emily disse com conhecimento de causa.

"Sim! Exatamente, querida. Estou prestes a mostrar por que é chamado assim." Ele tinha feito o que precisava no tablet. A tela voltou ao passado.

Parte II

Simon Craft

"Parabéns, Craft. Você chegou à primeira centena", diz o oficial Lawrence como se tivesse um bolo em suas mãos. "Cem dias no paraíso."

Cê, erre, a, efe, tê. Craft. É a primeira coisa que eu faço. Não. A primeira coisa que faço é acordar antes da sirene. Não ouço muito além dos caras gritando. Se não for o Lawrence, é a sirene. O som te sacode. Alto e irregular.

Tem uma cama e um penico. Escuro aqui a maior parte do dia. Mas no meu cérebro eles brilham. O buraco é preto. Só vejo quando a porta abre. A porta abre uma vez por dia. Sento, durmo, canto, me exercito, respiro, me espreguiço, tremo, tusso, cago aqui. É aqui que eu desmancho.*

Cem dias atrás começaram a me matar de novo. Já morri tantas vezes que devo ser indestrutível. Sou o que não morre. Uma vida difícil e maravilhosa.

---

* Foi confirmado, nacional e internacionalmente, que o confinamento solitário é indutor de ansiedade, paranoia, alucinações, depressão, ataques de pânico, perda de memória e outros déficits cognitivos.

Cento e dezessete dias atrás, um cara não gostava de mim. Matei um homem cento e dezessete dias atrás.

Tem sangue em cada canto daqui.* Mais no chão. Mais nas paredes. Isso não é poesia. É observação. Qualquer um consegue ver. Os ratos tomam o sangue do chão. O sangue deles exposto ao ar. Deixa a pessoa doente. Não me deixa doente. Eu sou o indestrutível. Não fico doente. Vinte dias no buraco lam-

---

* Artigo 18 do Código dos EUA § 2340A — Tortura
(a) Crime.

Quem fora dos Estados Unidos cometer ou tentar cometer tortura será multado ou preso por não mais de vinte anos, ou ambos, e, se a morte de qualquer pessoa resultar de conduta proibida por esta subseção, haverá punição com a morte ou prisão por qualquer período de anos ou perpétua.
(b) Jurisdição. — Há jurisdição sobre a atividade proibida na subseção (a) se:
(1) o suposto infrator for cidadão dos Estados Unidos; ou
(2) o alegado autor do crime estiver nos Estados Unidos, independentemente da nacionalidade da vítima ou do alegado agressor.
(c) Conspiração.

A pessoa que conspirar para cometer um delito nos termos desta seção estará sujeita às mesmas penas (exceto a pena de morte) que as penas prescritas para o delito cuja prática foi objeto da conspiração.

Artigo 18 do Código dos EUA § 2340A — Definições
(1) "tortura" significa um ato cometido por uma pessoa agindo a pretexto da lei especificamente destinado a infligir dor ou sofrimento físico ou mental grave (exceto dor ou sofrimento acidental em sanções legais) a outra pessoa sob sua custódia ou controle físico;
(2) "dor ou sofrimento mental grave" significa o dano mental prolongado causado ou resultante de
(A) infligir intencionalmente ou ameaçar infligir dor ou sofrimento físico grave;
(B) a administração ou aplicação, ou ameaça de administração ou aplicação, de substâncias que alteram a mente ou outros procedimentos calculados para perturbar profundamente os sentidos ou a personalidade;
(C) a ameaça de morte iminente; ou
(D) a ameaça de que outra pessoa estará iminentemente sujeita à morte, dor ou sofrimento físico intenso, ou à administração ou aplicação de substâncias que alteram a mente ou outros procedimentos calculados para perturbar profundamente os sentidos ou a personalidade; e
(3) "Estados Unidos" significam os vários Estados dos Estados Unidos, o Distrito de Colúmbia, e as comunidades, territórios e possessões dos Estados Unidos.

bi o chão para ver se conseguia pegar um pouco de morte. Nem febre. Foi aí que soube o que eu era. Que eu estava destinado a ser para sempre. Sou Jó. Não. Jó tem pena de mim. Eu vivo sob o punho de Deus. Meus olhos são arrancados de mim vinte e três horas por dia. A hora em que saio do buraco é a pior de todas. Passo os cinquenta e nove minutos com medo de voltar.

Ele veio até mim com a ponta afiada da escova de dentes que ele tinha transformado em faca. Ele correu, mas eu vi. Eu vejo coisas às vezes. Já tentaram me atacar com muita coisa afiada. Ele chegou perto de mim na área C dos chuveiros. Um sujeitinho careca. Caipira como a maioria desses caras. Eu não sou daqui. Não falo devagar nem fico dando voltas. Falo em silêncio. E com os nós dos dedos nos ossos e na carne da sua cara de merda. É a única saída aqui. Foi por isso que ele atacou. Porque ainda não perdi nenhuma. Pra provar que era alguém, pensou em testar o ianque quieto com quem ninguém mexe. Aí a arma na mão dele caiu quando o pulso estalou. Aí aquela ponta afiada da escova de dentes foi parar no olho do cara, e no olho e no pescoço e no pescoço. Aí eu cuspi nele e respirei fundo. Aí cuspi nele de novo e me senti mal porque a parte dele que tentou me matar já estava flutuando em cima da minha cabeça. Sentei com calma pra me baterem muito antes de me mandarem pro buraco. Eles me bateram muito. Nos últimos dias, antes de morrer de novo, a única coisa que eu via era o inchaço do meu rosto.

Aí me jogaram aqui.

Nunca conte. Mas você tem que contar. Nada dura no buraco. No inferno. Mas, para passar o tempo antes do que vem a seguir, lambo o chão e sinto o gosto do meu próprio suor. Este corpo não pode ser morto. Este corpo está mais forte do que era antes.

Faço flexão toda manhã. Comecei com duzentas. Agora já são tantas vezes que não consigo contar. Não consigo mais contar muitos números. Conto até vinte e quatro e é difícil lembrar o que vem depois. Aí começo de novo do um. Faço isso de novo e de novo. Faço isso de novo e de novo. É difícil pra mim pensar em palavras que comecem com a letra J; você nunca sabe o que vai sair primeiro. "Justiça". Ainda estou aqui. "Jujuba".

"Algum plano para hoje, Craft?", Lawrence diz quatro vezes por semana. Ele ri e bate o porrete na porta de ferro.

"O mesmo de sempre", digo. Rio.

"Não ria de mim", Lawrence diz.

Selva.

É isso que eu faço quando não uso as pernas e os braços para empurrar o corpo para cima e para baixo. Traço letras na parede e imagino que elas brilham no escuro contra o nada que eu vejo. Traço uma letra com o dedo. Com o dedo posso sentir as ondulações da tinta inútil contra o concreto duro. Uma tinta que não serve para nada. Está escuro no meu isolamento. O buraco está sem luz. Não tenho olhos vinte e três horas por dia. Aquela outra hora é uma coisa que eu não consigo entender, nem saber nem contar pra você. Faço uma refeição fora e meu corpo treme. Mas eu faço traços na parede e meu dedo pode fazer a parede brilhar. Desenho uma letra, depois faço um desenho com o dedo, e só posso usar coisas que começam com a letra que marquei na parede com minha luz. Meu dedo indicador da mão direita e meu dedo mindinho da mão esquerda podem iluminar as paredes. Fui para o inferno e me tornei um artista. É isso que eu faço. Soco o ar e as paredes e empurro a terra para baixo e meu corpo para cima e sinto o calor no peito e respiro pelo nariz e solto o ar pela boca e sinto meu corpo coletando. Coletando. Salto. Coletando o inferno ao meu redor pra não ser só um artista quando me tirarem daqui, mas sim um grande demônio sombrio. Eles acham que eu não sei o que está acontecendo. Sei melhor do que eles. Simon J. Craft. Ainda estou aqui. Não vou estar mais tarde. Eu sei disso. Eles acham que não.

"Ei, Craft", Lawrence diz do outro lado da minha porta.

"Sim."

"Você é um filho da puta nojento. Você sabe disso."

"Já me disseram."

"Você tem sorte de estar aqui. Você sabe disso, certo? Lá fora, iam despedaçar você. Estuprador do caralho."

"Já estive lá. Ainda tenho minhas partes."

"Veremos", diz Lawrence.

"O.k."

Ele ri um pouco. Este foi o momento em que eu achei que não tinha nada a perder. Sempre, sempre existe algo mais fundo que você nem imagina. Eu não sabia disso ainda.

Aí um dia ele perguntou: "Você conhece o Bastão Influenciador?". E aí o inferno se abriu e eu vi sua verdadeira face.

Filhos de gente encarcerada

Poeira e canela.

A reunião incluiu quinze dos principais organizadores. Havia água e chá e também uma panela de pamonhas salgadas. A tia de Marta vendia pamonhas para apoiar os trabalhadores que eram maltratados pelos produtores de leite locais. Primeiro eles comeram. Mari tirou lentamente a folha de bananeira fumegante e olhou para o monte de amor em seu prato. A comida tinha um brilho cor de bronze e ela fez um buraquinho com a faca para deixar sair um pouco do calor. Resolveu desfrutar da comida que estava ali, ainda que o motivo para que aquela comida estivesse ali lhe causasse náuseas. Mesmo que tivesse medo do que estava pensando em fazer.

Esta era a primeira reunião da Coalizão pelo Fim da Nova Escravidão desde que Tracy Lasser se posicionou publicamente contra o PEJC. A reunião de hoje era para tratar de um protesto planejado para a próxima luta de Thurwar, que aconteceria a cem quilômetros dali, no estádio Renshire, nos arredores de Old Taperville. E agora que Tracy Lasser, natural de Old Taperville, tinha virado notícia nacional, esperava-se que o protesto fosse uma das maiores ações de todos os tempos contra o

PEJC. A Coalizão pelo Fim da Nova Escravidão foi convidada a se manifestar ao lado de um número crescente de grupos contrários aos esportes de ação radicais e abolicionistas. O depoimento incrivelmente humano de Tracy trouxe nova vida à luta; lembrou ao mundo o absurdo que era o Estado assassinar seus cidadãos dessa ou de qualquer outra forma. Assim, como era previsível, estava aumentando a presença de soldados-policiais em todos os eventos dos Superstars da Cadeia e muitos políticos já tinham aparecido diante dos holofotes holográficos para implorar pela não violência. Uma coisa absurda para um Estado assassino defender, mas, como sempre, a violência massiva do Estado era "justiça", era "lei e ordem", e a resistência à violência perpétua era um ato de terror. Seria engraçado, se não houvesse tanto sangue por toda parte.

Mas Mari estava tentando se concentrar. Parecia especialmente importante compreender o que ela tinha começado. Foi ela quem entregou a Thurwar o bilhete informando o que estava por vir. Ela havia tocado uma mulher que, além de ter conhecido seu pai, também matou junto com ele. Tudo o que ela lembrava do homem a quem chamavam de Crepúsculo Harkless era que ele cheirava a poeira e canela. E que ele às vezes a jogava para o alto antes de pegá-la quando ela era nova demais para amarrar os próprios sapatos. Seu pai, um homem que ela mal conheceu, tinha cometido um assassinato. Tinha cometido agressão sexual. Mari tinha vergonha de ser filha dele. E a dura verdade era que, apesar do trabalho que fazia, do trabalho em que acreditava, ela não tinha certeza se queria ver seu pai livre no mundo. Mari não queria que ele aparecesse em sua vida. Não queria que o mundo soubesse que era filha dele.

E aí ele morreu e tudo o que restou foram a poeira e a canela e a sensação de voar e depois cair.

Mari tinha visto os olhos de Thurwar e sentiu claramente que também tinha sido vista. Foi vista por uma mulher que amou seu pai e que cuidou dele, um homem que causou danos terríveis. E agora tinha o desejo de ajudar aquela mulher, uma mulher que também havia causado um dano terrível, mas não a ela; um desejo tão grande quanto qualquer outro que já tivera em sua vida.

O estômago de Mari se revirou e ela deu outra facada em sua pamonha bem no momento em que Nile a encontrou. Ele sorriu de leve e sentou no chão perto das pernas dela; o sofá já estava ocupado por Kendra e Pracee. Começariam em breve. Ela observou Nile abrir a própria pamonha e colocar um pedaço na boca rápido demais. Riu alto o suficiente para Nile ouvir enquanto ele tentava sugar ar fresco para aliviar a queimadura. Nile era engraçado às vezes, mesmo que estivesse sempre a ponto de irritá-la. Mas o mais importante é que era sincero, e ela não conhecia muitos homens sinceros.

Kai se inclinou sobre Jess, que também estava no sofá, e deu um tapinha no joelho de Mari. "Está pronta?" A coalizão estava explicitamente sem liderança e era dirigida por vários comitês e pelos presidentes. Porém, havia um comitê geral, e Kai, pelo que se sabia, era a líder não oficial. O medo e a dor das outras pessoas muitas vezes as impediam de fazer coisas difíceis, mas Kai parecia sempre engolir o próprio medo e a própria dor para conseguir agir e gerar mudanças. Ela fez parcerias com bibliotecas comunitárias para as escolas locais e trabalhou durante anos para romper as relações entre escolas e departamentos de polícia. Às vezes trabalhava como professora, mas há trinta anos atuava em defesa de direitos.

Kai também era tia de Mari, embora tenha sido quem a criou durante quase toda a vida. A mãe biológica de Mari, Sandra, cumpria o sexto ano de uma pena de dez. O tipo de crime para o qual o juiz nem poderia dar uma punição menor. A natureza arbitrária da lei, o peso que decidiu a vida de sua mãe, tirava o sono de Mari. Ela acabou se tornando uma profunda conhecedora das estatísticas relativas aos filhos dos encarcerados. Uma especialista no sistema de justiça criminal e em seus efeitos de longo prazo nas famílias. Ela se lembrava, com particular ressentimento, de um estudo intitulado "Pior do que em qualquer outro lugar". A tese do autor era que filhos de pessoas encarceradas tinham seis vezes mais probabilidade de terem "envolvimento com a justiça", um eufemismo que a deixava doente. Mas olhe para ela. Não tinha envolvimento com a justiça. Estava envolvida com a justiça. Mais que isso, estava pronta para chamar o máximo de pessoas para se envolver o máximo que pudessem com a justiça.

Sandra, que já havia entrado e saído da prisão antes da sentença atual, evitava Mari como se estivesse lhe fazendo um favor. Mas, quando estiveram juntas, Mari não deu muita trela para a mãe. Foi educada e distante. Mesmo assim se abraçavam forte, imaginando como as coisas poderiam ter sido diferentes, até Sandra desaparecer mais uma vez.

Eram seis horas de carro até a prisão para visitar a mãe. Ela tentava ir duas vezes a cada estação. Mari tinha se formado em ciência política apenas três anos antes. Na formatura, Kai estava lá, segurando um buquê de parabéns. O paraninfo, um bilionário de uma startup de realidade virtual, fez um discurso dizendo que, se eles "mantivessem o curso", se tornariam *líderes* de algo. Como se a liderança fosse o objetivo final, o princípio da existência humana. Enquanto ele falava, Mari só conseguia pensar em sua mãe, trancada por anos em uma prisão, e que, como resultado de pessoas como sua mãe serem sempre torturadas — efeito do envolvimento dela com a justiça —, alguns CEOs e líderes se tornavam milionários. Muitos presídios privados tinham contratos governamentais determinados pelo número de encarcerados — quanto mais presos, maiores os contratos.

Mas sua mãe uma hora ia sair. O pai partira para sempre.

O funeral foi superconcorrido. Toda aquela gente que foi prestar homenagem a Crepúsculo Harkless. Eles tinham pôsteres. Choravam. Milhares deles.

O orador de sua formatura terminou levantando o braço. "Seja o CEO da sua vida e depois do mundo!", ele disse sem fôlego. Dava para ver que a plateia ficou tão inspirada quanto ele parecia se sentir. Mari assistiu. Ela ouviu os aplausos imóvel. Seus colegas de classe, em êxtase pela possibilidade de também serem líderes, saltaram no ar.

"Obrigado! Parabéns!" Houve uma explosão de confetes verdes e azuis. Chapéus de formatura subiram no ar e depois caíram. Mari ficou sentada, tirou o chapéu, jogou-o de leve para que subisse até a altura do nariz antes de cair de volta em seu colo.

Agora Mari olhou para Kai e assentiu com a cabeça. Ela engoliu em seco. "Sim, vá em frente."

Kai sempre parecia pronta para o que viesse. Mari a amava, mas às vezes quase se ressentia por ela ser tão diferente de sua mãe. Kai não era viciada em nada facilmente observável. Estava sempre no controle de si mesma. Confiava em si mais do que em qualquer outra pessoa. Sua pele negra não tinha rugas e, embora ela fosse vinte anos mais velha que Mari, as pessoas sempre perguntavam se elas eram irmãs. Não como uma forma de elogiar Kai, mas como uma pergunta genuína. Kai era o contato de emergência de Mari para tudo. Era a mãe de Mari tanto quanto de qualquer outra pessoa.

"Certo, pessoal." A sala silenciou com uma rapidez que fez Mari sentir um aperto na garganta. Ela tomou um gole de água. "Hoje vamos falar sobre a ação direta que estamos planejando para o dia do próximo linchamento para fins de entretenimento."

"Antes disso, tenho certeza de que todos nós vimos como a irmã Tracy Lasser se impôs e usou sua plataforma para amplificar a nossa causa." A sala irrompeu em aplausos rápidos e honestos.

Mari observou Nile bater palmas.

"A luta contra o linchamento para fins de entretenimento voltou ao centro do debate nacional e representa uma grande oportunidade para mostrar solidariedade com o povo, tanto dentro quanto fora do sistema. Queremos aproveitar a oportunidade para mostrar não só que isso é inaceitável, mas que não vamos permitir que continue.

"Quero falar também do que aconteceu em Vroom Vroom. É evidente que há pessoas que acreditam que merecem assistir a assassinatos e que nos odeiam por lutarmos contra isso. Entendo como é frustrante ver isso. Eu estava lá com todos vocês. Só agora parei de mancar", ela disse, rindo enquanto fechava o punho e batia de brincadeira contra o quadril. Ela tinha se machucado na briga.

"Como já dissemos repetidamente, esse tipo de coisa não é nosso objetivo. Sei que se defender não é praticar violência, mas quero deixar claro pra todo mundo, caso haja alguma dúvida. Não ficamos mais eficazes só porque uns idiotas quiseram brigar com a gente. Na verdade, grande parte do trabalho que pretendíamos fazer naquele dia se perdeu. E foi um dia difícil, com certeza. Especialmente considerando a recente perda de Shareef, marido da minha irmã e pai de Marissa. Mas é essencial lembrar que estamos lutando para apoiar um movimento. Somos contra a escravidão institucional, a tortura e o assassinato.

"Agora temos outra ação enorme pela frente, desta vez liderada pela própria Tracy Lasser e alguns organizadores de Los Cielos. Tenho aqui um pequeno hologrma que a Tracy mandou para muita gente, um convite aberto. Muitos de vocês já devem ter visto, viralizou nos últimos dias. Nile, pode ligar?"

Nile abriu seu laptop e apertou um botão no projetor de metal que estava ao lado do computador. Kai se moveu para apagar as luzes e a partir daí Tracy Lasser estava na sala com eles.

"Meu nome é Tracy Lasser e estou aqui na frente de vocês porque já basta. Hoje não venho como analista esportiva, mas como cidadã preocupada e abolicionista. Estamos num impasse. Os EUA têm a maior taxa de encarceramento do mundo. Nós nos apegamos à prática arcaica e destrutiva de usar a morte como pena para o crime, enquanto a maioria dos países aboliu a pena de morte. Mas, em vez de seguirmos o exemplo do resto do mundo, seguimos exatamente na direção oposta. Sob o pretexto de estímulo econômico e punição preventiva, permitimos que o Estado administrasse execuções públicas como entretenimento. Perdemos o rumo, mas isso aconteceu muito antes de esportes de ação radicais como o Superstars da Cadeia.

"Tenho vergonha de ter demorado tanto para me levantar contra esse sistema. Os esportes de ação radicais são apenas uma parte do que deve ser mudado. Eu entendo de esportes, e assassinato não é esporte. Assassinato não é justiça. Confinamento não é justiça. Nosso sistema é mau. Todos os esportes de ação radicais apenas explicitaram esse fato. Eu disse que sou abolicionista. Vou recorrer à grande Ruth Wilson Gilmore para nos lembrar exatamente o que é a abolição. 'O objetivo é dar um fim a esse modo de pensar e fazer as coisas que vê a prisão e a punição como soluções para todo tipo de problemas sociais, econômicos, políticos, comportamentais e interpessoais.' O Superstars da Cadeia e o PEJC precisam acabar. Mas todo o nosso sistema também precisa ser reimaginado. É por isso que estamos lutando. É isso que deve ser desmantelado para podermos criar sistemas, novas formas de organização que não promovam a morte do nosso povo.

"Se você está cansado de ficar sentado enquanto seu povo é assassinado, junte-se a mim. Junte-se a nós na primeira de muitas ações que o Projeto Desmantela vai realizar em Old Taperville. Vamos aparecer em massa e mostrar que vamos desmantelar esse sistema."

A voz de Tracy era clara e precisa. Nitidamente ela estava aproveitando seu treinamento em transmissão, mas havia na voz um toque humano que para Mari não costumava estar presente nos noticiários.

"Para datas e horários específicos relativos aos próximos protestos, visite o site do Projeto Desmantela e junte-se a nós para tornar o mundo um lugar melhor."

Kai acendeu a luz de novo. Tracy ficou lá por mais um momento, mais fantasmagórica do que antes, e depois desapareceu completamente.

"Eu gostaria de fazer uma proposta para discutir como participar, e se vamos participar, da Coalizão pelo Fim da Nova Escravidão no protesto em Old Taperville", disse Kai.

"Apoiada", disse Mari.

"Quem é a favor?", Kai perguntou. E todas as mãos na sala se levantaram.

Vega

Três dias de Marcha e noites tranquilas haviam se passado e o joelho de Thurwar doía. Ela pensou na época em que não precisava controlar essa dor em silêncio, antes de o mundo saber que ela era uma das maiores Elos de todos os tempos. Quase ninguém chegou tão longe quanto ela, e era menor ainda o número dos que tinham feito isso sem nenhuma ajuda — todos sabiam que Nova Kane Walker havia sido conduzido para a Alta Liberdade pelos produtores, para que os fãs pudessem ver que a promessa de liberdade era real.

Sim, Crepúsculo quase fez isso do jeito verdadeiro. O segundo golpe de sorte dele foi a fusão da Cadeia que o uniu a Thurwar. A partir de então, eles lideraram juntos, mantendo-se vivos. Ele era um homem honesto e pediu que trabalhassem juntos. Mas escapou por entre os dedos dela.

Assim, agora Thurwar estava sozinha no topo. Sabia que muita gente ainda achava que a Monja tinha sido melhor que ela, apesar de ela ter matado a Monja. E a morte da Monja nem foi o que consolidou o legado de Thurwar. A morte que a consolidou foi a de Lady ReckLass, o segundo Elo Colossal que ela derrubara.

ReckLass* também era a razão da dor no joelho de Thurwar. Quando ela fez o movimento para acabar com ReckLass, a mulher estava ajoelhada e ofegante no chão. Mas, de alguma forma, naquele momento, Recklass reuniu a força vital para golpear com sua clava, Vega — uma arma que tinha pertencido à Monja —, o joelho esquerdo de Thurwar. O golpe foi forte porque ReckLass era forte, estava a apenas algumas lutas da Alta Liberdade e, ao contrário da Monja, queria muito viver. Thurwar sabia disso. Antes de a luta começar, Thurwar olhou para Lady ReckLass em sua Detenção. A mulher estava olhando para ela com gentileza e fúria. Não era um olhar de quem avalia ou julga, mas de quem aceita quem a outra é, por inteiro. Uma espécie de amor. Isso surpreendeu Thurwar, porque tinha decidido que odiava ReckLass. Antes da luta, ela se concentrou na clava, em Vega, que ReckLass adquiriu depois que Thurwar matou a Monja. Quando os Elos mais populares iam para a Baixa Liberdade, suas armas eram colocadas no mercado de Pontos de Sangue. E, quando Lady ReckLass escolheu Vega, Thurwar levou para o lado pessoal, como se Melancolia não estivesse satisfeita em assombrar seus sonhos e quisesse atacá-la de novo no mundo real.

Depois dessa luta, Thurwar se tornou a grande estrela em ascensão em meio a um pequeno grupo de estrelas em ascensão. Mesmo assim, por um longo tempo, as pessoas gritavam "Foi sorte" para ela no estádio, desde os assentos mais baratos até aqueles que custavam quase o mesmo que uma prestação de um carro. Thurwar sentia saudade daqueles dias. Quando se deixava elevar pelas palavras das pessoas. Thurwar usava a animosidade delas para se manter firme no mundo. A raiva era um

* Elo que chegou à Baixa Liberdade. Rachel "Lady ReckLass" Nape. Classificada como Colossal.

inimigo no qual ela podia concentrar seu ódio, que lhe permitia, ainda que brevemente, esquecer sua culpa.

Ela quis provar que estavam errados. E provou. Depois disso, eles se tornaram seus soldados; ela era a general de um exército que desprezava. Mas, por muito tempo, Thurwar jogou o jogo, desempenhou o papel que esperavam dela. Fez discursos fanfarrões, esmagou crânios com talento. As pessoas vinham de longe para vê-la e, às vezes, ela realmente sentia que não podia decepcioná-las. E era fato que o apoio delas, aquela energia avassaladora, se transformou em algo, uma vantagem espiritual na arena. E isso a manteve participando, por vezes fazendo com que Thurwar acreditasse ser quem as pessoas achavam que ela era.

Staxxx quebrou esse ciclo de engano. Staxxx era real e deu a Thurwar algo verdadeiro em que se concentrar. Depois que Staxxx se estabeleceu em sua vida, Thurwar achou mais fácil abandonar a personalidade que havia criado. Ela falava cada vez menos antes das lutas. Parou de responder às cartas de fãs. Parou de lhes dar qualquer coisa além da carnificina que a mantinha viva e que, por extensão, mantinha viva a sua Cadeia. Staxxx deu a Thurwar uma nova razão para viver.

Thurwar foi ver os Elos. Rico ainda estava radiante de entusiasmo pelo encontro. Sai, Ice e Randy Mac conversavam sobre esportes que praticavam quando eram atletas de um tipo diferente. Gunny estava pensativo e Walter Água Podre parecia perdido e amedrontado como sempre. E Staxxx estava lá falando com ele, tentando fazê-lo rir. Staxxx estava lá, linda. A mulher que ela amava. A mulher que matou seu melhor amigo.

Marcharam.

A Cadeia continuou com Thurwar à frente de seu grande círculo, a Âncora seguindo lentamente atrás dela. Começaram a jogar um dos jogos de Marcha, como costumavam fazer, por um bom tempo já, mas agora havia um novo tipo de tranquilidade entre eles.

Então Thurwar viu a Âncora passar por ela e todos os Elos foram forçados a correr para acompanhá-la.

"Porra", disse Randy Mac.

"Todo mundo preparado", disse Thurwar. Ela sentiu a adrenalina subindo, mascarando sua dor. "Se puder, cuide de quem está ao seu lado. Mas se proteja primeiro. Corram quando nós formos soltos." Eles passaram correndo por farpas de madeira e foram impelidos e jogados para fora do lamaçal. Era importante olhar onde pisavam.

Estavam sendo levados em direção a um Combate Coletivo, em direção à violência, e ela estava pronta.

O Conselho

Era uma sala com homens e mulheres. Doze no total, todos brancos, exceto pelo vice-presidente e diretor de relações públicas da ArcTech, que também era uma das três únicas pessoas presentes na sala com menos de quarenta anos. Seu nome era Kyrean e ele era o amigo negro de Forest, um fato sobre o qual os dois brincavam quando se encontravam para beber ou davam festas no iate de Forest. Só havia mais um relativamente jovem, era Lucas Wesplat, um dos amigos mais antigos de Forest e herdeiro da ArcTech.

Forest tomou um gole da xícara que estava na mesa. Seu pai, George Woley, estava sentado à sua esquerda rindo de alguma coisa com o diretor de transmissões, um tremendo puxa-saco. Henry, um dos outros irmãos Wesplat, era o presidente, então fez o lance de presidente:

"Gostaria de fazer uma votação para aprovar a pauta."

A pauta pairava no ar diante deles, projetada na mesa da sala de reuniões.

Forest examinou-a, tentando parecer interessado o suficiente para não envergonhar seu pai, mas entediado o suficiente para mostrar a Kyrean que sabia que tudo aquilo era besteira.

Agenda do Conselho de Administração da Superstars S.A.
Analisar tendências atuais e engajamento
Detalhamento da receita
Revisão de mudança de regra do Superstars da Cadeia na 33ª temporada
Anúncios

"Apoiado", disse o pai de Forest.

"Certo, então aqueles que são a favor", disse Henry. Uma vez, Forest viu Henry cheirar/lamber cocaína da pele úmida de suor de três pessoas diferentes em um período de um minuto.

Várias mãos se ergueram, incluindo a de George. E o que seu pai faz, Forest também faz. Embora ele tenha notado com interesse e uma onda de vergonha que Kyrean não levantou a mão.

"Acho que precisamos colocar a situação de Tracy Lasser na pauta", disse Kyrean. Ky era amigo de Forest desde o tempo que entraram juntos na universidade. Era bem possível dizer que a amizade deles contribuiu muito para a ascensão profissional de Ky.

Forest observou Lucas franzir a testa na direção de Ky. Lucas era o chefe de Ky. Forest chamava o pai de Lucas de tio Rodge.

"Certamente planejamos falar sobre isso. Só não transformamos em um item da pauta porque não é tão importante quanto alguns dos outros em que estamos trabalhando", disse Mitchell Germin, diretor de transmissões. "Temos trabalhado arduamente planejando a próxima estadia da A-Hamm na Cidade-Conexão de Old Taperville, sabe. Pensando na logística para o evento com o agro."

Henry olhou para a sala e viu que a mão de Kyrean estava agora no ar acima de sua cabeça. "O sim ganhou", declarou ele.

"Mas estou feliz que Kyrean tenha mencionado o assunto de Lasser", continuou Germin. "Estamos acompanhando a situação de perto e, com base em nossas pesquisas iniciais, na maioria dos segmentos, o que ela achou que estava fazendo afetou só de forma marginal a audiência e a audiência potencial. Na verdade, vimos indícios de que, entre os nossos telespectadores já engajados, o surto dela aumentou o interesse e a vontade de participar de canais de esportes de ação radicais. Muitos participantes da pesquisa, que se identificam como espectadores regulares, têm a impressão de que Tracy Lasser foi significativamente tendenciosa em suas opiniões devido à amizade pessoal com Hamara Stacker e..."

Forest olhou para o pai, que estava olhando para Germin. Era extremamente raro, pensou Forest, reconhecerem nesta sala que havia pessoas que odiavam todos eles e tudo o que estavam fazendo. Falavam sobre tendências e resultados. Raramente falavam sobre as lutas reais ou diziam o nome dos Elos que faziam tudo acontecer.

Nisso, pelo menos, Forest não era como o pai. Ele sabia o que estava acontecendo. Sabia que os Elos tinham nomes. Sabia que havia uma razão para Tracy Lasser ter feito o que fez. E sabia que havia razões para ele fazer o que estava fazendo também. Ela acreditava que o entretenimento punitivo com potencial de reabilitação era errado, acreditava num tratamento mais brando para assassinos e estupradores. Ele acreditava que a justiça não podia ser bonita para todo mundo. Acreditava que a lei sempre tinha sangue nas mãos.

"Eu disse para o Gerald não deixar aquela garota de âncora", disse George Woley. Gerald Haskinson, CEO da RedeEsportiva, jogava golfe com George.

Forest olhou para Kyrean, na intenção de se solidarizar, mas os olhos de Kyrean estavam fixos em George com uma mandíbula cerrada e um olhar que fez Forest ruborizar. Ele viu que Lucas estava olhando para a pauta.

"Independente do que os grupos de discussão digam", começou Kyrean, com uma nova seriedade em suas palavras, "deveríamos levar em consideração a possibilidade real de mudar o lançamento da temporada trinta e três. Esse foco todo em Staxxx e Thurwar. Uma luta entre as duas... simplesmente não é uma boa ideia agora." Ele parecia estar se acalmando um pouco, apelando para a lógica acima de tudo.

"Concordo, é... não é de bom gosto. Acho que também deveríamos reconsiderar as novas regras." Forest ficou surpreso ao ouvir isso da autoproclamada voz mais elétrica dos esportes de ação radicais, Micky Wright. Um homem que, mais do que qualquer outro na sala, estava, para o mundo, associado ao Superstars da Cadeia e a tudo o que o acompanhava. Eles ainda estavam navegando por águas desconhecidas. O pai de Forest falava sobre os esportes de ação radicais como uma extensão natural e óbvia do próprio trabalho, as prisões, que foi onde a família construiu a fortuna. E, quando George Woley falava sobre prisões, falava sobre a responsabilidade dada por Deus de manter a população segura. Falava sobre absorver a negatividade do mundo para que o bem pudesse brilhar. Em seu último discurso na empresa, ele disse: "Sempre há uma faca não muito longe do pescoço. Sempre tem um homem mal-intencionado perto de seus filhos, de suas filhas". E era assim que George Woley também pensava nos jogos.

"Bom gosto?", George perguntou, confuso.

"Isso, bom gosto. Depois eu te explico o que é", disse Wright, com calma e casualidade.

A sala olhou para George e, como ele estava sentado perto do pai, Forest sentiu seus olhos pedindo uma resposta adequada.

"Não vamos mudar nossos planos por causa do que uma vadia da RedeEsportiva falou. Ela que vá catar coquinho", disse George.

Micky Wright balançou a cabeça e riu. Kyrean olhou fixamente para Forest.

"Talvez a gente possa achar um meio-termo", disse Forest, sem muita convicção. Seu pai parecia desapontado. "Meio-termo" era uma das palavras que George Woley mais detestava.

"Certo", Lucas disse.

Forest sabia que seu pai queria dizer alguma coisa, mas viu que ele estava pensando melhor. Essa diretoria, junta, decidiria os rumos do universo Superstars da Cadeia. E embora esse universo crescesse e estivesse rendendo milhões, para George Woley era só uma pequena extensão de uma indústria maior. Mas Forest não era seu pai; ele entendia que estavam administrando algo que poderia vir a ser o maior produto de entretenimento do mundo. É por isso que estava ali. Queria fazer parte de algo grande, algo novo, algo que ele pudesse desenvolver. Uma indústria para ele. Iria se preocupar com o bom gosto depois de sair da sombra do pai. Mas, por enquanto, era grato por seu pai estar lá. Este conselho era sua incubadora e George participava para preparar Forest para o futuro.

"Bem, se você quer dizer que talvez haja oportunidades para eliminações antes do lançamento da temporada, com certeza existem maneiras de tornarmos as coisas mais...", ele fez uma pausa, procurando as palavras. "De adicionar potenciais obstáculos em relação a Thurwar, dado o clima atual."

Forest sorriu. Pelo menos tentaram. Ele olhou para Kyrean para reafirmar seu sucesso, mas a pele negra e lisa do outro homem e a careta em seu rosto eram um retrato do desgosto.

Forest desviou o olhar para o pai. George Woley assentiu.

Esta era a incubadora. Forest cresceria. Kyrean era seu amigo, sim. Mas será que era mesmo? Não, ele era um funcionário. Um colega de classe. Uma pessoa com quem trabalhava, e que poderia muito bem ser substituída.

Combate Coletivo

"Não se preocupe, querida, não vou deixar que encostem num fio de cabelo da sua cabeça", disse Staxxx, correndo ao lado de Thurwar. O círculo se tornou uma linha, os Elos ao lado um do outro, ombro a ombro. E se Thurwar perdesse Staxxx, de alguma forma, antes que tivesse a chance de contar o que descobriu? O pensamento fez sua mente entrar em foco. Ela tentou retornar ao seu corpo. A dor no joelho quando ela pressionava o chão, o peso do martelo nas mãos. Ela não ia perder Staxxx. Tudo menos isso.

"Que merda é essa?", Rico Muerte disse.

Thurwar olhou e viu que Mac estava lá. É claro que Rico já tinha visto na tevê, mas era uma coisa completamente diferente quando você vivia esse tipo de coisa. Quando de repente a caminhada calma e constante se transforma numa corrida. Quando no final da corrida existe a morte, para você ou para eles.

"A gente já falou sobre isso, agora chegou a hora", disse Thurwar, na direção de Muerte.

Ela olhou para Rico e seu taco de golfe. Até ele era dela. Ele não parecia ter o menor potencial, não parecia ter muita energia, mas era muito verdadeiro. Ele era dela, assim como quase todos que corriam pelas árvores ao lado dela, de repente, mais uma vez, diante da possibilidade da morte. Ela não deixaria nem mesmo Rico Muerte encontrar a Baixa Liberdade.

"Acaba quando alguém é eliminado", disse Mac a Muerte.

Ela sabia o que ele diria a seguir. Que era um Combate Coletivo, que eles estavam prestes a ficar cara a cara com outra Cadeia. Que eles veriam todos contra quem estariam lutando antes de começar, que cada um deles ia chamar alguém que quisesse combater. Que provavelmente Thurwar e Staxxx lutariam com a mesma pessoa para garantir uma morte e acabar com o combate. Que, se você tentasse fugir, seria arrastado de volta para perto das duas Âncoras no centro do Campo de Batalha improvisado. Mac diria que, independentemente do que ele fizesse, se fugisse, certamente seria morto, se não pela Cadeia adversária, pelo próprio Randy Mac.

"Lembra da nossa primeira vez?", Staxxx disse, correndo logo à frente de Thurwar. Thurwar sentia a dor no joelho, mas com seu corpo se preparando para gerar morte, aquilo era uma mera sombra. Uma memória presente e esquecida ao mesmo tempo.

Thurwar não disse nada, tentando ver o que estava à frente, mas sorriu.

"Não? Que vergonha. De qualquer forma, feliz aniversário de casamento", Staxxx murmurou com uma boa careta e depois um sorriso suave.

"Hum. Aconteceu alguma coisa importante no nosso primeiro Combate Coletivo?", Thurwar disse, entrando na brincadeira, embora quisesse se poupar. Mesmo essa corrida em direção ao combate podia cansar um bom Elo. Uma coisa era correr e outra era correr com a energia da tensão e adrenalina da batalha.

"Viu", disse Staxxx. Sorriso largo. "Você não liga pra mim."

Durante o primeiro Combate Coletivo delas como Cadeia Angola-Hammond, Thurwar desferiu um golpe mortal no crânio de um homem que carregava uma enorme chave inglesa. Antes que a chave inglesa pudesse quebrar o osso orbital esquerdo de Thurwar, tanto ele quanto a mão que segurava a peça de metal estavam no chão. A foice havia encontrado o pescoço do sujeito. Thurwar pensou na época e se deu conta de quantas de suas melhores memórias eram banhadas de sangue.

Naquele primeiro Combate Coletivo, apenas seis dias depois de sua entrada, Thurwar se apaixonou por Staxxx. Amava a força de Staxxx, o modo como o corpo dela estimulava a sobrevivência.

Staxxx tinha aparecido e de repente ela devia sua vida a outra pessoa. Ela se ressentiu desse fato. Mas foi o que a manteve viva. Primeiro veio o desejo de pagar essa dívida, que ela pagou muitas vezes, e depois o fato de ela saber que tinha que permanecer viva para manter Staxxx viva e bem o suficiente para ser quem ela era para o mundo. Para Thurwar, isso era pelo menos parte do motivo para estar na terra.

"Eu não ligo pra você", disse Thurwar. "Eu te amo."

Staxxx tropeçou de leve, usando Perfídia de Amor para se levantar do chão.

Thurwar sentiu a vertiginosa satisfação de ter pego Staxxx desprevenida. Thurwar raramente dizia essas palavras, e esperava não ter dito agora só por medo de não ter outra chance.

Staxxx sorriu e Thurwar se perguntou se ela podia ler sua mente. Desejou que sim, para poder contar o que zumbia em seu cérebro desde Vroom Vroom.

Era o vigésimo Combate Coletivo de Thurwar. Nos últimos dois meses, desde o décimo nono, ela sentiu uma pontada de culpa pela aproximação do vigésimo. Os Mestres do Jogo, os humanos por trás dessas vidas acorrentadas, as pessoas que costuravam histórias por meio de lutas e coreografavam o acaso, essas pessoas adoravam o óbvio. Adoravam grandes números. Esses marcos significaram mais perigo para todos em sua Cadeia.

Ela também sabia que algumas pessoas achavam que esses Mestres do Jogo a favoreciam. Que a mimavam com confrontos fáceis, como aquele com o garoto que ela esmagou na última vez. Como se alguma coisa em sua vida no Circuito pudesse ser fácil. Vinte vezes ela foi subitamente forçada a lutar por sua vida. Dezenove vezes ela lutou e sobreviveu. Quando conversavam sobre estatísticas, quando ela se importava em argumentar ao próprio favor, lembrava aos outros de todas as vezes em que tinha dado a Baixa Liberdade para Elos de outras Cadeias para que ninguém em sua Cadeia tivesse que passar por isso. Em oito ocasiões, foi o martelo dela que encerrou o Combate Coletivo. Oito finais de Combates Coletivos. Oito. A Monja tinha passado apenas por dez combates coletivos durante todo o seu período.

Thurwar manteve o ritmo da respiração mesmo enquanto corria. Ela tinha visto pessoas ofegarem até chegar ao lugar de sua morte. Os Elos de A-Hamm aprenderam com ela a seguir a Âncora com determinação. Ela lhes mostrou como era importante respirar fundo, ver o chão e o mundo à sua frente. Tornozelos torcidos podiam matar. Ela era uma exceção. A única que fez a coisa mais difícil do mundo: sobreviver. E, ainda assim, as pessoas a desafiavam. Mas ela era maior que... sim. A resposta era sempre sim, era a maior. Thurwar acreditava que fazia parte de seu propósito ser a maior de todos os tempos em um novo inferno. Ainda estava tentando entender por quê.

Eles se moveram no ritmo que Thurwar permitiu que Staxxx estabelecesse e finalmente viram a outra Cadeia à distância. No momento em que vê aqueles que você precisava matar para não ser morto, você deixa de lado o reconhecimento inato que tem deles como seus semelhantes. Depois de tanto tempo no Circuito, era quase automático para Thurwar. Ela e sua Cadeia eram pessoas; os outros eram um problema a ser resolvido.

Estavam em nove pelas contas dela. Thurwar acelerou o passo. Queria ser a primeira a ser vista. Queria que eles imaginassem seus crânios esmagados por Hass Omaha. Sabia que tinham visto vídeos com seus melhores momentos. Sabia que eles, quem quer que fossem, conheciam todas as maneiras que ela tinha de destruir um corpo. Thurwar alcançou Staxxx e logo sentiu a Âncora agindo sobre seu corpo. Foi forçada a parar. Estavam em um trecho recentemente desmatado da floresta. Verde sobre o solo, luz fresca ao redor, sem folhas ou galhos em que eles ou seus oponentes pudessem se esconder. Estavam diante da Cadeia U-Block. Pela cara deles, os membros da U-Block podiam vê-la bem.

Os olhos bem abertos. Depois, o esforço visível para disfarçar a surpresa. Sorrisos fracos que ela quase conseguia distinguir. Estavam a trinta metros de distância.

Thurwar escolheu uma jovem que deveria ter menos de vinte anos. Pelo que podia ver, a oponente não tinha nenhuma arma primária, provavelmente tinha uma tesoura ou algo pequeno e afiado num dos bolsos da jaqueta jeans.

"Jeans", Thurwar disse para Staxxx.

"Pobrezinha", Staxxx respondeu. Simples assim. Thurwar e Staxxx condenaram aquela mulher de aparência frágil à morte.

"Vamos pegar a garota de jaqueta jeans", disse Thurwar. Mac e Gunny Puddles fizeram contato visual e assentiram. Sai fez sinal de positivo. Ice resmungou que queria o homem loiro no meio da formação.

"Entendido", disse Thurwar.

Sessenta segundos até o Combate Coletivo.

Antes de Thurwar assumir o comando da A-Hamm, as Cadeias desperdiçavam os segundos de imobilidade antes do início do combate. Elos avidamente mantinham seus alvos para si mesmos, pensando na glória e nos Pontos de Sangue de um Combate Coletivo. Mas organização era vida.

"Blusa verde", disse Sai, apontando para um homem barrigudo que tinha na mão algo que parecia um cassetete.

"O Iglu, entendido."

Eles avaliavam seus oponentes e Thurwar examinava cada um antes de dar sua aprovação. Se achasse que um confronto parecia difícil, ela negava e dizia para o Elo procurar outra pessoa.

Manteve o foco na mulher de jaqueta jeans. Depois que ela morresse, não importaria quem seus Elos tivessem escolhido. E a garota de jeans ia morrer muito em breve. Thurwar percebeu que ela queria colocar as mãos nos bolsos. Thurwar tinha certeza que aquela mulher mal era uma Sobrevivente. Ela conhecia quatro dos Elos da Cadeia U-Block. Eles eram Logan Iglu, Ferrão; Killian Stills, Ceifador; e Qiesha Howler, que, da última vez que Thurwar ouviu falar, era Ferrão, mas que chegou lá de um modo que fez seu nome entrar no seu radar.

O último Elo era o único que Thurwar achava que estava à altura: Raven Ways. Raven Ways também era um Colossal. No mês passado, pesava 89 quilos. Ele mantinha os cabelos negros cortados ao estilo de César e usava uma bandana com uma pirâmide. E a tatuagem em seu pescoço tinha a forma da pirâmide do Triangle Keep Bank. Ele, como Thurwar, usava proteção de couro. Ela pensou ter visto um pouco do material enrolado na clavícula e no pescoço. Raven era canhoto, embora estivesse trabalhando para usar as armas com ambas as mãos, uma técnica que Thurwar já havia dominado. Sua alabarda era chamada de Chi-Chi. Ele a segurava com a mão direita, a ponta dourada da lâmina apontada diretamente para os Elos da A-Hamm. Para ela. Eles nunca tinham se falado, mas ela o conhecia como se fosse um irmão.

"Ei." Ela conhecia o som da voz dele pelos gritos de guerra que soltava depois de suas vitórias no campo. "Thurwar", disse ele.

"Concentrem-se, pessoal", disse Thurwar para a A-Hamm. Não era incomum as Cadeias gritarem coisas antes do início do Combate Coletivo.

"Não, sério, Thurwar", disse Raven. "Acho que a gente tem uma coisa que você quer ouvir, Mãe de Sangue." Thurwar olhou para Staxxx, que não tirou os olhos de Raven. "Quanto falta para você chegar lá?", ele perguntou.

A Âncora anunciou que em segundos eles seriam soltos uns contra os outros.

"Só duas semanas, meu doce de coco", disse Staxxx.

"Que coisa linda", disse Raven.

Thurwar não gostou da gentileza. Não era assim que o Combate Coletivo começava. O combate começava com ameaças e piadas irônicas que também eram ameaças.

"É sim", disse Thurwar.

"Acho que este é mais um presente para você então." Ele moveu a cabeça para indicar que estava passando os holofotes para um homem que Thurwar teria selecionado se não tivesse escolhido a garota de jeans que nem sabia o que fazer com as mãos.

"Teu fã", Raven disse.

Quinze segundos, avisaram as Âncoras. Falaram em uníssono absoluto.

O homem que Ways chamou para a frente usava um colete *puffer* preto que cobria sua pele marrom-clara. Ele estava de shorts e tênis. Certamente não era mais do que um Sobrevivente. Os olhos dele. Qualquer pessoa que estivesse numa Cadeia há tanto tempo quanto Thurwar sabia o que significavam olhos como aqueles.

"Eu conheço você", disse ele. "Thurwar, eu observo você há muito tempo. Eu pensei que ia conseguir fazer isso. Você me ajudou. Me mostrou que eu podia sair. Me mostrou que podia ficar bem aqui fora."

"Vocês têm dez segundos antes que um de vocês morra", gritou Thurwar pelo campo, repetindo as Âncoras.

"Eu não queria morrer. Mas eu não queria estar lá. Eu não poderia ficar naquelas celas. Agora eu não quero morrer, mas não... não consigo viver assim."

Thurwar inspirava pelo nariz e expirava pela boca, num ritmo uniforme.

"Você não precisa fazer isso!", a de jaqueta jeans gritou. Ela olhou para o sujeito com o colete *puffer* e Thurwar pensou, pelo som de sua voz, que talvez ela tivesse começado a chorar.

"Eu não quero morrer. Mas agora não quero viver", disse o Colete.

Combate Coletivo, disseram as Âncoras juntas.

"Espere, Thurwar", gritou Raven Ways. Ele largou Chi-Chi e ergueu as duas mãos no ar. O baque no chão foi suave. Dois dos seis HMCs no ar dançaram ao redor dele. "Escute. Por favor." Thurwar ergueu o braço para o lado do corpo para que seus Elos esperassem.

"Eu não quero morrer. Mas não posso viver assim. Quero que você viva, Thurwar. O fato de você estar na minha frente agora é um sinal. Tem que ser. Sou grato a você, mesmo que tenha mentido para mim. Você me fez pensar que estava tudo bem. Mas estou no inferno. De novo." Thurwar viu que naquele colete havia uma faca. Ele deu vários passos à frente. Thurwar agarrou o martelo com mais força. Ela o observou, pensou em como todos os dias sufocava uma parte de si que vivia em sua cabeça e dizia as mesmas coisas que ele agora estava dizendo em voz alta.

"Eu não consigo viver assim. E você consegue. Agora eu sei." Colete chorou bastante e respirou fundo. O sujeito se ajoelhou nas folhas mortas e fez um corte rápido e profundo no pescoço. A ferida gotejou e depois cuspiu sangue. Ele caiu e se contorceu até Raven dar um passo à frente para terminar a tarefa. Mas Raven foi empurrado para o lado pela garota de jeans, que agora chorava. Ela, cuidadosamente, cortou o pescoço do sujeito.

Combate Coletivo encerrado, disseram as Âncoras enquanto flutuavam de volta para seus respectivos Elos. Thurwar olhou para o homem morto, para a Cadeia à sua frente. A menina de jaqueta jeans tinha manchas vermelhas espalhadas pela pele e pela roupa.

"Que porra foi essa?", Muerte disse.

"Caramba", Água Podre murmurou.

Thurwar pensou no homem, fraco demais para este mundo, que achava que tinha dado algo a ela; em seus momentos finais, este homem a chamou de mentirosa.

"É uma honra", disse Raven com um aceno. Ele olhou para Randy Mac. "Lamento, meu caro."

"Veremos", disse Mac. Raven Ways era o próximo confronto de Mac.

"Sim, veremos. Mas nem todos podemos chegar à Alta Liberdade", disse Raven. Ele pegou Chi-Chi do chão e a Cadeia toda seguiu a Âncora.

"Qual era o nome dele?", Thurwar gritou atrás dele.

"Alley Bye-Bye", Raven disse.

"Qual era o nome verdadeiro dele, Raven?", Thurwar perguntou.

"Albin ou alguma merda assim. Eu nem sei dizer, LT", Raven disse.* "Ele ia se suicidar mais cedo ou mais tarde, e assim que a gente começou a correr para o Combate Coletivo, decidiu que tinha chegado a hora. O que eu não sabia era que ele ia fazer esse discurso todo."

Thurwar pensou nisso. A maneira como o homem pronunciou suas últimas palavras sobre ela, quantas vezes ela foi a última coisa em que uma pessoa pensou.

Raven continuou. "Era um fã. Que bom que ele viu você. Também sou fã."

"Igualmente", disse Thurwar, dando um passo para trás. "Aprenda o nome verdadeiro de todo mundo da sua Cadeia, Marquis."

Raven diminuiu a velocidade e ambas as Cadeias ficaram tensas. Raven não era o tipo que aceitava que alguém lhe dissesse o que fazer.

"Tem razão, LT", Raven disse. "Tem toda a razão." E então ele se virou.

A Âncora da A-Hamm continuou a se afastar em direção ao sol poente enquanto a Cadeia U-Block recuava para o lugar de onde Thurwar e sua Cadeia tinham acabado de vir.

Thurwar não disse nada. Tentou manter a respiração tranquila, embora se sentisse devastada pela adrenalina. Assim, ela não disse nada e foi andando, e sua Cadeia a seguiu. Ela seguiu

---

* Albin "Alley Bye-Bye" Lofgren. Albin era o que chamavam de meio esperto. Esperto o suficiente para saber como transformar um pouco de cada coisa em muito dinheiro. Bom o suficiente para conseguir uma casa para a mãe com aquele dinheiro, mas não bom o suficiente para vê-la morar nela. Ele queria muito do mundo; o mundo o decepcionou. Depois o decepcionou de novo. E de novo. Baixa Liberdade. Vinte e dois anos.

caminhando e se sentiu grata e aterrorizada. Seguiu caminhando e olhou para a Cadeia, intacta, por causa dela. Pensou em toda a miséria e dor que emanava dela. E se sentiu pesada com o fardo, embora não tenha deixado transparecer nada disso.

Ser Influenciado

"O J é de Jeremiah."

"O quê?"

"O J é de..."

"Cale a boca, Craft", diz o policial Lawrence.

"Por favor."

"Por favor, o quê?"

"Por favor, não me Influencie, senhor." Eu nunca fiz um pedido com tanta sinceridade. Tem gente idiota que acha que o Influenciador é tipo uma arma de choque. Não é. Ser Influenciado é sentir o máximo de dor que seu cérebro pode produzir de uma só vez. Ser Influenciado é ter suas redes neurais reformuladas para que seu corpo receba com mais eficiência as lesões físicas. Isso permite que seu cérebro receba mais do que deveria. Uma coisa assim muda tanto você que não quero desco...

A haste preta encosta no meu pescoço e...

Aí ele me dá um soco no ombro.

E meu ombro explode.

Sinto o osso estilhaçar, meus tendões disparando no ar. Eu... eu...*

---

* Não olhe pra baixo. Me ajude. Por favor. Me ajude.

"Desculpa!", eu grito.

Eu grito.

Olho, apavorado, para meu ombro. Ainda está lá. E sem sangue. De alguma forma, de alguma maneira. O dardo negro ainda está no meu pescoço. O Influenciador. Essa coisa no meu pescoço é a senhora de tudo. Disso eu sei com clareza.

Este é o inferno do bastão preto. Eu estou no inferno. Um inferno cheio de anjos feios.

"Você não acha que já é suficiente, Lawrence?", o Anjo 1 diz do lado de fora da porta. O bastão preto, com agulha na ponta, ainda está no meu pescoço, prometendo que nada nunca vai ficar bem.

"E você se importa com isso?", o Anjo 2 diz. Sei que Anjo 2 é o verdadeiro nome de Lawrence. Eu o vejo agora. Segurando o dardo preto. O Anjo 2 é aquele a quem eu devo servir para não morrer todos os dias. Conto a ele tudo o que ele quer saber para que possa me dar alguma luz. Mas hoje ele preferiu não me dar nada.

"Ele já sofreu o suficiente hoje."

"Você realmente ama esses estupradores filhos da puta, não é?", o Anjo 2 diz.

"Estuprador filho da puta" é um dos meus nomes. Meu outro é Simon J. Craft, o J é de...

"Pule no ar, Craft", diz o Anjo 2.

E eu tento voar. Não consigo. Meus pulsos estão presos à cama por algemas de metal. Quando tento pular as algemas puxam meus pulsos e meus pulsos recebem toda a dor que o universo é capaz de conter. Grito e a dor não melhora. Se meus gritos pudessem curar algo, não haveria doença ou conflito neste mundo. Aqui, os Anjos adoram ouvir você gritar.

"Qual é o seu nome, filho da puta?", o Anjo 2 diz.

"Estuprador filho da puta", eu digo, com a sensação de lava escorrendo dos meus pulsos. A saliva que desce pelos meus lábios são garras rasgando meu rosto.

"Cala a boca ou eu juro que vou arrancar sua cabeça."

E, às vezes, eles não querem que você grite.

Tento gritar mais baixo. O quarto cheira a mijo e à minha própria dor enlouquecida. O Anjo 2 ri.

"Provavelmente ela também gritou e isso não te fez parar, estou certo? Hein?"

"Sinto muito", digo.

Meu nome é Simon J. Craft.

"Por que você fica o tempo todo dizendo seu nome, caralho? Você acha isso engraçado?"

O bastão enfiado no meu pescoço está amarrado a um fio ligado a uma arma na cintura do Anjo 2. Não sei quais fragmentos do meu pensamento são pronunciados pela minha língua. Ou pode ser que os Anjos ouçam meus pensamentos. Tento pedir em silêncio que sejam todos destruídos.

"Que merda é essa que você está falando?"

"Não. Não é engraçado."

"Foi o que eu pensei", diz o Anjo 2, e afasta o Influenciador do meu pescoço.

"Obrigado." Obrigado. "Obrigado." Obrigado. "Obrigado." Obrigado. "Obrigado."

"Tudo bem, filho da puta, não vá tentar chupar meu pau agora."

"Obrigado." Obrigado. "Obrigado." Obrigado. Meu corpo já não é vidro. Por isso sou todo gratidão. Nos momentos após a Influência não lembro quem eu sou, ou por que estou aqui, ou o que fiz para chegar ao inferno. Mas estou grato pelo fim. Muito grato. Muito grato.

"É melhor você ficar grato por tudo que estou fazendo por você."

"Obrigado, obrigado."

O Anjo 1 observa do lado de fora da porta.

"Nada que o Ruiz fizer com você vai ser tão ruim quanto o que você acabou de sentir", diz o Anjo 2. "Está me entendendo?"

"Obrigado, obrigado."

"Vou deixar você preparado para essas lutas que estão por vir. Você vai me agradecer pelo resto da vida."

O bastão preto está em sua mão. Ele aperta um botão. O bastão se retrai.

"Obrigado. Obrigado."

"Na semana passada, o Ruiz te deu uma surra. Daqui a duas semanas vai ter a revanche. Aí a gente completa a trilogia. Mas se você ganhar daqui a duas semanas... bom, é melhor você ganhar."

O Anjo 2 me dá um tapinha no ombro. Começo a gritar, mas, quando a mão me toca parece um toque monótono e normal, não um inferno. O Anjo 2 aperta.

"Teus trapézios são bons, fortes. Treine todo dia. Quero você fazendo flexões, abdominais e boxe por umas duas horas. Se você ganhar daqui a duas semanas, vou providenciar pra que fique pelo menos quatro horas fora do buraco."

"Obrigado."

"Melhor me agradecer todos os dias dessa sua merda de vida, otário." Ele sorri.

"Obrigado", digo. Sorrindo, não porque quero, mas porque depois da Influência os músculos do rosto fazem o que querem por algum tempo.

"É isso aí que eu gosto de ouvir, seu filho de uma puta nojento." E aí o Anjo 2, Lawrence, vai embora. Ouço sua risada enquanto ele segue pelo corredor.

O Anjo 1, Oficial Greggs, está parado na porta. Desaparece e depois volta. Sinto que está lá. Ele entra. Me solta da cabeceira da cama. Posso me mexer, fazer o que eu quiser.

Começo a sentir que estou voltando. É assim que tem sido. Faz dois meses, me colocaram na liga de luta que criaram na cadeia. Não é exatamente uma coisa que você pode escolher se quer entrar ou se quer sair.

Greggs olha para mim. Levanto meus ombros, meu corpo voltando para mim. Meu de novo. Ele me entrega uma toalha. Sento na cama, com medo de que alguma coisa me toque no momento.

"Tem gente que arranca os olhos depois de ser Influenciada uma vez", diz Greggs. "Sabia disso?"

"Eu entendo." E entendo mesmo, de verdade.

"Sabe quantas vezes ele fez isso com você?"

Balanço a cabeça. É difícil dizer porque mesmo agora que a dor passou e estou eternamente grato por não ter aquele bastão no pescoço, quando você é Influenciado pela primeira vez, aquilo nunca para. Depois de ser Influenciado, você sempre vai estar Influenciado. Alguns de nós, pelo menos. É como tem sido pra mim. Sempre esperando que aconteça de novo.

"Foi sua sexta vez", diz ele. "Você tem uma causa legítima para registrar uma reclamação. Sabe com quem registrar reclamações?"

Às vezes tenho certeza de que é impossível me matar. Às vezes não tenho certeza se já morri.

"Lawrence", digo.

"Exato", diz Greggs. "Significa que esta é sua vida agora. Não sei mais o que dizer sobre isso." Ele também tem nas mãos um novo conjunto de roupas cinza. Sempre sei o que os anjos escondem nas mãos. "Também significa que se ele te mandar ganhar essa luta daqui a duas semanas, é melhor você ganhar a luta. Porque revira o estômago ver essa merda a cada dois dias. Entende o que eu digo?"

"Obrigado", digo.

"Não agradeça. Não estou fazendo nada por você. Estou só te contando como as coisas são."

Não digo nada.

"Mas eu vou dizer. O fato de você ainda conseguir responder e tal depois de tudo isso..." Ele levanta o punho para mim e eu ergo o braço para encostar o punho no dele.

"Seu nome é Simon Craft", diz. "Você lembra o seu nome, acho que vai ficar bem." Ele deixa cair as roupas limpas na minha cama.

"Simon J. Craft", digo. Ele concorda.

Quando sai, escrevo "Simon J. Craft" nas paredes. De novo e de novo. Deito e escrevo em minhas pálpebras. Tenho pesadelos em que meu corpo explode continuamente de várias maneiras. Sinto tudo. Quando acordo, meu queixo dói de tanto sorrir e de franzir a testa e de todas as contorções que a dor faz no meu rosto.

Não existe ringue. Só um corredor no bloco F. Lawrence me leva até lá e parece que temos que passar por metade da população carcerária. Com todos aqueles corpos andando por aí, é fácil esquecer como é a liberdade. Comparado com onde eu moro, isso é liberdade. Uma camada mais leve do inferno.

"O branquelo tá parecendo doidão", ouço os presos dizerem, enquanto Lawrence me leva até o lugar onde devo matar um homem chamado Ruiz.

Fede e cheira a ferro, como uma coisa morta apodrecendo.

Lawrence se inclina para mim e fala em meu ouvido para que eu possa ouvir. Ele não está segurando o bastão preto, então, mesmo quando ando em direção a um homem que está esperando para matar, sei que a dor que vou sentir será algo do mundo e não do inferno, e por isso não me preocupo. Zero preocupação. Alegria até.

"Se você ganhar hoje, prometo uma semana sem Influenciador. Se você perder, não me importa como você vai estar, vai ser uma longa noite, entendeu?"

"Obrigado", eu digo.

"Quero que você tente machucar o cara, ouviu? Não se preocupe. Ele vai estar pensando assim também. E, se você não ganhar hoje, você entende, não é?"

"Obrigado. Eu entendo."

Ele olha para a frente e, se tem uma coisa que eu sei, é que não vou deixar que aconteça algo que me devolva para o bastão negro.

"É melhor que entenda mesmo."

"Tá rindo do quê?", diz um cara de camisa e calça cinza.

"Ele não está rindo", diz outro. "É aquela merda."

"Ah, que bosta", fala um homem tão baixinho que parece uma criança. "Desculpa, mano", ele diz para mim, para a ideia que ele tem de mim.

Olho para eles e eles olham para o chão, ou olham como se eu fosse o animal que sempre esperaram ver. Olham como se quisessem um lembrete do que eles nunca devem se tornar.

"Tem esse riso falso em todo lugar agora. Eles ficam rindo assim depois da Influência. Foda", diz uma voz que vem de um rosto que não consigo ver.

"Você vai ser o próximo se não calar a boca", diz o Anjo 2, e a voz desaparece. No outro extremo do quarteirão colocaram quatro cones laranja no chão. Os corpos estão dispostos em um quadrado. O ringue é composto de homens de cores diferentes, todos vestindo a mesma cor. E, ao lado de cada cone, estão os guardas de bege e preto com distintivos brilhantes no peito e armas na cintura.

No "ringue", sentado num balde laranja virado de cabeça para baixo, está Ruiz. Na nossa primeira luta, há um mês e meio, Ruiz estragou meu nariz para sempre. Acordei com Lawrence me dizendo no dia seguinte que eu realmente estava prestes a sentir dor. E ele estava certo. Quem segura o bastão preto tem sempre razão. Lembre-se disso acima de tudo. É mais importante que o seu próprio nome.

Os corpos se afastam e depois se fecham como uma porta atrás de mim. Há um balde virado de cabeça para baixo na minha frente também. É verde. Lawrence pressiona meu ombro e só o que sinto é uma mão em um ombro. Com o bastão preto, seria como se um poder líquido estivesse abrindo caminho no músculo. Quando acaba, tudo é tão fácil. E para nunca mais sentir isso, estou certo de que vou matar Ruiz.

"Três assaltos. Você ganha", Lawrence diz em meu ouvido, "e esta semana, nenhum estímulo. Fode com ele, meu garoto."

"Desculpe", digo para ele e também para Ruiz, e também para todos os demônios aqui, no mundo e em mim, que me trouxeram pra cá.

"Não se desculpe. Eu quero que ele se arrependa. Levante, você está pronto."

Um homem que estava numa cela em frente à minha antes de me jogarem no buraco está parado perto do cone, acima do ombro esquerdo de Ruiz. Ele me dá um aceno de reconhecimento. Eu levanto e Ruiz também.

Um guarda aparece no meio do círculo de corpos.

"Ninguém se mexe um centímetro, quero todo mundo onde está. Tem uns bons dois metros e meio pra cada lado. Quero que eles tenham espaço para trabalhar." Ao ouvir a palavra "trabalhar", a multidão de homens aplaude. É um *siiiiim* inexplicável que surge porque algo que estavam antecipando se aproxima rapidamente.

Lawrence me ajuda a tirar a camisa. Ruiz faz o mesmo. Ele não parou de olhar para mim. Provavelmente estou sorrindo para ele.

"Cala a boca", diz o guarda no centro do ringue. Ele é careca e pequeno. Gotas de suor crescem acima de suas sobrancelhas.

"Vão ser três assaltos de três minutos cada. Não temos o dia todo para ficar aqui e sei que vocês, idiotas e filhos da puta, não são bons em matemática, mas são só nove minutos de luta. Vocês vão ter um minuto e meio entre cada assalto para recuperar o fôlego.

"Não tem nada proibido. Pode usar golpe de boxe ou aquelas paradas de caratê, se quiser. Quem quiser desistir, além de bater três vezes no chão, tem que gritar: 'Eu sou uma putinha!'."

A plateia grita de tanto rir. O riso corre solto. O guarda careca sorri de seu próprio brilhantismo. Mesmo no inferno, os anjos adoram se achar engraçados.

"Só piada. Não tem como desistir. Não são nem dez minutos, não tem motivo pra sair."

"Vocês estão prontos?", ele diz, olhando para mim e Ruiz.

"Lembre, não baixe a guarda", diz Lawrence.

Aceno com a cabeça e levanto os punhos.

"Vamos lá", diz o guarda careca. Ele desaparece no círculo de pessoas. Está quente e o ar é composto principalmente do hálito desses homens famintos.

"Vai", diz Lawrence. E eu vou.

Um passo para dentro.

Ruiz avança e dá um soco para testar minha guarda. Ele dá outro soco rápido mostrando os nós dos dedos da mão esquerda nus. Nem me mexo. O soco saiu curto. Ele começa uma sequência enquanto avança e quase consigo ler a palavra "CAPO" que ele tem na mão direita. O mesmo tipo de soco quebrou meu nariz na última briga. Desta vez parece que Ruiz está passando por algum obstáculo invisível. Tudo parece mais lento do que antes.

Escapo do golpe e preparo um soco forte no fígado de Ruiz. Eu me afasto e tento rasgar o corpo dele com meu punho.

Ele faz um som como se algum pequeno animal tivesse saltado de algum lugar que ele não esperava, surpreendendo-o.

O corpo dele parece sólido, mas completamente quebrável. Tento abrir um buraco nele.

Ruiz engasga e tropeça. Ouve-se um som de aplausos e movimento e parece que a multidão também é um filme em câmera lenta.

Vejo medo nos olhos de Ruiz. É um olhar que todo mundo entende, mesmo que nunca tenha visto antes. O olhar me faz sentir por um instante que não existe mais nada no mundo. Quase me esqueço do que o bastão preto pode fazer com um corpo. Adoro o esquecimento. O aqui e agora de Ruiz respirando rápido. Ele solta um gancho. O soco parece ainda mais lento que o direto. Eu me abaixo e coloco toda a força num uppercut que sei que vai quebrar o queixo de Ruiz.

A multidão expressa a dor dele. Um *Ohhh* coletivo.

Bato nele de novo com um gancho na mandíbula recém-quebrada. Ele parece tonto, confuso. Com o corpo agindo por conta própria, lança outra sequência rápida. Percebo o que vai acontecer e deixo meu rosto ser atingido. Fecho os olhos e absorvo a sensação, que sei que é dor, mas está tão longe do que o bastão preto faz que quase nem dá pra perceber.

O soco de Ruiz faz apenas uma alusão à dor, nada parecido com dor real. A expressão no rosto dele quando percebe isso me enche de algo que logo descubro ser minha nova coisa favorita no mundo. Seu terror me faz esquecer o medo que sempre sinto. E é nessa alegria que penso quando derrubo Ruiz no chão, monto nele, soco e quebro seu rosto até que Lawrence e os outros me tirem dali, e fico desapontado porque, quando me puxam, o rosto de Ruiz está de um jeito que não mostra medo ou qualquer outra coisa.

"Porra, Craft", diz Lawrence. "Se eu perder o meu emprego por causa disso... Que merda é essa."

"Sinto muito", eu digo. De volta ao meu inferno, pulo aos pés dele. Curvado.

Cabeça no chão. Torcendo com todas as minhas forças para que ele pise em mim com as botas até que eu vire apenas uma mancha no chão, e não vá buscar o bastão preto.

"Não, você vai se arrepender. Se ele estiver morto, prometo que você vai se arrepender pelo resto da vida."*

Eu sei que Ruiz está morto.**

Greggs diz: "Seu turno está quase no fim, Lawrence, vamos deixar assim". Corro para o meu pequeno canto do inferno. Rezando para escorregar pelo concreto.

"Foda-se", diz Lawrence. E eu pressiono cada vez mais os riscos marcados do canto, as linhas do tempo. Choro naquela parede, implorando.

Lawrence vai embora e a espera é quase tão repugnante quanto o que está por vir. Quase, mas definitivamente não. Enquanto ele está fora, Greggs entra no meu inferno, passa pela porta e se senta no meu espaço de dormir. Ele esfrega os olhos como se estivesse muito cansado. Como se fosse ele a ser despedaçado em breve.

"Tem uma saída, sabe."

Eu olho para ele. Cada centímetro de mim sedento pela liberdade de que ele possa estar falando, seja ela qual for. Eu choro no canto.

"É uma merda ver um homem adulto virar isso em que ele está te transformando. Tem uma maneira de gente como você pelo menos ir para outro lugar."

"Por favor", eu imploro.

Cada segundo é um segundo que o Anjo 2 não está lá, então tento fazer com que eles se prolonguem. Tento fazer o tempo passar devagar, como me senti quando destruí Ruiz.

"Tem um lugar aonde você pode ir. Você vai morrer, mas vai ser mais fácil do que isso", diz o Anjo 1.

* Ele estava certo.

** O nome dele era Angelo Ruiz, a família o mantinha alimentado e seguro, foram eles que o criaram; fizeram dele um sujeito durão, ensinaram o menino a lutar, ganharam dinheiro. Tinham negócios, defendiam o território. Ele poderia ter escapado, mas não se delata família.

"Por favor. Qualquer coisa", digo.

"Você consegue agir normalmente? Tem que estar bem o suficiente da cabeça para assinar um papel. Dizer sim quando te fizerem umas perguntas. Você tem que saber seu nome e conseguir assinar. Você acha que consegue fazer isso?"

"Meu nome é Simon J. Craft", digo.

Ouço os passos do Anjo 2 no final do corredor. Os homens uivam e batem nas grades como sempre, mas ouço perfeitamente suas botas.

"Repete pra mim", diz o Anjo 1.

"Simon J. Craft", digo.

"Se depois de hoje você conseguir se lembrar disso, tem uma saída."

"Não", digo. Esperar hoje passar significa sobreviver de novo ao Anjo 2. Por favor, eu penso. "Não deixe..."

"O que você está fazendo?", o Anjo 2 diz enquanto o Anjo 1 coloca as mãos nas coxas e se levanta.

"Só garantindo que ele não ia arrebentar a cabeça de propósito enquanto te esperava."

"Nem se preocupe com isso", diz o Anjo 2, com maldade brilhando nos lábios. "Esse aí é um lutador."

E então, durante as três horas que se seguem, tudo o que eu sou vira fui...

A arte da Influência

Eles quebraram as perninhas. O coraçãozinho ultrapassou o ponto de exaustão. Os ratos. Os ratos morreram de tanto correr. Aconteceu, e depois aconteceu de novo, e a dra. Patricia St. Jean se viu diante de uma pressão que nunca havia sentido. Sentir era sua especialidade, a ciência das sensações era sua vida, mas não foi isso que ela imaginou, e ela sabia, ao olhar para os ratos, que a dor deles foi tal que eles acabaram com a própria vida para evitar que isso voltasse a acontecer, e ela sabia que tinha esbarrado em algo poderoso e rigorosamente maligno. Estava muito longe de onde tinha começado.

Quando tinha onze anos e ainda vivia em Trinidad, ela viu o pai definhar. Ele foi atingido por um câncer ósseo. Algo começou a devorá-lo por dentro, em suas partes mais duras. Nos painéis que presidiria muitos anos depois, ela conquistava a multidão dizendo: "Eu corria e pegava água para meu pai, ouvia os gemidos dele e, para uma criança de onze anos, acabei me transformando numa boa cuidadora". E a plateia fazia algo que ficava entre o riso e a admiração e ela sabia que tinha a atenção deles.

Mas quando era criança, viu o pai definhar. E ela ia buscar copos de água e anotou o dia exato em que ele não conseguiu mais levar o copo até a boca.

"Patty, minha Patty, deixei cair a droga do copo", ele disse.

Ela varreu os cacos de vidro do piso de madeira. O vidro ainda estava escorregadio da água quando ela jogou no lixo. Guardou o caco maior, embrulhado num pano de prato. Depois voltou para o pai, que estava apoiado em travesseiros na cama. Segurou as mãos dele e ajudou-o a tomar água fresca, que saciava sua sede, sim, mas que não ajudava a aliviar a dor constante.

"Obrigado, Patty", o pai disse. Tomou dois goles e vomitou nela, nas mãos e no peito. Patricia enxugou o pai, ajudou-o a tomar mais dois goles, e ele disse para a menina ir descansar.

Ela lavou as mãos e depois foi até o quarto, onde o caco enrolado em um trapo sujo estava sobre a cama, convidativo. A mensagem do caco era: dor por dor. Um pedido para que ela se juntasse a uma comunhão de sentimentos. O pai gemeu de novo, e ela ergueu o pé direito e o apoiou sobre o joelho esquerdo. Escolheu a perna porque seu pai, naquele estado, só conseguia ver bem as mãos e os braços que o alimentavam, vestiam e banhavam. Ela começou a fazer flexões diariamente para suportar melhor o fardo de carregar o pai até o banheiro em cada uma de suas quatro evacuações semanais.

Ele fez outro som baixo e depois soltou um "Ah, ai" alto, mesmo com a falta de ar. Patricia preferia que ele não reprimisse a dor. Saber que estava tentando esconder alguma coisa dela tornava inimaginável a profundidade do sofrimento. Ou seja, ele já parecia estar sofrendo o máximo que um humano pode sofrer; saber que mesmo uma pequena fração foi mitigada para que sua filha pudesse ficar com a impressão de que ele estava bem...

"Ahhh, puta que pariu", ela ouviu o pai dizer. E foi aí que Patricia fez o primeiro corte. Cortou a própria panturrilha direita com o caco em linha reta. Cirúrgico e simples. Esforçou-se para assistir, se recusou a fechar os olhos enquanto a dor do pai ecoava pelo corredor. A dor, ela sabia desde tenra idade, tinha ecos. A dor estava no corpo, mas também penetrava nas paredes. A dor começava no corpo, mas se prendia à alma e tentava tomá-la. A dor podia fazer desaparecer as pessoas; a dor do pai, por exemplo, fez a mãe desaparecer. Ela absorveu a sensação, pressionou mais fundo. Dor por dor. A dor dele precisava de algo que a compensasse. A dor de seu pai estava engolindo os dois.

Arrastando o caco alguns centímetros pela panturrilha, Patricia viu a pele se abrir e viu o rosa por baixo antes do vermelho transbordar. Ela não entrou em pânico. Pegou o caco, seu vidro de corte, e pôs de volta no pano, depois guardou debaixo da cama o embrulho subitamente sagrado. Patricia colocou a palma da mão sobre o sangue que saía dela e foi procurar uma toalha limpa para cobrir o ferimento recém-aberto. Prestou atenção na sensação que tinha a cada passo. O estiramento e a dor quando flexionava o pé. Passou pela sala, lugar que agora era do pai, para ir pegar uma toalha. Sentiu cócegas com o sangue escorrendo pelo tornozelo enquanto espiava para ver como estava seu pai.

"Precisa de alguma coisa, pai?" E doía perguntar isso, porque é claro que ele precisava de um novo corpo, uma nova mente, uma nova alma, uma alma menos maculada pela dor em que vinha se afogando há tanto tempo. Ele precisava de tudo.

"Não preciso, minha Patty", disse ele com os dentes cerrados. "Está tudo bem, obrigado."

Ela olhou para baixo. Havia uma mancha superficial de sangue. Pressionou um pouco os dedos dos pés, escondendo a perna, deixando só a cabeça na porta, e sentiu o puxão, o rasgo do corte que tinha feito.

"Não precisa dizer isso, pai", falou.

O pai não olhou para ela. Seus olhos estavam fechados. Mas ele respirou fundo, no que pareceu um profundo olhar interrogativo.

"Certo", disse ele.

E ela foi embora, o sangue de suas pegadas secando onde passava. Pegou uma toalha para si e depois limpou o chão enquanto seu pai se aproximava do sono. Ele continuou a gemer e inclusive chorar até adormecer de verdade muitas horas depois.

Disseram que estava em remissão.

Patricia entendeu que era algo para comemorar, mas, quando olhava para o pai, a dor dele ainda estava por toda parte. Enchia o ar completamente, não deixando espaço para alegria. Patricia, sua tia Lottie e o pai estavam esperando a nova enfermeira. Eles tinham vinte e seis horas de atendimento domiciliar para distribuir ao longo da semana. É claro que precisavam de muito mais, mas o convênio deixou claro que isso não ia acontecer. Ela tinha treze anos e era seu trabalho cuidar da saúde do pai.

"Você está bem?", a enfermeira perguntou.

Patricia sentou numa cadeira ao lado do pai, que choramingava. Imaginou o vidro em seu quarto e respirou fundo.

"Meu Deus", Patricia disse baixinho, depois repetiu mais alto. "Ele parece bem?"

A tia dela, que visitava duas vezes por semana, beliscou o braço da menina e depois acenou com a cabeça enquanto a enfermeira explicava que os tratamentos tinham conseguido matar o câncer ósseo, mas, infelizmente, deixaram o pai neste péssimo estado de saúde. Um efeito colateral indesejado.

"É uma neuropatia", disse. Enquanto falava, a enfermeira olhou para o pai de Patricia com uma gentileza que fez a garota querer estrangulá-la. "O dano aos nervos é o que causa o desconforto."

Havia um abismo tão grande entre as palavras e tudo o que elas carregavam. Essa enfermeira estava calma, uma nova face para um problema persistente. Ela já tinha ouvido esses termos antes, mas por algum motivo era diferente naquele dia, talvez a tranquilidade das palavras da mulher, o fato de que ela parecia completamente despreocupada com a morte do pai bem ali ao lado. Patricia sentiu algo abrasador. Não soube naquele momento que estava recebendo a chave de sua vida.

"Obrigada, doutora", disse a tia Lottie.

Patricia quis dizer: *Não, esta mulher não é doutora*, mas ela precisava que Lottie desse dinheiro para as compras, que continuasse a visitar duas vezes por semana.

"Ele diz que parece fogo", disse Patricia. "Eu sei que é a neuropatia, mas o que a gente pode fazer?"

A enfermeira olhou para Patricia e a tia mandou a menina para o quarto. Ela quase correu até lá, grata por saber que a resposta à sua pergunta era simples. Não havia nada a fazer. Toda a ciência e todos os médicos do mundo não tinham ideia de como ajudar seu pai. Patricia abriu uma caixa cheia de bonecas abandonadas há muito tempo e pegou o caco. Tirou as meias do uniforme escolar. Por baixo, sua perna estava listrada como uma zebra. Ela foi certeira e rápida no corte. Assimilou o sentimento. Sentiu e deixou que a sensação fluísse pelo corpo. A sensação de ser aberta era a que ela mais conhecia. A sensação de ser cortada era sua melhor amiga. A sensação de ser cortada era a sensação de sua vida. A sensação de ser cortada era...

Quando seu pai morreu, ela foi, claro, a primeira a ver. E, depois da raiva, do terror e do rasgo, sentiu alívio. Sentiu uma onda de alívio pela qual sabia que se sentiria culpada para sempre.

Na primeira aula no laboratório de anatomia, antes de os alunos estarem com os cadáveres à sua frente, o líder da turma fez uma pergunta que muitos médicos lhes fariam ao longo dos anos de faculdade. Era algo para quebrar o gelo e, como não tinha medo, Patricia aprendeu desde cedo que muitas vezes era ela quem respondia primeiro.

"Porque eu quero acabar com o sofrimento. Quero mudar a forma como sentimos. Não quero que as pessoas sintam dor."

O professor era um homem branco na casa dos sessenta anos. Ele sorriu calorosamente. Com condescendência, sim, mas uma calorosa condescendência paternal.

"Uma coisa que posso prometer é que sempre vai existir dor. Sempre vai existir sofrimento. Mas nós vamos fazer o possível para mitigar isso. Faremos o nosso melhor para ajudar. O que você acha disso?"

Patricia piscou para ele.

"Gostei do que você disse" foram as primeiras palavras que ela ouviu dele.

Ele era um ou dois anos mais velho e seus olhos esverdeados pareciam honestos. "Meu nome é Lucas", ele completou e ofereceu a mão. "Lucas Wesplat."

Os dois estavam só começando nos caminhos que todos diziam ser necessários. Ainda essencialmente humanos. A verdadeira medicina era um trabalho de criatividade. Traríam orgulho. Salvariam vidas.

"Oi", ela disse.

"De onde você é?", ele perguntou, ainda sorrindo, ainda tentando ser amigável. "Amei seu sotaque."

Ela havia aperfeiçoado o sotaque norte-americano muito tempo antes e o observava atentamente.

"Sou de Trinidad", disse. Curta e gentil. "Curta e grossa", a tia dizia.

"Adoro as ilhas. Fui com minha família algumas vezes."

"Foi?", disse com um sorriso. Ela também era humana.

Depois que terminaram, Lucas passou os dedos pelo corpo dela. Ele venerou a pele dela com as mãos e os lábios, e ela aceitou. Quando ele acariciou sua coxa até o joelho, ela ficou tão consumida pelo devaneio de quem era na versão apresentada por esse homem que não impediu a mão dele de descer por sua perna.

"O que aconteceu?", ele disse. E o ritmo mais suave de seus dedos tornou-se staccato e clínico, embora ele tentasse ser sensível. Parecia que estava genuinamente preocupado, e isso a deixou furiosa.

"Por favor, vá embora", disse ela.

"O quê? Por quê? O que é? Desculpa?"

Ela não disse nada. Ficou totalmente imóvel no quarto e pensou em tudo o que teve que fazer para chegar ali. Para estar no mesmo lugar onde Lucas foi colocado.

"Foi muita luta", disse ela.

Ela quis dizer que sua perna era um lembrete de que ela ainda estava trabalhando. Um lembrete de que a dor ainda era demais no mundo e que, embora ela já tivesse chegado longe, não havia feito nada para mudar.

"Isso não explica nada", ele disse. Ele não riu, mas sorriu, ela percebeu, embora ainda estivesse de olhos fechados.

Ela se formou como a primeira da turma. Lucas se formou. E, no entanto, essa era a conversa que estava acontecendo.

"A gente tem a chance de fazer uma coisa linda", disse Lucas. Eles se encontraram para almoçar em um E-diner. Uma engenhoca rolante, que parecia mais velha do que ela, trouxe bandejas com o café da manhã típico americano. Ovos e panquecas e tiras de bacon. Eles tiveram um namoro de idas e vindas durante a faculdade de medicina e faziam residência em estados diferentes. Lucas viajava de jatinho até a residência dela e voltava. Ele não se importava com o fato de sua pegada de carbono ser dez vezes maior que a média. Abraçava Patricia e dizia: "Vale a pena por você". E eles faziam piada a respeito disso da mesma forma que as pessoas fazem piada sobre uma catástrofe que se aproxima, até o ponto em que a catástrofe engole tudo e de repente deixa de ser tão hilária, mas ao mesmo tempo, em alguns aspectos, fica ainda mais engraçada.

"Só pense nisso", ele continuou com a boca cheia de panqueca. "Você vai ter seu próprio laboratório, com recursos para caramba. Não vai ter que pedir nada."

"Só vou ter que pedir pra você", disse ela. Patricia não tinha tocado na comida, mas já conseguia imaginar a planta da primeira estação. Já conseguia ver como modelaria o processo de estimulação do axônio para que o resto do laboratório pudesse recriá-lo. Ela conseguia se ver mudando o mundo.

"Você já sabe que não precisa me pedir nada." Ele estendeu a mão por cima do copo de suco de laranja e tocou a mão dela. "Você me conhece."

Patricia tomou um gole de água.

E embora entendesse tão bem o corpo, Patricia aprendeu a aceitar a tendência do seu cérebro de se voltar contra si mesmo. Ela finalmente decidiu fazer terapia, porque um de seus técnicos de laboratório disse que isso havia mudado a vida dele. Ela foi para a primeira sessão sorrindo e, três sessões depois, tinha contado àquela desconhecida coisas que nunca tinha contado a ninguém. "Por que você está se punindo?", a mulher perguntou calmamente. E Patricia se desmanchou ali na poltrona macia. Ela parou de se cortar por algum tempo. Depois se cortou de novo. E aí parou por mais tempo.

Olhando para os ratos ensanguentados, Patricia deixou a sensação tomar conta de si, a sensação de criar algo tão distante do que ela queria. Tinha conseguido isolar todo o sistema nervoso periférico dos mamíferos. Com isso era possível influenciar as pequenas fibras, os receptores de dor do corpo, e ao mesmo tempo aumentar a capacidade cerebral de receber sinais. Patricia já sabia disso fazia algum tempo e, no branco e cinza estéreis de seu amplo laboratório, ela muitas vezes se agarrava na certeza de que entendia aquelas fibras nervosas sensoriais de uma forma que nenhum outro ser humano havia entendido antes ou poderia entender no futuro. O laboratório praticamente eliminou o Parkinson, ela encontrou caminhos para reprimir a síndrome de Tourette mais violenta, mas esses não eram seu projeto. Não eram seu propósito, e cada honraria recebida era como um buraco crescente que só poderia ser preenchido pelo seu caco de vidro.

Sem jalecos e cobrindo só o rosto com máscaras, evitando completamente o protocolo do laboratório, Lucas e seu pai, Rodger Wesplat, entraram. Ela respirou fundo e invocou um sorriso para eles, para que, mesmo que seu rosto estivesse coberto, seus olhos pudessem simular o sentimento.

"Oi, Rodger", disse ela.

"Olá, Patty." Mesmo na sua idade, Rodger era mais corpulento e mais largo que Lucas. Embora tivessem a mesma mandíbula forte e se movessem com o mesmo ar de tranquilidade, resultado de várias gerações de riqueza familiar.

"Oi, Patricia", disse Lucas, e ele parecia quase se esforçar para olhar para ela naquele momento. "Como vão as coisas?"

Dadas as circunstâncias, ela não se deu ao trabalho de responder à pergunta. O zumbido das máquinas acentuou ainda mais seu silêncio.

Finalmente, Rodger falou. Ele usava um terno que custava vários meses de aluguel do apartamento onde ela havia dormido durante sua residência nos anos anteriores. "Patty, ouvi dizer que você anda fazendo um trabalho inovador."

"Trabalhamos duro. Sim."

"Dá para ver. Se estou entendendo corretamente, você já teve algumas descobertas que podem ser usadas no mundo."

Ela sorriu ao ouvir isso. "Ah, não, Rodger. Se você acha que qualquer coisa que estou fazendo agora pode ser usada no mundo, você não entendeu direito."

Ela tirou os óculos de proteção e os colocou na cabeça.

"Verdade? Me ajude a entender? E não seja modesta. Acho que você fez um trabalho importante aqui. Pelo que entendi, criou um poderoso inibidor não letal. Um novo modo de corrigir comportamentos. Existe um mercado enorme para esse tipo de coisa."

Ela queria dizer que ele jamais teria como entender.

"O que fizemos no projeto foi tentar imitar o sistema nervoso periférico, os nervos que conectam o cérebro e a coluna vertebral ao resto do corpo, e, ao fazer isso, conseguimos estudar até que ponto podemos estimular sentimentos e respostas sensoriais. Acabamos de começar os testes em seres vivos e sabemos com certeza que podemos obter algum tipo de resposta neuronal coordenada, mas no momento não temos a capacidade de...", ela fez uma pausa para encontrar a palavra que se encaixaria melhor, "... selecionar a natureza exata da resposta."

"O que ela está dizendo, pai, é que estamos tentando pensar no corpo como uma tela de sentimentos, e nós conseguimos entender os limites dessa tela, mas ainda não conseguimos controlar a tinta. Não conseguimos controlar o que acontece. Não agora, pelo menos."

"Eu entendo o que ela está dizendo. Já é uma coisa incrível, é isso que estou dizendo. Ter controle limitado até agora levou a respostas que podem ser reproduzidas, não?"

"No momento não está pronto."

"Nenhum grande problema é resolvido no plano da sua concepção original. Você já criou algo poderoso e útil."

"Não está pronto."

"Bem, vamos deixar o conselho ver e conversar sobre isso."

"Não tem nada para ver. Só é capaz de destruir o sistema nervoso. Causar uma dor que nem teria como imaginar. Você não está entendendo o que eu estou dizendo. É o oposto do que estamos tentando fazer e não é o caso de ir mais longe... não vou permitir. Quando se forçam as coisas, a dor vem primeiro. A pior dor que você pode imaginar. Tranquilidade, prazer, isso exige nuances, tempo e entendimento. Não vou permitir que você interrompa esse processo." Patricia tinha perdido a compostura, e estava gritando agora. Ela se arrependeu da clareza com que disse a verdade.

"Patty, você fez um lindo trabalho aqui", disse Rodger, e começou a sair, "mas lembre-se, é a ArcTech que decide quando e como o que você faz aqui chega ao mundo." Ele se virou e saiu. Ela pensou em puxar um bisturi de um dos braços de dissecação motorizados e enfiar no pescoço de Rodger.

"Não se preocupe, Pat", disse Lucas, pouco antes de desaparecer, seguindo o pai como fez durante toda a vida. Não se preocupe, ele disse. O trabalho da vida dela estava sendo roubado. Enquanto ela estava sendo usada para fazer exatamente o oposto de acabar com a dor.

Quando os policiais militares chegaram à porta de Patricia, ela estava pronta para eles. Estava sentada com uma roupa confortável, calça de moletom e gola redonda. Estava com o rosto sem maquiagem e havia trançado os cabelos. Eles bateram com força e depois arrombaram a porta, e ela estava sentada numa cadeira, esperando.

"Você é Patricia St. Jean?", o homem gritou, apontando um rifle para a cara dela. Mais três homens invadiram o apartamento.

"Sou", ela disse.

"Você é procurada por incêndio criminoso e tentativa de homicídio no laboratório localizado na One Hundred Olier Way. Você vem com a gente."

Sim, ela tinha feito isso. Queimou as sementes do mais espantoso trabalho de sua carreira. E esperava ter destruído o suficiente.

Patricia prestou atenção ao sentimento. Tristeza, uma tristeza cada vez maior. Pavor. Saber que ela fez o melhor que pôde para fazer o que era certo.

Ela se levantou. Eles a algemaram.

"Moça", disse um dos policiais, "sua perna está sangrando?"

Sing-Attica-Sing

Vou ficar tão feliz...

   Quando este sol se puser...
   Vou ficar tão feliz...
   Quando este...
   "Ei, negão, ninguém está a fim de ouvir essa sua merda de música de escravos, meu rei. Meu cacete."
   sol se puser...
   "Tô dando a real, mano, você fica aí falando que tá num navio negreiro, uma porra dessa e esse troço já cansou, mano. Você está aqui agora. Que porra é essa, velho, para com essa merda, meu rei. O mano sem um braço e acha que é o Kunta Kinte, caralho."
   Esse aí é o moleque que chamam de Navalha Edgerrin. Novo, durão e esperto, mas precisa provar algo pra todo mundo o tempo todo, porque precisa provar algo pra si mesmo. Eu não preciso provar nada e fiquei em silêncio por tanto tempo que às vezes não reconheço que sou eu quem está fazendo o barulho que estou ouvindo, já que o que eu mais faço é ouvir.
   Estamos Marchando. A Âncora, o Grande Guarda, o bastão todo-poderoso flutuante que diz você-não-vai-pra-lugar-nenhum na nossa frente, abrindo caminho.

Ficamos lado a lado formando uma carranca ou um sorriso, dependendo de como você olha, uma boca feita de corpos. Uma carranca ou um sorriso, e os olhos dessa grande cara que formamos representam os quilômetros e mais quilômetros que devemos caminhar.

Estou acostumado a ficar lado a lado com alguém, mas também acostumado a ter trabalho a fazer para reduzir a proximidade. Na Marcha, depois que a comida vem voando do céu, levantamos e caminhamos lado a lado em meio à grama e à sujeira, em meio à lama e às pedras. Escolho as roupas que quero levar comigo. Tenho algumas agora. Eles mandam. Quase não preciso gastar minhas moedas da morte. E o que deixo para trás fica me esperando no próximo Acampamento. Penso em como todos os dias eles buscam e entregam, buscam e entregam, e nós temos que caminhar quilômetros entre as coisas. Os jogos de matar são foda.

"Obrigado", diz Eraser Ed Um. Os Erasers, trigêmeos skinheads. Irmão, irmão e irmão, de verdade, presos pelo mesmo crime. Eles não falam muito com ninguém que não seja branco, mas a pele deles grita os sentimentos dos três. Têm suásticas espalhadas no corpo como se o Deus que os cozinhou fosse colocar só uma pitadinha de ódio mas aí a tampinha do saleiro caiu e eles receberam com ódio demais.

"Cale essa boca você também", Navalha diz. Ele é negro como eu. "Caralho."

Ele me olha com um sorriso, tentando dizer que mesmo tendo gritado comigo, não é um babaca, e não é mesmo. Tentando dizer que está do meu lado, mas zangado e cansado por andar tantos quilômetros. Tentando dizer que estou lembrando da maldade da qual ele veio.

Esta é a Cadeia Sing-Attica-Sing. Supostamente Sing-Auburn-Attica-Sing agora, mas a sonoridade não é a mesma.

Sing no nome. Cantar. Apropriado, com certeza.

Cheguei até eles há uns meses, esperei por eles à noite no Acampamento. Uma fogueira de verdade esperava por mim em terra firme, não muito longe do oceano. O som distante das ondas me acalmou, mesmo quando o olho flutuante perto da minha testa procurou medo no meu rosto.

Eles me levaram durante um sol poente para um Acampamento e esperei o resto da Cadeia Sing-Attica-Sing vir me encontrar. Minha nova família, como Sawyer disse. Quando os caras brancos me viram — e eles foram os primeiros a me ver —, ficaram decepcionados. Mais um preto, pensaram. Eu vi os três, e tive que olhar de novo, ter certeza que eram três corpos com o mesmo rosto. Só a posição das marcas de ódio em seus corpos é diferente. Ainda não sei distinguir um do outro, dava muito bem pra todos se chamarem Ed.

No sorriso que formamos abaixo da Âncora, Ku, Klux e Klan Marcham na extrema direita. Aqui andamos em fila, porque a qualquer momento um pode matar o outro. Quando sobra espaço dentro de mim, sinto pena deles.

"Vai se foder", Eraser Dois responde para Navalha.

Vi esses caras matarem por menos. Juro por Deus, eles perderam o rumo. Faz três noites, um cara chamado Smiley Ruff acordou no céu. Estrangulado. Ninguém disse uma palavra sobre isso. Navalha me disse que foram os três. Eles não gostaram do sorriso eterno do defunto. Smiley era tão branco quanto eles.

Mantenho minha lança solta, mas pronta. "Viva pronto pra não ter que ficar pronto", Livro da Mãe Young, capítulo 1, versículo 1.

Navalha está ao meu lado e à direita dele está Bells. Gentil como é, Bells não devia estar em um lugar como este. No entanto, ela matou e continua matando, então pode ser que este seja o lugar certo para ela. Ela é preta e branca, então é preta. Bells tem um facão que não é brincadeira. Virou uma Ceifadora como o Navalha. Como eu, em breve. À direita dela está Oitenta, que passou por duas lutas em dupla com Navalha, então são próximos. Oitenta é mais velho que eu, mas é forte. Ombros grandes, sorriso largo. Já viu tanta coisa que passa por cima do que é ruim e ri de tudo. Ele carrega um mangual pesado, uma bola com espinhos presa a uma corrente. Ele batizou o mangual pesado de Mangual Pesado. E eu ri quando ele me contou isso. Chamam ele de Oitenta porque está lá há mais tempo do que Bells tem de vida, foi o que me disse. Ele está velho para os jogos. Mas tem quem diga que é Oitenta porque esse foi o número de homens que ele nocauteou lá dentro e o nome pegou. Todo mundo tem um nome: uma história de verdades e mentiras.

No final da fila, à minha esquerda, está LouBob. LouBob é como chamam o cara. Ele não vai durar muito. Não demora para você ter uma noção dessas coisas.

Marchamos em um vale de areia e grama entre montanhas tão altas que o clima no pico é totalmente diferente daquele aos nossos pés. Não sei em que parte do mundo estamos. O ar é fresco e frio. Isso é muito diferente de cortar carne, mas às vezes não é. Capítulo 1, versículo 1.

"Quer saber, Cantor?", Navalha diz. "Minha dor de cabeça passou. Cante essa merda se precisar botar pra fora."

"Tô de boa." Eu canto quando preciso.

"Só quero que você saiba que pode fazer suas paradas. Eu amo essa porra. Isso aí é coisa dos meus ancestrais, e eu viajo nisso. Beleza?", Navalha diz.

"Sua voz lembra aquela Holiday", acrescenta Oitenta. "Qual é aquela outra que você canta?"

"Uma parada tipo Bi-bá-bum-bap", Bells canta e ri. "O que você sabe da Lady Day? Isso aí é música de trabalho. É a música do meu povo."

Eu sorrio. Droga.

"Olha o Cantor rindo, pessoal", diz Navalha. "Olha isso."

"Eu rio sempre", digo.

"Onde?", Bells diz, avançando para me olhar nos olhos.

Sorrio e não digo mais nada.

"Como é que você consegue ser silencioso e barulhento ao mesmo tempo, Cantor?", Navalha pergunta.

"Você tem voz só pra uma coisa, hein? Só pra cantar."

"Todo mundo tem voz só pra uma coisa", eu digo.

"Como assim, Cantor?", Oitenta pergunta.

"Serião", Bells diz.

"Quer dizer o que quer dizer", digo. E eles deixam por isso mesmo.

Todos caminhando. Em silêncio por um tempo, aí LouBob comenta: "Às vezes o esoterismo é uma forma de se esconder".

Bells olha para ele e diz: "Cala a boca, LuLu".

E LouBob olha para os quilômetros à nossa frente.

"Estou só te zoando, Lou, caramba."

Do jeito que está, somos nós e os Erasers. Duas tribos na Cadeia. LouBob não pertence a nenhum dos grupos porque não vai durar muito. Todo mundo que chega a ver a Âncora matou alguém. E qualquer um que já matou alguém pode matar de novo. Qualquer um que não tenha feito isso também pode.

Depois que me deram essa lança preta, tive uma noite de descanso em uma cama de verdade em um hotel de verdade. O enorme A nas minhas costas ainda descascando. Uma nova pintura na minha pele. No hotel pude fazer uma refeição à minha escolha. Deixei minhas pernas penduradas ao lado da cama e senti lençóis de seda fazendo cócegas em meus tornozelos enquanto a noite cobria o dia. Comi bife Wellington e uma seleta de vegetais assados em gordura de pato. É o corredor da morte, não se engane. Eu sabia que a maioria não passa da primeira luta. Já se passaram quatro dias desde que deixei o centro médico de Auburn. Alguns meses desde que meu braço foi oferecido à serra. Olhei para o prato, a carne bem cozida, o caldo escorrendo para a massa ao seu redor. É uma comida feita para quem tem muito.

Pensei em orar pela comida, depois ri da ideia e decidi orar de qualquer maneira. Rezei pela comida e por uma voz e para sempre sentir que sou uma pessoa diferente de alguém que destruiria. Eu não sou outra pessoa. Sou Hendrix Young, o pior dos homens. Um aniquilador de vidas. Um humano ciumento. Um covarde miserável. Logo vou me tornar ainda mais assassino. Usei minha faca para cortar a carne. Só uma mão é um incômodo. A carne escorregava. Tentei não chorar por cima dos vegetais. Me ocorreu uma ideia engraçada. Deixei cair a faca sem corte no carpete macio do chão. Peguei a lança preta. Enfiei na carne tostada. Curvei o corpo sobre o prato e cortei. Esta seria a primeira refeição da lança. Uma refeição alegre. Prazerosa. Ela cortou a carne com facilidade. Afiadíssima. O Aguilhão Negro corta bem. Apunhalei os pedaços com o garfo depois de colocar a lança no chão. Comi tudo. Comi tudo, o brilho no prato é da minha língua molhada, não é óleo nem gordura. Só eu. Depois fechei os olhos para esperar o sol.

No dia seguinte cheguei ao Campo de Batalha. Uma porta se abriu e um guarda me empurrou pelas costas. "Vai nessa", ele disse.

Fiquei ouvindo todas aquelas vozes gritando sei lá por quem. Eu me senti quase suspenso no ar quando entrei no Campo de Batalha, pela forma como a plateia respirou fundo. O chão era asfaltado, com sinalizações de trânsito que não significavam nada. Pela maneira como aquelas pessoas gritaram, dava para pensar que nunca tinham visto um preto de um braço só segurando uma lança.

O homem à minha frente segurava uma chave de roda em cruz. Tire Iron não tinha muitos cadáveres nas costas. Um só antes dessa luta. Só aquele A nas costas. Mas dizem que se você chega a dois nos jogos de matar já é grande coisa. E, se chegar a três, você é levado a sério, dizem.

Quando correu com o metal na mão, não foi a primeira vez que vi alguém vindo em minha direção com a morte nos olhos. É um olhar que não tem como não reconhecer. É algo especial: olhos quase pulsando como um coração de tão focados. Essa é a raiva que eles invocam. Quando você está acorrentado, é fácil sentir essa raiva. Ela está em toda parte. Está em tudo. Para mim, cantar é a maneira de tirar um pouco essa raiva da minha cabeça. Então, com minha voz de volta, cantei. Cantei até na arena. Quando me anunciaram, ouvi "Vou ficar tão feliz" nos alto-falantes destinados às massas. Do silêncio à maior voz do mundo. Mamãe, olha eu aqui, quase ri. Aí lembrei que minha mãe poderia estar assistindo de verdade e a vergonha quase me mata. A tatuagem que fizeram nas minhas costas, um A gigante, para caso eu esqueça como cheguei aqui, provavelmente visível, já que eu estava só de regata e calça.

O sujeito pulou no ar para ganhar mais impulso e esmagar meu crânio. E aí, descobri, para minha surpresa, que fui feito para esses jogos de matar. Ergui a lança. Segurei bem no meio e o som de metal contra metal ressoou quando a ponta afiada bateu em seu crucifixo mecânico. Os gritos da torcida vieram. Ele agitou a arma de novo no ar, e novamente eu bati nela com a lança.

"Filho da puta, eu não tenho medo de você!", ele gritou. Eu me perguntei por que ele fez isso, mas ao mesmo tempo sabia por que ele fez isso. Porque você diz qualquer coisa quando está tão assustado quanto as pessoas ficam nos jogos. Entreguei meu corpo ao instinto de sobrevivência. Ao mesmo tempo que eu e o homem que queria me matar atacávamos a vida um do outro, também corríamos juntos em direção a algo. Como se ambos pudéssemos ver os detalhes precisos do que estava por vir e conseguíssemos reagir do jeito certo, imediatamente. Ele já tinha matado dois. Dois bastava.

Depois do terceiro golpe, que não precisei bloquear porque saiu muito curto, dei um passo para trás e corri para a direita. Eu e ele brigando no grande palco, uma jornada em lampejos violentos.

Nós dois estivemos na prisão. Estar na prisão não significa que você fez algo errado, mas muitos de nós fizemos. No meu caso, matei um homem que minha mulher amava porque ele não era eu. Eu não sabia o que Tire Iron fez, mas imaginei que fosse uma alma arrependida. E, assim, a promessa dos jogos se cumpre com a nossa adesão. Uma maldade anula a outra? Eliminar uma pessoa do mundo limpa alguma coisa? Vi homens que eu sabia que eram um perigo para o mundo e nem eles mereciam isso. Tolice minha esperar que as coisas sejam melhores do que são, mas sei que isso é o melhor que dá para fazer. Não existe poção mágica para estes corações humanos sangrentos. Nem um prédio inteiro cheio de dor salvaria as massas.

Ainda assim, talvez eles estejam certos. Talvez a gente mereça isso.

Subo correndo uma colina. Na hora eu não sabia por que, mas, olhando para trás, o corpo da gente sabe de muita coisa. Tinha uma placa de Pare lá em cima. A cada Campo de Batalha, uma versão estranha de mim. O que mais me surpreendeu foi minha respiração ofegante. Como é possível cansar tão rápido.

A placa de Pare atrás de mim e Tire Iron corre em minha direção. Ele grita alguma coisa, mas todo mundo está gritando, então não consigo ouvir bem. Escuto meu corpo dizer: "Lá em cima". O novo ângulo.

Me esquivo; ouço um barulho estridente. O metal na mão dele atinge a placa. Já estou recuando. A lança, o objeto afiado em minha mão, sabe o que fazer. Os olhos dele se arregalam. E, pela segunda vez na minha vida, acabo com a vida de alguém. O coração salta. Você sabe imediatamente que fez algo horrível. A plateia delira.

Não mais, meu Senhor

Marchamos mais e é tarde quando paramos. A pausa vem de repente; a Âncora não anuncia que é hora de descansar, mas você sente que está chegando. Depois de três ou quatro horas de caminhada vem um descanso. Para a gente urinar e se preparar para o próximo trecho. Os homens viram de costas, se quiserem, quando Bells se agacha. De qualquer forma, Navalha fica na frente dela, caso os olhos de alguém deslizem e cometam uma indecência.

A parada para descanso é um momento que você ama e odeia, pois quando ela chega significa que o que passou, passou, mas também que aquilo que está por vir, virá. Durante o descanso de hoje, Navalha, Oitenta e Bells se reúnem depois de urinar. Eles voltam para perto da Âncora e se esticam na grama para esperar. A maioria das pessoas carrega o mínimo possível, deixa seus pertences no acampamento. Mas eu me sinto mais confortável com algo nas costas, então mantenho minha mochila no ombro. Nela estão roupas mais quentes e um cantil como o que todo mundo tem, além de caderno e caneta.

No descanso do meio-dia, a Âncora nos dá uma folga de talvez duzentos metros. Menos do que recebemos de manhã e à noite. Longe o bastante para se agachar atrás de uma árvore. Não longe o bastante para se sentir sozinho. Geralmente dura cerca de uma hora. *Quarenta e cinco minutos até o reinício*, ela diz. A voz é humana demais para ser humana. Estamos num vale no meio do nada, como sempre, só que desta vez há uma estrada a poucos quilômetros de nós.

Se você é civil, se não pertence às Cadeias, é fácil esquecer quanto do mundo não é seu. Quanto não pertence à sua cidade, à sua vila. Quanto existe entre as coisas. Se você não mora lá, se não é forçado a Marchar e a conhecer intimamente aquilo que alguns podem chamar de nada. A Marcha passa por capim alto e mato cortado e limpo. Terras secas e mortas. Passa por árvores dispersas. Sobe clareiras nas encostas das montanhas. Andamos por tudo isso. Aprendemos tudo isso. Vemos que é algo diferente. O *Vida de Elo* podia ser um programa de natureza se as pessoas se importassem mais com a tela e menos com o sangue pintado nela. Mas lá nos campos, nos campos de crescer e não falar, passamos a maior parte do nosso tempo. Nós, assassinos, em comunhão com a terra.

Como sempre, formamos grupos. O trio de fãs do Hitler no leste, perto do eco do som da estrada. Navalha coloca a catana e a bainha no chão e faz abdominais antes de deitar, usando a barriga de Bells como travesseiro. Estou perto da Âncora, olhando para este bastão poderoso, preto e metálico, com a cabeça mais larga que o corpo. Seria uma coisa alienígena se eu não soubesse que estávamos na Terra. Estou começando a me sentar quando Navalha, sem mover um dedo, diz para me aproximar deles. Seu convite vem se desenrolando silenciosamente na minha direção. Devia me ver como alguém a quem valia a pena estender a mão. Alguém sem medo.

Meu primeiro teste aconteceu quando, no meu primeiro dia, todos na Cadeia, além dos Erasers, me viram esperando por eles, o pulso brilhando como os deles, embora eu tivesse apenas um. Respirei fundo e esperei que uma palavra viesse de um deles. Bells, Navalha e Oitenta me olharam. Os meninos Eraser piscaram para mim. Um dos três disse: "Bem-vindo ao resto da sua vida". Os outros dois riram.

Bells falou por cima das risadas. "Qual o seu nome?"

Olhei para ela e percebi que queria que eu soubesse que estava sendo julgado.

"Hendrix Young", eu disse.

O nome não impressionou ninguém. Mesmo assim, ficaram próximos uns dos outros, olhando para o centro do Acampamento, onde os suprimentos estavam guardados. Eu estava bem no meio dos pertences deles. O calor do fogo lambendo minhas canelas, um frio tênue envolvendo todo o resto. Estávamos numa clareira emoldurada pelo som da água.

"Por que você está aqui?", ela perguntou.

Sawyer me disse que era nesses primeiros momentos que muitas das jornadas de Elos acabavam. Use sua personalidade, ele disse. Vão adorar você.

"Eu não pude ficar onde estava."

"Você matou alguém?", ela perguntou.

"Sim", respondi. "E agora que estive no Campo de Batalha, isso é mais verdadeiro ainda." Eu me esforcei para manter a cabeça erguida para ela. Ela não me perguntou o que mais eu fiz, mas acho que pensou que meu crime era aquele e não algo além disso. Seus olhos castanhos brilhavam mesmo na luz moribunda. Ela assentiu para mim. Eu sou um entre muitos.

Navalha me olhou firme. Oitenta me olhou com tranquilidade. LouBob ainda não havia chegado à Cadeia, mas se estivesse lá não teria dito nada.

Fiquei observando enquanto assimilavam minha presença. Vi eles notarem meu braço perdido.

"Como você perdeu seu braço?", Navalha perguntou. Estava cicatrizado o suficiente para não ser da minha luta no Campo de Batalha. Esse tipo de lesão geralmente não resulta em sobreviventes no jogo.

"Uma serra", digo.

Os Erasers perderam o interesse e passaram por mim em direção ao local onde iam ficar durante a noite. Um deles disse aos irmãos, mas bem alto para eu saber que ele queria me mostrar que podia dizer o que quisesse: "Mais um crioulo, aleluia". Eles riram. "A maioria deles é criminoso, então é assim que vai ser", disse outro. Eu me virei para eles. Minha lança esperava no chão aos meus pés. Peguei. Eles devem ter visto isso antes, mas uma coisa é ver uma arma, outra coisa é ver uma arma nas mãos do dono, e outra coisa é ver uma arma nas mãos do dono depois de ele ter tirado a vida de alguém. Um dos Erasers tinha um chicote enrolado no quadril. Outro segurava uma enxada como um fazendeiro. Não consegui ver a arma do terceiro. Olhei para o Eraser fazendeiro porque foi ele quem falou.

"Você acha que cheguei aqui deixando vocês me chamarem de crioulo?", eu disse.

Senti Bells, Navalha e Oitenta observando. Mantive o Aguilhão Negro pronto, com a ponta baixa, mas apontado para os brancos.

"Escapuliu, Hendrix", disse o Eraser com a enxada.

"Segura a língua, então", eu disse, e ele sorriu para mim. Ele se afastou para sentar. Eu não tinha barraca, só um espaço no mundo onde podia vagar e um lugar para guardar meus pertences. Sentei no tronco. Pronto agora, pronto sempre.

Os outros continuaram em seus grupos, eu fora dos dois. Um sanduíche de pasta de amendoim caiu do céu para mim. Para mim. Pensei em como o mundo poderia ser qualquer coisa e como é triste que seja assim. Quando estava com os dentes colados no sanduíche, Navalha veio falar comigo. Ficou de pé enquanto eu estava sentado. Resisti à vontade de levantar, pois ia parecer que eu que estava aceitando algum desafio, quando na verdade queria descansar e não fazer nada.

"Como você foi cortado por uma serra?", ele perguntou.

"Trabalhando em uma fábrica de carne. Tentei fazer algo por alguém."

Navalha olhou para mim diretamente. Segurou a catana na bainha vermelha brilhante e puxou o cabo um pouquinho para cima para que eu pudesse ver um pedaço do aço na bainha. Uma merda de samurai da vida real.

"Deve ter sido horrível. Estou aqui pelo mesmo motivo que você. Mas essas pessoas estão do meu lado. São a minha família. Ouça o que estou dizendo: seja bem-vindo e lembre que tem muita coisa que pode cortar. Então é bom ter cuidado", afirmou.

"Claro", eu disse. E depois ele me deixou engolindo as cascas do meu pão.

O primeiro teste foi como lidei com os Erasers. Aqui fora tem aqueles que vão te matar, aqueles que podem te matar e a família que você escolhe. Oitenta, Navalha e Bells viraram uma família. Com certeza Navalha pediu a Bells que me permitisse ficar com eles.

O destino nunca é conhecido. E pode ser que apareça um novo Elo como se tivesse brotado da terra na noite do Acampamento. A Marcha em si geralmente não é muito difícil. Nossos corpos são mais valiosos para eles como algo para abater; preferem não nos perder para uma queda na encosta de uma montanha ou uma picada de cobra. Não se importam que matem a gente — o importante é como matam. Então acham rotas moderadas para onde quer que a gente vá.

Ainda estamos descansando. Deito perto o suficiente dos outros e caio numa cama de grama. As roupas que uso são simples, mas limpas. Usei meus pontos de assassinato para que uma marca da qual nunca ouvi falar providencie para mim roupas limpas toda semana. A morte vira roupa limpa. A morte vira alimento. A morte é a moeda para tudo, se você permitir. E eles permitiram. Mas já que está aí, eu uso, e tenho camisa e calça preta para treinar e um tênis que serve e meias e cuecas que cheiram a pinho e sabonete e ao suor da Marcha.

Sentamos e descansamos entre as etapas da jornada do dia.

"Chega de cantar por hoje?", Navalha pergunta. "Não pare por minha causa." Olho para ele, para Bells, que está olhando para o céu.

"Não percebi que não estava cantando. Estava cantando na minha cabeça."

"O quê?", pergunta Oitenta, com a voz firme e pesada. Combina com o corpo dele.

"Vou ficar tão feliz quando o sol se puser", canto.

"Ferraram com a sua cabeça na prisão, hein, Cantor?", Navalha diz. Olho para Bells, que não tirou os olhos do céu. Vejo a cabeça de Navalha balançar na barriga de Bells quando ela estica e relaxa as costelas. Ele está de olhos fechados. Oitenta está acordado observando: eu, os Erasers, tudo. Sempre tem alguém de guarda.

"Vou ficar tão feliz", canto. Quem não está com a cabeça ferrada, não viveu.

"Ele é de Auburn. A instalação experimental. Silêncio forçado de vinte e quatro horas", diz LouBob.

"Puta que pariu", Navalha diz, olhando para a luz em seus pulsos.

"Todo mundo tem uma história", diz Bells, levantando, forçando Navalha a se levantar também. "Ninguém aqui vem de um lugar feliz."

"Quando o sol se puser", canto.

"Olha aí, o cara virou um disco arranhado", diz Oitenta, rindo um pouco por saber que a Bells está falando sério. "Streaming de música quebrado."

Bells se levanta e se espreguiça. Deixa a cabeça de Navalha no chão. Ela guia seu facão pelo ar, praticando.

Depois canta: "Não estou com tanto sono, mas quero deitar".

Eu a acompanho: "Não estou com tanto sono, mas quero deitar".

Reúnam-se em um minuto, diz a Âncora.

Todos nos levantamos. Continuo cantando. Quando voltamos à fila, Bells vem em minha direção para me ajudar a levantar do meu lugar. No chão. Ela agarra minha mão. Sinto os calos.

"Todo mundo passou por alguma merda. Ninguém precisa sentir pena de você por nada, Cantor." Ela fala de modo que só eu escute. "Você está aqui agora."

"Quero deitar", canto. Uma piada que não é uma piada. Um pedido que não é um pedido. Sou grato a ela. Ela me puxa para cima. Olha para mim com uma cara séria. Meio espalhados, meio perto um do outro, Marchamos.

Férias

Após o primeiro ano de Staxxx no Circuito, os terrores noturnos não pararam, mas diminuíram. Viraram uma ansiedade monótona que ela aprendeu a reconhecer e aceitar como um fato da vida. Nesta noite, deitada em uma pequena cama, o som do ronco pesado e o cheiro almíscar de pinho que vinham de Randy Mac eram as únicas coisas que a mantinham firme enquanto se despedaçava. Desconectando-se de si mesma. Ela tentou lembrar que era ela, Staxxx, quem estava segurando o homem. Era contra o peito dela que ele pressionava as costas enquanto dormia. Pensou em Perfídia de Amor descansando tão calmamente logo abaixo. E se ela o matasse? E se fizesse isso hoje? Em certos dias, tinha a impressão de que só conseguia pensar em matar as pessoas ao seu redor. Esses pensamentos incômodos já faziam parte de sua vida antes de ela matar Crepúsculo, mas, quando ele pediu que o matasse, foi como se um desses pensamentos finalmente tivesse se transformado em realidade. Doeu perder um amigo e doeu ter que ajudá-lo a fazer isso. Mas, de uma forma difícil, ela tinha orgulho de ter estado com Crepúsculo quando ele morreu.

Ele disse: "Não vou forçar ninguém a pensar em me perdoar. Não acho que mereço". Essas palavras rondavam os pesadelos dela. Ela fazia exatamente o oposto. Forçava tanta gente a perdoá--la. Forçava para mostrar que todos tinham aquilo dentro de si.

Ela tinha matado, portanto era uma assassina. Era isso, acima de tudo. Era o que seus pensamentos mais sombrios diziam. Antes mesmo da primeira vez, quando um professor tentou estuprá-la e ela pegou uma faca e partiu a jugular do sujeito e, de alguma forma, também partiu a própria vida. Quantas vezes desde então esteve naquele mesmo espaço? Quantas vezes pediram que aceitasse a violência de outra pessoa? Muitas outras pessoas viveram o mesmo pesadelo.* Essa era outra parte de seu propósito. Viver e ser épica apesar do que aconteceu. Apesar do mundo ter pedido que deixasse alguém machucá-la e que ficasse calada. O mundo conhecia sua história, como ela chegou a seu primeiro assassinato. Como a família a abandonou, parecendo ter medo dela. Odiavam visitá-la na prisão, e uma hora pararam e não apareceram mais. Ela foi abandonada. Foi a tempestade perfeita, que a levou a um colapso. A vida dela, um furacão.

Mas onde terminava a furacão e começava Hamara? Ela ficava assustada por entender mais a Furacão do que a pessoa que era antes de entrar nos jogos. A Furacão lutava, a Furacão podia enfrentar qualquer desafio. A Furacão podia arcar com os fardos de outras pessoas, jogados por cima dos seus. A Furacão segurava as pessoas que amava. Hamara, por outro lado... Hamara era uma espécie de desconhecida.

---

* Cyntoia Brown foi forçada à prostituição e inicialmente condenada à prisão perpétua aos dezesseis anos por matar um homem de quarenta e três anos enquanto se defendia. Cyntoia, Cyntoia, Cyntoia.

Em todo o mundo, mulheres cumprem pena de prisão por terem matado seus estupradores.

E se ela pudesse dormir para sempre?

Ela era uma série infinita de pensamentos invasivos. Sua mente a assustava mais nos momentos de silêncio. Quando lhe pediam para matar ou liderar, ela se sentia presente. Podia se sair bem. Nos momentos em que não havia nada, quando bastava existir...

Você é uma assassina.

Ela deixou o pensamento no ar. Não opôs resistência. Era um receptáculo de amor. O que a definia não eram os homens que a violaram, nem a família que a abandonou, nem os milhões que a acorrentavam e a observavam no conforto de casa. Ela fechou os olhos, mas ainda via além das pálpebras o brilho azulado dos HMCs como um fantasma.

E se ela só servisse para matar e tudo o que dizia fossem meros fogos de artifício? E se exatamente o oposto do que ela esperava fosse verdade, se as pessoas lá no fundo não fossem diamantes, e se fossem só merda dentro de uma embalagem bonita? E se fossem merda coberta de diamantes? E se ela fizesse Randy desaparecer da Terra? Ela amava quem ele era. Mas e se a vida dela fosse matar as pessoas que amava? Que a amavam. Às vezes parecia que era assim.

Staxxx soltou uma risada que sacudiu a cama onde os dois dormiam. A cama gemeu e tremeu. Tantas vezes eles quase quebraram aquela cama. Era uma cama de merda. Especialmente em comparação com a cama em que Thurwar dormia, ou em comparação com a que ela tinha em sua própria tenda.

Randy rolou. Staxxx sentia a respiração dele no pescoço dela.

Meio adormecido, ele perguntou: "Do que você está rindo?". Sua voz grave, mais grave quando estava com sono, fez com que ela se sentisse mais conectada a si mesma.

"Eu estava pensando, tipo, se eu matasse você, ia ter que explicar que foi um acidente, e ia ser tipo, *Então aconteceu de novo, pessoal, não fiquem bravos comigo. Mals aí matar os manos*."

Randy se aproximou mais, como se a pele dela contivesse um oxigênio mais rico, como se encontrasse ar fresco nela.

"Engraçado." E com isso voltou a dormir.

Staxxx deu um beijo no topo da testa dele, inundada por uma suave gratidão enquanto sentia os nós da ansiedade afrouxando.

"Você me odeia por matar o Crepúsculo?", ela perguntou a Randy, mas sabia que estava realmente perguntando para o mundo enquanto ele dormia. "Você acha que eu sou zoada? Você acha que eu sou uma pessoa que pode estar no mundo? Tipo, de verdade? Eu ficaria bem lá fora?"

Ela viu o corpo dele subir e descer, os músculos relaxados, mas ainda definidos sob a pele.

"Acho que vão te colocar numa caixa de cereal."

Ela não disse nada. Mesmo com o coro das cigarras e gafanhotos, o silêncio dela foi tão profundo que fez Randy se ajeitar apenas o suficiente para que seus olhos estivessem alinhados com os dela. As pálpebras dele se abriram. Ele olhou para ela e ela olhou de volta. Ela queria estar dentro do próprio corpo, mas sentia-se flutuando.

"Você é zoada. Mas você lidou com tudo o que colocaram na sua frente. Então, por outro lado você é perfeita, e ainda é durona pra cacete. Num mundo doente, ser saudável é estranho. Então é isso, você é meio zoada. Mas ninguém no Circuito vai se sair melhor que você lá fora. E digo isso como um Elo egoísta que te vê como uma messias, mas também como alguém que sabe qual é a real."

"Estou flutuando um pouco." Os olhos dela estavam úmidos.

"Eu sei. Eu estou aqui. Sobre o que você quer falar? Você quer falar sobre uma coisa de antes ou de agora?"

Staxxx pensou nisso, pensou no que sentia. No que sua mente ia receber melhor. "Antes", ela disse.

"Bom, isso é um problema", disse Randy. "Não vale a pena falar sobre minha vida antes de conhecer você." Ele fechou os olhos, aninhou-se nela e adormeceu com os lábios em sua clavícula.

Ela riu e a cama também riu com seus rangidos. Ela riu mais. "Bocó."

Achava Mac fofo.

Staxxx não sabia se era algum desejo persistente da vida civil, ter um homem que estava sempre se esforçando demais, mas gostava daquilo no contexto da brutalidade de sua vida atual.

Ela gostava desse tempo que passava com Randy, uma ou duas vezes por semana. Meses atrás, parecia que querer mais de uma coisa traria uma instabilidade intensa. Estar com Thurwar e também ter a liberdade de compartilhar seu tempo e seu corpo com Randy Mac. Os repórteres certamente tentaram instigar uma guerra. Esperavam que aquilo causasse a morte de pelo menos uma pessoa. Mas isso não aconteceu, graças à maturidade e à decência de Thurwar e à lealdade relutante de Randy a ela. Foi um acordo que, pelo menos dessa forma, permitiu que Staxxx fizesse o que quisesse. Cada um deles lhe dava coisas diferentes, satisfazia necessidades distintas. Thurwar era a casa. Randy Mac era as férias. Outro lugar. Uma alternância que a mantinha equilibrada, firme em seu corpo, estável.

Staxxx sentia orgulho de poder ser ela mesma dessa maneira, diante do mundo inteiro. Nasceu para isso. Apesar de todos os pensamentos incômodos, por mais difícil que fosse, não tinha medo do amor. Sabia como manejá-lo, como cultivá-lo e como recebê-lo.

E se ela só servisse para a morte?

Deixou o pensamento passar.

E se todo o amor que ela tentou ser fosse mentira?

Ela viu o pensamento. Deixou-o circular no ar de sua respiração. Sim, de certa forma ela se descobriu no Circuito, mas isso era inevitável. O que aprendeu foi que a vida, qualquer vida, era morte e renascimento, morte e renascimento. Tudo sempre mudava.

Horas antes do amanhecer Staxxx estava acordada e olhando para a tenda. A escuridão do céu vazava pela rede que deixava o ar entrar e mantinha os mosquitos afastados. Randy esfregou a lateral do corpo dela e apertou como se tentasse mantê-la ali um pouco mais. Ele ainda estava dormindo, mas quase acordando. Staxxx tentava começar o dia com Thurwar, mesmo quando passava a noite com Randy; ele sabia que ela iria embora em breve. No passado, ela e todo o país o viram chorar, implorando por mais tempo pela manhã. E ela foi rigorosa, mas gentil, mantendo-se firme, beijando-o na testa e desaparecendo para ir até Thurwar. Agora ele frequentemente mantinha os olhos fechados até que ela fosse embora. Mas hoje ela ficou com ele.

Ela observou a manhã cair sobre o Acampamento. Logo Thurwar seria Liberta. Logo Staxxx seria uma Colossal. A vida era morte e renascimento, morte e renascimento. Staxxx não era a mesma pessoa que foi antes da noite em que matou Crepúsculo. Ainda estava aprendendo a ser essa nova pessoa.

Thurwar seria Liberta em breve. As duas fizeram tanto amor e tanta morte juntas. Obviamente não havia ninguém no planeta que combinasse com ela como Loretta Thurwar. Ela pensou nisso enquanto passava o dedo pela testa de Randy Mac. A mandíbula estava cerrada e ele parecia estar tendo um pesadelo. Staxxx pressionou suavemente as sobrancelhas grossas de Randy, que ficaram mais suaves depois que passaram sob seu polegar. Ela se perguntou onde ele estava. Esperaria até que ele acordasse. Este homem que não era Thurwar, mas que mesmo assim fazia parte dela. Staxxx decidiu perguntar o que ele estava sonhando. Fechou os olhos mais um pouco e esperou.

Staxxx estava observando quando Randy acordou. Ele olhou em volta confuso, como se tivesse despertado em um lugar onde nunca tinha estado antes. É claro que isso acontecia todos os dias no Circuito.

"Com o que você estava sonhando?", Staxxx perguntou suavemente. Podia sentir o cheiro do hálito matinal de Randy quando ele estendeu a mão para além da cama e esticou os músculos.

Ele rolou na cama, movendo-se rapidamente. Observar qualquer homem se mover de repente fazia Staxxx querer correr para Perfídia de Amor. Ela deixou passar e esperou. Ele pegou algo do chão ao lado da cama.

Randy se contorceu de volta, segurando um caderno. Rapidamente anotou algo.

"Com o que você sonhou?", Staxxx perguntou de novo. Ela ficou em cima dele, prendendo o abdome de Randy entre as coxas, apoiando o caderno dele em sua cintura.

"Uma cabra", disse Mac. "Estava sonhando com uma cabra."

"Fico lisonjeada. Não sabia que você ainda sonhava comigo."

"É só o que eu faço."

Ela se aproximou e deu um beijo nele. Ele recebeu o beijo com prazer.

"Qual é o problema?", ele perguntou.

Ela sorriu para ele. "A gente vai chegar na Cidade-Conexão hoje. No máximo, amanhã."

Elos nunca sabiam quando as Marchas terminariam. Eles viajavam por dias e, de repente, chegavam a um ponto de coleta onde a van os esperava. O fato de não saber, a espera pela Cidade-

-Conexão, destruía muitos Elos, assim como o medo de chegar ao destino. Cidades-Conexão significavam Campos de Batalha, e Campos de Batalha significavam morte.

"Quer dizer que a grande Furacão também é clarividente. Ou você está chutando?"

"Eu não chuto. Eu sei dessas coisas. Sinto no ar. Você não?"

"Eu poderia estar sentindo mais", disse Randy. Ele largou o caderno e levou as mãos à cintura de Staxxx. Ela agarrou os pulsos dele e os prendeu de volta ao lado das orelhas. Ela o segurou assim por um tempo. Depois saiu de cima dele. O HMC saiu da frente enquanto ela vestia as roupas.

"Por que você ainda está aqui?", Randy perguntou.

"Estou em todo lugar", disse Staxxx.

"Você nunca fica até tão tarde."

"Não estou com pressa para começar hoje." Ela vestiu a calça de moletom. "E, como eu disse, vamos chegar à Cidade-Conexão em breve. E se...?" Ela não fez a pergunta que sempre pensava em voz alta: E se esse próximo for o que acaba comigo?

"Você está preocupada com a luta que vocês duas têm?", ele perguntou.

Thurwar e Staxxx teriam uma luta em dupla nos próximos dias. Uma luta contra dois homens que eram considerados mais fortes e imprevisíveis do que qualquer adversário que as duas já tinham enfrentado.

Ela franziu a testa.

"Não achei que fosse isso. Sei que vocês duas não têm nada com que se preocupar em dupla. Só não sei o que tem de tão especial pra você estar assim hoje."

"Às vezes é simples, Mac."

"Como?"

"É simples", disse ela, e então saiu da tenda e foi para casa.

Falcão em solo

Pela primeira vez, Thurwar ficou realmente feliz por Staxxx ter passado a noite com Randy Mac. Ela queria uma noite sozinha para lamentar. Thurwar se afastou mais cedo do grupo e praticou com seu martelo, e, embora ela e Staxxx tivessem uma luta em dupla marcada, foi Staxxx quem apareceu em sua mente como adversária enquanto ela girava Hass Omaha no ar.

Thurwar tinha deixado seus piores pensamentos inundarem a Tenda da Rainha. Que ela tinha esperado demais. Que Staxxx nunca a perdoaria por não ter contado sobre a mudança de regras que estava por vir. Que ela não tinha ideia do motivo de Staxxx para matar Crepúsculo. Que tudo o que sabia sobre Staxxx era mentira.

Talvez estivesse desmoronando antes da luta começar. Ou pior, talvez ela não estivesse, e aí seria forçada a deixar que Staxxx a matasse no dia de sua libertação. Porque era isso que ia ter que fazer. Ela não conseguia imaginar outra maneira. A ideia de usar Hass Omaha contra Staxxx... esse foi um pesadelo que ela teve em mais de uma ocasião. Thurwar não era mais a pessoa que fazia mal a quem amava. Não era. Não podia ser. O que fez com Vanessa foi o maior erro de sua vida. Ela não era mais a pessoa que matou Vanessa, embora ainda acreditasse que havia perdido o direito à vida por ter feito isso.

Thurwar flertou brevemente com a ideia de que a informação no papel não fosse verdadeira. Uma explosão de salvação. Afinal, nada garantia que o escrito no papel que a mulher lhe deu, sobre a mudança nas regras na temporada trinta e três, fosse mais do que um boato brutal. Um desejo infundado.

Mas Thurwar sabia que era verdade. Era exatamente assim que as pessoas que comandam esses jogos pensavam. Logo que a temporada trinta e três começasse, logo após a próxima luta em dupla, Staxxx se tornaria uma Colossal. E assim esse novo e brutal protocolo seria acionado e, uma semana depois, a temporada seria lançada com a luta que o mundo sonhou: Thurwar vs. Furacão Staxxx.

Quem ela seria agora que a pessoa responsável por mantê-la seguindo em frente passou a ser a pessoa que estava em seu caminho? Decidiu que preferia se deixar morrer. Não era esse o plano no início, quando entrou? Morrer? Ela finalmente mostraria a coragem que o homem da U-Block teve. Primeiro ela venceria a próxima partida com Staxxx. Ganhariam e então Thurwar iria para seu dia de libertação. No fim das contas, acabaria como Melancolia.

Thurwar observou a sombra de Staxxx. A manhã ainda estava começando.

Thurwar se permitiu sentir orgulho por não deixar mais que o ciúme moldasse sua vida. Uma parte mesquinha dela às vezes desejava o mal para Randy, mas depois de tudo que tinham visto juntos, Randy era uma das poucas pessoas que a entendia. Teria sido um bom amigo dela não fosse pelo modo como ele compartilhava seu destino.

Mas ele ajudava Staxxx a ser quem ela era. Ajudava Staxxx a se manter inteira. E Thurwar, nesse sentido, era grata a Randy Mac por compartilhar esse fardo.

Staxxx nunca ficava com Randy no café da manhã. Thurwar ouviu os Elos pegando a comida e sentiu que uma tensão que ela ainda não havia reconhecido começou a passar ao ver Staxxx fora da tenda, carregando a refeição matinal personalizada das duas, com Perfídia de Amor debaixo do braço.

"Oi, lindona", disse Staxxx.

Thurwar olhou para ela, sorridente.

"Algum problema?", perguntou Thurwar, e abriu espaço ao seu lado na cama. Thurwar tentou não pensar na trigésima terceira temporada, como se Staxxx pudesse ouvir os pensamentos sombrios que agitavam sua cabeça. Staxxx colocou cuidadosamente as duas grandes caixas de comida no chão e depois, num movimento fluido, tirou a mochila das costas. Thurwar passou a mão esquerda na coxa e esfregou o local. Staxxx apoiou a cabeça no colo de Thurwar.

"Hoje é o último dia da Marcha", disse Staxxx.

"Certo. Tudo bem", disse Thurwar, enquanto enxugava as lágrimas que caíam de lado no rosto de Staxxx. "Somos eu e você."

"Somos você e eu", disse Staxxx. "Não estou preocupada com o combate."

Staxxx e Thurwar treinaram juntas cuidadosamente nos últimos dias desde o Combate Coletivo. A próxima batalha seria contra uma dupla que havia subido na hierarquia de uma forma que não era vista desde a própria Thurwar. Dois homens, dois estilos diferentes. Eles estariam preparados. Staxxx não estava preocupada, mas só porque ela era Staxxx. Thurwar estava extremamente preocupada. Esse seria seu maior desafio no Campo de Batalha até agora.

"Sinto que eu sou... que eu sou um falcão peregrino. O solo é uma coisa diferente para um pássaro", disse Staxxx.

Havia um tipo muito específico de sobrevivência que os Elos às vezes buscavam, uma maneira de falar uns com os outros por meio de códigos e enigmas, para ocultar do público o que eles realmente estavam dizendo. Não era um jogo, mas às vezes parecia. Os fãs adquiriram o hábito de tentar decifrar esses códigos, embora o objetivo fosse justamente deixar o público de fora.

"Somos eu e você", disse Thurwar. Ela podia sentir o cheiro de Randy Mac na pele de Staxxx. "Diga." E à medida que os HMCs se aproximavam, Thurwar pensou no fardo psicológico que carregava. Mesmo sem saber que elas seriam forçadas a lutar uma contra a outra caso sobrevivessem ao que viria a seguir, Staxxx estava perturbada. Não. Ela não podia contar a verdade para Staxxx. Manter o segredo de seu destino era outra forma de protegê-la.

"O falcão peregrino pode mergulhar a mais de trezentos quilômetros por hora. Eu sou assim. Venho até o chão para comer, para pegar coisas antes de voltar para o céu." Staxxx levantou a cabeça e enxugou os olhos. "Quando o inverno termina, é pelas aves que você fica sabendo."

Thurwar puxou Staxxx para si para poder beijar sua testa.

"Vou voar com você."

O sentimento de Staxxx era imenso, transbordante. Ela falava em canções, poemas e códigos que Thurwar geralmente entendia porque as duas muitas vezes sentiam as mesmas coisas. Mas às vezes Thurwar queria que Staxxx dissesse exatamente o que queria dizer, que deixasse as pessoas saberem o que ela estava pensando. Fodam-se os outros, só finja que somos só nós duas.

Mas Thurwar também se preocupava com a possibilidade de o tempo no Circuito ter transformado parte de Staxxx numa confusão que nem ela mesma era capaz de analisar. O nome que davam para isso era "ruptura", e Thurwar nem sempre tinha certeza de que era capaz de manter Staxxx bem.

"Quer fazer uns exercícios sem armas?", Thurwar perguntou.

Staxxx olhou para ela, confiante. "Claro", disse.

Essa era a maneira dela de estar ao lado das pessoas. Com seu corpo. Thurwar conhecia uma maneira de trazer Staxxx para o solo: fazê-la usar o corpo.

Staxxx já estava com um bom equipamento de treino: meia-calça de compressão por baixo do short e camiseta. Thurwar também vestiu uma meia-calça e uma camisa de compressão de manga comprida. As duas saíram e escolheram um local escondido atrás da tenda para treinar.

"Melhor de três derrubadas?" Thurwar circulou Staxxx, tentando se divertir. O joelho não estava doendo naquele dia.

Staxxx esticou o pescoço. "Parece bom." Ela pareceu pensar por um momento antes de dizer: "Ei, Água Podre, vem preparar a gente".

Thurwar ergueu uma sobrancelha e Staxxx sorriu.

"Como é que é?", Água Podre disse de algum lugar do outro lado da Tenda da Rainha.

"Venha aqui, Walter", gritou Staxxx.

Em instantes, Walter chegou até as duas mulheres, que estavam lado a lado na grama. Olhou para elas, sua pele pálida ficando vermelha enquanto esperava.

"Obrigado, Água Podre", disse Staxxx.

"Só precisamos que você diga 'já'. Estamos treinando", explicou Thurwar. "Derrubadas sem armas. Você já viu a gente fazer isso antes, certo?"

"Sim", disse Água Podre.

"Beleza, venha aprender alguma coisa então", disse Staxxx. "É só dizer 'já' e tentar não fazer Thurwar se sentir mal depois que eu a derrubar, pode ser?"

"Melhor de três", disse Thurwar. "Mas não vai ser difícil acompanhar o placar." Thurwar piscou para Água Podre e o viu estremecer. Ela escolhia momentos especiais para lembrar aos Elos que era uma pessoa como eles, que também sabia brincar.

"Tudo bem se eu falar?", Água Podre disse. "Meu filho gostava de luta livre."

"Você tem um filho?", Thurwar disse.

"Eu não sabia disso", disse Staxxx.

"Você não fala comigo", disse Água Podre.

"E isso não vai mudar agora", disse Staxxx, sorrindo. "Você só precisa dizer 'já' quando nós estivermos em posição."

"Tudo bem", disse Água Podre, seu humor melhorou um pouco, claramente satisfeito por fazer parte de alguma coisa.

"Vamos", disse Thurwar. Ela e Staxxx tinham feito exercícios de luta livre centenas de vezes. Thurwar incorporou o treinamento sem armas na prática dos Elos porque ela sabia, por experiência própria, que compreender o corpo como uma arma era mais letal. Ela foi desarmada mais de uma vez no Campo de Batalha, um fato que se tornou uma estatística épica, já que normalmente o desarmamento significava morte.

Agora ela e Staxxx estavam agachadas uma diante da outra. Thurwar olhou nos olhos castanhos de Staxxx, focada, penetrante, firme. Staxxx estava lá.

"Lutadoras, prontas?", perguntou Água Podre.

Ele ficou a poucos metros de distância delas, de costas para a tenda e para os outros Elos, vulnerável. Tudo nele deixava nítido que era novato, pensou Thurwar, mas depois se concentrou em Staxxx, que levava toda competição a sério e nunca havia derrotado Thurwar quando lutaram melhores de três, cinco, sete ou nove. O número sempre aumentava quando Staxxx insistia em tentar de novo.

Thurwar agachou, mas não muito, deixando as coxas sentirem-se fortes, e Staxxx fez o mesmo.

"Pronta", cada uma disse.

"Já."

Os braços das duas subiram. Agachadas, elas se seguraram pelos ombros. Thurwar conhecia a força que Staxxx podia fazer e considerou tanto as suas opções como as da sua oponente. Ela pretendia manter sua posição defensiva e, ao fazê-lo, Staxxx puxou com força o lado esquerdo e caiu, ainda posicionada com os braços em volta da perna de Thurwar. A cabeça de Staxxx estava prensada contra a lateral de seu corpo e Thurwar sabia que tinha perdido. Staxxx segurou a coxa de Thurwar e a levou para o chão. Thurwar caiu de bunda e Staxxx desabou satisfeita em cima dela.

"Um ponto para Furacão Staxxx", disse Água Podre.

"Você só precisa dizer já", disse Thurwar ao levantar. Ela se afastou, abalada não pela queda, mas pela forma precisa e direta com que Staxxx tinha investido contra seu joelho machucado. Seu joelho era, em sua mente, outro segredo com o qual ela não queria sobrecarregar Staxxx, mas, ao se agachar novamente, se perguntou quais desses segredos Staxxx já conhecia. Staxxx, por exemplo, não sabia o nome de Vanessa. Não sabia da história toda. Thurwar nunca contou para Staxxx que praticava atividades físicas com Vanessa, ou o que aconteceu quando Vanessa tentou revidar. Nunca contou para Staxxx como todas as noites ela esperava um perdão do qual não acreditava ser digna. E ela amava Staxxx por nunca perguntar.

"Olha só. A Grã-Colossal é uma péssima perdedora", disse Staxxx.

"Ai, cacete", disse Rico Muerte; agora ele, Sai e Randy estavam assistindo à luta.

"Eu não perdi", disse Thurwar. "Só acaba quando termina."

"Lutadoras, prontas?", disse Água Podre. "Já!"

E, de novo, as mãos subiram. Thurwar imediatamente exerceu uma força descendente sobre os ombros de Staxxx, imaginando afundar sua testa no chão, esmagando-a ali. Staxxx resistiu, como Thurwar sabia que faria, e sem aviso liberou toda a sua força. A cabeça de Staxxx subiu apenas o suficiente. Thurwar se abaixou e enfiou a cabeça no plexo solar de Staxxx e envolveu os joelhos dela com as duas mãos. Ela podia sentir o centro do corpo de Staxxx enquanto o pressionava com o crânio. Thurwar pressionou a cabeça ainda mais em Staxxx enquanto se levantava e Staxxx caiu para trás. Ela olhou para Staxxx no chão. As palmas de suas mãos pediram Hass Omaha e ela se odiou por esse instinto.

"Porra!", Rico disse.

"A queda de perna dupla", disse Sai. "Um clássico."

"Obrigada, pessoal, que bom que vocês não têm nada melhor para fazer agora", disse Staxxx ao se levantar.

"Vamos, porra", disse Thurwar. Os Elos torceram por ela.

Thurwar desejou poder dizer a verdade. Elas se olharam nos olhos e se abaixaram, prontas. Às vezes, ser líder significava carregar as coisas sozinha. E ela foi a maior líder da história dos jogos. Ou talvez só estivesse com medo de dividir um fardo, de dividir responsabilidades. Não conseguia acreditar que havia pessoas que achavam que ela não tinha medo de nada.

"Preparar... Já."

As pessoas estavam erradas.

Staxxx correu para a frente. Thurwar estava pronta. Ela absorveu o contato, depois fingiu um passo curto para a frente antes de dar um golpe e prender Staxxx no chão com a mão envolvendo o pescoço dela. Thurwar puxou Staxxx para baixo e pressionou o peito sobre as costas dela. Staxxx tentou se levantar e Thurwar a circulou para conseguir um bom apoio em sua coxa. Depois de ter conseguido se apoiar, pressionou e virou Staxxx de costas novamente.

O pequeno grupo aplaudiu.

"Coisa de campeã", disse Muerte.

"Exatamente", disse Thurwar. A campeã era ela.

"Não dá pra ganhar todas", disse Sai.

"Não dá pra ganhar nunca", disse Thurwar. Tentando, tentando aproveitar o momento e esquecer por um instante o que estava por vir.

"Sorte minha que no Campo de Batalha não é sem arma", disse Staxxx, sentada de pernas cruzadas no chão.

Thurwar quase soltou: *O que você disse?* Em vez disso, ela levantou os braços no ar para os aplausos dos espectadores.

"Também te amo, querida", disse Thurwar. Salgando a ferida e observando de perto. O que Staxxx poderia saber?

"Foda-se", disse Staxxx, e Thurwar pensou: Essa mulher é perfeita. E toda a alegria evaporou de seu peito.

Simon J. Craft

Jogue junto, Jota. Jogue junto.

Canto

Nossos passos pesados pela perda. Cada lado da Cadeia perdeu um Elo no Campo de Batalha. Os trigêmeos Eraser reduzidos a gêmeos, o terceiro eliminado pelo grande Raven Ways. Não teve a menor chance. Os irmãos estiveram confinados juntos no útero, na cela e, finalmente, neste mundo aberto dos jogos. Agora estão separados pela primeira vez. Os dois que ficaram molham com lágrimas as suásticas no pescoço. E o terceiro, morto por um homem negro, além de tudo.

Do nosso lado, perdemos o Oitenta. Um homem bom que fez o mal há muito tempo. Um homem grande e jovial, apesar de todo o sangue. Não foi uma luta ruim, mas também não foi boa. Oitenta hesitou por um instante e naquele momento se viu perfurado, de uma forma que jamais seria possível consertar.

No Circuito, após a derrota, Navalha olha para mim enquanto andamos, esmagando sob nossos pés os indícios da brandura da primavera. Ele pede uma música.

"Não sei muitas músicas pra lembrar de gente morta", digo.

"Como assim?", Navalha diz. "Todas essas merdas que você canta parecem feitas pra lembrar dos mortos, vai nessa."

Olho para Bells, que anda de cabeça erguida, chorando em silêncio.

"Se você não lembrar de uma, eu canto. O cara passa o ano todo cantando e agora diz que não lembra de música nenhuma. Vai entender. Puta que pariu, mano. Pelo menos me dá uma melodia. Eu improviso pro meu irmão", Navalha diz.

Na hora me vem uma melodia. *Hmmm, hmmm, hmmm.* Eu faço: "Hmmm, hmmm, hmmm".

Vejo Navalha absorvendo, fechando os olhos, segurando o punho de sua arma. O nome da primária dele é Sansupurittā. Quando ele ainda era vivo, Oitenta, Navalha e Bells rimavam por quilômetros, trocando versos entre si. Várias vezes, rimavam usando minhas melodias. Hoje, Navalha absorve meu som, respira o que ouve enquanto seguimos a Âncora, que desce um rio cujo nome eu jamais vou saber.

Hmm, hmmm, hmmmm. Hmm, hmmm, hmmmm

Eu amava meu peso-pesado

Bells ri na hora. Outra história do nome é que, antes, Oitenta era chamado de Oitocentos. Mas a lenda é que, depois de ganhar por muito pouco as duas primeiras lutas, ele se esforçou tanto pra ficar em forma que perdeu o peso de dois seres humanos. Mudou seu nome para caber em seu tamanho. Oitenta.

Mesmo magro eu amava também

Hmmm, hmmm, hmmm

Sei que ele andou pelo rumo errado, mas ele se foi, meu Senhor

Então deixa ele entrar, por favor

Hmmm, hmmm, hmmm

Hmmm, hmmm, hmmm

E Bells prosseguiu na mesma melodia.

Nosso Reggie era sempre gigante

A cavalo ou na morte, na vida ou na dor

Ele estava comigo e agora se foi, meu Senhor

Então deixa ele entrar, por favor
Hmm, hmmm, hmmm, hmmm
Sinto a música passando por mim e não me nego a cantar.
Sua mãe lhe deu nome de rei
Pois sabia do que o menino era feito
Seu pecado foi coisa de humanos, Senhor
Então deixa ele entrar, por favor

Por muitos quilômetros, a história de Oitenta é contada em música e os olhos flutuantes giram no ar, capturando-a. Bom esse programa, alguém em algum lugar está pensando. E com razão. Parte de mim espera que a família de Oitenta esteja vendo. Parte de mim espera que eles encontrem forças para não ver.

"Não chamam a gente de Sing à toa, tão ligados, filhos da puta?", Navalha diz, encarando o olho flutuante. "O nosso lado da Cadeia fez por merecer esse nome." Ele ri até as últimas lágrimas caírem.

Os gêmeos Eraser não se dão ao trabalho de falar. Ouvem em silêncio durante a Marcha; com certeza o coração deles canta canções em louvor ao pedaço que eles perderam.

Uma luz distante no mato nos saúda e assim essa triste Marcha vai terminando. Sinto que Bells e Navalha ainda não estão prontos para parar, dá pra ver pelo modo de andar, pelos olhos. A escuridão esconde tudo exceto a dor.

A Âncora nos leva para seu ponto de parada acima da fogueira. Como que para mostrar o seu poder, ela sempre fica acima do fogo. Uma bruxa impossível de queimar. E embora a Âncora puxe constantemente, desaceleramos nossa caminhada. Os jogos são assim. Quando alguém tomba, é comum que surja outra pessoa.

Oitenta, LouBob e Eraser tombaram na última arena. LouBob esquecido como tantos que entram. Tento me lembrar de incluí-lo quando canto pela manhã.

Embora a Sing-Attica-Sing tenha perdido três membros, um único homem está perto da fogueira. Nós o observamos. A Cadeia diminui a velocidade, forma um sorriso de corpos ao redor dele. Há um coro de insetos e vento. O crepitar do fogo é o som do nada, se você já o ouviu por tempo suficiente. Esse fogo crepita diferente, as chamas são mais escuras, não parece natural. Os pulsos do Acampamento brilham em verde e finalmente paramos. Todos estamos a menos de dois metros do novo membro da Cadeia, que fica em frente ao fogo com um sorriso tão grande que não parece normal. Os dentes são amarelados e o corpo é forte. É o tipo de corpo que já precisou se movimentar muito. Ele é musculoso; a pele parece lisa. As calças de linho estão enfiadas em tênis de cano alto e a camisa é elástica e está apertada contra a pele de um jeito que mostra para todos nós as sombras dançando em seus músculos.

"Olá", diz ele, sorrindo e acenando. E, quando faz isso, todos agarramos com mais firmeza a dor dentro de nós, porque em cada uma das mãos dele há uma longa lâmina dupla amarrada logo abaixo da junta, o que faz parecer que o metal é parte dele. Duas lâminas de ouro na mão direita e uma de ouro e uma de obsidiana na esquerda.

Navalha vai até ele primeiro.

"E aí, irmão? Como chamam você?"

Nós observamos, e o silêncio da natureza ao redor se torna alto e claro. Bells dá um passo à frente. "Você está bem, mano? Como te chamam de onde você vem?"

"Meu nome é Simon J. Craft", diz ele, e depois passa a mão direita com as lâminas no pescoço de Navalha.

Navalha salta para trás e Sansupurittā está em posição e lampeja antes que qualquer um que não tenha estado no Campo de Batalha algumas vezes tenha tempo de piscar. Navalha puxa a lâmina da bainha e Bells já está correndo para ajudar.

Navalha retalha a luz bruxuleante na altura da cabeça do sr. Craft e ele se curva para trás.

"Meu nome é Simon J. Craft", diz ele, enquanto dá um giro impossível e evita o facão de Bells, que ia em sua direção. O que vejo em seguida é o sangue de Bells inundando o chão, ela nem tem chance de pegar sua arma para uma segunda tentativa.* Navalha grita e levanta a espada enquanto eu vou até Bells.

"É Simon J..." As lâminas se chocam. O som de metal assassino explode enquanto eles se atacam. Em seguida, a lâmina de Navalha cai no chão e seu corpo cai também.** Um corte no pescoço tão profundo que, menos de um minuto depois da queda, já não é ele que está ali no chão.

Seguro Bells. E ela olha para mim, desapontada, antes de seus olhos tremerem e ela gorgolejar até tudo acabar. Vejo o sangue em minhas mãos e olho para os gêmeos, que não sabem o que pensar sobre o que acabaram de ver.

Todos no Circuito já viram algum horror. Mas Navalha e Bells são famosos em todo o mundo. Navalha e Bells estão entre os melhores dos jogos, ambos eram Ceifadores e ambos estão imóveis agora.

---

* Georgina "Ring Ya Bells" Hickory. Viu muita coisa. Fez muita coisa. Encontrou um lar no inferno. Ela jamais vendeu veneno para crianças, mas o veneno encontrou as crianças mesmo assim, então qual era a diferença? Se você não tem um código, você não tem nada, e Bells tinha um código. Você luta por sua família, mantém a cabeça erguida, tenta fazer o certo quando dá. Bells não achava que era do tipo amoroso. Ela estava errada. Foi no inferno que ela encontrou isso, um lar com amor e música.

** Edgerrin "Navalha" Boateng estava fadado a perder. Ele machucava os filhos da puta que o provocavam. Tinha uma família, era inteligente. Mas às vezes você é obrigado a fazer certas coisas. Sangue exige sangue. Não fazia as regras, as regras é que o fizeram assim. Mas ele foi abençoado; estava em casa novamente, com ela. Tinha percorrido todo esse caminho para encontrar uma paz que nunca havia sentido antes. Bells, ele a teve, ela o teve. Ele desejou poder abraçá-la para sempre.

"Você é um de nós, irmão?", o Eraser Número Um diz enquanto se aproxima, segurando o chicote em uma mão, a outra estendida como se fosse cumprimentar. Torcendo para que a cor da pele do outro sejam as sombras, ou um bronzeado, tudo menos herança.

Simon J. Craft caminha com a mão estendida, subitamente calmo. Dócil e tranquilo. Um calor toma o rosto do Eraser Número Um e ele acredita que Deus o fez nascer de novo no mesmo lugar de onde o havia levado. Como se a justiça estivesse sendo feita. Mas, antes que eles cheguem a se cumprimentar, a mão de Eraser está no chão, decepada em outro lampejo de violência.

"Caralho...", ele diz, antes que Simon J. Craft corte seu rosto e pescoço.

O último Eraser começa a correr. Corre muito, segurando a enxada. Bells ainda quente em meus braços. O irmão, que foi trigêmeo e, por um breve período, gêmeo, corre mais. Deito Bells e, como não sei quanto tempo me resta, rapidamente puxo o corpo de Navalha para o lado, coloco a mão dela na dele para que pelo menos, se forem meus últimos momentos, eu tenha dado a eles algo próximo a um descanso digno. Finalmente, ao longe, Eraser atinge a parede invisível formada pela atração de seus próprios pulsos em direção à Âncora. Ele luta contra isso, correndo cada vez mais devagar, não por estar cansado, mas porque o controle da máquina é mais forte do que seu corpo jamais poderia ser. Ele não para de lutar. Ainda está gritando lentamente quando Simon J. Craft salta no ar. Eles se movem juntos como se estivessem na areia. Movimento atrapalhado pela atração magnética. E, mesmo nesses movimentos lentos, Eraser é esfaqueado, repetidas vezes, nas costas. Ele morre com o rosto enfiado na terra e sangue escorrendo de suas costas. Os trigêmeos se reuniram mais cedo do que jamais imaginariam.

E Simon J. Craft volta lentamente para mim.

✳

Nenhuma música me ocorre, somente a pulsação que sinto em minha mão há muito desaparecida. A sensação é mais pronunciada do que qualquer outra que tive quando a mão estava realmente ali.

Olho para os mortos ao meu lado. Os melhores amigos que me restaram na vida. E me pergunto: onde está a fúria? Onde está a sede de sangue? Que parte de mim se foi agora? Se não agora, quando?

Sento em um tronco e observo o fogo. Simon J. Craft retorna, sua sombra muito atrás dele. Levanto minha lança, apontada para o céu. Sinto meu braço desaparecido se estendendo em direção a esse homem, puxando seu pescoço como se quisesse sufocá-lo, ou talvez em seu ombro, como se quisesse persuadi-lo a ficar em paz. Sinto como se aquilo estivesse acontecendo na vida antes de nós.

"Simon J. Craft", digo. "Pare com isso."

E Simon J. Craft sorri ao dizer: "Sim, senhor".

Amor?

"O que foi isso, amor? Que merda foi essa? Meu Deus do céu, caraca." Emily estava de novo maratonando transmissões gravadas. Wil queria estar lá quando ela visse essa parte, então ela assistiu com ele.

Ele já tinha pegado seu holofone, tentando registrar a reação dela. O choque que estava sentindo se replicou no resto do mundo com a mesma intensidade, aparentemente.

Emily olhou o marido e depois voltou os olhos para a tela, onde Hendrix estava observando esse sujeito, esse novo Elo que ela viu matar quatro pessoas em questão de minutos, entrar na tenda de Bells e se ajeitar na cama.

"Acho que ele está cansado!", ela disse. Porque sabia que o marido ia gostar que ela dissesse alguma coisa.

"Meu amor. Eles morreram. Isso aconteceu faz um ano."

"Eu sei", disse, sem disfarçar seu choque. Sabia que aquilo que estava assistindo tinha acontecido no passado, já tinha terminado há muito tempo, mas, para ela, aquilo estava sendo revelado naquele momento. Ela estava sentindo a intensidade de uma nova tristeza. "Eu sei", ela disse.

E o som da própria voz a fez chorar.

Emily gostava mais de ver as transmissões da Sing-Attica-Sing do que as do elenco atual da Angola-Hammond. Ela achou os arquivos e viu por horas e horas, assistiu aos destaques das transmissões e dos Campos de Batalha. Conheceu os diferentes membros e adorou, em particular, a maneira como Navalha e Bells se amavam. E a luta em dupla quando ambos se estabeleceram como Ceifadores legítimos, a maneira como Bells largou o facão e pressionou os lábios na boca de Navalha enquanto Percy Excruciante e Herc Mulher Maravilha sangravam a seus pés. Era lindo de um jeito horrível, como tudo no Superstars da Cadeia.

Wil disse que sentia o mesmo, e ela odiava concordar com algo assim. Também odiava admitir que parte do atrativo para ela era que a Sing não adotava o mesmo pacto de não violência que A-Hamm tinha agora, e ela havia se tornado viciada na ameaça de violência, na sensação de que a morte poderia estar presente em qualquer canto para os Elos. Os irmãos Eraser, por exemplo, mataram muitos Elos fracos sem pensar muito nem sentir remorso. Na semana anterior, Navalha e Oitenta discutiram com dois Erasers e a briga começou, mas parou porque Bells se esgueirou atrás do terceiro nazista e ameaçou enfiar o facão nas costas dele. Os dois pares de homens se separaram e agiram no dia seguinte como se nada tivesse acontecido. Foi absolutamente emocionante de assistir.

Emily tinha orgulho de vaiar os irmãos, embora no fundo soubesse que adorava que eles fossem vilões claros e óbvios. Um problema a ser resolvido pelos heróis, Navalha e Bells, e seus parceiros, Oitenta e o homem negro de um braço só, o Escorpião Cantor. Os irmãos Eraser eram assassinos racistas e era fácil sentir que eles mereciam esse castigo, mereciam estar numa Cadeia. De certo modo, a presença deles, o que ela via como um mal óbvio e simples, justificava tudo.

"Eu sei, meu amor, eu sei."

E Wil também estava chorando. Ela percebeu e o amou ferozmente. Era como se tivessem matado os amigos deles. Eram assassinos, sim, mas de alguma forma conheciam essas pessoas, e agora onde elas estavam?

"Esse cara é um lunático, esse Simon J. Craft."

"Simon Craft", disse ela. "Simon J. Craft." Ela não conseguia imaginar esquecer o nome. Não podia esquecer aquilo. Emily observou a tela onde ele dormia e estudou o rosto do homem enquanto a câmera se aproximava. "Ele está dormindo, porra. Jesus. Quem é esse cara?"

Ela examinou o elenco e viu Cantor Hendrix, o único membro remanescente do grupo que ela tinha aprendido a amar, e sentiu uma raiva profunda crescendo em suas entranhas.

"Ele deveria cortar a garganta desse cara agora mesmo", disse. "Se ele quer dormir assim, corta a garganta dele, porra."

Wil ergueu os olhos do telefone. Parou de gravar. Ela não tinha certeza do que o marido estava pensando até perceber que, durante esse tempo em que assistia aos Superstars da Cadeia, jamais havia clamado pela morte de um Elo. Até agora, fingira o papel de supervisora moral, interessada, talvez até viciada, mas raramente parcial nesse sentido definitivo. Ela estava passando pelos Superstars, talvez se deixando demorar, mas sempre só de passagem. E, no entanto, ali estava, com lágrimas nos olhos, a voz trêmula enquanto gritava pelo assassinato de um homem que ela só descobrira existir momentos antes.

"Isso aí, gatinha."

E, na sua sede de vingança, desapareceu por completo a vergonha que normalmente acompanhava a morte de pessoas neste circo da justiça. Emily afastou o cabelo do rosto para poder observar mais de perto. E, para sua consternação, não houve mais morte. A equação estava desequilibrada e esse Cantor covarde nem estava tentando consertar. Emily sentiu um novo e intenso desejo. Ela inspirou e expirou e sentiu o hálito quente da raiva. Era difícil respirar, percebeu.

"O que ele está fazendo! Caraca. Ele tem que fazer isso agora."

"Eu sei, querida, relaxa."

"Não me diga para relaxar, eu... eu..." Ela queria muito arremessar alguma coisa. "Você não entende, é..." Ela não conseguia respirar.

"Tudo bem, querida. Foi o que eu senti quando vi." Os braços de Wil estavam ao redor dela. Ela sentiu cheiro de carvalho, vinagre e um perfume desconhecido.

"Não me toque", ela disse, e se livrou dele, que a segurou com mais força e as mãos dela se transformaram em punhos e ela estava pressionada contra ele, os braços cruzados de modo que os antebraços estavam presos entre os dois. Emily queria recuar e dar um soco em Wil, e cada vez que tentava e não conseguia, queria machucá-lo ainda mais.

"Você está bem?", ele perguntou. Uma pergunta insana. Essas pessoas com quem ela passou tanto tempo foram mortas, praticamente em sua própria sala de estar.

"Se estou bem?", ela disse, desejando que seu corpo parasse de tremer. Sentiu o aperto dele afrouxar e permitiu que sua voz fizesse o mesmo. "Me solta", disse.

Wil a soltou e, antes que suas mãos pudessem chegar à lateral do próprio corpo, ela se afastou e lhe deu um soco no peito com toda a força. Wil tossiu e deu meio passo para trás. Depois tossiu de novo. A sala ainda estava repleta do mesmo som que revestia aquele lugar encharcado de sangue na floresta, onde o que restava da Corrente Sing-Attica-Sing esperava — apenas dois homens. Emily se levantou, uma violência fervendo dentro de si. Wil deu um passo cauteloso em direção a ela e a agarrou pelos pulsos, punhos ainda fechados. Ela permitiu por um momento antes de se afastar e agarrar os pulsos dele. Ela o puxou para o chão e o beijou na clavícula, beijou novamente e depois mordeu com força seu pescoço salgado. Ele fez o som de um rosnado que se transformou em algo mais suave. Ela mordeu a carne dele com mais força, sentindo prazer, ainda que em meio ao desespero e à raiva. Uma raiva tão grande que suplantou completamente o que teria sido uma manobra desajeitada no cinto de Wil antes que abaixasse as calças dele apenas o suficiente.

"Eu te...", Wil começou a dizer.

Mas ela cobriu a boca dele com as mãos.

"Cala a boca", disse. Os shorts dela estavam ao lado deles, no pé do sofá. Ela em nenhum momento tirou os olhos do elenco e a morte nunca foi curada. Cantor ficou sentado enquanto Craft dormia em uma cama que tinha pertencido a Bells. Emily chorou de novo e transou com Wil ao som dos grilos de uma noite distante.

A viagem

Os sons de idas e vindas sempre antecediam o fim da Marcha. Eles tinham chegado. Encontraram a estrada. Uma grande estrada de humanos cochilando ou acompanhando as notícias enquanto os veículos os transportavam para onde queriam estar.

No acostamento, a van os esperava. A Âncora parou logo à frente da Cadeia Angola-Hammond e manteve-se firme no ar, onde esperava próxima do veículo.

"Porra, finalmente", disse Randy Mac.

"Larguem as armas, condenados", disse Jerry, com um desdém desconhecido brilhando em si. Ele segurou a Lousa nas mãos como uma ameaça, mostrando-lhes o espelho escuro, a vida deles em suas mãos.

"Tudo bem, Jerry?", Staxxx perguntou.

"Eu disse para largarem as armas. Sem problemas."

Eles largaram as armas e ficaram juntos enquanto os HMCS examinavam seus corpos. A formação ao final da Marcha era o fim da transmissão semanal do *Vida de Elo*. Era a última coisa que os espectadores viam de graça. As pessoas que os veriam em seguida, no Campo de Batalha ou em qualquer atração da

Cidade-Conexão para onde eles estivessem indo, teriam que pagar.

"Bom, vou ficar feliz de saber o que está te incomodando quando estivermos na estrada", disse Staxxx.

"Não se preocupe comigo. Estou bem", disse Jerry, enquanto as câmeras terminavam de escanear os corpos dos Elos e voavam para a cabeça da Âncora.

"O.k., só estou dizendo, porque você não parece bem. Ei..."

"Cala a boca, condenada, ou vou fazer você engolir meu *taser* durante o primeiro quilômetro", Jerry retrucou.

Staxxx encarou Jerry com olhos arregalados, depois sorriu, passou uma chave invisível nos lábios e a enfiou em seu sutiã esportivo.

A Âncora flutuou lenta e precisamente em direção a Jerry e à van. Os HMCs se prenderam na Âncora e depois disso ela girou no ar, como que se aninhando, enfiando-se em um espaço próximo à parte inferior do veículo. Jerry guardaria as armas dos Elos no mesmo compartimento.

Assim que os HMCs partiram e a Âncora se recolheu, Jerry pareceu relaxar. O que era estranho, pensou Thurwar, pois era naqueles momentos entre a Marcha e a cidade, no transporte necessário, porém tedioso, que eles eram mais perigosos. Seria fácil acabar com a vida de Jerry. Ele não ia conseguir fazer muita coisa antes de seu pescoço quebrar, se assim eles desejassem.

"Desculpa ser grosso com vocês. Só estou sob muita pressão agora e os chefes estão assistindo. Por causa dos protestos e tal. Entrem rápido", disse ele, e Thurwar parou de pensar na morte do homem. Era muito fácil. "Vou deixar vocês no azul, o.k.?"

"Mais que o.k., Jerry. Tá ótimo", disse Randy Mac, num tom doce.

"Nós conhecemos o protocolo", disse Água Podre. "Queria sentar." Ele não se mexeu, mas moveu os ombros na direção da van.

Thurwar esquecia constantemente de Água Podre. Ela imaginou que ele estava falando agora porque tinha sido incluído antes. A socialização tem um efeito.

"Isso mesmo, vai logo, motorista", disse Gunny Puddles. Thurwar sabia que ele estava com raiva porque Água Podre tinha passado um tempo com ela e Staxxx.

"O.k., o jogo do silêncio começa agora", disse Jerry. Ele tocou em uma tela rapidamente e pulsos brilharam em azul sob o sol da manhã.

"Tudo bem, preparem-se", disse Jerry. "Vou colocar tudo no compartimento depois que vocês se acomodarem." E os Elos obedeceram, entraram, todos imóveis seguindo Thurwar. Thurwar olhou para Hass Omaha uma vez antes de dar um passo à frente e entrar na van. Ela sentou no canto esquerdo e pressionou as omoplatas no encosto do assento. Todos se encararam na parte de trás da van. Era apenas um retângulo de espaço, bancos ao longo das paredes, exceto onde ficava a porta, que foi fechada depois da entrada de Água Podre.

Thurwar sentiu o frescor artificial passando pelas frestas perto de seus tornozelos, sentiu o contraste com o frescor natural da manhã. Olhou para Staxxx, que agora estava imóvel, introspectiva. Olhando para o nada. Thurwar esfregou o ombro em Staxxx e a sentiu quente. Staxxx continuou olhando para a frente.

Thurwar esfregou novamente. Staxxx balançou suavemente para o lado e depois voltou ao centro, as costas no metal que separava os Elos do banco do motorista. A porta da van ainda estava aberta; Jerry colocava as armas num compartimento inferior. Thurwar não gostava de pensar em pessoas manuseando Hass Omaha e sabia que era um absurdo alguém como Jerry tocar no cabo de Hass. Ela ouviu o barulho, sentiu o compartimento de cargas fechar. Staxxx ainda olhava para a estrada, menos concentrada do que antes. Ela estava em outro lugar.

Thurwar observou o peito de Staxxx, viu o par de Xs ali, um para Dame Killowat e outro para Herder Yurt, ambas mortes em que ela teve Thurwar ao seu lado, lutas em dupla. Ela fez as marcas para comemorar as mortes daqueles que derrubou tendo Thurwar como parceira. "Perto do meu coração", tinha dito ao voltar para os braços de Thurwar, marcados com tinta de sangue fresco.

Thurwar cutucou a barriga de Staxxx duas vezes, forte, entre as costelas. Jerry apareceu na traseira da van. "É pra ser uma viagem curta. Tem um pouco de tumulto e umas aglomerações, então não façam nada estúpido", disse. Depois: "Desculpa".

Ele não bateu na Lousa no bolso da frente, mas disse as palavras de uma forma que fez parecer que sim. Thurwar queria que ele desse a partida, então não se moveu novamente até que fechasse a porta.

Esperou até sentir que Jerry tinha sentado no banco do motorista, depois apertou Staxxx e fez cócegas nela. Staxxx sempre continha calor e frio. Duas frentes se encontrando. Mas Thurwar estava empenhada em trazer a atual Staxxx jovial de volta ao espaço. Chegar a uma Cidade-Conexão depois da Marcha era sempre chocante, com a imprensa e tudo mais. Era melhor ficar esperta antes de chegar lá. Ela levou suavemente um dedo até o queixo de Staxxx e bateu duas vezes antes de enfiar rapidamente um dedo no nariz de Staxxx. Enfiou e tirou, rápida e eficiente. Thurwar percebeu que Sai estava segurando uma risada. Randy observava com a mandíbula cerrada. Gunny Puddles olhou, zangado ou triste como sempre. Ela se afastou um pouco mais de Staxxx para que não se tocassem. Staxxx olhou para Thurwar, confusa, quase como se estivesse surpresa por estar ali. Seus olhos eram enormes e maravilhosos.

"Te am...", Thurwar disse o mais rápido possível, e então ficou elétrica de dor. Sentiu o choque como um aperto quente que a deixou sem fôlego. Caiu torta no chão da van e a dor cruzou seu corpo com eficiência, sumindo com um estalo quando terminou. Ela se deixou ficar ali por um momento, respirando até que seu corpo voltasse ao normal. Depois sentou novamente ao lado de Staxxx, que deitou a cabeça no colo dela durante o resto da viagem.

McCleskey

A coisa que eu mais odeio é gente chorona. E, como estudante de história, sei que não tem ninguém mais chorão que os pretos. Meu pai gritou isso pra mim quando eu era menino, e acho ótimo que ele tenha feito isso, porque nunca vou esquecer.

"Conheça sua história!" Meu pai, Frederick Puddlelow, me repreendia se eu contasse que tinha amigos negros na escola. Ele batia com um livro na minha boca para ter certeza que eu tinha aprendido. Ele me deu seu nome e ferramentas para sobreviver neste mundo: me ensinou história e me ensinou ainda jovem a lutar.

Do lado de fora da van, já ouço a multidão gritando para nós. Nós não. Para a senhorita Martelo e a senhorita Furacão. A Julieta e a Julieta Suprema. Um barulho dos infernos lá fora. Meu pai ia rolar no túmulo ao ver essa merda. Gente gritando histérica por causa de mulheres assassinas. As mesmas mulheres que vi martelando rostos de homens, mulheres e crianças. As mesmas que retalham homens como porcos. Tratam as duas como se fossem santas. Esse é o dom dos pretos. Por piores que sejam, são tratados como o sal da terra.

Thurwar entrou nos jogos tendo um martelo e as riquezas daquela Monja. Não consigo aceitar que a tenham protegido para chegar até aqui. E aí a Furacão Destrambelhada vem querer me dizer como viver, justo eu que escolhi esta vida para me ver livre desse tipo de merda. Por dezesseis anos, a única coisa que me deram foi tapa na cara por fazer muito barulho pela casa, por comer demais, por comer de menos. Escolhi esses jogos porque disse a mim mesmo, faz tempo, que não queria mais saber de regras.

Diminuímos a velocidade e o som do lado de fora da van muda. As Cidades-Conexão são o que fazem esta vida valer a pena. Faz valer o tempo da Marcha, ser empurrado pra cima e pra baixo nesse país fodido de merda. A Cidade-Conexão é onde a escolha de estar aqui vale a pena. É aqui que a gente pode descansar numa cama macia. Ar ajustado ao nosso gosto. Comer comida quente. Ver as cidades do maior país do mundo. Imagine reclamar enquanto se vivem os frutos dessa escolha. E é uma escolha.

Uma escolha que todos nós fizemos. Mas você não ia desconfiar disso olhando pras duas Rainhas de Sabá Negras, assassinas como eu, mas mesmo assim apaixonadinhas uma pela outra, com os EUA apaixonados pelas duas. O pior é que elas têm a audácia de achar que ninguém sofre como elas. Uma se acha tão grande coisa que nem se digna a falar com a multidão que pagou ingresso. A outra fala sobre amor como se fosse a cura para alguma coisa. Elas não viram nada, não iam enxergar uma situação de merda de verdade nem que estivesse bem na fuça delas. Meu pai, seu Puddlelow, não era brinquedo. Nem comigo nem com dona Puddlelow. Ele era policial e é aí é que o bicho pega.* Minha mãe sumiu no mundo;

---

* Estudos mostram que famílias de policiais sofrem mais com casos de abuso doméstico do que famílias que não têm policiais. O Ato de Proibição de Uso de Armas por Agressores Domésticos foi aprovado em 1996, e exigia que condenados por agressão doméstica fossem proibidos de comprar armas. Apesar disso, a proibição não vale para policiais ou membros das Forças Armadas.

ninguém pode culpar a velha. Uma hora ela ia acabar levando um balaço na cabeça. Ele avisou várias vezes. Se bem que disse que ia meter uma bala na minha cabeça e ainda estou aqui, então talvez a culpa seja um pouco dela.

À medida que a gritaria fica mais forte, elas se animam, ficam cheias de si e se preparam para cumprimentar os fãs apaixonados. Será que iam amar a Rainha T mesmo que a pele dela não fosse cor de terra? Se a dona Furacão não tivesse aqueles dreads horrorosos na cabeça, será que iam achar a loucura dela tão legal? Acho que não. Nesse mundo é mais fácil ser preto e faz anos que é assim. Imagina só ter toda a liberdade do mundo e ainda achar que não estão sendo justos com você. Imagina só ser chamada de rainha e ainda ficar sentada ali, me olhando como se fosse eu que devesse me odiar.

O fato é que tem gente que não presta aos olhos do resto do mundo, e é o caso de todos nós aqui nessas Cadeias. Eu não reclamo de nada disso. E também não fico falando essa mentirada sobre amor. Eu sei que a história está certa, está tudo quite. Tentaram isso aí com o McCleskey e a Justiça mandou todo mundo se foder.* Nove honoráveis juízes da Suprema Corte deixaram isso claro e ainda assim, blá-blá-blá.** O tempo to-

---

* Em 1978, Warren McCleskey, um homem negro, foi condenado à morte pelo assassinato de um policial branco. Ele tinha roubado uma loja de móveis junto com três cúmplices. Recebeu a sentença de morte, aquela promessa sangrenta.

Recorreu da sentença, citando tanto a Oitava Emenda (cruel e incomum) quanto a Décima Quarta (proteção igual), e usou um estudo conduzido pelo dr. David C. Baldus, que descobriu que pessoas que matavam brancos tinham probabilidade quatro vezes maior de serem condenadas à morte.

Warren McCleskey foi derrotado. Esse caso estabeleceu nos EUA o precedente de que nem mesmo indícios fortes de enviesamento racial eram uma ofensa à Constituição.

** Por 5 votos a 4, a Suprema Corte decidiu contra McCleskey, afirmando que os dados apresentados seriam mais úteis se fossem apresentados a Casas Legislativas, e não a tribunais. O voto que recebeu apoio majoritário foi do ministro Lewis F. Powell Jr.

do, porra. Meu pai era policial, mas queria ser historiador. Eu queria ser historiador, antes de mandar as regras pra puta que pariu. Mas eu conheço minha história.

A van diminui a velocidade e o barulho das pessoas fica mais alto. Não os gritos de sempre. Essa porra parece um estádio, um coral. Como se recitassem um jogral. Não dá pra entender, mas esse troço faz uma sensação percorrer o corpo, como se tivesse um bicho rastejando no seu pescoço. Os outros também sentem isso. Dona Furacão sentada reta como uma flecha. Sorrio e pisco pra ela. São os fãs dela fazendo barulho, com certeza. A história vai se lembrar dela e, puta merda, nem todo mundo tem essa sorte.

→ Todos os nove integrantes da Suprema Corte eram brancos.
Depois que o ministro Powell se aposentou, perguntaram se ele gostaria de mudar alguma decisão, caso pudesse. Ele disse que sim, e citou o caso *McCleskey vs. Kemp.*

Hamara

O choque de estar ali era uma pressão que vinha de todos os lados. Ela estava lá, mas também escapulindo de si mesma.

"Certo, vou tirar a mordaça de vocês aqui dentro porque tem um pessoalzinho barulhento lá fora."

Um lugar é só um alfinete. Um espaço-tempo específico. Um desenho em um mapa.

"Prontinho, todo mundo livre... quero dizer, não liv... Bom, vocês entenderam o que eu quero dizer."

Um lar é uma história de origem. Um lar é algo que você leva com você. Um lar é um campo infinito de energia que inunda, inunda, inunda. Diz pra mim. Diz que eu sou seu lar.

Jerry leu em seu tablet.

"Muito bem. Bem-vindos a Old Taperville, a Cidade-Conexão anfitriã. Aqui vocês cumprirão as obrigações exigidas pelo Serviço Cívico antes de participar das lutas do Campo de Batalha que podem ou não estar agendadas para daqui a três dias. A programação é fixa e, ahn", Jerry folheou, semicerrando os olhos diante das palavras à sua frente, "... achei, qualquer desvio substancial intencional de suas obrigações de Serviço Cívico resultará em eliminação imediata do PEJC. Eu sei que vocês já ouviram isso antes, mas eles estão reforçando, então fiquem quietos." Jerry olhou pelas câmeras retrovisoras instaladas na frente da van. "O trabalho no Serviço Cívico começa no momento em que saírem do veículo de transporte. Serão imediatamente escoltados para uma entrevista coletiva em um local comunitário predetermina-do e acessível."

Jerry ergueu os olhos brevemente. "Arranjaram uma bela re-cepção para vocês aqui, numa escola de ensino médio." E depois voltou a ler: "... Hum, depois do final da coletiva, serão escolta-dos até os locais do Serviço Cívico. Hoje vocês trabalharão ao lado de membros da comunidade na feira local da Old Taperville Parkside Square.

"Depois do Serviço Cívico, serão escoltados até o aloja-mento da Cidade-Conexão designado, que será a base de vo-cês. Nos espaços de Alojamento da Cidade-Conexão haverá um perímetro dentro do qual a movimentação será aceita. O movimento fora desse perímetro resultará na eliminação imediata. Vocês também terão acesso a toda a rede de pro-dutos do Mercado Elo, que podem ser adquiridos via Pontos de Sangue. Terão acesso a materiais de treinamento e haverá um terminal de computação pessoal disponível no quarto de hospedagem designado. Após um período de quarenta e oito horas, os Elos agendados para o Campo de Batalha, e aqueles que optarem por usar seus Pontos de Batalha para assistir, se-rão transportados para a arena Campo de Batalha predeter-minada e colocados sob custódia de luta. O descumprimento de qualquer uma das diretrizes aqui declaradas pode resultar em eliminação imediata."

Staxxx ouviu tudo isso e não ouviu quase nada.

Ela pensou: O lar é alguém, uma metade que você encontra.

"Você e eu", disse Thurwar.

Outra metade, inteira. Você descobre que é uma só.

"Você e eu", disse Thurwar de novo. E isso trouxe Staxxx de volta a si.

"Você e eu", disse Staxxx. Olhou para cima e viu Gunny Puddles olhando para ela. Ele sorriu e seus dentes afiados mostraram um desprezo que ajudou a firmar ainda mais Staxxx em solo. Ela sustentou o olhar e sorriu de volta.

"Posso confirmar que vocês entenderam?", Jerry perguntou. Os Elos disseram que sim.

Staxxx olhou os pulsos, que agora estavam unidos, ligados um ao outro como se estivessem com algemas-padrão. Havia pessoas do lado de fora da van gritando o nome dela.

"O.k., obrigado, pessoal. Vou abrir a porta e vocês ficam por conta própria. Não quero continuar aqui com tudo isso. Muita coisa acontecendo lá fora hoje."

Os olhos de Staxxx tiveram que se adaptar à luz do dia. Os Elos saíram da van. Thurwar, geralmente a última a sair, levantou também. Vivendo como Elo, eles internalizaram uma espécie de carisma. Entendia-se que as pessoas aguardavam um deles em especial, que deveria ser o grande encerramento desse pequeno evento que era sair do veículo.

Staxxx estava sozinha na van. A luz entrou. Eles estavam gritando, não o nome que o mundo pressionava contra seu corpo, mas aquele que ela recebeu quando se tornou um corpo no mundo.

Hamara
Hamara
Hamara
STACKER

O canto era ensurdecedor. Staxxx sentiu os gritos das pessoas levando energia e lucidez a seu ser. Respirou fundo. Olhou para os dedos que doíam querendo se juntar em um gesto de oração. Ela os manteve separados.

Hamara
Hamara
Hamara
STACKER

Quando Staxxx era criança, sua mãe, ainda lúcida, dizia: "Cuidado para quem você diz seu nome, garota. Você não sabe como a pessoa vai usá-lo". Staxxx aprendeu que, quando alguém dizia seu nome, o que a pessoa falava a seguir tinha energia. O que falavam sobre você tinha poder.

E agora o seu nome tinha sido disseminado por todo o país de um jeito que ela não tinha como controlar. Ouvir essas pessoas gritando com tanta força, ouvir seu nome dessa maneira. Não era nada parecido com os gritos para a Furacão Staxxx. Isso era algo totalmente diferente.

"Caramba", disse Staxxx em voz alta. Ficou sentada, o resto dos Elos esperando por ela.

"Vamos lá", disse um policial militar enfiando a cabeça na van. "Seus súditos estão esperando, condenada."

"Estão", disse Staxxx, e avançou, sentindo o frio sintético vazar para o ar livre e quente. Ela ficou no degrau da van e deixou que as pessoas a vissem. Gritavam como se agora, finalmente, tivessem aquilo que sempre quiseram. Como se vê-la ali, de mãos atadas, fosse o lar que eles sempre procuraram. Ela levantou os braços acima da cabeça e as pessoas gritaram mais. O choque do som quase fez Staxxx perder o equilíbrio e então ela saltou no ar, caindo no chão. Manteve as mãos levantadas e, embora as algemas não cedessem nem um milímetro, conseguiu fazer um pequeno X com os dois indicadores e levantou-os o mais alto que pôde. Um mar de Xs, feitos de braços e punhos, inundou a multidão. Eles estavam a menos de cem metros da Xavier, a escola onde ela fizera o ensino médio, o lugar onde as pessoas gritaram seu nome pela primeira vez. Ela sentia o calor de uma nostalgia ampliada pela sensibilidade de ser um humano em cativeiro; sentia como se estivesse sendo afastada e contida a cada segundo. Chorou enquanto caminhava.

HAMARA

HAMARA

HAMARA

STACKER

Manteve as mãos levantadas enquanto caminhava atrás do resto da A-Hamm, logo depois dos policiais militares com seus escudos, que agitavam cassetetes contra a multidão com uma energia alegre, rápida e casual.

Uma mulher estava na base de concreto do mastro. Ela segurava um megafone. A bandeira dos Estados Unidos pendia acima dela, esmaecida.

"E não vamos parar até que minha irmã seja libertada! Vejo você, Hammy, e estamos com você. Não vamos descansar até que você saia."

As pessoas gritaram ao ouvir isso.

"Nós todos estamos com você!", a mulher gritou.

Staxxx parou de andar assim que ouviu a voz. A voz de uma de suas melhores amigas em uma vida diferente.

"Tracy", disse Staxxx, embora não houvesse chance de Tracy realmente ouvi-la. Staxxx manteve as mãos elevadas e olhou Tracy nos olhos. Tracy sustentou o olhar e acenou com a cabeça antes de gritar de volta em seu megafone:

Hamara

Hamara

Hamara

Coletiva

O ar estava quente pelo dia e pela respiração de milhares de pessoas gritando. Os Elos pisaram na calçada e depois no pequeno gramado que ficava logo antes do trecho de rua que passava na frente da escola, provavelmente o lugar onde os ônibus paravam todos os dias para deixar e pegar a carga mais preciosa da comunidade.

Os Elos caminharam no espaço aberto por homens uniformizados. Aparentemente, os produtores e Mestres do Jogo, os orquestradores invisíveis de suas vidas, não haviam previsto que as multidões em Old Taperville estariam tão motivadas. Os manifestantes superavam em muito os fãs, e o preto de suas roupas os distinguia das pessoas que estavam ali apenas para se divertir. Mas, ainda assim, na hora, se você não soubesse das coisas, teria sido difícil diferenciar quem estava lá para ver Staxxx e quem estava lá porque queria vê-la livre.

Hamara
Hamara
Hamara

Thurwar olhou para Staxxx, que sorria e balançava a cabeça, com as mãos levantadas. Elas tinham se concentrado em ganhar força, adicionando flexões extras à rotina diária nas últimas semanas, e isso ficava evidente nas linhas de seus tríceps.

Thurwar estava feliz por caminhar. A posição em que eles eram forçados a ficar na van fez a dor no joelho berrar mais rápido do que em qualquer Marcha daquela semana. Ela evitou esticar a perna ou cuidar dela na frente de alguém. A dor de Thurwar pertencia a ela. Às vezes, ficavam presos na van por horas, mas não importava o tempo, Thurwar não fazia mais do que um movimento cuidadoso de perna por hora. Ela considerou a possibilidade de Staxxx saber do seu joelho e pensou que provavelmente estava só sendo paranoica. Também se perguntou se foi a paranoia que a impediu de contar a Staxxx sobre seu joelho. Como se em algum nível ela sempre soubesse, em algum lugar do seu ser, o que estava por vir. Sempre que a dor ficava insuportável, mergulhava fundo em si mesma e no silêncio e lembrava que já havia enfrentado coisa pior quando estava lá dentro. O espectro de dor do Influenciador era uma referência em sua mente de como as coisas poderiam ser ruins. Ela tinha suprimido a memória para sobreviver, mas sempre teria a referência. Contanto que não estivesse sendo atacada com Bastões Influenciadores, as coisas sempre podiam ser piores.

STACKER

Era a primeira vez desde sua luta com a Monja Melancolia que uma multidão preferia de modo tão claro alguém que não era ela. Thurwar sorriu com o pensamento e diminuiu um pouco a velocidade para ficar ombro a ombro com Staxxx e se esfregou na lateral do corpo dela, cutucando a axila exposta de Staxxx com o ombro. A multidão, vendo isso, gritou de novo. Alguns gritaram "LT". Fazia meses que ela não tentava conquistar a simpatia da multidão, mas agora ela sentia um desejo que era difícil de detectar em meio à intensidade brutal de tanta gente gritando pela pessoa que ela amava.

Chegaram até portas altas de vidro. Staxxx baixou as mãos.

"Como é estar em casa?", Thurwar perguntou.

"Parece um campo infinito de energia inundando por toda parte."

"Uma resposta muito Staxxx", disse Thurwar. E na pele delas dava para sentir essa energia, tão densa no ar.

O prédio era todo de lajotas, com padrões bege no chão. E dentro. Dentro era diferente. Eles ficavam tanto tempo debaixo do céu que toda vez que havia um teto sobre suas cabeças isso chamava a atenção. Esse prédio tinha cheiro de poeira acumulada e acidez de produtos de limpeza. Estava agradavelmente mais fresco lá dentro do que fora e parecia ficar mais fresco à medida que entravam.

Dois policiais militares abriram as grandes portas de madeira no final do corredor e entraram em uma sala fervilhando de conversas que cederam quando eles avançaram, explodindo depois sob as luzes piscantes das câmeras.

Thurwar ficou grata. Apesar de tudo o que sofreu e de todo o sofrimento que causou, nunca teve que retornar para sua cidade natal como Elo, nunca teve que sentir a complicada mistura de sentimentos que fez surgir um grande sorriso no rosto de Staxxx.

Na frente deles, à medida que se aproximavam de um palco com uma mesa comprida, Rico Muerte cumprimentou os repórteres e autoridades e os moradores locais que conseguiram ingressos para a coletiva.

"Chegamos!", Muerte disse.

Sai ergueu as mãos no ar por alguns momentos antes de baixá-las enquanto caminhava pelos corredores. Thurwar observou os adultos apertados nas pequenas poltronas do auditório. Staxxx mandou beijos para as câmeras que disparavam seus flashes.

Thurwar optava por não menosprezar a natureza comemorativa de momentos como este. Tudo o que se fazia nos Superstars da Cadeia podia ser a última coisa feita na vida. Então, toda vez que se voltava para uma coletiva, era essencial lembrar. Era um momento para lembrá-los, lembrar ao mundo: Ainda estou aqui.

"Com certeza!", Gunny Puddles disse em voz alta, gritando para cima.

"Eu amo vocês", Staxxx gritou para a sala.

Alguns dos Elos da A-Hamm já estavam se sentando e Thurwar acabara de chegar aos degraus do palco. Havia policiais militares em todas as entradas e quatro deles se distribuíram pelo palco, um em cada lado.

Ela se aproximou. As luzes da casa foram acesas. Ela foi até a mesa e encontrou o assento com o cartão que dizia Loretta Thurwar. Ficava à direita do assento central, onde Staxxx acabara de sentar. Quando ela sentou, sentiu as mãos se soltarem. O verde era um alívio. Debaixo da mesa, atrás da toalha bege, esfregou o joelho dolorido para que ninguém pudesse ver. Massageou suavemente a patela e depois foi até o menisco, a área mais problemática. Com a outra mão, tomou um gole de água. Gunny Puddles estava sentado à sua direita e ela podia sentir os olhos dele sobre ela.

"Bom público para sua namorada", disse Gunny.

"Sim", respondeu Thurwar entre um gole e outro. Ela parou de esfregar o joelho. Um conjunto de câmeras maiores no fundo da sala chamou sua atenção. E então começou a coletiva.

"Olá, Staxxx, Kyle Robertson, H2 Sports. Obviamente, deve ser uma sensação incrível ver a multidão reunida aqui para você. Como você se sente?"

"O lar é um campo elétrico. Eu sinto tudo isso. Vi alguns amigos antigos lá fora e estou grata. Este prédio foi onde virei atleta pela primeira vez."

Recuo para uma imagem ampla da mesa inteira. Depois close em Staxxx e LT.

"Tenho uma longa história aqui. Foi onde me tornei uma criminosa, como todo mundo sabe."*

Zoom no sorriso. Staxxx no quadro apontando para... apontando para o X em seu pulso. Pegue o X.

"Mais uma pergunta rápida, isso significa que você está especialmente motivada para o combate desta semana? Considerando o histórico criminal de um de seus oponentes."

Mude o quadro para capturar o sorriso. Fique assim enquanto o riso diminui, desaparece completamente.

"Você está perguntando se eu quero matar um estuprador? Eu não. O meu negócio é amor. São vocês que gostam de matar."

Recuo, parte superior do corpo e os Xs.

"Já mandei estupradores pra Baixa Liberdade antes. Não fez bem pra mim. Não me salvou de jeito nenhum. Mas vocês já sabem disso também. Se fosse fácil assim, este mundo seria um lugar diferente."

"Meghan Melendez, Channel Plex, Thurwar."

Recuo e foco em Thurwar.

"Como você está se sentindo sem seu companheiro, Crepúsculo Harkless, e como você se sente sobre o fato de ele ter sido morto pela sua Furacão Staxxx e ela se recusar a dizer o porquê?"

Zoom na Thurwar. Zoom intenso. Faça uma pausa enquanto ela olha para Staxxx. Segure. Segure. Recuo. Enquadre o sorriso de Staxxx que vai sumindo e o olhar para Thurwar.

---

* Oitenta e seis por cento das presidiárias são vítimas de violência sexual. Uma realidade impressionante. A maior parte das mulheres presas é vítima de violência sexual.

"Em primeiro lugar, Staxxx é dona de si mesma."

"Eu só quis dizer..."

"Discutimos isso como Cadeia e não vamos mais discutir o assunto."

"Tem alguma palavra para aqueles que viram você e o Crepúsculo ao longo dos anos, ou talvez a família do Crepúsculo?"

Recuo para ver a mesa inteira olhando para Thurwar. Segure.

"Crepúsculo foi o melhor amigo que eu tive. Ele foi morto por muitas coisas. Ofereceram um buraco para ele em vez de ajuda. Então essa foi a última de muitas mortes dele. Isso é tudo o que vou dizer sobre o assunto. Tenho muitas outras coisas para pensar nas próximas semanas."

"Vihaan Patel, Old Taperville Streamlite. Então, no que você está pensando?"

Panorâmica do lado direito da mesa antes de focar novamente no rosto de Thurwar. Continue aí. Thurwar, quadro central.

"Se tivesse a três dias de dois guerreiros incríveis tentarem matar você e essa linda mulher ao meu lado, ia estar pensando em quê?"

"Justo."

"Efa Teland, Crosshair Capital. Esta é a última luta em dupla para vocês duas. Você tem mais vitórias em dupla do que qualquer outra na história do Superstars. Como está se sentindo antes dessa luta? Por acaso tem um palpite de como vai ser a luta?"

Corte para Gunny Puddles, Thurwar, Staxxx e Randy Mac. Foque lentamente apenas em Staxxx e Thurwar.

"Quando se chega aqui, não é mais questão de sorte, querida. Um Furacão não encontra a Mãe de Sangue por acidente."

"Nós nos preparamos e estaremos prontas."

"E, Staxxx, depois dessa luta você também vai chegar a Colossal. Está animada com isso?"

O rosto de Thurwar. Zoom em seu olhar tenso. Distância focal reversa para trás, reenquadrando ambas as mulheres.

"Eu já sou Colossal. Depois de domingo, todos vocês vão concordar com uma coisa que já é verdade faz muito tempo. Só porque a verdade é clara demais para vocês verem", *Superclose-up no rosto de Staxxx*, "não quer dizer que ela já não estava lá."

"Então você está se sentindo bem com isso?"

"Eu me sinto como um falcão-peregrino no meio do mergulho."

O rosto de Staxxx: o quadro. Ocupando o quadro todo. Mantenha aí. Não saia daí. Deixe o espectador ver. As tatuagens subindo pela mandíbula. Olhos fixos, penetrantes. Aproxime mais. Os olhos dela. Resolução nítida. Segure. Segure.

"Você sabe como é isso? Não, você jamais teria como saber."

Afastar. A cabeça dela, o sorriso de novo. Os olhos tranquilos.

"Então sim. Eu me sinto bem. Vamos estar prontas. Acontece que somos as melhores que já passaram por esses jogos. E isso não tem nada a ver com sorte."

"Thurwar, o que você acha disso?"

"Acho que ela disse tudo."

"Gretchen Ebb, Ox News, e isto é para Thurwar, ou na verdade para qualquer pessoa. Na semana passada, vimos como você mudou a Cadeia ao ditar unilateralmente que nenhum Elo da A-Hamm pode pegar Pontos de Sangue de outro Elo da A-Hamm, nem usar a força para deter uma potencial agressão. Por que agora? E você acha que pode haver algum tipo de reação negativa? Tipo, talvez a A-Hamm não tenha tanta vantagem nos Campos de Batalha agora que resolveu ser uma família no Circuito?

Deslize pela face de cada Elo. Demore-se no sorriso de Gunny. As sobrancelhas levantadas de Sai Eye. A carranca de Staxxx desaparecendo em um sorriso. Centralize firme no rosto sério de Thurwar.

"Por que agora? Porque tinha que ser agora. Logo vou embora e é assim que tem que ser."

"Mas..."

"E entenda que quando você diz 'pegar Pontos de Sangue', você está falando sobre essa desgraça dissimulada que acontece faz muito tempo nas Cadeias de todo o circuito. Você está falando de Elos sendo esfaqueados pelas costas. Isso acabou para nós e é uma coisa boa. O mundo merecia ver o Helicóptero Quinn lutar. Muitos Elos excelentes nunca chegam ao Campo de Batalha para suas maiores lutas porque outros Elos mais fracos foram covardes no Circuito. Mas, para responder à sua pergunta, fiz isso porque era a coisa certa. E não, não estou preocupada com a forma como vai afetar a gente."

"É balela, mas tudo bem."

Movimento rápido da câmera para Gunny Puddles. Zoom out para incluir ambos.

"Eu sei o que eu sou e o que todo mundo nesta mesa é. Ninguém aqui é santo nem nada disso que as pessoas que estão lá fora gritando acham que nós somos. Estou aqui para comer e pegar o que é meu e pronto. Mas, por enquanto, Sua Majestade dita as regras."

"Então." *Encontre Gretchen Ebb em pé no meio da multidão, segunda fila, bem à direita, blazer verde-claro.* "Foi porque estava com medo por você e pelos outros Elos? Foi por isso que forçou um novo modo de vida na Cadeia? Ou é por causa de alguma ideia de civilidade? Pra mim parece que não podem ser as duas coisas."

"Claro que podem ser as duas coisas. Mas não preciso ter medo por mim. Vou sair livre muito em breve."

De volta para Staxxx, inclinando-se para a frente. Quase de pé. Depois, para ela recostada na cadeira, rindo muito. Aumente a abertura e desfoque tudo atrás dela. Transforme ela em uma pintura neste momento. Mantenha o foco nos olhos. Castanhos. Brilhantes.

"Venha se juntar a nós na A-Hamm, Gretchen, e veja como você se sente a respeito do assunto."

Lentamente, fixe a imagem e zoom out.

"Para ser justa, não sou uma criminosa acusada de..."

"Então deixe que os criminosos se resolvam."

O rosto de Thurwar, sério, calmo.

"Gina Preian, Megavolt Streams 3. Thurwar, conforme sua ilustre carreira como Elo começa a chegar ao fim, do que você mais se orgulha, olhando para trás? E o que você acha que as famílias de suas vítimas pensarão sobre sua possível libertação?"

Thurwar parece confusa. Os olhos, ilumine os olhos dela. Veja a luz que eles refletem.

"Tem um monte de gente nesta Cadeia trabalhando muito na preparação para este fim de semana. Você quer perguntar pra algum deles o que eles acham?"

Thurwar se recosta e bebe um gole de água.

"Isso", diz Rico Muerte.

Encontre Rico.

"Estou me preparando", *encontre Rico Muerte perto do final da mesa*, "pra acabar com a raça de alguém. Este fim de semana será histórico. O que você quer saber sobre isso?"

As mãos dos repórteres se erguem no escuro.

Nós, as escravizadas

Quando perguntavam do que mais se orgulhava, o que sempre vinha à cabeça dela era a fome. Ela ajudou a organizar a greve de fome quando ainda estava na prisão. Parou de comer. Parou de trabalhar porque as condições na sua prisão estavam abaixo da decência humana e da dignidade humana. E entrou em greve não só por aqueles em volta, mas também por aqueles que estavam em outras prisões como a dela (eram tantos) e também por aqueles que estavam nos campos de detenção de imigrantes, que não estavam presos por nenhum crime, exceto o de tentar viver. As prisões têm uma forma de se comunicar umas com as outras e, quando ficavam sabendo de horrores em outros locais, os detentos agiam. Ela escreveu um rascunho de sua declaração e passou um pedaço de papel escondido para um repórter que se interessou pela vida das mulheres na prisão.

A todos com consciência e senso de justiça:

Nós, as escravizadas da unidade prisional do sistema GEOD, conhecido como Centro de Detenção Forthwright, nos solidari-

zamos com os presos localizados em New Holly, e rejeitamos a separação de famílias e a violência desumana exercida contra refugiados inocentes. Repudiamos a ideia de que os chamados estrangeiros ilegais, por não terem a cidadania norte-americana, devam estar sujeitos a condições desumanas em centros de detenção desorganizados. Condenamos ainda o estupro e a agressão sexual que é e tem sido predominante nessas unidades, bem como o comércio de crianças que acabam expostas a uma série de horrores.* Exigimos que esses centros de detenção de imigração sejam abolidos e pedimos um método mais humano de acolher os necessitados em nosso país. Exigimos o fim da neoescravidão no sistema GEOD e em todos os sistemas de detenção dos Estados Unidos, que há muito mantêm viva neste país a dura chama da escravidão. Achamos abominável a facilidade com que humanos submetem outros humanos à tortura em nome da moral e da justiça, e estamos dispostas a colocar nossa vida em risco para garantir que nossas demandas sejam atendidas.

> *Assinado,*
> *Dra. Patricia St. Jean*
> *Marsha Banwitten*
> *Loretta Thurwar*
> *Lacie Kolare*
> *e todas as membras do Coletivo de Direitos Forthwright*

Eram palavras dela, mas o pequeno grupo de mulheres identificado como parte do coletivo em seu pavilhão acreditou nas palavras e deu o aval. Elas passaram fome juntas.

---

* Cerca de 14 700 queixas de abuso sexual e físico foram registradas contra a Autoridade de Imigração e Alfândega dos Estados Unidos entre 2010 e 2016. Milhares e mais milhares. O departamento foi criado em 2003 como parte da resposta do governo dos Estados Unidos aos ataques do Onze de Setembro.

Estavam no sexto dia de greve de fome quando os guardas a colocaram em isolamento e disseram que ela seria Influenciada. Ela tinha visto o sorriso de alguns, ouvido histórias de olhos arrancados de crânios, havia implorado para que não fizessem isso. Eles disseram: "Vamos ver até onde você está disposta a ir", e encostaram em sua coxa uma haste preta conectada a um fio e, na outra extremidade, a um controlador.

Ela comeu bastante naquela noite. O Influenciador lhe mostrou que sua vida, terrível mesmo sem aquilo, poderia acomodar muito mais dor do que ela tinha imaginado. E ela não estava disposta a ver o quanto daquela dor poderiam causar nela. No dia seguinte, assinou os papéis para ingressar no PEJC.

Entrevista

Tinha um sujeito de camisa branca, um bumbo preso à frente da cintura, provavelmente na casa dos sessenta anos. Ele batia forte a cada três sílabas. Era uma coisa que mantinha todos unidos, uma bateria. Uma de muitas. Quando Nile olhou para ele, enquanto seguiam rumo à escola onde os Elos esperavam, as costas da camisa do sujeito estavam translúcidas de suor.

O povo unido jamais será vencido

Vinte e quatro membros da Coalizão pelo Fim da Neoescravidão tinham feito a viagem. Chegaram mais tarde do que queriam, mas chegaram. Foram vestidos de preto, assim como a maioria das pessoas no protesto. Eles estavam na cidade natal da Furacão, poucos dias antes da penúltima luta de Thurwar no Campo de Batalha. Há muito planejavam estar ali para protestar, assim como fizeram em Vroom Vroom. Ser acompanhados por milhares de pessoas não fazia parte do plano. Mas a energia do movimento era diferente agora.

Nile se sentiu uma gota num maremoto. Eles faziam alguma coisa acontecer, sem dúvida. Olhou para Mari, que usava uma camisa preta com as palavras ABOLIÇÃO AGORA em grossas letras vermelhas. Ela olhava em frente, para as massas ao redor, mas não parecia ver absolutamente nada.

O povo unido jamais será vencido

Só havia espaço para ir em frente. A rua e as calçadas estavam cheias de corpos. Tinha um casal, duas mulheres usando vestidos pretos, queimando sálvia que produzia fumaça e acrescentava um calor salgado no ar, eletrizado pela determinação dos manifestantes. O fato de se concentrarem ali, aquela massa de pessoas, era por si só uma declaração. E ainda assim havia muito mais a ser dito. Lá todos se uniram, em uma rua rumo a uma feira, por mais estranho que fosse. Mari pensou no quão ridículo era o mundo e na beleza complexa da qual ela fazia parte. Ela não queria estar ali. Estava cansada. Ou melhor, exausta da brutalidade tão onipresente na cultura dos Estados Unidos. Um repórter seguido por um cinegrafista carregando um pequeno equipamento no ombro passou pelas mulheres de preto; o maço de sálvia delas caiu no chão. Ambas desapareceram na multidão para recuperá-lo, e quando voltaram Mari viu que as duas sorriam. Uma pegou um isqueiro do bolso, a outra segurou a erva.

O povo unido jamais será vencido

Uma repórter, uma mulher de cabeça raspada, abordou Mari. Antes que percebesse, ela concordou em ser entrevistada. Depois se amaldiçoou por fazer algo tão estúpido, tendo em vista seu plano.

"Pode soletrar seu nome completo pra mim?"

Mari olhou para a mulher. Decidiu para si mesma que tudo bem.

Marissa Roleenda soletrou seu nome.

A mulher sorriu para ela e perguntou: "Como você justifica pedir a libertação de estupradores e assassinos?". E não era a isso que tudo se resumia? Medo.

O povo unido jamais será vencido

Mari olhou para a mulher e respirou fundo.

"Sou abolicionista, o que significa que estou interessada em investir em comunidades que possam de fato resolver problemas, em vez de soluções carcerárias que não servem às comunidades de forma alguma. Assassinos e estupradores causam grandes danos", Mari disse, "mas as instituições carcerárias neste país fazem pouco para mitigar esse mal. Na verdade, causam mais danos aos indivíduos e às comunidades. O estado carcerário depende de uma dicotomia entre inocentes e culpados, ou bons e maus, para poder definir o dano em seus termos, em nome da justiça, e administrá-la em grande escala em apoio a um sistema capitalista, violento e intrinsecamente injusto." E embora tenha dito isso, e já tinha dito muitas vezes, uma parte dela, mesmo naquela época, entendeu o que a repórter queria dizer. Havia pessoas lá que ela achava que não deveriam ser libertadas. O pai tinha sido uma dessas pessoas.

"Parece que você fez a lição de casa. Mas o fato é que estes sistemas protegem as comunidades da violência. O que você quer dizer é que não está preocupada com assassinos e estupradores andando livres pelas ruas?", a mulher perguntou, baixando o tom como se estivessem agora começando a falar sobre algo sério.

"Estou dizendo que a pena de morte sempre foi uma abominação, mesmo antes do PEJC. A prisão tal como existe é uma abominação. Neste momento, o fato é que as pessoas estão causando exatamente o tipo de dano que você descreveu. As prisões não impediram os danos que deveriam impedir. São uma experiência fracassada."

"Como assim? Não tem menos criminosos nas ruas?"

"Quero dizer que todos esses problemas de que você está falando são sintomas do nosso sistema atual. Pobreza galopante, falta de recursos para dependentes químicos e quem tem problemas de saúde mental... São problemas difíceis, mas que podem ser resolvidos. Só que não são. Porque a criminalização desumaniza os indivíduos, os estigmatiza, em vez de responsabilizar a sociedade que abandona essas pessoas na hora da necessidade."

"E quanto aos empregos que o Superstars da Cadeia e as prisões que você tanto odeia criaram? Você já pensou nesses aspectos positivos do nosso sistema carcerário?"

Nesse ponto Mari sorriu de leve, uma resposta automática a uma ideia absurda de que isso tudo tinha a ver com geração de empregos ou que os empregos tinham como justificar essas mortes. O rosto da mulher saiu de uma expressão sinistra porém terna para uma expressão de raiva fria.

"Você acha isso engraçado?"

O que nós queremos?

"Não."

Justiça!

"Sempre, ao longo da história, os homens atacaram as mulheres. Os fortes atacaram os fracos. Como abolicionista, como você responde àqueles que temem pela vida, pelos filhos e pelas famílias? Você libertaria as pessoas que vitimaram outras nas ruas?" A voz da mulher tremia. "Você quer que eles saiam para fazer tudo de novo?"

Mari não queria que seu pai fosse libertado, mas desejava que ele tivesse crescido em um mundo que o amasse mais. O que seria da vida dela com ele no mundo, ela temia isso, mas sabia que ele não merecia o que recebeu. Estava com raiva fazia muito tempo, por causa do modo como as decisões dele moldaram a vida dela, e tinha medo do que sua vida teria se tornado com ele. Mari não queria que ele fosse libertado para ela, mas queria que fosse libertado para o mundo, pelo menos. Quando ele morreu, pelo menos uma pequena parte dela se sentiu resolvida, sentiu que uma longa jornada tinha terminado. Outra parte, mais barulhenta, sentiu-se renovada em seu desejo de desmantelar tudo.

A mulher olhou diretamente para Mari, e o cinegrafista espiou pelo visor e virou para sua colega de trabalho com olhos arregalados.

Mari olhou para a mulher, que estava com raiva, que estava chateada, mas que não era a inimiga.

Quando queremos?

Já!

"Você não tem uma resposta? Minha irmã foi... eu quero saber o que você diria a ela se ela ainda estivesse viva."

Nile observou Mari conversando com a mulher enquanto eles marchavam. Ele se aproximou para poder ouvir.

"Lamento que você tenha perdido sua irmã. Lamento que ela tenha perdido a chance de viver e lamento que você tenha que sofrer essa perda."

"Parece que você gostaria de reduzir nosso sistema de justiça a um punhado de lamentações."

Mari fez uma pausa como se tentasse encontrar palavras que não tinham ainda sido inventadas. "Não estamos pedindo o apagamento. Não estamos tentando esquecer a dor das vítimas. Para nós, a abolição é um processo positivo. Significa criar novas infraestruturas, novas formas de pensar na redução de danos. É isso que estamos dizendo. Não digo que não há motivo para ter medo. Estamos dizendo que as coisas de que a gente tem medo já estão aqui, então seria um erro não tentar fazer melhor. E não posso dizer que qualquer um de nós tenha a resposta perfeita sobre o que fazer, mas talvez a gente possa descobrir algo se pensarmos juntos."

O que nós queremos?

Justiça!

O cinegrafista que as gravava deu passos para trás enquanto a entrevista seguia o fluxo do protesto.

"E, além disso, o Superstars só aprofundou ainda mais a indiferença pelo sofrimento humano. É contra isso que estamos protestando."

"E, ainda assim, você não tem respostas para as pessoas reais que nunca mais voltarão a ser quem eram. Para as pessoas cujo trauma vai determinar a vida inteira", disse a repórter.

"Eu..."

Quando queremos?

Kai deu um passo à frente. "Acho que já deu."

Já!

"Talvez", disse Mari, ainda para a repórter. "Mas acho que não."

"Já chega, Mari", disse Kai.

"Sinto muito pela sua irmã", disse Mari. "E sinto muito por você." Nile tentou se aproximar ainda mais.

"Você sente muito", cuspiu a jornalista. "Mas minha irmã continua enterrada. Então, você sentir serve pra quê?"

Quando queremos?

Já!

"Vamos", disse Kai. Ela colocou a mão no ombro de Mari.

Kai

O que nós queremos?

"Você não precisava falar com ela", disse Kai. Tinha muitos repórteres espalhados na multidão. Kai não sabia quais veículos a maioria deles representava. E, embora confiasse em Mari para passar a mensagem, não tinha certeza se queria que o rosto de Mari fosse apresentado tão claramente ao público. *Justiça!*

"Eu sei", disse Mari. "Mas eu queria." Kai a viu recuando para o lugar distante onde esteve nas últimas semanas. *Quando queremos?*

Kai tinha feito um esforço para entender. *Agora!* Fez algumas das refeições favoritas de Mari para tentar atraí-la, mas Mari comeu em silêncio no quarto. Estava reclusa numa solidão diferente. Até Nile — um garoto que estava claramente apaixonado pela filha de Kai — não andava por perto. Mari tinha perdido o pai, um homem que mal conheceu, mas que era conhecido pelo mundo. Nos anos seguintes à formatura de Mari, Kai tentou mantê-la o mais perto possível. Ela tinha notado a luta de Mari contra a ansiedade quando estava longe, embora Mari raramente falasse sobre isso. Kai queria fazer com que a filha se sentisse segura. *O que queremos?* E, no entanto, a única resposta que conseguiu encontrar, a única coisa que parecia certa, era seguir em frente, manter a menina debaixo de sua asa. *Justiça.*

Por isso agora ela decidiu não dizer nada para a filha. Porque era assim que ela era. Durante toda a vida de Mari, foi em Kai que Mari pôde confiar. Não era a irmã de Kai, que estava encarcerada, nem o homem que chamavam de Crepúsculo, era ela que estava lá com Mari. Ela a observou gritando junto com todas as pessoas que caminhavam pela ruazinha, bloqueando completamente uma das vias. *Quando queremos?*

Já eram milhares de pessoas e nem sequer tinham chegado ao colégio, o ponto de encontro que ficava a poucos passos da feira, o destino final. Era lindo fazer parte disso. Uma coisa linda para fazer com a filha. Caminhar com milhares de pessoas, ir até lá e ser uma gota em uma grande cachoeira. E ainda assim ela tinha uma sensação — uma sensação que a impedia de participar plenamente. Ela sentia necessidade de proteger. Kai estava preocupada com Mari e com a coalizão, como sempre ficava nas grandes manifestações, mas principalmente depois de Vroom Vroom; isso a impedia de estar presente. *Agora!*

Ela viu Nile passar por Marta até ficar ombro a ombro com Mari. Ele sorriu para ela, e, quando ela sorriu de volta, parecia que o sorriso em sua boca era mais algo que fazia para ele do que alguma coisa que vinha dela. *O que queremos?*

Kai pensou no pai de Mari, Shareef, e em tudo o que poderia ter acontecido se ele estivesse na vida dela. Era uma espiral de pensamento que seu terapeuta lhe disse explicitamente para refrear, mas era nessa possibilidade que ela estava pensando enquanto o grupo continuava caminhando em direção à escola. Ela olhou para o homem do bumbo, vários metros à frente deles. Os braços ao lado do corpo, a cabeça erguida no ar. Uma mulher com mechas verdes trançadas no cabelo segurava a baqueta e tocava o tambor enquanto ele descansava. *Justiça.*

Estava claro que se aproximavam do destino inicial. Vozes no megafone ditavam instruções e comandos, incentivos e os principais gritos de guerra. *Quando queremos?* Uma energia que vibrava começou a pulsar e a crescer à medida que as pessoas se concentravam mais. Os gritos se misturavam, grupos diferentes protestavam, anunciando suas esperanças com suas vozes. Havia um sentimento de comunidade que não poderia ser facilmente capturado. Pisar forte no chão, protestar com o corpo. *Agora!* Era especial e necessário. Nem sempre a ação mais eficaz e, para alguns, cansativo. Mas, para Kai, era rejuvenescedor. Lembrar que não estavam sozinhos, que eram legião. Isso a fazia sentir um poder que não sentia em nenhum outro lugar. *O que nós queremos?* Estar entre todas aquelas pessoas diferentes, de diferentes estilos de vida, estar lá com a filha, que tinha se tornado uma jovem brilhante e focada apesar do trauma inicial, apesar de suas ansiedades. Kai era quem o comitê diretor da Coalizão pelo Fim da Neoescravidão procurava para a maioria das coisas, mas Mari, muito claramente, era o coração da organização. *Justiça.* Muitas vezes era Mari quem oferecia leituras para eles, era ela que estava disposta a se envolver com a difícil questão da liberdade e todas as suas implicações, mesmo as mais óbvias e desagradáveis, a questão dos encarcerados violentos e continuariam a ser violentos se tivessem chance. E Kai tinha a chance de fazer aquilo de que mais gostava com sua filha. *Quando queremos?* Ela não empurrou Mari para uma vida de preocupações, de defesa ativa da abolição, mas a acolheu com entusiasmo. *Justiça.* Mas se perguntava, às vezes, se acolher e empurrar não eram a mesma coisa para alguém como Mari, cuja mãe e pai passaram a maior parte da vida encarcerados.

Agora!

Nile esbarrou gentilmente na pessoa à frente. As pessoas pararam de repente.

"Desculpe, desculpe", disse Nile.

"Tranquilo", a mulher respondeu. *O que queremos?*

E, quando Kai ergueu os olhos, olhou primeiro para a filha e depois para o que a filha estava olhando. *Justiça.* Estavam atrasados — ou chegaram na hora certa? *Quando queremos?* As mulheres que se tornaram a base do movimento caminhavam bem à frente deles. *Agora!* Passando por elas na faixa de pedestres, os policiais militares que os cercavam e as outras pobres almas forçadas a participar daqueles insidiosos jogos de assassinato.

Estavam saindo da escola em direção à feira. Os manifestantes os aplaudiram. Mari observava Thurwar de perto, e Kai poderia jurar que Thurwar não só captou o olhar de Mari, mas que correspondeu. *O que queremos?*

Arco de balões

Estavam acostumados com multidões, embora geralmente não desse tamanho. Mas foi a energia, a maneira como gritavam os nomes que fez Thurwar lembrar como era sua vida. Ou seja, nunca houve um tempo em que tantas pessoas, que se importavam sinceramente com eles, estivessem por perto nessa quantidade. Isso tornava impossível esquecer que eram alvo de um grande e inacreditável mal. Tinha tanta gente ali, e na presença daquelas pessoas Thurwar se sentiu parte de algo enorme, algo terrível que poderia levar a algo bom.

A polícia militar abriu caminho para que eles andassem em direção à feira. As pessoas vestidas de preto não pretendiam tocar nela e a maioria não tirava fotos. Mas diziam o nome dela, o nome de Staxxx, o nome de todos da Cadeia, com uma ternura que doía ouvir. Isso a fez lembrar quem ela era antes de tudo isso. Quando seu nome significava que estava sendo reconhecida por quem era, e não pela mercadoria que havia se tornado. E esse lembrete trouxe consigo uma profunda compreensão da Monja e de todos os outros Elos que perderam a vida em batalha. Geralmente, quando Thurwar pensava na morte, pensava nela como um castigo merecido. Mas essas pessoas, essas pessoas gritavam tão alto não só que ela não merecia morrer, mas que não merecia nenhum aspecto do que sua vida havia se tornado.

O suicídio fazia parte da cultura do PEJC, embora não fosse publicamente chamado assim.* Quase nunca acontecia durante a Marcha, ao ar livre, que tinha pelo menos potencial para um dia ensolarado e um pouco de paz, ou em meio à adrenalina das batalhas em que os Elos se matavam. Embora isso também acontecesse. Havia os Arsons Johnson, as Monjas Melancolia. Arson Johnson ficou famoso por ser a primeira morte de Melancolia no Campo de Batalha. Ele se ajoelhou e recebeu o golpe de Hass Omaha quase com alegria. E, anos depois, Melancolia fez praticamente o mesmo na frente de Thurwar.

Mas, apesar da brutalidade da Marcha, era nas estadias mais domésticas nas Cidades-Conexão, antes das lutas do Campo de Batalha, que a maioria dos Elos escolhia se apartar de si. Era quando voltavam a uma vida mais parecida com a de um civil. Quando a sobrevivência é difícil, alguma coisa em você implora pela tentativa. Quando é fácil, é completamente diferente. Thurwar pensou nisso saindo da escola, tomando cuidado para deixar Staxxx liderar o caminho, embora ficasse logo atrás dela.

Liberdade para Hamara, liberdade para Loretta!, a multidão gritou.

Thurwar, dominada por um espírito que não ousou sufocar, deu um soco no ar e a multidão gritou mais alto. Mais uma afirmação de uma verdade que Thurwar tentava não deixar se aproximar demais: ela era um ser humano torturado. Isso era verdade antes de ela ingressar no PEJC e se tornou mais verdadeiro a cada momento de sua vida nos últimos três anos. Doía

---

* Suicídios são a principal causa de mortes evitáveis entre prisioneiros. De 2001 a 2019, o suicídio explodiu nas prisões nos EUA. Nesse período o número aumentou 85% em prisões estaduais, 61% em prisões federais e 13% em cadeias locais.

admitir isso, embora fosse algo que nunca poderia esquecer. Mas ela nunca tinha visto a verdade que viveu sendo afirmada tão claramente por pessoas de fora das Cadeias.

E agora, para completar a tortura, iam pedir que ela destruísse sua pessoa favorita. A pessoa que a manteve no mundo. Thurwar se deixou levar pelas vozes da multidão. Deixou a esperança delas fluir em suas veias.

Os oito policiais militares ao redor deles, quatro na frente e quatro atrás, pisavam com rapidez e precisão. Outra bênção das Cidades-Conexão era a doce ilusão de privacidade. Nas cidades, os HMCs raramente eram vistos. A exclusividade das Cidades-Conexão dependia da ideia de que "você tinha que estar lá", e por isso, nesses momentos entre o Circuito e antes do Campo de Batalha, os Elos não estavam na tela.

Estavam caminhando em direção a um parque no meio da cidade. Ela queria que Staxxx desfrutasse do amor que estava recebendo, queria que Staxxx a amasse, queria continuar a amar Staxxx, e queria lhe dizer que em breve iam pedir que matassem uma à outra. Ela não conseguia decidir o que queria mais.

Então Thurwar a viu. No meio de todo esse sentimento e energia. Era a garota. Como se fosse invocada pela força do ar. Como se a verdade tivesse aparecido fisicamente para levá-la a agir. Como se a energia bruta das pessoas ao redor de Thurwar tivesse se manifestado na presença da jovem. Ela estava parada nas linhas brancas da faixa de pedestres. A mesma mulher que entregou a Thurwar o bilhete que lançou sua vida nesse novo terror solitário. Ela estava lá como um presságio. Thurwar manteve o ritmo e acenou para ela. Uma mulher a quem ela era grata, mas que também odiava, por roubar dela a felicidade da ignorância.

Thurwar fez questão de não se virar nem indicar de qualquer outra forma que tinha visto alguém importante. Alguém que ela conhecia de uma forma estranha e delicada. Havia olhos por toda parte, mesmo sem os HMCs flutuando. As pessoas estavam sempre observando.

Ela pensou na mulher, a portadora da verdade, e percebeu que seu brilho, que havia colorido os sonhos de Thurwar na semana anterior, havia desaparecido. E concluiu que talvez mesmo se a odiasse, podia amá-la. Havia uma razão para ela ter aparecido novamente agora. A própria Thurwar era seletiva com a verdade. Ela a encenava, dava luz a ela, disponibiliza-va-a para si mesma quando necessário e, às vezes, a arquivava completamente. E a escondia com força nas brechas de sua mente. Mas não havia como destruir o que era verdade. Mesmo assim, seguia seletiva e era boa nisso. A prova era a vida dela. Continuou em frente, não se afastara de si mesma como tantos outros em sua posição fizeram quando tiveram a oportunidade.

Havia uma massa concentrada e ainda crescente de pessoas no centro, onde havia uma feira. Havia um arco de balões tão alto e acolhedor que Thurwar ficou um pouco enjoada ao vê-lo. Azuis e verdes de tom pastel, brancos e dourados, eles balança-vam na brisa enquanto um DJ tocava uma música que o mundo conhecia como a música de introdução de Staxxx. Eletrônica e brilhante, mas também melódica e profunda.

Seguiram pela calçada em um espaço que as pessoas pode-riam ter descrito como pitoresco. Thurwar se concentrou em Staxxx, que parecia tentar fazer tudo à sua volta caber em sua mente de uma só vez. Ela olhava para um lado, depois para uma árvore, ria de um esquilo subindo em um tronco como se aquele bichinho fosse seu e ela estivesse feliz por encontrá-lo. Atrás dos dois, Randy e Sai caminhavam sorrindo, as ondas da energia de Staxxx passando por ambos. Água Podre também sorriu, anima-do por estar perto de outras pessoas. E, por último, havia uma enorme congregação, seguida por uma onda negra, cantando alto a ponto de nunca poder ser ignorada.

A vida deles sempre foi estranha. Todos os dias passavam coisas cruéis e incomuns, mas com os gritos por libertação vibrando atrás deles e o cheiro de pipoca soprando da feira que se aproximava, Thurwar sentiu um novo tipo de pavor. O fim do que tinha sido sua vida estava logo à frente.

"Prisioneira Thurwar, Prisioneira Stacker, vocês duas ficam na estação um, Deane's Creams", disse um dos homens com armadura. Como sempre, a polícia tinha equipamentos que sugeriam guerra, e não barracas de algodão-doce. Equipamento que só fazia sentido se estivessem esperando que outros policiais armados de forma semelhante se revoltassem repentinamente e se voltassem contra eles. Quatro dos policiais militares restantes haviam voltado para a proteção de metal erguida ao redor de toda a feira. Os manifestantes, ao perceberem que não seriam autorizados a entrar — o preço oficial naquela manhã era significativo e devia ter sido pago antecipadamente —, inundaram o perímetro. Agora, atrás da proteção de metal, erguia-se uma segunda barreira formada de pessoas vestidas de preto. Enquanto isso, os fãs dos Superstars dentro da feira compravam algodão-doce ou examinavam tomates, fazendo de tudo para fingir que isso era normal e que não havia mais de mil pessoas ali, protestando a metros de distância.

"Entendido", disse Thurwar, e olhou para Staxxx.

"Nós", disse Staxxx, e isso fez o coração de Thurwar dançar um pouco. Então Staxxx olhou para o policial e disse: "Será que tem algum sabor vegano? Tenho intolerância a lactose."

"Eu sei", disse o oficial com um sorriso. "Literalmente todo mundo sabe que você é pescetariana e não pode comer nada com lactose."

"Só falei porque ia ser uma merda de Serviço Cívico me deixar numa barraca de sorvete o dia todo sabendo que eu não posso comer nada", disse Staxxx.

"Acho que você vai ficar devendo uma pro seu estômago. Aposto que pegaram tudo fresquinho, direto da vaca", disse Rico.

"Nunca fique devendo uma pro seu estômago antes da batalha", disse Staxxx, e ela poderia muito bem estar conversando sobre o tempo. "Essa é uma dica profissional." E então, com uma velocidade vertiginosa, ela se virou para dar um soco na barriga de Rico. Pouco antes de fazer contato, porém, reduziu a velocidade de seu punho a nada, e sua mão mal tocou nele antes de se voltar para os homens de armadura. "O Água Podre se deu bem aquela vez, não é, cara-de-atum-passado?"

"Verdade", disse Água Podre, o rosto iluminado.

Thurwar absorveu o momento. Os pequenos momentos de Staxxx. A maneira como ela se comportava. Quando estava se sentindo bem, não tinha ninguém como ela. Quando estava se sentindo mal, era igualmente especial. Uma pessoa tão livre apesar de tudo. Staxxx lembrava a qualquer um que tivesse a sorte de vê-la que havia partes de um ser humano que nunca poderiam ser acorrentadas.

"Certo, já deu." O oficial falou alto, para tentar lembrá-los de que estava no comando, embora isso fizesse parecer exatamente o oposto. Sob o escrutínio dos manifestantes, que ainda inundavam a área circundante, os policiais pareciam interessados em provar que eram bons homens, que não eram o inimigo e, no entanto, não poderia haver outro inimigo além deles. Eram eles que tinham armas. Na rua oposta, mais dois tanques da polícia se movimentavam. O som deles suavizou a boca do oficial chefe, que se transformou em uma linha calma.

"Stacker e Thurwar, sigam por ali agora, até a estação um. Ou vocês precisam de uma escolta?"

"Não precisa, eu acho", disse Thurwar. Elas deixaram o grupo e caminharam em direção a uma mesa coberta com uma toalha que tinha seis potes de sorvete. Havia uma grande placa na frente onde se lia DEANE'S CREAMS em letras vermelhas extravagantes. Um homem, uma mulher e duas crianças já estavam esperando na frente da mesa.

3B NÃO É PRA MIM. 3B NÃO É PRA MIM. 3B NÃO É PRA MIM.

Os gritos estavam por toda parte.

Thurwar estava sozinha com Staxxx, ou o mais perto disso que poderia pedir. Ela segurou a mão de Staxxx por um momento antes de soltá-la.

Elas caminharam sobre a grama macia e, quando chegaram a poucos metros dos policiais, foi como se o feitiço tivesse sido quebrado e a gravidade à qual seus corpos se acostumaram tivesse sido reativada. Um perímetro mais estrito para os movimentos foi estabelecido, embora seus pulsos ainda estivessem no verde.

Um garotinho caminhou na direção delas, seguido de perto pelos pais, que sorriram calorosos e tímidos.

"Você é a maior de todos os tempos", ele disse num tom definitivo para Thurwar. Depois se virou para Staxxx e disse: "E você é a terceira maior de todos os tempos".

"Jimmi", disse o pai do menino.

"Uau, na minha própria cidade natal?", Staxxx disse, piscando para os pais. Mais gente se reuniu em torno delas. A sensação de estarem cercadas era familiar para ambas. Staxxx soltou um suspiro exagerado. "Quer saber, tudo bem. Todo mundo tem direito a uma opinião", Staxxx disse rindo. Os pais olharam para ela com gratidão.

"Nós... nós realmente somos grandes fãs seus. Sempre fomos. Lembramos quando você foi pra cima do Xavier. Torcemos muito pra você", disse a mãe. E Thurwar pensou nesse absurdo familiar. Como isso era enfatizado com tanta força pelas enormes multidões ao redor.

"Autografa meu martelo?", o garotinho perguntou para Thurwar. Ele estendeu um martelo da marca Materiais da Vida^R, do tipo que pode estar em qualquer caixa de ferramentas. A sugestão de que isso poderia de alguma forma ser como Hass Omaha foi um insulto, mas o insulto foi recebido com um sorriso. Ela já havia assinado muitos cabos de borracha antes.

"Claro, tem uma caneta?"

"Eu tenho!", disse uma pessoa diferente, que não era daquela família, e ficou claro que aquela grande multidão tornaria a curta caminhada até a barraca de sorvete uma jornada. "Mas por que a gente não deixa elas fazerem o que vieram fazer aqui, pessoal", disse o homem. Ele usava um avental marrom onde se lia DEANE na frente. "Por que você não dá o autógrafo do pequeno Jimmi e depois a gente deixa os outros passarem pelo estande?"

"Tudo bem", respondeu Thurwar. Ela pegou a caneta dele, escreveu "LT" no cabo e o seguiu com os olhos em meio à multidão.

A feira agropecuária

Randy Mac estava no caixa de uma barraca de queijo orgânico que pertencia à fazenda de uma família Amish.

"Parece que participar desse evento seria meio contra as regras ou algo assim?", Mac disse. Ele cheirou os queijos. Uma fila se formou em frente ao estande, com os holofones das pessoas prontos para gravar. Randy sabia por que estavam participando: dinheiro.

"E é", disse o homem barbudo, e aí ele sorriu.

"Diz. Diz aquilo que você diz", pediu o primeiro homem da fila, que devia ter a idade do pai de Randy. Ele apontou um holofone.

TODO DIA UMA DEVASTAÇÃO

"Não", disse Randy, e entregou ao homem um queijo redondo.

"Vá se foder", disse o homem, sorrindo enquanto gravava o vídeo mesmo assim.

A esposa do fazendeiro veio de trás da barraca com uma cabra que aparentemente estava dormindo.

"Você está de brincadeira?", Randy perguntou, olhando a cabra.

TODO DIA UMA DEVASTAÇÃO

A cabra era bonita. Ele se ajoelhou e acariciou a cabeça dela. "Ela é linda."

Sai Eye fez limonada. Elu trabalhava diante de uma pilha de limões e limas que chegava até a cintura. Os donos da barraca de limonada eram um casal jovem, de pele pálida e cabelos castanhos. Pareciam até irmãos.

"Preciso saber o que estou vendendo", disse Sai Eye, tomando um gole de um copo de papel. "Certo, certo. A parada é boa."

"Obrigado", disse o casal em conjunto.

TODO DIA UMA DEVASTAÇÃO

Já tinha uma fila de vinte pessoas. Por ter participado de vários dos tais Serviços Cívicos, Sai Eye sabia o que estava por vir. Pessoas dizendo o que pensavam sobre sua identidade. Tantas opiniões nunca solicitadas. Os civis davam suas opiniões como presentes para Sai Eye Aye. Elu se acostumou com isso. Sai Eye decidira há muito tempo aceitar a aspereza com uma risada.*

"Antes de começar, a gente só queria agradecer por você estar aqui. A gente superapoia você e a coisa toda", disse a mulher.

"Então vocês querem me ajudar a escapar hoje? É isso que você está dizendo?", Sai disse, com seriedade.

"Não, não." O homem literalmente pulou para a frente na grama macia. "A gente só queria dizer que apoia cem por cento você e a sua identidade."

"Sem fuga então?", Sai perguntou, depois riu, aliviando a tensão. "Só brincando. Vamos vender limonada."

---

* Nos Estados Unidos a probabilidade de pessoas trans serem encarceradas é mais de duas vezes maior do que para pessoas cisgêneras. Mais de duas vezes maior. E pessoas trans racializadas têm mais probabilidade de ser encarceradas do que pessoas trans brancas. Os vulneráveis são alvo, de novo, sempre.

As pessoas não paravam de gritar, tornando tudo, a feira agropecuária e a presença dos Elos ali, ainda mais ridícula. Sai Eye podia entrar na piada.

Sai estendeu a mão no meio do grupinho e fez sinal para os outros dois fazerem o mesmo, como se fossem um time de basquete do ensino médio. "'Limonada' no três", disse.

Walter "Água Podre" Crousey estava, como sempre, surpreso por estar vivo. Mas a vida era algo que parecia grudar nele, apesar de todo o azar que também o perseguia.

Ele tomou um gole de uma garrafa de água. "Entendi, porque eu sou Água Podre", disse.

"Exatamente, só que a nossa água é boa", disse o jovem dono do estande.

Água boa, uma raridade para tantos. O nome dele era um lembrete de que, em alguns lugares, como aquele onde nascera, ainda era preciso lutar para encontrar goles de água potável, uma necessidade das mais básicas. Além disso Wright gostava do som.

"Certo", ele disse. E esperou. Por enquanto ninguém estava no quiosque de água além dele e do dono da barraca, que devia ter uns dezoito anos. A mesma idade de Crousey quando foi preso.

Dez anos atrás ele era inocente.* E agora não estava na mesma situação. Tinha matado. Engraçado como as coisas aconteceram. Ele tentava esquecer que foi preso à toa. Preso por ser pobre, por não ter advogado e por ser burro. Foi preso por assas-

---

* É estimado que entre 2,3% e 5% das pessoas encarceradas nos Estados Unidos sejam inocentes. Esse número representa cerca de mais de 100 mil pessoas. George Stinney Jr., mais uma vez, mais uma vez.

sinato e teve certeza de que descobririam que não era bem assim, não podia ser assim. No entanto, aqui estava ele.

O policial militar acompanhou Rico até seu estande. Montes de tomates brilhantes de vários tamanhos e cores. Em minutos, os clientes iam começar a pedir fotos. Será que as pessoas percebiam que ele estava apavorado? Essa era uma pergunta que ele se fazia desde o começo. Rico passou grande parte da vida imaginando exatamente isso. Olhou para Randy, que estava rindo e acariciando uma cabra. Sai bebendo limonada. Até Água Podre estava... bom, ele não estava fazendo nada, mas não parecia apavorado. Só perdido ou surpreso.

Por que sou tão covarde?, Rico pensou, enquanto limpava as mãos no moletom cinza. Havia uma energia que emanava do coletivo que os cercava, e isso o assustava pra caralho. Todo mundo ia ver o quanto estava apavorado, a não ser que ele provasse o contrário.

Rico sorriu. "Qual é?", perguntou para uma velha senhora branca e para a filha dela.

Elas olharam para ele.

"Tudo bem?", tentou de novo.

TODO DIA UMA DEVASTAÇÃO

A multidão gritava, se esforçando e pontuando cada sílaba no ar. Rico olhou para além da vendedora de tomates e de sua filha, na direção da multidão. As pessoas mais próximas do portão o observavam, carregando cartazes. A dissonância entre os manifestantes e o povo na feira agropecuária fez Rico querer sair do próprio corpo. Era uma dissonância que ele sentia no âmago. Eram todos humanos, e ainda assim tinham ideias completamente diferentes sobre o que humanidade significava.

"Estamos bem", disse a mãe.

"Os tomates estão ótimos hoje", disse a garota. E, quando falavam, os olhos brilhavam e as vozes quase trêmulas causavam uma grande onda de calma que percorria o corpo de Rico.

TODO DIA UMA DEVASTAÇÃO

Elas não sabiam que ele estava apavorado; na verdade, tinham medo dele.

"Deixe eu ver se está bom mesmo", foi o que disse. E sorriu, torcendo para que elas soubessem que ele sabia.

TODO DIA UMA DEVASTAÇÃO

Ice Ice Elefante. Era um homem, um guerreiro, um grande gladiador e um aliado sábio. Era um Elo nos Superstars da Cadeia. Isso era verdade.

"É um dia fácil", ele disse a si mesmo enquanto segurava um cone de papel perto da máquina que enrolava açúcar rosa.

"Ice Ice aqui com o algodão-doce", disse um jovem para seu holofone, provavelmente para as cinco pessoas que se importavam com o fato de ele estar transmitindo ao vivo.

"E aí", Ice Ice disse para o menino.

"Ai, caralho, Ice Ice Elefante acabou de falar comigo, pessoal. Insano", disse o garoto, ainda olhando para Ice Ice de relance enquanto falava para o holofone e seu reflexo elétrico.

Ice Ice deu um algodão-doce para uma mulher que roçou sua mão sem necessidade.

"Obrigada", ela disse. "Gostaria que você e eu pudéssemos sair daqui depois disso."

Ela não queria, mas era uma ilusão, uma oferta e uma piada, tudo ao mesmo tempo.

Ice não disse nada.

Ele olhou por cima do ombro para a mulher que administrava a loja de algodão-doce. A mulher que cuidava do caixa.

"Você está indo muito bem", ela disse.

✳

Se era assim que se sentiam, ele não entendia por que estavam se intimidando com os cartazes e os gritos.

"Isso é uma bobajada, não?", Gunny disse para o velho que estava inclinando uma cadeira de balanço tentando captar melhor os feixes de luz que atravessavam as garrafas de xarope de bordo logo atrás da barraca de artesanato em madeira para a qual Gunny tinha sido designado.

"Como é?", o homem disse, olhando para Gunny. Ele tinha uma barba branca grossa e olhos azuis penetrantes. Quase lembrava o Papai Noel, de um jeito cômico.

"Não faz o menor sentido vocês tentarem se divertir um pouco e essa gente estragar tudo."

Gunny gesticulou para os manifestantes, os mais próximos estavam cerca de dez metros à sua esquerda.

"Vão se foder!", Gunny gritou com eles.

TODO DIA UMA DEVASTAÇÃO

Papai Noel olhou para Gunny e Gunny viu um lento cálculo se desenrolar em seus olhos azuis. Gunny poupou-lhe do trabalho.

"Não estou brincando. Eu sei o meu lugar e lamento essa gente causando esse problema, achando que sabem de alguma coisa."

O sujeito ficou em silêncio enquanto levantava da cadeira de balanço.

"Quando a gente começar a vender, por favor, pare com os palavrões."

Gunny olhou para ele. Era meio doentio que o sujeito não tivesse medo. A maneira de agir como se estivesse lidando com algum estagiário e não com um cara que matou um monte de valentões pelo país todo.

Gunny inclinou a cabeça para trás e gargalhou.

Então as camisas pretas que estavam do lado de fora dos portões começaram a entrar. Os gritos e os cantos mudaram. E Gunny Puddles pensou: Finalmente. Pelo menos isso era alguma coisa.

"Meu Deus", disse Papai Noel.

"Meu Deus mesmo, porra."

Deane's Creams

Ele observava.

"Você tem alguma coisa sem lactose?", Staxxx perguntou ao oferecer um grande abraço a Melanie Deane, que sorriu e retribuiu. A pequena mulher desapareceu nos braços de Staxxx. Ela estava radiante quando Staxxx a soltou. Em seguida, Staxxx se ajoelhou para apertar a mão do filho de oito anos de Melanie.

"Meu nome é Jim", disse Jimmi.

"Super Jim", disse Staxxx imediatamente. "Que acha que eu estou em terceiro lugar."

Jimmi sorriu com o corpo inteiro.

Thurwar cumprimentou a mãe de Jimmi, depois ela e Staxxx se dirigiram ao outro jovem no estande, que não sorria nem um pouco. "Oi, bonitão", disse Staxxx, e Thurwar sorriu e ofereceu a mão, que ele aceitou sem o menor vestígio de alegria.

Tinha muita gente vendo tudo acontecer. Na verdade, o pessoal ouviu falar que tinha mais de oito mil visitantes não planejados do lado de fora da feira agropecuária. E ali dentro devia haver novecentos e trinta e um clientes pagantes circulando ao longo de quatro horas.

Mas agora, no início dessa sequência do Serviço Cívico, tinham chegado menos de quatrocentos. Isso era preocupante, claro. Era por isso que ele estava lá. Tinha muita gente assistindo, sim. Mas ninguém assistia como ele. A roupa dele foi selecionada pelo mesmo estilista que vestia os apresentadores havia anos, embora fosse muito mais simples e mundana do que aquela que um apresentador de luta usaria numa transmissão. A ideia era parecer exatamente o contrário de pronto para a televisão. Ele sorriu para si mesmo, os olhos escondidos atrás da escuridão brilhante dos óculos escuros. Já tinha visto três clientes diferentes vestindo exatamente a mesma coisa, e um quarto passava agora. "Isso é uma vitória", disse para si mesmo.

"O quê?", disse Rebecca, que estava na traseira de uma das vans da polícia militar.

"Nada", ele disse, tocando nos óculos, que também eram um dispositivo de comunicação bidirecional que o pessoal da Arc-Tech usou na última demonstração de produto. E foi aí que eles imaginaram que um grupo com um quarto desse tamanho fosse comparecer. Ele garantiu ao conselho que tudo ficaria bem e agora estava aqui para ver com seus próprios olhos dissimulados o tamanho da mentira que contou.

Sentiu a brisa em suas panturrilhas. Os óculos faziam conjunto com shorts cáqui, uma camisa polo azul-petróleo bem passada e uma faixa na cabeça que dizia *ThurWAR!* para completar. Ele estava parado no meio da multidão observando Thurwar e Staxxx se familiarizarem com as regras e regulamentos da Deane's Creams e uma única palavra lhe veio à mente. Uma única palavra estava na base da sua abordagem no trabalho, nessa arte que ele manifestou em tempo real para todo o mundo: elegância.

Chamava-se Mitchell Germin e era o diretor de conteúdo e gerenciamento de transmissão. Esse era o seu título, mas, para as pessoas da equipe, especialmente os assistentes de direção, como Rebecca, ele era um mestre na criação de ecossistemas de entretenimento elegantes e sustentáveis. E às vezes, como naquele momento, observando dois de seus cavalos premiados tentando ser bacanas com um adolescente carrancudo, milhares de lunáticos inúteis gritando ao redor deles, o trabalho exigia que ele se tornasse um espião.

Mas, quando não estava fazendo reconhecimento em solo, tentando medir a temperatura de uma cena, para ter certeza de que o produto não estava comprometido, ele era um homem que ajudava a orquestrar o programa esportivo mais elegante que o mundo já viu. Mais do que um programa esportivo — era o mais real dos reality shows. Os riscos eram tão profundos que o público estava literalmente viciado nos resultados. Mas isso sempre foi verdade. Ele fez duas coisas: introduziu os Pontos de Sangue, a moeda que agora tinha podcasts inteiros dedicados ao seu uso, e também percebeu que, quando se enfatizava o fato de que todos os envolvidos no Circuito dos Superstars eram criminosos, as empresas ficavam cada vez mais dispostas a anunciar. Depois que começaram a identificar cada Elo por seus crimes, suas mortes não tiveram mais o mesmo peso para os telespectadores. O segredo a ser resolvido em qualquer esporte de justiça criminal era separar o criminoso do humano. Quando os humanos viam outros humanos, se sentiam "mal" por quem havia sido triturado naquela semana. Quando os humanos viam um criminoso morrer, bom, aí era diferente.

"São elas mesmo! São mais altas do que eu pensava", disse um homem ao lado de Mitchell, com a voz cheia de admiração. Mitchell mudou um pouco a postura e depois falou.

"Um metro e oitenta e um e um metro e setenta e cinco, mas mais altas por causa das botas."

"É incrível mesmo", disse o homem. Ele tinha mais ou menos a altura de Mitchell, o que significa que ambos eram bem mais baixos que Staxxx ou Thurwar.

Aquele sujeito era um entre tantos. E aqui estava outro toque de elegância. Ele claramente sentia admiração e respeito por essas duas mulheres, mas também não se incomodava com o fato de que elas viviam à beira da morte. Sabia que o fato de se tratar de mulheres negras provavelmente ajudava; pesquisas de mercado descobriram que o público geralmente se preocupa menos com a sobrevivência dessa parcela. Para estar no centro da complicada relação entre adoração e ódio, ser desejada e ao mesmo tempo ser alguém que os outros viam morrer sem problemas, era preciso ser uma mulher negra. Thurwar e antes dela a Monja Melancolia ensinaram ao público os sentimentos que Mitchell queria que os espectadores tivessem por todos os Elos.

"Podemos ensinar ao nosso público quem deve ser considerado importante", ele dissera cinco anos atrás, na sua primeira reunião oficial com o conselho, cujo tema eram os crescentes protestos contra os esportes de ação. Os protestos eram comuns naquela época. Mas, desde que ele fora contratado, as manifestações tinham praticamente desaparecido. Isso foi, claro, antes do mês passado, quando aquela apresentadora safada desfez grande parte do que ele tinha feito.

Mas todos os problemas podiam ser resolvidos. O que ela fez foi como cagar num quarto que ele manteve limpo por anos. Agora Mitchell estava no processo de remover o fedor que ela deixou. Fazer as coisas voltarem a ser como eram, voltarem à nova verdade que ele nutriu e desenvolveu.

Mitchell se concentrou novamente na barraca, onde William e Melanie Deane faziam careta para o filho mais velho. Quando verificaram os antecedentes familiares, ele notou que o filho mais velho, William Jr., não participava ativamente nem assistia a nenhum conteúdo oficial do Superstars, o que praticamente garantia que ele e, por extensão, toda a sua família eram indesejáveis em termos de participação no Serviço Cívico. Mas William Pai anexou ao requerimento uma carta declarando o quanto isso significaria para sua família, contando que não tinha como pagar a faculdade do filho e dizendo que ter a ajuda de Elos certamente significaria que ele conseguiria fechar as contas do mês e mais um pouco, destinando o resto à promoção do potencial do filho — Mitchell sempre se considerou um homem de bom coração, e por isso permitiu que Staxxx e Thurwar fossem alocadas com a família. Era assim que ele estava sendo recompensado.

"Vocês não precisam ajudar. Acho horrível que estejam sendo forçadas assim", disse Bill Jr., alto o suficiente para que Mitchell ouvisse. A multidão de manifestantes se agitava perto de uma barricada a cerca de três metros e meio da família Deane.

Staxxx e Thurwar se olharam e depois olharam para o garoto. Thurwar se inclinou e disse algo que Mitchell não conseguiu ouvir. Ele amaldiçoou a decisão coletiva do Conselho do Jogo de não fazer gravações durante o Serviço Cívico. Tocou os óculos no lado direito.

"Ei, Rebeca", ele disse.

"O que foi?"

"Anote que é para reconsiderar o isolamento audiovisual do Elo durante o Serviço Cívico."

"Anotado. Algo mais?"

"Qualquer coisa eu vou dizendo." Deixou a mão casualmente no bolso.

"Junior, por favor, não dificulte tudo. Elas estão trabalhando para pagar as dívidas e acho que você deveria lembrar disso", disse William Deane. Ele olhou para Thurwar se desculpando e Thurwar encontrou os olhos dele. Era difícil dizer o que ela pensava. Mas todas essas interações, por mais indesejáveis que tenham sido, lembraram a Mitchell o ecossistema cheio de nuances que ele criara e o impulso sinérgico de um programa que agora era um pilar cultural.

Os minutos seguintes foram calmos, Thurwar e Staxxx conhecendo os sabores e recebendo um avental. Uma fila se formou à mesa, a mais longa do mercado.

Hamara importa! Loretta Thurwar importa!

Thurwar era o símbolo dele. Ela tinha elevado o patamar dos jogos. Ele sabia desde o início que as pessoas precisavam saber que uma vitória era possível. Não havia alegria como a da conquista, e ele entendia que os espectadores precisavam acreditar que era possível que seu Elo favorito vencesse, que alcançasse a Alta Liberdade. Então ele criou um menino de ouro, um ex-assassino que se tornou um assassino ainda melhor e se tornou um membro livre da sociedade. Eis Nova Kane Walker. Ele passou de assassino para o número sete na lista dos "homens mais desejados da América". Mas Thurwar estava prestes a fazer isso sozinha. Ela era crível porque era real.

Elegância era o jogo.

Porque essa era a última etapa. Ser invisível. A prisão não era sexy nem atraente. O Superstars da Cadeia era as duas coisas. O Superstars era aventura, liberdade. Eram mulheres bonitas que às vezes matavam pessoas que distribuíam sorvete. Era atraente e fácil de assistir ou era a experiência visual mais visceral já concebida. E, portanto, aqui estava ele. Um dos condutores, invisível para todos, observando as pessoas se reunirem para ver o que ele tinha feito e quem sabe tomar um sorvete.

"Não vou fazer parte disso", disse Bill Jr. Seus pais ficaram com as orelhas e as bochechas vermelhas. Bill Jr. se afastou da família e Mitchell pensou: Tudo bem. Ainda é uma vitória.

Mas aí Bill Jr. virou para a barricada atrás dele e avançou. Vaias altas e gritos de "vá se foder" choveram sobre ele. Ele aceitou sem hesitação. Junior gritou para a multidão de camisas pretas, encheu o peito e soltou a voz: "TRÊS B NÃO É PRA MIM!".

Os manifestantes explodiram em aplausos.

Ele escalou e foi puxado por cima da barricada. William Deane Pai parecia estar passando mal.

"Merda", disse Mitchell.

"O que foi?", Rebecca disse em seu ouvido.

"Merda."

Isso

Deane Jr. tinha saltado a barricada. Gritou algo para as pessoas mais próximas e elas o puxaram. As coisas estavam acontecendo em tempo real.

Deane Sr. correu até o filho, o rosto cheio de raiva. Esbarrou num cilindro de Dreamcream feito à mão e se atirou sobre o filho mais velho, que se esquivou do primeiro agarrão, com as costelas inclinadas sobre o metal, pressionando a barricada.

Nem pai nem filho faziam muito barulho, exceto grunhidos de movimento. O pai tentou outra vez alcançar o filho. O garoto se espremeu na multidão, com a mão estendida, dizendo: "Me ajudem". E os manifestantes o puxaram, bem na frente do pai, que o observou com um pavor que rapidamente se transformou em raiva palpável. Todo o seu corpo se contraiu enquanto ele gritava com o filho, segurando um dos tênis do menino nas mãos.

"Se você não voltar aqui agora..."

"Foda-se!", Junior respondeu também gritando, do outro lado da barricada. A multidão gritou junto com uma energia vitoriosa e renovada, mas também havia uma nova tensão irradiando pelo resto dos manifestantes e frequentadores da feira. Confusão sempre preocupava, ainda mais quando não estava claro o que estava acontecendo exatamente.

"Volte já aqui", disse o dono da sorveteria e, em sua raiva, frustração e constrangimento, recuou e golpeou a barricada com o punho, atingindo a têmpora de uma mulher que segurava um maço de sálvia. O soco deu origem a um ruído geral, uma pulsação súbita e singular. Um gatilho.

Existe um espaço no tempo em que a violência passa do imaginário para o físico — e se esse físico for enfrentado com mais físico, aí a violência pode se tornar tanto o veículo quanto a condutora de tudo o que vem depois, e o que escapou pode ser incrivelmente difícil de conter.

Mãos se ergueram. A barricada de cercas de metal interligadas caiu quando uma mulher saltou para a frente e atingiu o queixo do Deane mais velho com um soco. Os manifestantes invadiram a feira agropecuária. Alguns lutaram com Deane, outros seguiram em frente para não serem pisoteados. Os clientes da feira, por medo ou raiva ou por algum outro propósito, começaram a trocar socos e, claro, a violência cresceu e se espalhou. O vírus humano mais verdadeiro se multiplicou pelas massas. A violência assumiu o controle.

Os pais levaram os filhos às pressas para longe do centro, para a saída, que já não era uma saída, mas só mais um espaço para as pessoas passarem. Onde antes havia ordem, agora havia corpos correndo, se debatendo, parados, bloqueando. Manifestantes tentavam ajudar seus camaradas. Frequentadores da feira lutavam contra quem estava à frente enquanto tentavam escapar. Algumas pessoas pediam calma, para que outras resistissem à violência, mas o coro unificado acabou; nenhuma voz se destacava das demais. Agora tudo o que se ouvia em meio ao caos eram os comandos dos policiais, que gritavam nos alto-falantes dos tanques: "Todos os agitadores serão presos. Evacuem pacificamente".

Dentro da feira, preso na confusão, um policial militar derrubou um homem, que gritou: "Que porra você está fazendo? Eu trabalho para a PEJC".

O policial ajudou o homem a se levantar e lutar para encontrar uma saída enquanto o mesmo policial apontava a arma para uma mulher vestida de preto e disparava uma série de balas de borracha que explodiram na clavícula dela.* A munição quebrou o osso; ela gritou e caiu e vários manifestantes a puxaram para uma cabine de corpos. "Proteja nossa família!", gritavam. Esse foi só um dos muitos grupos que se formaram, cada um segurando um Elo da A-Hamm, como se os Elos fossem capitães de times prestes a entrar em campo. A mulher com a clavícula quebrada gritou aos pés de Sai Eye e Sai Eye se ajoelhou na muralha circular de braços e pernas ao redor delu e da mulher.

"Ei, gata, respira fundo, você vai ficar bem", elu disse, embora não tivesse a menor ideia se isso era verdade.

Em um outro amontoado de proteção, uma proteção forçada e um pedaço de resistência contra o caos, Thurwar e Staxxx agacharam-se nos poucos metros de espaço escavado pelas pessoas ao seu redor, que deram os braços em um círculo, protegendo-as. Nilo, Mari, Kai, dois outros membros da coalizão e mais alguns homens e mulheres. Thurwar tentava ficar de pé a cada dois segundos para olhar em volta e encontrar sua família, a A-Hamm.

"Vocês duas se abaixem. Vocês voltam depois que tudo acabar." O som de armas disparando acabava com qualquer calma que pudesse ter existido, mas ainda assim as palavras de Kai pa-

---

* Projéteis de impacto cinético, ou balas de borracha, tipicamente têm um centro de metal. A borracha é um componente menor. "Balas de borracha", que são usadas para "controle de multidões", muitas vezes resultam em deficiências permanentes ou morte.

ra as duas mulheres foram ouvidas. Thurwar se ajoelhou. Staxxx sentou de pernas cruzadas.

"E aí, o que vocês vão fazer depois daqui?", Staxxx disse. Ela teve que gritar as palavras para serem ouvidas em meio ao caos lá fora.

Thurwar observou sorrisos nervosos se formando. Todo mundo cercado pela brutalidade e possivelmente pela morte e Staxxx ali do lado tentando contar uma piada. Ser um Elo na A-Hamm era isso. Essas pessoas estavam tendo uma experiência exclusiva. Thurwar teria rido se não tivesse sido distraída pela jovem de Vroom Vroom. Ela olhou para a portadora da verdade.

"Só relaxar, talvez protestar um pouco mais, sabe. E você?", Nile disse com um largo sorriso. Seu sorriso: uma mentira que todos aceitaram com gratidão. Thurwar percebeu que aquele era o jovem que também esteve em Vroom Vroom. Ela percebeu, olhando para ele e para os outros, que nenhum deles sabia das informações que a jovem lhe dera.

"Parece bom", disse Staxxx. "Provavelmente vou ficar com esta linda senhora. Planejar a luta e essas coisas. Tenho que verificar com o pessoal do equipamento, fazer uns ajustes. Você sabe, o de sempre."

"Certo", disse Nile. Houve um grande estrondo. O grupo guinou bruscamente para a direita antes de se corrigir, deixando Thurwar e Staxxx no meio, intocadas. Mari olhou por cima do ombro. Plumas de fumaça branca se estendiam pelo ar em direção a eles.

"Por enquanto, estamos aqui", disse Mari, e o grupo concordou com acenos de cabeça. Thurwar olhou para a jovem e depois para Staxxx e se perguntou há quanto tempo ela não se sentia protegida por alguém que não fosse ela mesma e Hass Omaha, ou Staxxx e sua Perfídia de Amor, ou Crepúsculo e aquela espada da sorte dele. Percebeu que, se Mari não estivesse ali na sua frente, não teria dito nada. Teria preferido fingir. Ela sabia que, se o mundo não tivesse forçado esse encontro, teria deixado os dias passarem como se nunca soubesse o que estava por vir. Mas, ao observar a jovem, um terror mais profundo do que qualquer desejo irradiou pelo corpo de Thurwar. Ela não podia deixar outra mulher dizer a Staxxx que elas se encontrariam no Campo de Batalha. Thurwar puxou o ouvido de Staxxx para perto de seus lábios. Sentiu que estava se abrindo. Segurou o uniforme ridículo contra a grama porque tinha que segurar em alguma coisa e falou com Staxxx e só com Staxxx, sabendo que estava encerrando a parte de sua vida de que ela mais gostava.

"A próxima luta, depois da nossa luta em dupla. Vão fazer a gente matar uma à outra. Estão mudando as regras", disse Thurwar. "Depois que você virar Colossal, acaba tudo. Eles vão fazer isso. Se tiver dois Colossais na mesma Cadeia, eles vão ter que se enfrentar no Campo de Batalha. Vai ser na temporada trinta e três."

Thurwar era grata por saber que as pessoas aglomeradas ao seu redor não tinham como ouvir as palavras que ela depositou no ouvido de Staxxx, mas imaginou que a garota que lhe dera a verdade sabia exatamente o que ela estava dizendo.

Thurwar chorava, mais do que imaginava que ainda seria possível. Estava chorando não apenas porque algo se acabava, mas porque ela lançava esse novo mundo cruel sobre a mulher que amava. E então sentiu um arrepio de confusão quando Staxxx olhou para ela, não com severidade ou cinismo, mas honestamente, com os olhos e os lábios, e colocou as mãos em volta da orelha de Thurwar para que só ela pudesse ouvir essa história, e disse: "Deixa eu te contar o que aconteceu com o Crepúsculo".

Parte III

Partie III

Crepúsculo Harkless

No dia em que Crepúsculo Harkless deixou sua vida para trás, ele olhou para cima e viu os HMCs flutuarem rumo ao alojamento deles na Âncora.

Blecaute iniciado, disse a Âncora. E a A-Hamm aplaudiu. Era tradição aproveitar os Blecautes, contar histórias ao redor da fogueira com um vigor diferente. Tentar lembrar um ao outro quem eles eram. E foi isso que fizeram naquela noite. Ficaram muito tempo sentados ao redor do fogo; era quase certo que seria o último Blecaute de Crepúsculo na carreira de Elo e eles sabiam que ele os deixaria com algum tipo de discurso. Crepúsculo Harkless gostava de falar. Sempre foi assim.

"Está ficando tarde", disse a certa altura. Crepúsculo sorriu mostrando os dentes. As manchas grisalhas em suas costeletas grossas brilhavam contra a pele negra. Ele não usava couro como armadura, só uma camisa e um colete de couro marrom, e as calças cargo que ele chamava de calças-de-carregar-tudo, por ter todos aqueles bolsos. Todos os Elos da Angola-Hammond estavam reunidos à sua volta.

"Hora de dormir", disse Gunny Puddles, e começou a se levantar.

"Espera um segundo, senta aí", disse Harkless. E Gunny esperou.

A noite estava fresca com a escuridão, o brilho do fogo e a ausência de vigilância.

"Vocês sabem que estou me preparando para a próxima etapa."

"Alta Liberdade", disse Thurwar em voz alta.

"Alta Liberdade", ecoou a Cadeia.

"Finalmente liberto", Crepúsculo riu. "Estou aqui há muito tempo. Lembro agora da primeira vez que encontrei minha boa amiga aqui, que por acaso é a filha da puta mais malvada que já carregou um martelo. Incluindo a senhorita Monja, na minha opinião." Thurwar olhou diretamente para Crepúsculo e acenou com a cabeça em agradecimento.

"Alguns de vocês nunca viram uma fusão, mas vou dizer, na minha época, não era uma coisa fácil."

Staxxx viu os olhos de Thurwar manterem-se fixos e viu o sorriso de Thurwar perder a força. Crepúsculo segurou a espada nas mãos, olhou a lâmina, deixou a luz do fogo refletir nela e depois cravou-a no chão de terra.

"Chegamos aqui — eu, Furacão, Randy — numa Cadeia que já tinha uma ordem. Às vezes bastam uns Cabaços pra atrapalhar uma ordem como essa, mas um grupo como o nosso, uau. Eu era quase Ceifador na época. Era para ser uma explosão e foi. Porque não tinha só eu, Randy e a Furacão. Você lembra que também tinha o Joey Atônito."

A Cadeia fez um silêncio mais profundo. Crepúsculo sorriu, mas não riu.

"Joey Atônito era um Novato. Mais verde do que o meu jovem aqui." Crepúsculo apontou para Rico, que se endireitou ao ser citado. "Mais magro também. Vocês lembram do Joey Atônito? Vocês sabem que não foi o Micky que deu esse nome pra ele. Fui eu. Porque ele tinha aquela cara. Confuso por ainda estar vivo, confuso o tempo todo. Joey Atônito, lembram dele?"

Os Elos estavam quietos. Staxxx observou Thurwar. Os olhos dela estavam no chão.

"Lembram dele? Sei que vocês não vão esquecer."

"Eu lembro", disse Randy Mac.

"Boa", disse Crepúsculo. "Ele veio com a gente. Um fracote com uma expressão idiota no rosto quase o tempo todo. Esse era o Atônito. Vocês sabem que eu sou tagarela, então fiquei sabendo um pouco dele. Descobri que os pais moravam em Undrowned Lanier, um garoto sulista. Tinha sotaque em algumas palavras, mas acho que tentava esconder. Ele achava que parecia mais durão sem sotaque. De qualquer forma, Joey Atônito foi outro que participou da fusão. Alguém lembra o que aconteceu com ele? Nem todos vocês estavam lá, mas estou perguntando se vocês lembram."

O fogo dançou. Ninguém disse nada, mas Staxxx lembrava.

Crepúsculo riu no ar. "Ninguém lembra, né? Ele tinha um rosto achatado e uma cara confusa."

Os Elos ainda estavam esperando.

"Joey Atônito, Joey Atônito, vocês não lem..."

"Eu matei ele", disse Thurwar. Staxxx observou Thurwar levantar a cabeça. "Eu matei o Joey."

Crepúsculo saltou. A espada cravada na terra a seus pés. "Matou. Matou. Matou. Você lembra por quê?"

Thurwar olhou para Crepúsculo, os olhos brilhando de dor. Hass Omaha estava no chão ao lado dela. Há muito tempo a Angola-Hammond dependia destas duas forças, Thurwar e Crepúsculo, terem uma amizade fácil. Um vaivém tranquilo.

"Lembra por quê, Loretta?"

"Eu queria...", começou Thurwar. Staxxx tocou no joelho dela, mas Thurwar retirou a mão como se dissesse: *Vou fazer isto sozinha*. "Porque quatro."

"Porque quatro", Crepúsculo riu, e Rico Muerte e Gunny também riram de leve. Ice e Sai e Randy e o resto ficaram em silêncio. "O que tem quatro?"

"Porque quatro era demais", disse Thurwar, com a voz alta, embora vacilante.

"Quando você chegou, eu achei que quatro pessoas eram demais. Então eu disse que levaria três."

"Verdade. E o que eu disse?"

"Você disse que isso não podia acontecer, não enquanto fosse o responsável."

"E o que aconteceu depois?"

"Depois... depois eu corri e acertei nele. Na têmpora, enquanto estava de pé. Ele já estava morto. Mas bati nele de novo no chão, no mesmo lugar."

"E aí você disse..."

"'A única responsável aqui sou eu.'"

"Então 'quatro' foi o motivo pra você ter feito aquilo?"

"Fiz porque podia e porque trabalhei por algo que não queria que vocês destruíssem. Queria que você soubesse quem eu era. Acho que fiz aquilo porque queria que você visse quem eu era e como eram as coisas aqui."

"O que mais?"

"Fiz aquilo porque não queria ter medo", disse Thurwar. "Eu não queria que minha Cadeia tivesse medo de ninguém além de mim."

"Então porque você estava com medo. E essa não foi a primeira vez que você fez algo assim. Mandar alguém embora desta terra porque sentiu que precisava."

"Não."

Thurwar levantou, mas não se mexeu.

"Isso aqui é o Circuito, tem gente aparecendo morta o tempo todo. Estamos acostumados com isso. Se não for com a gente, seguimos em frente."

"Relaxe, Lore, só estou conversando. Mas a razão pra eu falar disso, a razão pra eu falar disso hoje, no meu último Blecaute, é: olhe quem está na sua frente agora. Essa história parece ser sobre outra pessoa. Parece que não dá pra acreditar que Loretta possa ser essa pessoa de quem a gente está falando. Mas eu vi com meus próprios olhos. O Joey morreu antes mesmo que pudesse tirar a confusão do rosto. E agora ela está prestes a ser a Grã-Colossal e nunca faria nada parecido. E eu não mudei ninguém. Caralho, eu tinha muito medo. Mas ela mudou e eu mudei e estou muito orgulhoso."

Crepúsculo Harkless saiu de seu lugar em frente a Thurwar e ficou cara a cara com ela.

"Loretta, você fez coisas terríveis, mas sinto orgulho de quem é agora. O que eu quero é que você veja o que fez e se perdoe." Crepúsculo a envolveu em um abraço; os braços dela estavam caídos. Ela fechou os olhos com força. "Se você puder se perdoar, vai fazer o que precisa, aqui e depois da Alta Liberdade." Ele soltou Thurwar.

"Essa é a verdadeira Alta Liberdade, droga. Se eu não tivesse roubado o que roubei e matado quem matei, droga, eu seria um pastor." Crepúsculo riu e olhou para o resto da Cadeia. "Você se perdoa, você conquista a Alta Liberdade. Isso é o que eu quero para vocês. Perdoem-se e aí podem começar a trabalhar com todos os outros. Façam isso por mim quando eu estiver fora, o.k.?"

Os Elos não disseram nada. Ficaram sentados em silêncio por um longo tempo.

"Vou pra cama", disse Randy Mac finalmente. Olhou para Staxxx, que acenou, dizendo silenciosamente que se juntaria a ele em breve. Thurwar viu isso e partiu para sua própria tenda, onde desapareceu rapidamente.

Os outros Elos, enfiados em suas tendas ou sacos de dormir, conseguiram dormir. Crepúsculo esperou junto ao fogo com Staxxx.

"Venha comigo, Hamara", disse Crepúsculo enquanto se levantava, puxando a espada do chão. Ele chutou um balde de água no fogo, libertando a escuridão de forma mais plena, e se afastou do Acampamento.

Staxxx pegou sua foice. Os dois caminharam no escuro, Staxxx só um ou dois passos atrás de Crepúsculo. Crepúsculo, que a protegeu nos jogos até chegar a hora de ela protegê-lo. Crepúsculo, cujos crimes deveriam ser imperdoáveis e ainda assim aqui estava ela, sua amiga. Chegaram ao limite do alcance permitido pela Âncora. O lugar onde o confinamento se transformava em atração magnética. Staxxx se encostou na parede invisível, que lentamente a inclinou em direção ao chão até que ela se reequilibrou ao recuar. Crepúsculo sorriu.

"Não perca isso, a parte divertida."

"Eu sou a parte divertida", disse Staxxx, e ela estava falando sério, mas também com medo. A expressão nos olhos de Crepúsculo a fez sentir como se estivesse vendo uma parte dele que nunca tinha visto antes. Uma calma bruta de verdade. Geralmente ele era jovial e animado, mas ela sempre sentiu que isso era algo que ele precisava invocar. Agarrou a haste de Perfídia de Amor e depois soltou. Colocou a arma no chão.

"Tem uma coisa que eu quero te contar. Uma coisa importante. Você sabe que tenho minhas maneiras de obter informações."

"Quais maneiras?" Era verdade que Crepúsculo sempre parecia saber um pouco mais do que todo mundo.

"Isso não importa agora, mas o motorista que tivemos nos últimos meses foi meu cunhado. Ele me contou uma coisa que eu acho que você gostaria de saber."

"O que é?" Staxxx não tinha certeza se queria saber, mas sabia que tinha que saber mesmo assim.

"Eu posso te dizer, mas só se você fizer algo por mim", disse Crepúsculo.

"Estou muito ansiosa, Crepúsculo, o que é..."

"Estou falando sério, Hamara. É importante. É sobre você e Loretta. Eu só preciso que você faça uma coisa por mim. Você faz isso?"

Staxxx e Crepúsculo estavam na beirada da área de confinamento em uma selva que o mundo não tinha o privilégio de observar.

"Faço."

"Eu vou te dizer e não posso desdizer depois, entendeu?"

"Diga."

Crepúsculo colocou uma de suas mãos grandes e calejadas no ombro de Staxxx. "Me desculpe por isso." Staxxx já estava chorando. "Depois que você virar Colossal, eles vão mudar as regras. Na próxima temporada, depois da próxima luta em dupla entre você e Lore, só vão permitir um Colossal por Cadeia."

Finalmente. Finalmente, a pior coisa possível tinha chegado. Finalmente encontraram um sofrimento que nunca iam superar. Ela escutou.

"Toda exceção precisa ser resolvida no Campo de Batalha. Estou contando porque, por mais louca que você seja, sei que consegue aguentar. A Loretta, não sei o que ela vai fazer. Ela guarda tudo e não sei quanto espaço tem para isso."

E, mesmo com sua vida estilhaçada diante de si, Staxxx sentiu o terror calmo de se separar de si mesma, de ver sua existência se desenrolar.

Crepúsculo pôs a mão na cabeça dela; deslizou os dedos pelos dreads e tocou seu couro cabeludo enquanto a abraçava.

"Obrigado por me avisar", disse Staxxx. Ela tentou afastá-lo. Queria encontrar Thurwar, mas ele não a deixou ir.

"Espere, Hamara. Por favor. Eu preciso de você agora."

Staxxx girou. Sua nova vida nascida dessa verdade repentina a estrangulou. "Não posso. Não vou."

"Eu sei que é impossível, mas também é óbvio. Do jeito que eles são. Eles não deixariam isso acontecer. Vocês duas já fizeram algo tão especial. Você mostrou que somos iguais a eles. Você lembrou que somos apenas pessoas, então eles tiveram que acabar com isso. E agora você tem que decidir o que fazer."

"Vá se foder."

"Sinto muito por isso. É um pouco egoísta da minha parte. Venho sendo egoísta há muito tempo."

"Vocês dois são a única família que eu tenho", disse Staxxx, querendo desaparecer. Ela podia fazer isso. Podia trazer o sono eterno. Era isso que ela faria.

Crepúsculo colocou em palavras os pensamentos dela, mas reivindicando-os para si. "Agora eu quero que você me mate", ele disse.

Staxxx empurrou-o de novo.

Ele a soltou e ficou ali com as mãos ao lado do corpo, um risinho, os olhos no chão.

"Estou pedindo. Preciso de ajuda. Se você disser que foi o Gunny, ninguém vai protestar."

"Eu me recuso", disse Staxxx.

"Eu sei que você não faria isso. Desculpe. Sei lá, Ham, estou desesperado aqui. Meu dia de libertação é o próximo Campo de Batalha. Não vou ver a nova temporada. E não vou sair para o mundo."

"O que você quer que eu diga pro grupo? Como posso explicar isso? Eu me recuso", disse Staxxx.

"Eu preciso de você, eu... eu só preciso de ajuda. Toda essa matança, mas de alguma forma não consigo."

"Que tal perdoar a si mesmo? E tudo o que você estava dizendo?" Ela entendia completamente, mas ainda precisava ouvi-lo dizer. "Por que você está pedindo isso agora?"

"Porque eu fiz o que tinha que fazer. Essa vida acabou pra mim."

Staxxx não estava satisfeita e a insatisfação era evidente no seu rosto.

"'Faça o que eu digo, não faça o que eu faço'?" Crepúsculo riu. Sempre conseguia rir. "Eu não vou voltar para lá. Você sabe o que eu fiz. Machuquei muita gente. Não sou o homem que eles lembram. Mas não tenho condições de provar isso. Simplesmente não consigo falar com minha filha sobre quem eu era. Não posso explicar pra ela quem sou agora. Desculpe. Não me perdoo. Não vou conseguir. E não vou forçar ninguém a pensar em me perdoar. Não tenho certeza se mereço. Mas não posso voltar pra fora. Eu quero o melhor pra vocês. Mas sei o meu limite. Então quero que você pegue esta espada e ajude a guiar minha mão. Eu te ajudo, mas preciso de ajuda também."

"Por que não deixar isso acontecer no campo?", Staxxx implorou.

"Não tenho coragem suficiente pra isso", disse Crepúsculo. "Sei que não é certo pedir, mas não tenho certeza se vou ter essa coragem no Campo de Batalha. Estou com medo de fazer o que sempre faço, matar como sempre fiz. Por favor, Hamara. Pensei sobre isso."

Esta era a vida dela. Seu propósito. Semear um tipo difícil de amor no mundo. Ela estava lá para ajudar as pessoas a fazerem coisas que elas mesmas não conseguiriam fazer.

"Você só precisa ajudar a guiar minha mão", disse Crepúsculo. "Não vou pedir clemência pra ninguém. Não quero que tenham que pensar bem de mim. Diga a eles que fiz algo para merecer isso. Eu simplesmente não vou voltar pra lá." Sorriu de novo e começou a chorar. "Eu não estou chateado. Estou cansado. Estou feliz por poder descansar."

Ele levou a espada ao pescoço.

"Por favor, guie minha mão", disse Crepúsculo.

E Staxxx foi para trás dele. Ele caiu de joelhos. A lâmina foi pressionada contra sua garganta. "Eu te amo", ele disse ao mundo, a Staxxx e à sua filha, a todos que ele tinha machucado e a todos que o machucaram.

Crepúsculo Harkless segurou a lâmina e Staxxx segurou os duros nós dos dedos dele. À medida que Crepúsculo puxou, Staxxx soltou. Ele atravessou a própria garganta e sua vida fluiu, fluiu para fora dele. E Staxxx o segurou pelo peito em vez de segurar a lâmina, porque sabia que o que ele queria e precisava era que alguém o abraçasse.

Gás lacrimogêneo

"Então você não matou o Crepúsculo?", Thurwar perguntou. Staxxx apertou a mão de Thurwar, que estava relaxada, e depois Thurwar apertou de volta com força. A verdade a magoou, mas Thurwar também teve a impressão de que estava ouvindo uma história que tinha esquecido. Uma história que sempre soube.

"Não matei? Eu não salvei ele", disse Staxxx. "Mas talvez eu tenha salvado outra pessoa. Se eu não tivesse assumido a culpa, alguém ia ter morrido por isso. Ele sabia o que representava para as pessoas. Não queria que soubessem o que ele escolheu. Eu estava guardando um segredo para ele."

"O que eu não entendo...", Thurwar tentou respirar e se esforçou, "... é por que você... o que eu tenho que ser para você confiar em mim? Por que não me contou isso?"

Ouvia-se o som de balas sendo disparadas contra os manifestantes, os homens que estavam atirando neles pediam calma. Todos choravam por causa do gás lacrimogêneo que os policiais lançaram sobre a feira.*

---

* Protocolo para a Proibição do Uso na Guerra de Gases Asfixiantes e Venenosos ou Similares e de Métodos Bacteriológicos de Guerra.
Assinado em Genebra, 17 de junho de 1925

O gás chegou ao grupo aglomerado e agora era difícil ver; respirar era sentir dor.

"Eu queria colocar em prática o nosso novo jeito de ser. Dizer pra você e pra todo mundo: 'Olha o que eu fiz' e pedir que me perdoassem. E vocês me perdoaram. Eu queria que eles vissem isso."

Thurwar sabia que "eles" eram os telespectadores. As pessoas que comiam pipoca enquanto os Elos morriam.

"Quero que você se preocupe comigo e não com eles", disse Thurwar, chorando, como quase todo mundo que restava na feira.

"Eu me importo com tudo", Staxxx disse.

Ela queria ficar chateada, mas as lágrimas e o momento a fizeram sentir algo muito maior que a raiva. Levou a mão ao pescoço de Staxxx e puxou-a para mais perto para poder beijar sua testa.

"Lamento que você tenha precisado fazer isso. Lamento que ele tenha pedido isso pra você. Lamento que ele tenha pedido pra você e não pra mim."

→ *Entrada em vigência em 8 de fevereiro de 1928*
Ratificação recomendada pelo Senado dos EUA em 16 de dezembro de 1974
Ratificado pelo presidente dos EUA em 22 de janeiro de 1975
Ratificação pelos EUA depositada junto ao governo da França em 10 de abril de 1975
Proclamado pelo presidente dos EUA em 29 de abril de 1975

Os Abaixo-assinados Plenipotenciários, em nome de seus respectivos Governos:
Considerando que o uso na guerra de gases asfixiantes, venenosos e similares, e de todos os líquidos, materiais ou equipamentos análogos, foi condenado com justiça pela opinião geral do mundo civilizado; e
Considerando que tal proibição foi declarada em Tratados dos quais a maior parte das Potências Mundiais é signatária; e
Com o objetivo de que essa proibição seja universalmente aceita como parte da Lei Internacional, tendo valor impositivo tanto para as consciências quanto para a prática das nações.

O gás lacrimogêneo foi considerado um "agente de controle de motins", o que o isenta da legislação contra guerras químicas. Assim, o gás é regularmente usado pela polícia contra cidadãos em ruas das cidades, apesar de ainda ser proibido em zonas de guerra.

Staxxx ouviu isso, tentou respirar e apertou a mão de Thurwar. "Nós", ela disse.

A maior parte da multidão tinha se dispersado. Só restavam pequenos grupos amontoados, protegendo os Elos, e os policiais militares e os fãs particularmente entusiasmados, que ficaram felizes em poder bater em alguém debaixo do manto do caos. Os manifestantes em torno de Staxxx e Thurwar tossiam, mas continuavam firmemente unidos. A polícia pediu por paz mais uma vez, enquanto avançava com os tanques.

Staxxx endireitou o corpo e examinou a cena. Contar a verdade para Thurwar foi dolorido, mas ao mesmo tempo revigorante. Ela se sentiu aliviada ao saber que Thurwar sabia o que estava por vir e que o fim delas não era um segredo que teria que carregar sozinha, que não tinha carregado sozinha. Ainda eram elas mesmo assim. Como um casal, eram cheias de desejos; isso não podiam negar.

As pessoas fugiam para o oeste e parecia que a polícia deixava. Atiravam nas costas de alguns com balas de borracha, mas estavam muito mais preocupados em limpar a área e recuperar os Elos. O lamento dos paramédicos que se aproximavam quase abafou o som do caos que se desvanecia.

"Acho que é uma boa ideia vocês irem nessa, hein?", Staxxx disse. Ela tocou Kai no ombro. "Cheguem bem em casa, certo?"

Kai assentiu e o grupo rapidamente se desmanchou. Staxxx tossiu alto e depois sorriu. "Obrigada", disse.

Mari estendeu um braço para baixo e viu as linhas nos pulsos de Thurwar. O controle instalado em seu corpo. Thurwar segurou-a pelo braço, chorando e tossindo. De pé, elevou-se sobre Mari e olhou para ela calorosamente, segurando sua mão. A da menina era pequena, mas não muito macia.

"Obrigada", disse Thurwar. "Significa muito."

Mari olhou nos olhos dela e disse: "Obrigada. Você conheceu meu pai. Sha... Crepúsculo. Obrigada por tê-lo ajudado."

Thurwar ouviu a mulher, essa jovem que Crepúsculo havia imaginado, esperado, sonhado e chorado. "Estamos todos com você. Meu nome é..."

"Marissa", disse Thurwar. "Ele falava de você o tempo todo."

"Eu sei", disse Mari. Staxxx assistiu e ouviu.

Então elas soltaram as mãos.

Staxxx e Mari compartilharam um olhar, as duas com os olhos cheios de lágrimas. Mari e a mulher que ela acreditava ter matado seu pai.

Staxxx começou: "Eu..."

Mas Mari se atirou sobre Staxxx antes que ela pudesse continuar.

"Seja o que for, está tudo bem." Mari abraçou Staxxx e Staxxx a abraçou de volta e elas choraram e, embora fosse difícil respirar, tentaram respirar uma à outra.

Os sons de tiros se aproximaram e novas latas de gás explodiram perto do grupo.

"É hora de vocês irem embora", disse Thurwar.

"Certo", Mari respondeu enquanto Kai observava.

"Obrigada", Kai disse a Thurwar. Ela acenou para Staxxx, mas não disse nada.

E então a família inesperada se dissolveu. Mari e a coalizão foram embora, movendo-se na direção para onde os policiais as conduziam. Thurwar olhou para seus pulsos, as linhas brilhantes, pensou na angústia que havia sentido. Pensou em como Staxxx tinha mentido mais de uma vez e como ela a amava da mesma forma, ou mais.

"Quer fugir?", Thurwar disse.

"Aonde você for, eu vou", disse Staxxx.

Elas caminharam vários metros até um lugar onde o ar parecia um pouco mais limpo e sentaram na grama para observar os policiais militares espancarem, conterem e espancarem novamente qualquer um que não tivesse evacuado a área. Os pulsos logo brilharam com um vermelho triplo piscando, o que significava que não poderiam se mover para longe nem se quisessem.

Olhos e pulmões queimavam.

"Tudo isso?", disse Thurwar, examinando os destroços. Ela viu que alguns policiais militares as identificaram e estavam vindo em sua direção.

"A gente é importante, sabe?", Staxxx disse. Ela apoiou a cabeça no ombro de Thurwar. "Já estive aqui antes. Achei que voltar ia me fazer sentir alguma coisa. E até senti, mas não como eu tinha imaginado."

"Qual é a sensação?", Thurwar perguntou, com os olhos fechados.

"Sinto que este lugar não é minha casa. Sabe, minha família não pensa em mim. Não estão mais aqui. Um morreu quando eu estava lá dentro."

"Eu lembro."

"A outra saiu, nunca mais foi vista, na cidade que sabia que a filha dela era uma assassina."

"O que mais?", Thurwar disse, o corpo congelado.

Staxxx esperou e disse: "Estou com medo, mas também meio orgulhosa? Olha tudo isso. Eles me ouviram. Ouviram a gente".

Thurwar assimilou o caos que levava seus nomes. Talvez tivessem ouvido.

Ela riu. "Espera um segundo, não é sua mãe ali?", perguntou Thurwar, apontando para o outro lado da feira.

Staxxx ergueu a cabeça e olhou para as pessoas enlouquecidas.

"Vá se foder", disse, sorrindo.

Thurwar ficou feliz em saber que mesmo naquele momento ela ainda conseguia colocar um sorriso no rosto de Staxxx.

"Mas e se ela estivesse aqui? O que você ia dizer?", Thurwar perguntou.

"Eu ia dizer: 'Mãe, essas pessoas me amam. Eu queria que você também me amasse'." Thurwar observou Staxxx pensando. "Ia dizer que fiz o que fiz porque aquele cara tentou arrancar uma coisa do meu corpo. Ia dizer: 'Mãe, eles vão me fazer matar a mulher que eu amo, porque acham que vai ser o maior evento de entretenimento da história da humanidade'."

A polícia dava choques de *taser* em qualquer um que ainda estivesse na feira. Corpos caíam, contorcendo-se. Alguns se levantavam, outros ficavam imóveis.[*]

"Por que você não me contou?", Thurwar perguntou.

"Porque depois que o Crepúsculo se foi, eu queria aproveitar você do jeito antigo. Que nem você queria. E porque uma parte de nós talvez já soubesse que isso ia acontecer. Nada tão bom quanto a gente pode existir aqui."

A polícia tinha reunido a maioria das pessoas que queria e foi na direção de Staxxx e Thurwar.

"Quero que você diga que está apavorada. Porque eu estou apavorada. Quero que você me diga o que fazer", disse Thurwar, e ela sentia tanta coisa ao mesmo tempo que já estava tentando reprimir o sentimento, porque para sobreviver ela precisava ser seletiva. Selecionar tudo. Mas isso ela botou pra fora na forma bruta.

"Você sabe o que a gente tem que fazer. Você vai viver. E eu também vou."

"Não. Diga exatamente o que você quer dizer." Thurwar estava desesperada. Elas só teriam mais alguns segundos antes de serem levadas para dentro de alguma van. "O que a gente vai fazer?"

---

[*] *Tasers* podem matar. Em 4 de janeiro de 2020, em Spring Valley, no distrito de Rockland County, em Nova York, Tina Davis foi morta pela polícia. Eles usaram um *taser* e ela morreu por causa disso. O nome dela era Tina Davis.

"Você sabe o que vai fazer. Não será destruída por eles. Não vou deixar você ser Influenciada de novo", disse Staxxx. "Você sabe a resposta, então me diga o que vamos fazer."

Thurwar deixou a sensação de ser esmagada se tornar seu corpo.

"Vamos lutar uma contra a outra. Vamos tentar."

"Exato", disse Staxxx. "Além disso, T, se minha mãe estivesse aqui, eu ia mandar ela para o inferno. E dizer que eu sou um campo elétrico e que fui eu que matei o Crepúsculo. E ele foi um dos melhores homens que eu já conheci. Que eu amo esta mulher aqui e que sou a Furacão."

E então os policiais militares puxaram as duas do chão e novamente havia um brilho roxo no pulso de Thurwar, e suas mãos foram forçadas a ficar unidas. Ela desejou ter Hass Omaha só para poder ter algo em que se agarrar além de si mesma. As duas foram levadas para a van, e Thurwar esfregou o ombro na lateral do corpo de Staxxx enquanto caminhavam e Staxxx correspondeu fazendo o mesmo.

A Lenda de Hendrix, o Escorpião Cantor de um Braço Só, e do Indestrutível Jungle Craft

Esperando numa van ele pensou na lenda que tinham se tornado. O tempo que passaram juntos. "Cantor, você está pronto?", disse o motorista. Cantor, você está pronto. O Cantor estava pronto. O Cantor não estava pronto nem de longe. Será que isso não era sempre verdade. Ele ouviu o sujeito, mas não tinha terminado de lembrar, e por isso ficou ali sentado e pensou nos lugares por onde tinham passado até chegar ali.

Naquela primeira noite, o Escorpião Cantor fez uma coisa peculiar. Puxou o corpo de um nazista para perto do corpo de outro nazista para que os dois pudessem descansar juntos para sempre. Ele lhes ofereceu alguma sobra de dignidade que os dois certamente não teriam lhe concedido se tivessem tido chance. Logo os produtores pegariam os corpos, então não havia necessidade de enterrar.

O sol estava descobrindo o céu mais uma vez quando Cantor se virou para o homem que tinha massacrado a maior parte da Sing-Attica-Sing. Ele estava dormindo na tenda de Bells e Navalha, um símbolo da força deles. Hendrix entrou na tenda hesitante, com o Aguilhão Negro, a longa e afiada obsidiana mortal que ele tornou famosa, em suas mãos. A lâmina entrou no lugar antes dele. Ele apontou a ponta afiada para baixo, perto do pescoço de Craft, perto do pomo de adão.

"Você não pode dormir aqui", disse Cantor. Ele chutou o ombro do homem e puxou a lâmina para trás para evitar que Craft se empalasse enquanto levantava. Os três olhos dos HMCs lançaram um brilho na cena, cada um ajudando o outro a entender melhor o que estava acontecendo. Cantor manteve a voz calma e baixa. "Você pode dormir lá do outro lado ou do lado de fora, mas não aqui. Faltam só algumas horas para a Marcha, mas aqui você não pode dormir."

Craft piscou para afastar o resto de sono. "Sim, senhor", disse. Então ergueu o corpo e saiu rumo ao amanhecer. Encontrou uma tenda que pertencia a um Eraser e sumiu lá dentro. Hendrix ficou mais alguns minutos no grande espaço da tenda, pensando em Bells e Navalha, em Oitenta. Eles eram uma boa família de gente ruim, como Oitenta gostava de dizer. Não demorou nada para sentir falta deles, e a falta que sentia era imensa.

"Senhor, por quê?", disse, e saiu para a tenda menor que ficava a poucos passos de distância.

Ainda naquela manhã, Cantor Hendrix voltou para o sol ainda nascente e para a grama salpicada de orvalho e olhou para o céu. O azul e branco lhe dava água na boca, como se seu corpo desejasse dar uma mordida nas nuvens. Logo, porém, os drones apareceram com as caixas de comida. Ele olhou para o fogo apagado muito tempo antes no centro do Acampamento. Craft estava lá, sentado, pernas abertas. Um largo sorriso apareceu em seu rosto quando viu Cantor e depois desapareceu. Hendrix voltou para sua tenda para pegar o Aguilhão Negro e viu Craft se endireitar. Cantor caminhou na direção dele e sentou na extremidade oposta das cinzas centrais.

"Você sabe onde está?", perguntou.

O rosto de Craft estava limpo, barbeado. A luz mudou seus olhos de cinza para azul. Sua pele pálida parecia esgotada e opaca, como se já fizesse muito tempo que ele não se expunha ao sol. Usava nas mãos as lâminas com as quais matara Bells, Navalha e os Erasers.

"Sim, senhor", disse Craft.

"Sabe, é? Você sabe que lugar é este? Onde é aqui?", Cantor perguntou.

"Aqui é o inferno", disse Craft. E, ao ouvir isso, Cantor, apesar de tudo, sorriu. E Craft sorriu também, embora seus olhos estivessem mortos, e logo o sorriso também desapareceu.

"Eu sei que você já disse isso antes, mas quem é você? Quem você pensa que é?"

"Eu sou um nojento de um estuprador filho da puta."

Cantor olhou para o sujeito. Quando percebeu que não estava satisfeito, Craft falou de novo.

"Meu nome é Simon J. Craft."

"Simon J. Craft. O que é o J?", Cantor perguntou. Ele bloqueou o sol que batia nos seus olhos e viu a carga de alimento flutuando ainda mais baixo. Quando Craft não respondeu, Cantor tentou outra vez: "O que significa o J?". Ele olhou de volta para o homem e viu que seu olhar estava disperso, procurando. As pupilas disparavam para a frente e para trás; ele se levantou e sentou em silêncio. Cantor mexeu os pés e apertou ainda mais a lança. "Não se preocupe com isso. Pode ser Jungle ou o que você quiser." Uma tranquilidade tomou conta do rosto de Craft. Uma tranquilidade que foi quebrada por um sorriso severo que desapareceu tão rapidamente quanto apareceu. "Até que Jungle é um nome bom pra um selvagem", disse Cantor, e então o primeiro dos drones deixou cair uma caixa atrás de Craft. Num piscar de olhos, Craft virou as costas para Cantor e apunhalou a caixa.

"Ô, selvagem", disse Cantor. "Para com isso." E Craft parou de se mover. Hendrix olhou para entender. Havia gotas de suco de laranja no peito exposto de Craft e uma camada de areia nas lâminas das mãos.

"Olha pra mim, ô, Jungle", disse Cantor. "Meu nome é Cantor Hendrix e, neste círculo do inferno, eu vou ser seu supervisor. Entendido?"

"Sim, senhor", disse Craft. Ele olhou para a lança preta e depois de volta para Cantor. Mas parecia sempre voltar os olhos para a lança.

Mais caixas caíram ao redor deles.

"A primeira lição é sobre como comer o café da manhã sem destruir a comida, que aqui no Circuito chega toda manhã mais ou menos no mesmo horário." Hendrix esperou por uma risada que não veio. Ele imaginou os fantasmas de seus amigos, esperando que entendessem por que ele estava ajudando aquele homem. Torcia para que estivessem além do ódio, onde quer que estivessem. Iam saber que Cantor odiava o homem à sua frente, mas também entenderiam que o homem estava sob sua responsabilidade. Hendrix não conseguia entender a si mesmo. Simplesmente sabia que, apesar de sua força, aquele homem parecia indefeso.

"Você entende isso, Jungle?"

Craft não disse nada.

"Não se preocupe. Você vai entender."

Esperavam que eles perdessem a primeira luta.

"Vai ter dois caras do outro lado", explicou Hendrix enquanto esperavam a abertura do portão da arena. "Vem comigo.

Quando soltarem tuas mãos, você ataca. Aqui, não tem problema matar. Aqui, você tem que matar. Vão ser dois deles. Somos nós dois contra eles." O barulho das multidões geralmente fazia o estômago de Cantor revirar, mas o projeto de treinar esse homem para a sobrevivência de alguma forma o acalmava. Craft sorriu, depois não sorriu, depois sorriu, depois não sorriu, e ficou claro que até ele estava nervoso. Até o selvagem sentia medo.

"Escute", disse o Cantor. "Qualquer pessoa aí fora que não for eu, você mata assim que puder. Entendido? Eu, você nunca ataca. Eles, você mata."

"Entendido."

"Certo, você vai se sair bem."

Quando questionado pelo apresentador do Campo de Batalha sobre as últimas palavras, Cantor disse: "Espero que vocês estejam orgulhosos do que fizeram com este sujeito do meu lado". Depois ele cantou "*Faz um tempo, John...*" antes de o microfone cortar para Craft.

"Você sabia que andam te chamando de Jungle Craft, senhor?", o homem loiro no céu perguntou.

"Meu nome é Simon J. Craft", disse Craft.

"Foi o que me disseram", disse o locutor com uma risada que foi compartilhada por milhares de pessoas. Depois libertaram os dois.

Cantor e Craft moviam-se em conjunto, como se estivessem se comunicando telepaticamente. Correram em direção aos homens enormes, os Irmãos Boulder, que balançavam suas correntes do outro lado da arena. Assim que os dois chegaram perto, uma corrente voou na direção de Cantor, que a desviou com sua lança, pisando na corrente para que o Irmão Boulder não pudesse puxá-la de volta. O grandalhão grunhiu e tentou recuperar a arma enquanto o outro Irmão Boulder atirava uma corrente em Craft. Craft caiu para a frente, a corrente passou longe, e então ele cortou o braço do primeiro Irmão Boulder, quase arrancando o braço todo de uma vez. O irmão gritou até seu pescoço ser atingido. Ele caiu com um baque no chão. O outro conseguiu puxar a corrente que estava sob o pé de Cantor e girá-la acima da cabeça, numa tentativa de manter os oponentes afastados. Craft observou e esperou, agachado, em busca de uma brecha. Boulder manteve os olhos nele e Cantor encurtou a distância, passando por baixo da corrente e esfaqueando abaixo do queixo do homem.

A multidão gritou e nasceu a Lenda de Hendrix, Escorpião Cantor de um Braço Só, e Jungle Craft.

Em uma longa Marcha, após muitos meses de parceria, Cantor Hendrix parecia estar cansado de cantar. Pessoas de todo o país sabiam os nomes deles. Tinham passado por muitas arenas juntos.

"Você sabe como conquistei essa vida assimétrica?", perguntou Cantor enquanto eles atravessavam a terra dura e calcinada. Era um dia quente. Cantor tomava providências para que Craft estivesse preparado para cada Marcha. Antes das lutas na arena, administrava os Pontos de Sangue para ele, ajudava com guardas, manutenção de armas e comida. A rotina havia se estabelecido e, embora ainda estivesse sujeito a acessos repentinos de choro ou riso, Craft ficava quase sempre em silêncio e fazia o que precisava fazer. Mas, ao ouvir a pergunta de Cantor, Craft olhou para seu companheiro de Cadeia e não disse nada.

"Jungle, perguntei se você quer saber como eu perdi o braço. Você quer saber?"

"Você perdeu um braço?", disse Craft.

E Hendrix riu por três quilômetros sem parar.

Naquela noite, eles ficaram sentados, suando juntos, no calor do lugar onde estavam, seja lá onde fosse. Hendrix atacava os mosquitos enquanto Craft detonava um hambúrguer de peru com mordidas fortes.

"Que tipo de louco você é?", Hendrix perguntou. "Conheço uns caras que passaram pelo Bastão Inf..."

Craft largou o hambúrguer e começou a implorar. "Por favor, eu sinto muito. Sinto muito."

Hendrix olhou para Craft, que estava chorando. Ele o observou por um bom tempo.

"Tudo bem, tudo bem, selvagem. Pode ficar tranquilo, você não precisa se preocupar com isso, tá bom?"

"Sim, senhor", disse Craft. Depois pegou seu hambúrguer da terra empoeirada e continuou a comer.

"Certo, me faz uma pergunta agora. Eu tenho voz, então vai em frente."

"Como você perdeu o braço?", Craft disse com a boca cheia.

Cantor jogou a cabeça para trás e riu de novo da lua que surgia, da Âncora acima dele, de sua vida, do país, deste mundo que fez dos dois o que eles eram.

Foi assim que ele ficou conhecido como "Indestrutível".

Eles estavam marchando fazia menos de uma hora quando Hendrix ouviu o barulho de vozes. No Circuito, vozes humanas desconhecidas significavam que a morte estava a momentos de distância. Ele tinha estado em dois Combates Coletivos, mas quase não participou, porque nas duas ocasiões Bells acabou com alguém logo de cara, encerrando o combate imediatamente.

"Jungle", o Cantor disse, "fique parado um pouco." Craft parou. "Quero que você vá na sua mochila e enrole aquela faixa de couro nos braços." A Âncora começou a se mover mais rápido à frente deles. Craft obedeceu. "Prenda o cabelo pra não cair no olho." Cantor prendeu o Aguilhão embaixo do braço, depois usou a boca para puxar uma faixa que estava em seu pulso e deu para Craft. "Vai rápido, fica perto desse troço. Não deixa ele te arrastar." Eles foram em frente, se preparando. Quando achou que Craft estava pronto, Cantor falou de novo, baixinho; a Cadeia Largesse State Pen já estava olhando para eles. Era uma Cadeia saudável de oito membros.

As duas Âncoras das Cadeias se encontraram no céu.

Combate Coletivo iniciando em trinta segundos.

"J, quero que você lute como nunca. Todo mundo que não sou eu vai tentar te matar. Entendeu?"

"Entendi", disse Craft.

"Beleza, então vamos ver se este é nosso último dia no inferno."

"Não é", disse Craft.

Yolker StashCash, que era o integrante com a melhor classificação da Cadeia LSP, segurava uma espada numa mão e um escudo com um sol nascente e cifrões na outra.

"Como você quer fazer, cara?", StashCash disse. Ele era careca e tinha o corpo musculoso. O resto da Cadeia também parecia forte.

Combate Coletivo em dez, nove, oito...

"Enfrento um a um quem vocês escolherem", disse Cantor.

"Não, não estou nem aí pra essa história de luta justa", disse StashCash. "Deixa a gente pegar o selvagem."

Combate Coletivo iniciado.

"Se for pra falar bobagem, nem vale a pena conversar", gritou Cantor do outro lado.

Combate Coletivo iniciado.

"Deixa a gente pegar o selvagem, a gente vai acabar com você, Cantor, meu pessoal acaba com você", disse StashCash. E Hendrix olhou para os oito homens e mulheres. Eles não estavam bem protegidos, mas tinham tacos e espadas, lanças, martelos e facas.

"Fica pra próxima", disse Hendrix. Então olhou para Craft e sussurrou: "Pega eles, Selvagem". E Craft saiu correndo, com Hendrix logo atrás dele.

As regras do Combate Coletivo exigiam o fim de uma única vida. Quando a luta acabou, Simon Craft tinha um ferimento superficial no lado direito do abdome e Hendrix torceu alguma coisa, por isso mancou o resto do caminho até o Acampamento. Ele também estava sangrando por causa de um corte raso no ombro que conectava o braço perdido. Mas os dois homens saíram do Campo de Batalha sem deixar vivo nenhum membro da Cadeia Largesse State Pen.

Nem um único novo Elo se juntou à Sing-Attica-Sing desde que Craft chegou. Meses se passaram. Parecia que estavam destinados a viajar pelo mundo sozinhos. Hendrix não tinha ideia de que isso se devia a um processo jurídico em andamento movido contra a divisão Sing-Attica-Sing do PEJC, afirmando que o estado mental de Simon Jeremiah Craft durante seu tempo na Cadeia punha em dúvida a alegação da instituição de que ele estava em pleno juízo quando se inscreveu para fazer parte do programa. O caso aguardava julgamento e, até que fosse resolvido, nenhum Elo poderia ser adicionado à Cadeia. Portanto, a lenda dos dois permaneceu.

Eles se sentaram perto do fogo depois de um dia de Marcha. Por mais de um ano, eram Hendrix Young, o Escorpião Cantor de Um Braço Só, e o Indestrutível Simon Jungle Craft. Quando estavam ali sentados, tão longe de onde se conheceram, ou talvez nem tão longe assim — o Circuito era um caminho sem começo nem fim e, às vezes, era um retorno —, Cantor disse a Craft para sentar-se na frente dele.

"Tire um dos seus Wolverines pra mim, pode ser? Sente bem aqui." E Craft sentou. Sentou em terra pedregosa. A Marcha os levou a um trecho de terra perto o suficiente da água para que ouvissem a maré noturna, embora não conseguissem ver nenhuma onda. "Me dá aí", disse Hendrix, e segurou a longa lâmina dupla entre os dedos. A pele de Craft ficou bronzeada durante a viagem, mas as faixas grossas em suas mãos, onde ele usava as armas, estavam tão pálidas quanto naquele dia sangrento em que ele apareceu.

Hendrix olhou para a arma e depois apoiou a lâmina na coxa para poder passar a mão pelo cabo e segurá-la como Craft. Craft sentou entre as pernas dele, olhando para o fogo, e Cantor sentou num toco.

"Você está pronto?", Hendrix perguntou.

"Sim, senhor", disse Craft, e Hendrix puxou os fios rebeldes do pescoço de Craft de modo que sua cabeça se inclinasse suavemente e seu pescoço pendesse para a frente. Hendrix levou a lâmina ao pescoço de Craft e começou a raspar cuidadosamente o cabelo desgrenhado. Enquanto fazia isso, cantou uma música.

"Ganhei muito dinheiro com vocês dois", disse o motorista. Eles diminuíram a velocidade, os pulsos ainda azuis. Um homem que fala sozinho se sente divino entre os silenciados. "Vou torcer por vocês", falou o motorista. Ele quer que a gente saiba que, de onde ele está sentado, nós já parecemos bem mortos, mas espera que a gente choque o mundo. O Homem de Um Braço Só e o Indestrutível. Já chocamos antes, nada impede que a gente consiga de novo.

"Muita gente torcendo por vocês, lembrem disso."

A van diminuiu a velocidade e já esqueci, porque lembrar é pesado e eu não tenho tempo.

Água Podre

Thurwar foi forçada a entrar no fundo de um espaço apertado junto com Água Podre. Aparentemente, ela estava sendo punida pelos policiais militares pelo caos que eclodiu e, por isso, a separaram de Staxxx. Agora seus joelhos estavam pressionados contra o acrílico no banco traseiro de uma viatura e Walter Água Podre olhava para ela.

"Não estou chorando", disse Thurwar enquanto chorava.

"Sei que não está", disse Água Podre. E olhou pela janela enquanto o resto da A-Hamm era empurrado para dentro de carros semelhantes.

Thurwar não conseguia ver exatamente onde estava Staxxx. Pensou que não faltava muito para o momento em que as duas seriam separadas para sempre. O choro era tanto que seu corpo estremeceu quando o carro entrou na estrada.

"Eu não deveria estar aqui", disse Água Podre, falando por cima do som abafado da tristeza de Thurwar. "Meu A é uma mentira. Nunca matei ninguém antes disso tudo."

Thurwar sentiu sua mente se afastar da tristeza sangrenta em seu peito. Ela não disse nada por algum tempo, depois: "Por que você assinou?".

Era uma pergunta com uma resposta óbvia, mas ela precisava da fuga, da distração.

"Assinei porque era inocente e estava cansado." Eles estavam todos tão cansados.

Thurwar olhou para Água Podre. Sem dúvida ele ia morrer em breve. Em parte, já estava morto. Ela o ignorava porque ele tinha virado amigo de Puddles e porque não tinha em si a vontade necessária para sobreviver ali. Sentia repulsa por ele ser tão inadequado. Também admirava o quanto era resoluto em sua incapacidade. Mas o fato de que ele de alguma forma tivesse conseguido quatro vitórias no Campo de Batalha era um insulto a tudo o que ela era.

"Meu caso é diferente", disse Thurwar. "Meu A é de verdade. Eu matei uma pessoa. Uma mulher chamada Vanessa. Ela era linda, doce. Eu destruí tudo."

Depois de ficarem quietos por um tempo, Água Podre disse: "Eu vi a Staxxx matar o Crepúsculo. No Blecaute. Eles estavam longe, mas deu pra ver".

Thurwar não disse nada.

"O Crepúsculo queria aquilo. Consegui ver. Foi ele que se matou, parecia que queria a ajuda dela. A Staxxx não fez nada, na verdade."

"Obrigada", disse Thurwar. O mundo passou pelas janelas.

"Por que você assinou?", Água Podre perguntou. Eles nunca tinham conversado tanto.

"Porque eu..." Thurwar pensou em todas as mentiras que tinha contado ao responder isso e em como a resposta verdadeira de todo mundo era alguma versão da mesma coisa. "Eu estava com muita dor", disse Thurwar. Ela olhou para Água Podre enquanto a cidade natal de Staxxx deslizava atrás dele. Olhou para o rosto dele, para o queixo mal barbeado, para os olhos claros, e viu os lábios enrugados se curvarem em um sorriso. Ele começou a rir, cada vez mais forte.

Thurwar observou, depois sorriu e também riu, tossindo um pouco.

"Pois é", ela disse.

E eles seguiram pelo resto do caminho, às vezes rindo, às vezes em silêncio.

O Regional

Thurwar lavou o gás lacrimogêneo da pele em seu quarto no Regional. Tomou uma ducha e deixou os músculos relaxarem no calor de um breve banho na banheira. Depois vestiu o pijama de seda estampado com martelos e recorreu ao console Compstreaming para assistir a lutas antigas e se preparar, como era seu ritual.

Primeiro viu os homens que ela e Staxxx enfrentariam juntas em dois dias, em combates antigos. Passou um tempo estudando os dois, como vinha fazendo desde que a batalha fora anunciada. Ela nunca tinha visto nada parecido. Thurwar sabia que precisaria de uma estratégia mais concreta, e se voltou para sua antiga luta com o Unicórnio Racine enquanto pensava no assunto. Assistiu a si mesma assassinando o Unicórnio Racine, viu como absorveu o fervor que as multidões lhe dedicaram depois da batalha. Thurwar sentou na suíte máster e lembrou como era ser a pessoa que ela estava assistindo na transmissão arquivada. Quase não mancava na época, a glória era um anestésico incrível.

Thurwar estava observando a memória da pessoa que havia sido. Uma pessoa que era ela. Uma pessoa que ela abandonou porque não combinava mais com ela. Uma pessoa que a levou ao lugar onde ela estava agora e que ela muitas vezes odiava.

"Eu te amo", Thurwar disse para aquela memória. Depois desligou a transmissão. As palavras pareciam sem emoção saindo de sua boca. O ressentimento que ela sentia por si mesma estava lá como sempre.

"Veja quem você era e pense em como vê essa pessoa hoje. Você tem que ser bondosa consigo mesma e..." Quem disse isso foi a médica que ficou sua amiga lá dentro. Foi uma bênção ter uma mulher como aquela como companheira de cela. Patty, com toda a sua suavidade, era dura o suficiente para não ser agredida pelas outras prisioneiras, e muitas delas a respeitavam. Ela dava aulas de ciência básica e oferecia aulas particulares de que Thurwar participava, embora não quisesse aprender ciência. Tinha ficado intrigada, porém, ao ver o quanto uma única mulher podia saber sobre o mundo, o corpo, sobre o que move as pessoas. A história era que, anos antes, a dra. Patty tinha incendiado o próprio laboratório. Lá dentro, Patty era gentil, alguém que muitas outras mulheres procuravam em busca de orientação. Thurwar não procurava Patty explicitamente dessa forma, mas a amizade delas mudou quando a médica conversou com Thurwar uma noite na cela enquanto Thurwar chorava na parte de cima do beliche.

"Obrigada, Loretta", disse a dra. Patty.

Thurwar não disse nada.

"Você tem sido supergentil comigo e vejo como tem feito para garantir que eu fique bem. Obrigada. Você é uma pessoa boa, Loretta."

"Não sou", disse Thurwar. Ela controlou o choro.

Thurwar prendeu a respiração, esperando ouvir algo além do barulho caótico, bagunçado e ininterrupto da prisão.

"Claro que é", disse a médica, numa voz que soava como o Caribe. "E, se você conseguir, deveria olhar para trás, ver as pessoas que você foi, essas pessoas que te fazem chorar toda noite, e lembrar que elas também precisam de amor. Você me entende?"

Thurwar não entendeu na época. Ela se sentia tão sozinha, tão completamente afastada de qualquer tipo de bondade.

"Você me..."

"Ela é uma assassina", disse Thurwar. "Essa pessoa que eu era matou quem eu mais gostava. Eu não amo essa pessoa que fui e nem teria por que amar."

"E eu estou dizendo que você precisa fazer isso, minha amiga. Loretta. E aquela menininha que veio antes da pessoa por quem você tanto chora. Você tem que amar essa menininha também. Ame até o fim. Aprendi que é o único jeito."

"E aqui estamos nós."

"Sim, estamos. E você está gastando seu tempo dedicando ódio a si mesma. Não faz sentido. Eu sei."

"Certo."

"Olhe pra isso."

Thurwar olhou, mas não conseguiu ver nada, exceto a perna da médica esticada ao lado da cama.

"Está vendo?"

"Sim", disse Thurwar.

"Esta é minha perna cortada." E Thurwar viu. Ela já havia notado antes de relance, mas não pensou muito naquilo. Um mosaico de cicatrizes e cortes decorava aquela perna de um jeito que deixava a pele de uma cor totalmente diferente entre a rótula e o pedaço de coxa que Thurwar conseguia ver. Naquela cela cinzenta e fria, Thurwar assimilou a prova da dor da médica.

"Por que você acha que eu fiz isso?"

Thurwar não disse nada.

"Eu estava me odiando por coisas que não conseguia controlar. Estava me odiando por não ser melhor. Me odiando por..."

"Não somos iguais. Eu tinha controle. Eu tive escolhas", disse Thurwar.

"E daí?", a doutora disse. "Aprendi faz tempo. Essa é a única coisa que não se negocia. Você tem que amar todas as pessoas que já foi e torcer pra ter uma chance de ser melhor." A médica puxou a perna de volta para a cama. "O que estou dizendo é que você pode se xingar o tempo todo, e o que isso te causa? Mas tente olhar pra si mesma e dizer 'eu te amo' e veja o que acontece."

"Eu estaria mentindo."

"Você já fez coisa pior."

Quando soube que Thurwar ia ser Influenciada, a doutora também chorou. E ficou muito atenta depois que Thurwar voltou para a cela. Pediu a ela que movesse os olhos, se esticasse para um lado e para o outro. Pediu que sorrisse, que franzisse a testa. "O que você está sentindo agora, Loretta?", a médica perguntou.

"Estou..." Thurwar começou, mas estava perdida em si mesma. Aquilo que ela antes pensava ser dor era só uma imitação barata. Na cela de dois por dois que chamavam de Buraco, Thurwar descobriu o que era dor de verdade, e a sensação ainda estava quente dentro dela. Um terror do qual tinha que escapar.

"Me disseram que vão fazer de novo", disse Thurwar.

"Loretta, eu sinto muito. Sinto muito", lamentou a médica, enquanto continuava a examinar a paciente. Ela mandou Thurwar avisar se sentisse alguma alteração cognitiva. Se o humor mudasse. E aconteceu. Ela sentiu uma desesperança, um desejo de acabar, de um modo que nunca tinha sentido.

"Estou indo embora", Thurwar disse na manhã seguinte. E a médica não tentou impedir, embora Thurwar a tenha ouvido abafar o choro naquela noite e na noite seguinte.

O hotel se chamava Regional e ficava mais perto da cidade onde elas iam lutar do que de Old Taperville. As primeiras noites nas Cidades-Conexão eram de lazer e relaxamento. Os Elos ficavam em uma ala fortemente vigiada. Thurwar e Staxxx, devido à classificação, em geral tinham permissão para passar as noites juntas, e seus quartos eram sempre adjacentes, Thurwar em um quarto de canto e Staxxx no próximo disponível.

Quando os Elos chegaram ao Regional, as algemas ficaram verdes e eles foram conduzidos individualmente para os quartos. Thurwar olhou para o seu, que contava com uma cama *king size*, uma garrafa de champanhe com gelo e um bilhete gentil do gerente.

Depois de assistir à antiga luta, decidiu entrar em sua caixa de mensagens no terminal da Holo Computing. Fazia meses que vinha se descuidando delas.

Prezada LT,

Só quero dizer que você é o que me faz seguir em frente todos os dias. Penso em você quando tenho que lidar com gente chata no trabalho, quando estou treinando na academia, literalmente o tempo todo, você me inspira. Mal posso esperar pelo dia em que você vai receber a Alta Liberdade. Tinha que ser feriado. Queria poder passar um tempo com você e com Staxxx. Ansiosa por tudo que vier de você. É assim que fico quando vejo você fazer qualquer coisa.

[1 imagem anexada]

Com amor,
W.

Olá, Sra. Thurwar,

Vi sua última luta e fico feliz que tenha sido fácil. Teve gente que ficou com raiva, mas eu não fiquei. Você é meu Elo favorito absoluto de todos os tempos, depois da Monja Melancolia. Acho que sou um de seus maiores fãs. Discuto na escola por você e nunca perco as discussões porque se você e o Raven Ways e a Furacão Staxxx e a Plyrolla Happs e o Quest Quest the Source e até o IJC e o Cantor estivessem todos na mesma luta, acho que você ganharia. Isso mostra o quanto eu acho que você é boa. Obrigado por ler. (Mesmo sabendo que você não lê a maioria das cartas porque tem gente que manda umas mensagens esquisitas.)

Você é foda,
Randy L.

Oi, Thurwar,

Tenho certeza que você ouve essas coisas o tempo todo, mas você é uma lenda. Sua existência iluminou o mundo, de verdade. Mando aqui meu apoio, meu amor e minha energia. E sei que não é sua praia, mas imaginei que talvez gostaria que eu lhe enviasse isso também. Hehe;)

[1 imagem anexada]

Todo seu,
A. Grower

Prezada Loretta,

Minha luta favorita de todos os tempos foi a luta do Unicórnio. Acho que foi aí que você mudou de patamar. Estava com medo? Aposto que sim. E isso que é legal em tudo que você faz. Mesmo que seja assustador, você faz. Vai em frente. Sinto falta daquela Thurwar. A Mãe de Sangue Rah-Rah. Você está ficando meio chata agora. É divertida quando luta, mas só isso. Faltam só mais algumas mortes antes da Alta Liberdade. Você não quer fazer que elas sejam especiais?

De:

Fã Preocupado

Senhorita Loretta Thurwar,

O coração da maldade é astuto e ardiloso. Imploro que você dê um passo em direção à justiça e abandone o seu coração de pecadora para que possa nascer de novo. Uma coisa é ter tirado vidas. A vida que foi elaborada perfeitamente pelo próprio DEUS, mas seguir vivendo como uma prostituta e Jezebel?! É uma afronta ao próprio DEUS. DEUS chora ao ver você usar sua fama considerável para promover a agenda dos homossexuais do mundo que querem impor sua tirania sobre todos nós. Você parece uma mulher razoável, apesar de seu passado insidioso, e eu, como fã de competições atléticas, percebi que é uma competidora de algum calibre. E talvez o próprio DEUS tenha abençoado você com o poder de livrar o mundo do mesmo mal que reside em seu coração. Escolheu ser Sodoma quando poderia ter sido Sansão! O próprio DEUS lançará você no fogo eterno. Você poderia ter encontrado a graça e ainda assim escolheu isso! Você trabalha tanto seu corpo, eu vi. É musculosa e forte, mas seu coração é fraco. Suas coxas estão bem trabalhadas e prontas. Mas sua mente é facilmente persuadida. Você escolhe mulheres. Temo pela sua alma eterna. Observo e rezo para que encontre um bom homem no Circuito com quem se deitar, em vez da lunática Hamara. Busque a luz, receba DEUS, e o próprio DEUS a libertará.

BUSQUE A SALVAÇÃO,

— Virtude Justa

LT,

Quero trepar com você até você não aguentar mais lutar. Acho que você ia gostar. Me avise se quiser?

[1 imagem anexada]

— PJ

Prezada Loretta,

Espero que esteja bem. Me sinto mal imaginando o que mandaram nas outras cartas que chegam com este lote, mas só queria enviar amor e luz. Esta é minha segunda mensagem para você. As coisas boas vêm em grupos de três. Você conheceu meu pai. Você é apoiada. Você é amada.

De:
Uma amiga.

LT,

Você é uma puta. Piranha preta do caralho. Aposto que quer isso. De nada.

[1 imagem anexada]

Bandido BigD

Querida Mãe de Sangue,

Ei. Espero que você ainda esteja bem. Foi uma semana maluca para nós dois! O Não Combate Coletivo? O que que foi aquilo? Eu disse pra minha mulher: "A Thurwar está pensando: 'O que que foi isso?'". Certeza que foi o que pensou. Pois afinal você é uma lutadora. Quero que chegue à Alta Liberdade. Já escolhi uma roupa pra usar no dia. Só sinto que quero que eles te respeitem o suficiente para entender que você é a Thurwar, não o Crepúsculo (RIP para ele, eu sei que era seu amigo) ou o Nova (esse eu quero mais é que se foda). Você é o bicho. Nesse ritmo, as viúvas da Melancolia não vão parar nunca. Cretinos. Eu via a Monja. Ela era ótima, mas você é melhor.

Independente disso. Vai em frente.

Desde a última carta, imagino que tenha lido muito mais dessas coisas do que deixa transparecer. Minha mulher, como eu disse, anda assistindo comigo. Ela adora. E isso é uma bênção. Obrigado. Quero que ela se abra comigo, sabe? Quero que experimente coisas. Gosto disso, com todo o respeito, a gente vê você e a Staxxx porque acho que isso abre a cabeça dela pra ideia do que mais a gente pode fazer pra apimentar o casamento. Acho que você pode ser a chave. Só queria dizer obrigado. E como estou assistindo uma transmissão antiga agora, dá pra você ver o tamanho da minha gratidão. HÁ-HÁ :)

[1 imagem anexada]

Abraço,

ILL Willy Wil

Thurwar,

Assassinos merecem morrer. VOCÊ merece morrer.

— Kep

Ei,

[1 imagem anexada]

Como é que é?

[1 imagem anexada]

Você Gosta?,

[1 imagem anexada]

Thurwar terminou de ver as mensagens. Tentou não pensar no conteúdo, deixando aquilo fluir por ela como água. Também sabia que sua reação às mensagens era monitorada e gravada, então mesmo tendo visto uma mensagem que era claramente da filha de Crepúsculo, ela desconectou o e-mail e clicou em páginas dedicadas a atualizações de armas e armaduras. Tentou receber o amor que Marissa havia enviado, tentou não imaginar ao que ela poderia estar se referindo. Ao invés disso, se concentrou nas próximas lutas. Thurwar usou uma boa quantidade de Pontos de Sangue para adquirir uma catana que seria entregue a Rico Muerte pela manhã. Ela precisava que ele recebesse a espada enquanto faziam o último dia de planejamento da luta, antes de qualquer trabalho e preparação individual. Também atualizou o plano alimentar de Rico para um nível básico que o faria parar de reclamar de pasta de amendoim e geleia.

Examinou as armas e os equipamentos e, quando ficou satisfeita com todos os Elos de sua Cadeia, saiu do computador e sentou na ponta da cama. Alguém bateu na porta.

"Rico Muerte está aqui para ver você", disse um dos guardas do outro lado da porta.

"O que é?", Thurwar gritou de volta.

"Eu só queria dizer, er... obrigado. Recebi as coisas que você mandou e quero que saiba que isso significa muito para mim e que vou cuidar de você para sempre." O som da voz de Rico fez Thurwar se levantar de onde estava sentada.

Ela abriu a porta.

Rico estava olhando para o chão. Seus ombros subiam e desciam.

"Chama Sansupurittā", disse Thurwar. "Era de um Elo forte. É uma boa arma. Faça com que ela seja sua."

"Sim, senhora", disse Rico. "Vou deixar você orgulhosa." Levantou a cabeça e olhou para ela, deixando as lágrimas caírem. "Juro por Deus, vou mesmo", disse ele. E Thurwar concordou antes de fechar a porta.

Dez minutos depois, outra batida. Staxxx.

Thurwar levantou rápido. O joelho reclamou com um espasmo de dor.

"Preciso de um tempo sozinha agora", gritou Thurwar.

"Sério?", Staxxx disse.

Thurwar ficou em silêncio.

"Brincadeira", disse Thurwar. E abriu a porta.

"Cretina", disse Staxxx, e então se juntou a Thurwar na cama.

Preparação

O espaço designado para a preparação deles era o campo de futebol "daqueles merdas do Turnwain Titans", Staxxx gritou assim que a van parou. Jerry, ainda com o mesmo mau humor, não falou muito, mas abriu o bagageiro da van para que pegassem as armas e uns pedaços de madeira para praticar.

Staxxx não demonstrava o menor sinal de cansaço, embora ela e Thurwar tivessem ficado acordadas até de manhã cedo, como se não soubessem que em breve seriam colocadas para lutar uma contra a outra. Elas se amaram profundamente durante a noite, saborearam o gosto do suor uma da outra. Acordaram e tentaram sentir como se não estivessem com medo.

"Velhos rivais", Staxxx explicou. Ela se esforçou, como sempre fazia, para manter o moral da Cadeia elevado durante as três horas de treino físico que tinham antes das lutas do dia seguinte. Ela e Thurwar sabiam o que viria, e fingir que tudo estava normal era uma distração bem-vinda. Um perímetro havia sido montado e um punhado de repórteres se alinhava nas bordas do campo de futebol, mas o espaço era dominado pelos policiais, pelo menos trinta deles, todos com aparato de segurança pessoal e armados.

"Rico, pegue a madeira de outra pessoa pelo menos uma vez", disse Staxxx, enquanto Rico olhava para os homens. "Mas, antes disso", ela continuou enquanto tiravam as armas do compartimento aberto, "temos uma revelação especial hoje." Os Elos — Sai, Randy, Ice Ice e Thurwar — esperaram enquanto Staxxx puxava da van uma espada com uma bainha vermelha brilhante. Água Podre via tudo um pouco mais de longe e Gunny Puddles agia como se estivesse desinteressado, embora também observasse.

"Rico, por favor, dê um passo à frente." E Rico se adiantou.

"Saibam todos que, neste dia, Rico Muerte se formou, tendo conquistado os corações e as mentes das pessoas, e agora deixa de ser o cara com um taco de golfe para ser o dono da — sei lá como pronuncia esse nome, mas dessa puta espada legal." Os Elos, até mesmo Gunny, aplaudiram rapidamente. "De joelhos, Cabaço."

"Não sou mais Cabaço!", Rico disse. Ele se ajoelhou.

"Então, como membro da ilustre e renomada Cadeia Angola-Hammond, você aceita a responsabilidade de sempre ajudar o time?"

"Sim, senhora."

"Não sou exatamente uma senhorinha, mas tudo bem."

Ela puxou a espada da bainha; brilhava ao sol da manhã.

"Você aceita os Superstars como família e promete fazer o seu melhor para não prejudicar outro membro da Cadeia?" Ela abaixou a espada e a repousou no ombro direito dele.

"Sim, sen... aceito?"

"Claro que aceita. E você jura seguir atacando, fazer tudo o que puder para chegar à Alta Liberdade?"

Ela levou a espada até seu ombro esquerdo.

"Pra caralho!"

"Então, neste dia, eu concedo a você, aqui na terra dos vis Titãs, a espada chamada..."

"Sansupurittā", concluiu Thurwar.

"Isso. Concedo isso aí a você, Vanier Rico Muerte Reyes. Você aceita?"

"Sim", disse Rico.

Staxxx embainhou a espada e entregou-a com as duas mãos a Rico, ainda ajoelhado. Todos os Elos aplaudiram; a maioria tinha passado por um momento semelhante e sabia o que significava ter mais chances de sobreviver.

Rico levantou. "Vamos nessa, porra!"

"Muito bem, três vivas para o menino que agora tem pelos no peito", disse Gunny Puddles. "Agora gostaria de trabalhar antes do sol se pôr."

A A-Hamm entrou no campo de futebol ensolarado segurando seus martelos, foices, lâminas, tridentes e todo tipo de forma de matar. Eles se alongaram e deram algumas voltas com as armas ao redor do campo. Thurwar certificou-se de que todos os Elos A-Hamm entendessem o peso de suas armas, o peso literal, enquanto se exercitavam, para simular uma situação o mais próxima possível da do Campo de Batalha.

"Vamos", disse Thurwar. E todos foram atrás. Thurwar criou um plano de trabalho para cada Elo. Usava Pontos de Sangue para comprar filmagens de seus oponentes e examinar os vídeos, investigando suas vulnerabilidades. Na noite anterior, ela e Staxxx também traçaram estratégias sobre como ajudar Rico a sobreviver ao fim de semana contra Rainfall Lolli, um Ferrão que definitivamente tinha potencial para Ceifador, e tentaram planejar a próxima luta de Randy Mac contra Raven Ways.

Todos fizeram questão de tratar Mac como sempre durante o treino, de rir ou não rir de suas piadas, de respeitá-lo com naturalidade e facilidade, pois todos imaginavam que aqueles eram seus últimos dias de vida.

E, mesmo sabendo disso, Thurwar e Staxxx trabalharam juntas porque a próxima luta seria tão difícil quanto qualquer outra que elas já tinham presenciado. Não podiam se preocupar tanto com Mac.

A viagem

Nile sabia que a mãe de Mari jamais o perdoaria. Ele não tinha certeza nem mesmo se seria capaz de se perdoar. Mas eles já estavam a caminho, avançando em direção a uma arena onde nada de bom poderia acontecer.

"Me conta de novo como você conseguiu esse ingresso?", ele perguntou. As luzes da rua brilhavam. Ele se afastou do volante, deixando a direção autônoma assumir as rédeas. Mari olhou pela janela; ele conseguia ver o reflexo dela na escuridão do mundo exterior. Ela não respondeu, o que não foi uma surpresa. Mari estava relutante em contar qualquer coisa a ele, mas Nile tinha carro e ela não, então agora os dois estavam no caminho.

"O que foi que você disse pra Kai mesmo?"

Ele sentiu uma pressão na garganta e no peito. O que ele mais queria no mundo era servir Mari da maneira que ela quisesse. No entanto, agora também queria dar meia-volta e deixá-la em casa e fingir que nunca tinha ouvido falar do plano dela.

"Por que importa o que eu disse pra ela?", Mari disse, ainda sem olhar para ele.

Ele pisou no freio, acionou o controle manual, encostou e desligou o carro.

"Mari", ele disse. Acendeu a luz do teto.

Finalmente ela olhou para ele, os olhos brilhando.

"Eu disse te amo, e boa-noite", disse Mari.

"Ela não sabe?"

"Correto."

O pavor que ele sentira pelo protesto em Old Taperville ainda era uma pedra dura em seu corpo, e agora ele estava ali levando Mari para algo muito pior.

"E você tem ingresso para a primeira fila?"

"Tenho. Do meu tio."

"E tem como fazer isso mesmo?"

"Tem. Eu fiz o dever de casa." Mari enxugou os olhos e deixou que ele visse que ela continuava pronta. "Vamos."

"Eu não quero fazer isso."

"Deixa o carro fazer então. Só sente e fique aqui comigo. Deixa o carro levar a gente."

Nile estremeceu quando a luz de um carro que passava os inundou e depois desapareceu.

"Você entende o que eu sinto por você, né?", Nile estendeu a mão e pegou a mão de Mari, esfregando o polegar no dela.

Mari respirou fundo. "Sim", ela disse. "Foi por isso que eu pedi pra você."

"Porque você sabe que eu me importo?"

"Porque eu sabia que você não ia dizer não."

Nile sorriu, esperando que o formato de seus lábios fizesse desaparecer a pressão que ele sentia no peito.

"E?", perguntou.

"E eu tenho que fazer isso. Tracy Lasser é uma pessoa só. Veja o que aconteceu. Se eu puder trazer um pouco dessa energia para o lugar de verdade, vou causar alguma coisa. Veja o que ela conseguiu fazer. Veja o que a gente fez com ela."

"Não tem motivo para acreditar que isso vai mudar alguma coisa."

"E você pode continuar pensando assim."

"Só estou dizendo..."

"Se você não vai me levar, é só dizer."

"Mari, eu..."

Mas, antes que Nile tivesse tempo de terminar, Mari se inclinou e deu um beijo nele. Ela pressionou o corpo com tanta força no de Nile que ele foi para trás. Ela se afastou e olhou para a frente. Estavam em silêncio.

"Agora liga essa merda de carro e deixa ele levar a gente até lá", Mari disse depois de um tempo.

E Nile entendeu que, com ou sem ele, ela iria.

"Não", disse Nile. "Eu dirijo."

Na manhã

Na manhã de sua última luta em dupla, Thurwar despertou em uma cama *king size* com a mulher que amava nos braços.

Staxxx se eriçou quando Thurwar acordou.

"Ainda não", disse Staxxx.

"Não, levante", disse Thurwar, sentando.

Staxxx agarrou um travesseiro e mirou na cabeça de Thurwar, mas Thurwar agarrou o pulso dela antes que pudesse atacar.

"Ah, não, você é tão forte", disse Staxxx.

Thurwar jogou a cabeça para trás e fingiu que ia dar uma cabeçada em Staxxx, mas diminuiu a velocidade para beijar a testa dela.

"Eu sou", disse Thurwar. Ela rolou e deitou ao lado de Staxxx. Sua disposição para começar o dia na hora certa havia desaparecido. Tudo o que queria era fechar os olhos e ficar para sempre exatamente como estavam.

Na manhã da luta em dupla, Staxxx acordou depois de dormir mal. Ela tinha consolado Mac por algumas horas em seu quarto antes de deixá-lo e tentar dormir na cama de Thurwar, mas teve um sonho estranho, que era mais uma sensação do que outra coisa que pudesse expressar facilmente em palavras. Sombras, luz e imagens espelhadas. Sentiu seu discurso de últimas palavras pré-luta chegando. Queria dizer ao mundo algo que as pessoas lembrassem. Queria instigar as pessoas a serem a melhor versão possível de si mesmas.

Thurwar estava de pé e pronta cedo, como sempre, e Staxxx tentou fazer com que ela dormisse mais um pouco. Para sua surpresa, Thurwar reclinou seu corpo de novo na cama por pelo menos mais alguns momentos. Ela estendeu a mão e tocou em Staxxx.

"Você sabe do meu joelho, né?", Thurwar perguntou.

"O que tem seu joelho?", Staxxx disse, embora fosse evidente que sabia. Mas ela queria ter certeza do que Thurwar estava dizendo.

"Está pior agora. Consigo me mexer. Mas é uma fraqueza. Uma vulnerabilidade. Não sei se alguém já percebeu."

A luz era pálida e suave, filtrada ainda mais pelas persianas finas do hotel.

Staxxx se virou e olhou para o lado do rosto de Thurwar na cama, e então Thurwar se virou para que pudessem olhar diretamente uma para a outra.

"Você está falando isso por mim ou por nós ou por você?", Staxxx perguntou.

"Por nós", disse Thurwar. "Ou por você? Não sei."

Staxxx franziu a testa.

Na manhã da luta em dupla, Cantor Hendrix sentiu uma dor tão profunda e real no braço perdido que saiu da cama para rezar pedindo perdão. Ele rezou pelo homem que tinha matado simplesmente por amar uma mulher que ele também amou. Rezou pela mulher cuja grande desgraça foi conhecê-lo. Rezou por cada alma que entregou ao Jungle e por cada alma que Libertou com seu escorpião negro. Rezou pelos silenciados em Auburn e pelos silenciados nas celas do mundo todo. Por todos os sufocados pelo medo de outros homens. Rezou por todos os executivos que não tinham ideia do que estavam fazendo e pelos que entendiam perfeitamente. Rezou por Simon J. Craft, que tinha sido quase totalmente eliminado, mas que continuava lá, tremeluzente, mas brilhante. Rezou por si mesmo, por uma resposta para tudo o que tinha feito. Rezou para entender seu propósito. Agradeceu a Deus por lhe mostrar que sua vida não tinha sido em vão. Ele não sabia para que tudo aquilo servia, mas sabia que não era em vão. Agradeceu a Deus pela dádiva de saber que merecia a vida.

Na manhã da luta em dupla, Simon Craft acordou depois de sonhar com um rapaz. Um homem que estava com raiva por causa da dor. Que mudava de bálsamo em bálsamo para aliviar a dor que o perturbava. Ele viu o homem quebrando coisas, quebrando mulheres e crianças, homens. Odiava o homem, queria matá-lo.

Acordou em lágrimas num quarto onde não se lembrava de ter estado antes. Estava assustado. As paredes gritavam. Estava com medo, a dor espreitando por toda parte como uma sombra. Mas lembrava do próprio nome.

Thurwar se perguntou por que contou aquilo a Staxxx. Talvez a verdade parecesse mais necessária agora que as duas estavam tão perto do lugar que imaginaram durante tanto tempo, ainda que Thurwar não tivesse imaginado que seria assim.

"Você é tão fofa, querida", disse Staxxx. "Você realmente acha que precisa me ajudar. Quer que eu te mate?"

"Eu só não quero esconder nada. Você sabe do meu joelho. Você sabe como eu cheguei aqui, como foi minha culpa. Você sabe sobre a Vanessa e sabe sobre o meu joelho. Quero que você saiba exatamente quem eu sou."

"Ei, eu já sei tudo. Como é que eu não ia saber? Somos nós."

Staxxx ainda sentia a carga elétrica do sonho e de alguma forma isso a ajudou a dizer exatamente o que queria dizer.

"Mas você é fofa mesmo assim", ela disse. "Vamos comer."

E sorriu. Saboreou o momento, a dádiva de ela e Thurwar existirem no mesmo tempo e espaço, ainda que brevemente.

"Beleza", disse Thurwar. Parecia que algo nela havia sido curado, por enquanto. Elas se conheciam tão bem que a ideia de que Staxxx precisava saber de mais alguma coisa era absurda.

Hendrix Young, o Cantor, e o Indestrutível Jungle Craft chegaram à arena e encontraram suas armaduras e armas esperando por eles em um vestiário que pertencia ao time visitante. Ia ser a primeira vez depois de um bom tempo que eles não eram aqueles que as pessoas mais aplaudiam. Cantor sorriu para Craft, que sentou e esperou a orientação.

"Essas duas não têm fraquezas", disse para Craft, "mas também não são indestrutíveis. Só você tem essa honra."

Sentaram na sala fria. O som da multidão já fazia o estômago tremer. Cantor desenrolou um pedaço de couro. Craft estava com as calças de luta, as costas expostas, e a enorme letra E aparecia ao lado de quatro As.

"Deixa eu te preparar", disse o Cantor.

✳

Craft estendeu os braços na direção do Cantor, o anjo bom, que o envolveu na proteção.

"Você está pronto para fazer aquilo que nasceu para fazer?"

"Sim, senhor", disse Craft.

"Você é o Jungle selvagem, certo? Você é o Indestrutível?" Couro nos braços e no pescoço. Um protetor de peito, placas para as pernas. O anjo bom o envolveu em sua segurança.

"Você está pronto para isso?", Thurwar perguntou. Ela falou sério com Randy Mac, que estava numa das últimas preliminares, assim como Rico e Gunny. Randy enfrentaria Raven Ways e Thurwar tinha quase certeza de que aquele era o último dia de Randy sobre a terra. Ela sentiu uma profunda pena que guardou para si, como um último presente.

"Acho que chegou a minha vez, Mãe de Sangue", Mac disse calmamente enquanto entravam na van.

Ela não argumentou com ele, por respeito. Mac era um bom Elo, talvez ótimo. Mas Raven Ways era Raven Ways.

"Mas você conhece as deficiências dele", disse Staxxx.

Ela treinara com Mac nas últimas semanas e usara Perfídia de Amor para ajudá-lo a imaginar o comprimento e a precisão da alabarda de Raven. Ainda assim, sabia que era muito improvável que voltasse a ver Mac.

"Estou feliz por fazer parte da sua história", disse ele.

"Você é uma lenda", ela lhe disse.

Cantor se lembrou dos primeiros dias, quando recuperou sua voz. Tentou imaginar como teria sido sua vida se nunca tivesse assinado os papéis do diabo, e teve dificuldade de enxergar isso com clareza.

"Seja como for, eu continuo cortando carne", disse, e riu sombriamente.

"Eu também", disse Craft.

Hendrix sorriu.

Faz tempo, John,
Ele se foi faz tempo

O Anjo Bom canta e isso significa que a luta está chegando. Ele me mostra a pessoa e eu resolvo. Eu sou Simon J. Craft. Sou o tempo todo. A tarefa é matar. Eu mato. Eu canto com ele.

Como um peru no milharal,
Em meio aos pés altos de milho

Elas enrolaram couro em volta dos braços.

E na barriga. Toque os Xs dali primeiro. O A que parece um general no meio de uma legião de marcas no corpo dela. Tem como você sentir falta das pessoas que nunca conheceu, exceto para matar?

Proteja o pescoço.

Nós estamos vestidos para um grande inferno.

✳

Ouviu-se música. A de Randy, depois a de Raven. Depois, três minutos inteiros. Thurwar tentou pensar no que estava diante dela, não no que estava diante de Mac. Mais dois minutos. Depois a música de Raven e a dor.* Querendo ouvir alguma coisa, tentando não ter esperança, mas com esperança mesmo assim.

"Sinto muito", Thurwar disse para Staxxx.

"Ele já era uma lenda. Não vão esquecê-lo", Staxxx disse. Ela prometeu que ele seria lembrado. "Que ele desfrute de sua liberdade. Chupa, América." E Thurwar repetiu o que ela disse.

Staxxx iria marcá-lo junto com os dois que elas encontrariam em breve. Três Xs. Ela estava ficando sem espaço na pele.

Uma luta fazendo barulho antes da nossa. Hoje somos a luta principal muito esperada. A luta do século, dizem. Queriam que a gente esperasse no corredor. Explico pros caras que o Craft não reage bem perto de outras pessoas, só comigo. Então ficamos no vestiário.

Bem, meu John disse:
No capítulo dez,
"Se um homem morrer,
Ele viverá novamente"

---

* Randall "Randy Mac" McMorrison, trinta e dois anos. Baixa Liberdade.
O que eu estou dizendo é que tem prisioneiros demais para uma terra que diz ser livre. Matança demais. Conheci os melhores no buraco em que vocês mantêm os decrépitos, então chupa meu pau, América.

Jogue junto, Jota.

Jogue o jogo.

"Meu nome é Simon Jeremiah Craft."

"Sério mesmo?", diz o Anjo Bom.

Saímos em direção aos anjos gritando. Gritando por nós. Pedindo que a gente mate. Vou proteger o Anjo Bom.

Nós andamos.

Nós nos ajoelhamos.

Nós esperamos por uma chance de jogar.

O som das arquibancadas é pesado. Alguma coisa muda dentro de você, pensou Thurwar, saber que tem tanta gente esperando algo de você. Ela se perguntou o quanto tinha mudado nesses três anos, até onde tinha permanecido igual. Nenhuma parte dela queria matar hoje, e ela podia admitir isso para si mesma. Passou correndo pelo portão e entrou no que parecia ser uma arena de rodeio. Os torcedores num círculo acima delas, os mais próximos a menos de dois metros de altura. Micky Wright usava seu Camarote de Batalha para conversar. Thurwar caminhou até a Detenção. Ela se ajoelhou e esperou. Do outro lado, os dois homens estavam em silêncio. Cheios de expectativa, mas não de medo. Que grupo somos nós, pensou Thurwar. Respirou fundo.

"Chupa, América!", Staxxx gritou. Andou de um lado para o outro pisando forte na terra, prendeu o cabelo para trás e pegou Perfídia de Amor de novo. "Chupa, América!" O bordão dos bordões. A multidão explodiu. "Amo você, Mac." Um vendaval repentino, a tempestade se formando. "Querem que eu conte um sonho que eu tive?", ela perguntou. A voz dela, a voz de uma jovem deusa.

"Eu estava em um mundo de pura escuridão. Não conseguia ver mais nada. Tropecei por muito tempo, esperando por alguma coisa." Parou e o HMC à sua frente navegou pelo ar que saía dos lábios dela. "Então, depois de um longo tempo, vi um pontinho de luz, e corri na direção dele. Corri um monte e, quando tentei tocá-lo, a minha sombra engoliu a luz inteirinha.

"Mas aí fechei os olhos e tentei de novo, e eu estava num espaço de luz infinita com uma pontinha de escuridão, e soube que estava no mesmo lugar de antes."

"Muito bem, senhorita Stacker, por favor, gostaríamos de passar para a parte boa." Micky Wright, o mestre de cerimônias da noite, estava no pódio do locutor.

"Essa é a parte boa!" Staxxx riu enquanto se ajoelhava ao lado de Thurwar. Ela não podia simplesmente dar as respostas. A magia vinha de deixar o enigma incompleto, como fez. Deixar que penetrasse na pele. Um dia eles iam entender.

E aí a multidão paralisou.

Vinda do nada, uma mulher havia aparecido. Não um Elo, mas uma mulher com roupas inequivocamente civis. Thurwar olhou para ela junto com todo o resto do país.

A mulher era a filha de Crepúsculo, Marissa. E lá estava ela, no Campo de Batalha, segurando um cartaz que dizia:

ONDE A VIDA É PRECIOSA.

Shareef

Mari tinha passado pela segurança só com a carteira, uma caneta hidrocor e um cartaz verde-neon.

O segurança na entrada do portão C sorriu para ela, os dentes de ouro brilhando, e perguntou: "O que diz o cartaz?". Ela pensou que sentiria um pavor absurdo, mas em vez disso sentiu uma compreensão instintiva do que fazer. Desenrolou o cartaz, que tinha sido enrolado em um cilindro frouxo, e exibiu o papel neon em branco sem resistência. Ele olhou para ela, confuso, e ela enfiou a mão no bolso esquerdo da calça e tirou uma caneta preta e grossa. Agitou a caneta entre os dedos e esboçou um sorriso. "Eu estava com pressa", disse.

O sorriso foi correspondido. "Entendo. E agora talvez você tenha um pouco mais de tempo para decidir por quem torcer?", ele disse, rindo. E Mari riu também quando foi autorizada a passar pela barreira para encontrar seu lugar.

Mari viu que havia gente sentada nos assentos mais próximos do seu. Os homens e mulheres que talvez tivessem pagado centenas de dólares para testemunhar em primeira mão esse circo da morte eram, mais ou menos, pessoas normais. Eram sociáveis e conversadeiras, fizeram várias perguntas para Mari, que respondia como se estivesse tentando gastar o mínimo de energia possível com eles, o que era verdade.

"Primeira vez tão perto assim?", uma ruiva perguntou.

"Sim", disse Mari. Ela estava sentada na primeira fila e, se estivessem assistindo a um jogo de beisebol, que era o objetivo quando o estádio foi projetado, estaria perto da terceira base.

Para o Campo de Batalha, porém, uma pequena parede transparente foi colocada diante dos assentos, como numa partida de hóquei. Tinha só cerca de um metro e meio de altura, mas, enquanto ficavam ali sentados, eles assistiam através do vidro. E ela realmente estava assistindo. Viu Randy Mac ser atravessado por uma alabarda, e as pessoas ao seu redor gritaram em um misto confuso de júbilo e tristeza. Muita gente, inclusive a ruiva, chorou.

Mari se curvou sobre seu cartaz. Desenhou as letras grossas. Percebeu que estava chorando também e tentou não molhar a tinta preta.

"Para quem você vai torcer na luta principal?", o homem à sua esquerda perguntou. Ele estava lá com vários outros homens, que podiam ser seus irmãos ou primos. Eram barulhentos e todos tinham o mesmo rosto, a mesma maneira de falar. Foram criteriosos e precisos em suas observações e avaliações tanto do assassinato que acontecia na frente deles quanto de Thurwar, cuja imagem foi projetada de seus holofones, que eles passaram de mão em mão, cada homem avaliando-a como se fosse de uma banca examinando uma dissertação.

"Thurwar", disse Mari, olhando brevemente nos olhos azuis do homem antes de voltar para seu cartaz.

"Isso aí, a mulherada tem que se unir." Ele sorriu e Mari não. "Apostamos dinheiro no outro lado." Mari continuou escrevendo. Ela olhou para o cartaz. Isso lhe deu um lugar para onde apontar os olhos, deu ao medo um lugar de repouso. "A boa notícia é que um de nós está certo. Certo?", ele disse rindo.

"Claro", disse Mari.

Ela tentou fugir para dentro de si mesma. Havia uma energia gigante ali e ela tinha vergonha de senti-la tão claramente. Gunny Puddles matou um homem. Rico Muerte matou um homem. Havia uma sensação de grande adoração, podér e empolgação. Ela estava envergonhada por ver como aquilo era familiar. O segredo de Mari era que ela assistia ao *Vida de Elo* regularmente. Assistia para saber mais sobre seu pai, um homem que mal a conhecia. Viu como ele se saía bem, viu ele e Thurwar transformarem a Cadeia A-Hamm em algo diferente. Sentiu a sensação de ser amada toda vez que ele dizia o nome dela. Encontrou uma maneira de amá-lo durante aquele espetáculo horrível e agora estava bem diante daquilo tudo. Assistia ao homem que chamavam de Crepúsculo porque, embora ele tivesse morrido, embora tenha vivido longe dela, ele era dela.

Mari terminou e deixou a caneta no chão, perto do tênis.

Thurwar surgiu sem música e Mari ficou em pé junto com todos os outros para ver o ícone com o martelo na mão. A música de Staxxx soou e o rugido das pessoas fez os pelos dos braços dela se arrepiarem. Era impossível ignorar aquela energia. O corpo delas brilhava na armadura. Se não fosse real, seria lindo. Mas do jeito que era, era arrebatador, uma abertura que começava no peito e se espalhava pelo corpo.

Thur-WAR, Thur-WAR

Furacão Furacão Furacão Staxxx

"Em primeiro lugar", disse Staxxx. "Chupa, América!", Staxxx gritou. As pessoas também gritaram. A ruiva começou a chorar de novo.

"Amo você, Mac", disse Staxxx.

Mari assistiu e ouviu, mas também finalmente sentiu o terror que esperava que tivesse surgido muito antes. Agora que era hora de fazer o que disse que faria. Agora que o resto de sua vida estava diante dela.

Não conseguia se mover. De repente estava presa no lugar. Virou-se para a ruiva, que gritava, cheia de vida mesmo na tristeza. Claramente também era fã de Staxxx e Thurwar.

"Meu pai era um Elo", disse Mari, gritando no ouvido esquerdo da mulher. A mulher olhou para ela, claramente surpresa com uma informação tão interessante dada assim de forma repentina.

"Ah, é?", ela perguntou, ainda de pé e focada no Campo de Batalha. "Qual era o nome dele?"

"Vou pular esse muro daqui a um segundo", disse Mari. "Vou no Campo de Batalha pra lembrar pra todo mundo que a gente é melhor que isso."

"Como é?", a mulher disse, confusa, ainda cautelosamente amigável.

Mari ficou em pé em seu assento.

"O nome dele era... é... Shareef Harkin Roleenda", Mari disse, e depois pulou, agarrou o muro e ergueu as pernas para passar por cima do vidro e chegar ao Campo de Batalha, com o cartaz verde nas mãos.

Mari caiu com força e ficou lá por pelo menos três segundos antes de sentir o olhar das pessoas. Deu alguns passos em direção ao meio da arena antes de perceber que tinha machucado o tornozelo. Não importava. Ergueu o cartaz sobre a cabeça e deu passos lentos. As erupções de aplausos se transformaram em fragmentos de som, em óbvia confusão. O contraste era gritante.

"Parece que tem alguém meio perdida", disse o locutor. Mari observou enquanto ele se retirava para seu canto na arena.

Se não estivesse completamente tomada pelo calor que sentia, pela força de seus passos, ela teria rido dele. Perdida.

Staxxx ainda não tinha sido travada em sua posição e agora caminhava em direção a Mari com a foice na mão.

Mari sorriu para ela e Staxxx sorriu de volta. Atrás dela, o olhar de Thurwar lembrava a Mari o olhar de Kai: preocupada, aflita.

"Está tudo bem", disse Mari. Ela segurou o cartaz lá no alto e girou-o lentamente para que todos na arena pudessem ver os dois lados. Foi aí que notou a polícia vindo de ambos os portões em sua direção. Primeiro eles puxaram Staxxx de volta para a Detenção e a prenderam. Depois os homens armados correram para Mari.

Mari se ajoelhou e manteve o cartaz no alto, falando a verdade com orgulho. Era impossível ter as duas coisas. Ou nós amávamos um ao outro ou não.

Um lado do cartaz dizia: ONDE A VIDA É PRECIOSA.

E o verso, que apareceu quando Mari o deixou cair, dizia: A VIDA É PRECIOSA. E, mesmo com os homens à volta dela, o estádio inteiro viu a mensagem. E por um momento, antes de os produtores forçarem as câmeras do Telão a interromper a captação de imagens, a mensagem foi ampliada para que todos pudessem ver. *Onde a vida é preciosa, a vida é preciosa*, e a multidão percebeu — extasiada e pronta para a luta em dupla do ano do Campo de Batalha — que talvez aqui a vida não tivesse valor.

E o estádio inteiro pôde ver quando um dos policiais puxou uma arma que parecia uma pistola e lançou um bastão preto no pescoço de Mari. E o estádio inteiro viu quando Mari foi Influenciada.

A sensação

Uma dilaceração e um rasgo. Uma necessidade de se acabar. Uma entrada sem saída.

O que ela sentiu foi toda a dor que seu corpo e seu cérebro poderiam sentir de uma só vez. Começou no tornozelo, que parecia ter explodido, e depois, quando o homem a agarrou enquanto ela se contorcia com o bastão preto no pescoço, a sensação aumentou cada vez mais e Mari teve certeza de que ia morrer e agradeceu à morte, esperou por ela, implorou por ela.

Enquanto estava sendo Influenciada, enquanto sentia seu tornozelo torcido, enquanto uma explosão irrompia repetidas vezes dentro de si, a cada dois milésimos de segundo, Mari entendeu a ilusão do tempo. Ela entendeu que poderia facilmente ser jogada em um espaço além do tempo, que o sofrimento era capaz de se estender e transformar aquilo que conhecia como segundos em anos.

Isso não era epifania, era dor e, ainda assim, ela sentiu — mais do que entendeu — que faria qualquer coisa, qualquer coisa, para acabar com a dor que estava sentindo. Parecia que seus olhos tinham parado de funcionar, ou vai ver ela simplesmente fechou os olhos. Fosse qual fosse o motivo, o espaço em que geralmente lembrava de ter olhos era uma dor, um puxão que lhe dava a sensação de que seus olhos tinham sido arrancados.

Ela estava sofrendo. E faria qualquer coisa para acabar com aquilo. No entanto, não podia fazer nada, porque estava com medo de se mexer. Tudo nela estava...

E aí acabou e ela estava flutuando, sendo carregada, e conseguiu sentir o próprio corpo, o corpo e a respiração.

Sim

Thurwar olhou para o outro lado, à sua direita no Campo de Batalha, onde os dois homens esperavam. Ela estava tentando esquecer o que tinha acabado de acontecer. Tentando esquecer mesmo enquanto ainda estava diante dela.

Levaram Marissa, que finalmente tinha parado de convulsionar, carregando-a pelas pernas e ombros. Eles foram rápidos, tentando tirar o corpo dela da frente das câmeras e de todos aqueles olhos, como se ao sumir de vista ela fosse esquecida. Doeu em Thurwar ver isso acontecer sabendo o que significava ser Influenciada. Sua conexão com a vida tinha se tornado completamente diferente desde que ela descobriu que aquele tipo de dor era possível.

No entanto, era preciso esquecer Marissa agora mesmo. Ela não conseguia acreditar que estava tentando se lembrar de sua estratégia de batalha agora, em vez de pensar no que acabara de acontecer, uma das coisas mais corajosas que já tinha visto. Mas lá estava ela.

Olhou para Staxxx.

"Ela vai ficar bem", disse Staxxx.

"Talvez", disse Thurwar.

"Vai sim."

"Sim", disse Thurwar. Staxxx sorriu.

"Quer ouvir uma piada?", Staxxx perguntou.

Elas estavam perto uma da outra, mas ainda assim tiveram que gritar para se ouvirem em meio ao tumulto da plateia.

Thurwar esperou.

"Isso aqui", Staxxx disse.

"Isso não é engraçado", disse Thurwar, rindo. Essa era a piada. A piada era tudo. O fato de elas terem sido lançadas no reino do mal e descoberto que aquela era uma terra que poderiam dominar.

As pessoas na plateia estavam inquietas. Não sabiam quem ou o que vaiar e para quem torcer e isso era aflitivo.

A voz de Micky Wright soava claramente.

"Belo jeito de chamar a atenção. Mas vou sugerir que vocês nunca façam isso."

O público não riu. Houve um murmúrio coletivo que dizia: *Nós não sabemos se acreditamos no humor neste momento.*

"Os chefes estão reclamando. Disseram que tenho que dar o que vocês querem! E vocês não vieram aqui para o caos no Campo de Batalha?"

Sim, disseram.

"Vocês vieram aqui ver uma luta épica em dupla?"

Sim, gritaram.

"Vocês vieram hoje porque os integrantes mais malvados da história do Superstars da Cadeia estão aqui para aquela que será, para pelo menos um time, a última luta em dupla de todos os tempos?"

Siiiiiim!, as pessoas gritaram.

Thurwar fechou os olhos e absorveu a energia. Ela olhou para Hass Omaha, que estava diretamente à sua esquerda. Perfídia de Amor cravada no chão à direita de Staxxx.

"Então, se vocês estão prontos para um clássico, por que não fazem barulho?!"

E fizeram. Gritaram, empurraram para o fundo do inconsciente aquilo que os havia perturbado um momento antes. Uma semente que por enquanto ficaria enterrada. Havia uma amargura naqueles corpos; a palavra "preciosa" fazia algo ressoar em algum lugar dentro deles e essa sensação permaneceria lá para sempre, mas no momento eles fingiram que tinham esquecido.

"SOLTEM!", Micky Wright gritou.

O som oco do lançamento do Campo de Batalha percorreu a arena. Thurwar pegou o martelo do chão. Staxxx segurou Perfídia de Amor nas mãos e as duas esperaram pelos homens, que caminhavam calmamente na direção delas.

Pela porta

Quatro mártires entram num rodeio. É uma piada. Do tipo mortal. Do tipo que não tem muita graça, mas, no final, muda seu ponto de vista. Onde a vida é preciosa, a vida é preciosa. E sem dúvida esse lugar não é aqui. O tipo de coragem que a maioria não tem a sorte de ver. Uma plateia inteira viu. E tem mais gente protestando fora da arena do que torcendo dentro. Talvez alguma coisa certa venha disso, talvez a gente veja alguma coisa diferente, mas, por enquanto, a gente esquece tudo e só pensa na morte das duas.

A gente anda, soltos para o que o mundo estava esperando. A mulher que carrega a coroa dos jogos de morte, Thurwar, está com um martelo e corre atrás de sua namorada, aquela que anda com a foice, aquela que chamam de Furacão, uma bela imagem da morte esperando para nos reduzir a Xs em sua pele.

"Pego o martelo. Você pega a foice", digo. Grito porque a multidão está mais barulhenta do que nunca. Sinto as vozes nos meus ossos.

Espero não estar mandando o cara pra morte. Simon J. Craft, que foi reduzido ao Indestrutível. Simon, que não merece empatia, mas que jamais vai ser indigno de ser amado.

"Sim, senhor", ele diz, e corre.

Espero não estar correndo rumo à ruína.

Thurwar conhecia bem o sujeito que chamavam de Cantor, o Colossal improvável. Ele era louco ou santo? E o Indestrutível certamente era louco, embora fosse de um tipo diferente. O tipo nascido da Influência.

Ela observou Cantor, os olhos penetrantes e tristes. O Cantor usava uma couraça no ombro que fazia pressão e protegia seu braço. Usava couro e tinha uma buzina bordada na camisa, o emblema de uma empresa popular de streaming de música. Cantor correu em direção a Thurwar. Ela sabia que ele gostava de abrir com um golpe longo, e por isso ficou de olho na ponta preta da lança. Não queria matar o Cantor, mas ia matar assim que tivesse chance.

Passei longas noites tentando entender essa mulher. Essa mulher que viu mais morte do que eu. Queria ter a chance de conviver com ela. O que essa quarta porta mostra para ela? O que ela descobriu? Mando Craft correr em direção à mulher Furacão. E, embora eu diga pra ele que vou para cima do martelo, viro e corro na direção da mulher batizada em homenagem ao vento e ao trovão. Faço força para decolar. Um sujeito de um braço só e um Indestrutível podem sufocar uma tempestade. Meu braço perdido me indica uma mudança de planos. A Grã-Colossal percebe minha tática, assim como a foice. Estamos correndo em direção à tempestade.

Não é uma tática incomum tentar despachar rapidamente um dos oponentes quando se enfrenta uma dupla. Vendo os homens correrem em direção a Staxxx, Thurwar sentiu um pânico semelhante ao de alguém que estava em terra firme e cai em águas agitadas. Correu o mais rápido que pôde em direção aos homens. A dor não era grande, ela estava com muita adrenalina, mas seu joelho a mandava pegar leve. A perna bambeou sob a súbita tensão e a mudança de direção. Thurwar ficou de joelhos no chão. Ela viu o homem chamado de Indestrutível saltar no ar. Staxxx parou para enfrentá-lo. Atirou Perfídia de Amor como um lança na cara do homem. No ar, ele recebeu o golpe com o lado cego da lâmina e continuou a cair na direção dela como se não tivesse sentido nada.

Thurwar levantou. O joelho doía, mas ainda era dela. Correu.

Craft dança com a deusa da tempestade. Balançando os braços para matar, ele corta e rompe o elástico que evitava que os cabelos dela se espalhassem e seus dreads voam livremente quando me aproximo dos dois. Ela gira, usando a foice para manter Craft afastado. Ele salta, se esquiva, se move exatamente como o animal humano que é. Quero que ela mantenha os olhos nele. Ela está focada em sua vida. A foice se move como uma espécie de magia que Craft nunca viu antes. Mas ela também precisa ficar de olho nele. A Grã-Colossal tropeçou e eu vou ter a chance de atacar. Ela está se levantando e eu estendo meu braço perdido, imagino que ele está se estendendo para ajudar Craft, que balança e se esquiva, o som do metal cantando enquanto a foice repele as garras dele. Uma coisa especial, uma dança selvagem entre duas formas de morte encarnadas. Dor e amor tentando, se esforçando para matar um ao outro. Sei que o martelo logo vai estar perto de mim. Eu me estico. A mulher que chamam de Staxxx cai como se tivesse tropeçado. Agradeço meu braço perdido. Mesmo quando cai, ela repele o golpe furioso do Jungle. Apoiada numa só perna, ela ataca, e Craft é forçado a recuar.

Mas, naquela posição desequilibrada, ela fica vulnerável. Estou perto o suficiente. Aguilhão, leve esta linda mulher à ruína. Dê a ela a bênção da Liberdade. Corro e recuo.

Do meu lado, meu braço perdido tenta repelir alguma coisa.

Do meu lado, meu braço perdido tenta desviar de alguma coisa.

O martelo passa pelo meu braço que não está mais lá. Na lateral da cabeça, sinto o martelo, lançado no ar. Um lançamento brutal, uma música abrupta. Faz tempo, John.

Agradeço ao mundo, sem mais nenhuma insegurança. Digno de vida, tenho certeza no momento mesmo em que ela vai embora. No final, com certeza somos abençoados. A realeza e o plebeu, a rainha e o cantor. Com certeza somos abençoados. O martelo me entrega, Hendrix Young, à liberdade.*

Não é uma boa ideia, mas, na arena, quando a morte está chegando, você encontra maneiras de redirecioná-la. Thurwar levantou do chão e, depois de correr por três passos, viu que não ia chegar a tempo de ajudar Staxxx. Ela transformou sua corrida em um giro, segurou Hass pela ponta do cabo e depois girou mais uma vez. Enquanto girava, seus olhos seguiam Cantor e seu corpo fazia as contas decisivas. Ela deixou o martelo voar, arremessou e ele voou, e encontrou Cantor na lateral da cabeça. Ele irrompeu em silêncio. A multidão gritou pela morte. Gritou por Thurwar.

É por isso que nós te amamos, eles disseram.

---

* Hendrix Young, Colossal. 1A. Um amor que mata como ele matou não é amor. Aprendeu a lição faz uns anos. Cante quando quiser. Abençoe o que puder. Reze para que o redentor te aceite, que te conceda a graça. Você é o redentor.

Gritaram porque o homem que chamavam de Indestrutível percebeu que seu companheiro estava morto no chão, mesmo em meio a uma perseguição selvagem, e parou de repente. Os braços do Indestrutível Jungle Craft ficaram frouxos e ele correu em direção ao homem que foi seu guia, levando-o do inferno para um inferno mais gentil e menos difícil. Thurwar observou Simon J. Craft passar correndo por ela em direção ao corpo de Hendrix "Escorpião Cantor" Young.

Simon se ajoelhou ali, segurou Hendrix — o que restava de sua flexibilidade humana — nos braços e não se mexeu. A multidão ficou em silêncio. Seus corações se abriram; alguns resistiram, alguns cederam. Os olhos encontraram lágrimas. Simon Craft segurou o corpo do Cantor, apertou-o contra si e depois apoiou o corpo no chão.

Staxxx caminhou até o homem, que estava imóvel, exceto pela respiração ofegante. Craft cerrou o punho e deu um soquinho suave no punho do Cantor.

Thurwar assistiu àquilo. Staxxx se aproximou e apoiou a foice no ombro de Craft.

"Desculpe, querido. Eu te amo", disse Staxxx, antes de passar Perfídia de Amor pelo pescoço dele.

Ele caiu para a frente. O Indestrutível Simon P. Craft estava morto.* Staxxx se afastou da cena e deixou cair a arma no chão, assim como Thurwar. Elas retornaram para a Detenção e se deram as mãos esperando o que viria a seguir, e as pessoas se perguntaram se esse sentimento era a salvação.

---

* Simon J. Craft, Superceifador. 4As, 1E. Jungle Jungle Jeremiah. Jogue o jogo. Jogue junto. O J é de. Quem causa sofrimento. Mas e eles? Mas e eu? Simon se perguntou. Ele era um assassino, um estuprador. Era. Mas nem sempre foi. E aquela pessoa que tinha sido? E a pessoa que podia ter sido? Por ter sido arruinado, ele causou ruína e se arruinou ainda mais.

Havia uma luz. Ele se jogou na direção dela.

Temporada trinta e três

Os homens estavam mortos no chão. Ele esperava que fossem as mulheres mortas no chão, porque, por mais que não amasse Thurwar, a Mãe de Sangue, a mulher mais famosa do esporte, não queria ser o cara que tinha que anunciar aquilo que estava prestes a anunciar.

"Grande luta", disse com o entusiasmo de uma bola de futebol murcha. Os trabalhadores de campo ensacaram os corpos dos homens.

"Uma conclusão chocante para os grandes Cantor e Jungle, que no fim das contas era destrutível, sim. Sem dúvida, quase um dos melhores que esse jogo tem a oferecer. Duas grandes carreiras. Vamos aplaudir."

O que ele não gostava estava acontecendo: estava vendo o que era. Os corpos nem tinham esfriado e estava prestes a anunciar uma atrocidade ainda pior do que aquela que todos tinham acabado de testemunhar. Era isso que ele era. Sem a menor ideia de como tinha chegado lá. Viu o noticiário, viu os vídeos de Tracy Lasser pedindo demissão e pensou: Hmmm. Bom para ela. E só dias depois acordou no meio da noite com medo de si mesmo, do que tinha se tornado, do que ele era. Nas reuniões do conselho, fez tudo o que pôde. Foi isso que ele disse para si mesmo.

As pessoas nas arquibancadas aplaudiam os mortos mutilados. Riu, porque o que mais poderia fazer? Todos nós permitimos isso. Todos nós votamos a favor. Todos nós sabíamos que isso ia acontecer, então por que ficar indignado de repente? Por que agora estava sentindo aquilo? Uma coisa que vinha crescendo há muito tempo. Uma coisa com dentes prontos para comer suas entranhas.

"E, claro, a dupla dinâmica, o casalzinho que une sangue e amor, superou mais uma vez a montanha que estava à sua frente neste encerramento da temporada trinta e dois de Superstars da Cadeia.

"Além do mais, a Bela Barda, o Furacão chamado Staxxx, finalmente chegou a Colossal. Isso faz dela e de seu docinho de coco a primeira dupla de mulheres a alcançar a classificação Colossal na mesma Cadeia." A última parte foi improvisada. Ele queria pintar o quadro com clareza para que até os idiotas nas arquibancadas, as pessoas que o amavam ou odiavam ou o observavam com olhos gananciosos e cheios de expectativa, entendessem exatamente o que aconteceria.

Ele estava no topo de seu pequeno pódio e viu as duas, Staxxx e Thurwar, de mãos dadas, virando a cabeça para olhar para ele enquanto os policiais militares as conduziam de volta ao túnel. Uma temporada tinha terminado, o que significava que uma nova temporada tinha começado. E, por causa do que estava sendo anunciado, elas não fariam comentários pós-luta.

Ele olhou para o Telão para poder se ver, mas isso o deixou um pouco enjoado, e por isso ele olhou para a multidão que tinha vindo ver algo lendário, estava de barriga cheia e ainda queria mais.

"Estou agora recebendo notícias dos responsáveis pelos jogos, estão me informando sobre novas regras impressionantes."

Ele disse isso e tocou a orelha, embora não houvesse nenhuma mensagem sendo transmitida. Já tinha recebido o roteiro e o ensaiou na semana anterior. Mas queria mostrar alguma distância entre ele e a mão invisível que controlava os Superstars. Estava no conselho, mas, na verdade, os grandes donos do dinheiro é que controlavam tudo. Foi isso que disse para si mesmo. Era um funcionário, não um membro do clube. Queria que Thurwar, aquela filha da mãe impossível, e a lunática da Staxxx soubessem que, apesar de todas as suas diferenças, ele não faria isso com as duas.

"Certo. Ah, meu Deus. Que mentes selvagens", disse para o vácuo, para si mesmo e para o mundo. Depois respirou fundo. "Acabei de receber a notícia de que finalmente teremos uma resposta para a pergunta que os corações de vocês vêm fazendo. Quem é a mais forte? Quem é a mais cruel? Quem é o maior Elo de todos os tempos?" Ele falou, mas suas palavras não continham luz nem brilho. Aquele desinteresse sem dúvida resultaria em demissão. Ele estava pensando se seu agente conhecia o pessoal de Tracy Lasser.

"A nova regra, que segundo me disseram entra em vigor imediatamente, já que a temporada trinta e três do Superstars da Cadeia acaba de começar, é que nenhuma Cadeia pode ter dois Elos de classificação Colossal. Caso uma Cadeia tenha dois Elos de classificação Colossal, eles se encontrarão no Campo de Batalha. E, por isso, dentro de uma semana, tentando obter o mais cobiçado dos tesouros, a Alta Liberdade, Loretta Thurwar lutará contra Hamara 'Furacão Staxxx' Stacker. Até lá então!", ele disse, deixando os patrocinadores completamente de fora. Desceu do pódio e afundou no chão.

As pessoas ficaram chocadas. Ficaram quietas. E, em silêncio, Micky Wright pensou: talvez ainda exista esperança.

Chupa, América

"Tiveram uma noite difícil. Não vou botar vocês no azul. Não contem pra ninguém, beleza?", Jerry disse. Essa foi a bondade dele.

"Chupa, América", disse Sai Eye Aye, e rompeu o silêncio que moldou o espaço da van por tanto tempo. A ausência de Randy Mac era uma farpa naqueles corações, mas também era uma dor clara e presente em que eles podiam mergulhar de cabeça para evitar o futuro terrível que a trigésima terceira temporada trouxe às suas líderes. Thurwar sentou no seu canto habitual e Staxxx, em vez de sentar ao lado de Thurwar, sentou à sua frente, no espaço que Randy Mac teria ocupado se não tivesse perdido a vida.

"Chupa, América", disseram Ice Ice Elefante, Rico Muerte e Staxxx em resposta.

Thurwar já estava solitária. Sem o peso de Staxxx no ombro, ela se sentia perdida. Deixou a ausência ali. Tentou ignorar o joelho e a maneira como ele berrava. O que quer que estivesse errado por tanto tempo, ficou ainda pior.

"Esse é o espírito", disse Jerry.

E os Elos estavam unidos em seu ódio por ele, mas não disseram nada.

Gunny Puddles disse: "Tem muitos outros países por aí".

E o resto dos Elos, incluindo Água Podre, olharam para ele com desdém.

Rico inclinou-se em seu banco para ficar à direita de Gunny e disse: "CHUPA, AMÉRICA", o mais alto que pôde na cara de Gunny.

Gunny sorriu e se recostou.

Por que ela não podia simplesmente matar aquele sujeito ali mesmo?, Thurwar pensou. Por que, já que nada disso importava mesmo, ela não podia dar um pouco de paz e segurança para o grupo eliminando Gunny Puddles?

"Pode repetir isso o quanto quiser, mas não muda nada..."

"Mesmo assim, o cara foi bem. Fez o que pôde", disse Rico.

"Disseram que durou quase cinco minutos?", Ice Ice disse. "Puta luta lendária."

"Mesmo assim, terminou igual", disse Gunny.

Thurwar lembrou que Randy veio de uma prisão rural, onde tinha trabalhado como criador de cabras. Ele foi um dos poucos que descobriu algo que realmente amava na prisão. Se ao menos tivesse tido chance antes. Quem ele poderia ter sido? Thurwar tentava olhar para qualquer coisa, qualquer pessoa menos Staxxx. Isso significava que elas já eram oponentes?

Sim. A luta começou no segundo em que foi anunciada. No segundo em que soube que aconteceria, ela começou a se preparar. Em sua mente, Thurwar tentou dissecar Staxxx da mesma forma que dissecava todos os seus adversários: catalogando as suas tendências, prevendo os seus primeiros ataques, imaginando sua morte. No começo, Staxxx gostava de contra-atacar, ficou conhecida por transformar a agressão do oponente em morte. Mas na era da Furacão, Staxxx passou a ditar o ritmo da luta. Ela batia primeiro e batia por último.

Sai disse: "Acabo com você aqui mesmo, se quiser".

"Você o quê?", Gunny disse, ainda sorrindo.

Thurwar percebeu, à medida que a van avançava, que não era tão difícil quanto ela esperava: Staxxx gostava de encerrar as lutas rapidamente, assim como todos os grandes Elos, mas ela quase sempre abria com uma giratória horizontal que poderia — caso ela errasse — ser aproveitada para gerar impulso para um segundo ou terceiro ataque.

Ela tendia a ser espalhafatosa, mas sem sacrificar muito de sua precisão. Perfídia de Amor era muito mais longa que Hass Omaha. Thurwar percebeu que já tinha pensado em tudo isso antes. Disse a si mesma que era porque as duas lutaram juntas tantas vezes e porque precisava entender Staxxx como lutadora e parceira. Mas, além disso, para ser Colossal, para ser a Grã--Colossal, você precisava imaginar vencer todo e qualquer Elo no Campo de Batalha. Por força do hábito, toda vez que Thurwar assistia a uma luta de Staxxx, dava feedback sobre seu desempenho. Em grande parte, isso vinha da ideia de que, se Thurwar estivesse lutando contra ela, hipoteticamente, Thurwar teria vencido por causa da tendência de Staxxx de fazer tudo o que Thurwar notou enquanto via sua luta. Mas traçar estratégias era uma coisa; saber que ia acontecer era outra.

"Vou acabar com você agora mesmo", disse Sai.

"E eu vou detonar o que sobrar", acrescentou Rico.

Thurwar olhou para Staxxx, depois para Rico, Sai, Ice Ice, Água Podre e Gunny. E se viu refletida neles. Imaginou Staxxx morta. Na verdade, era algo que imaginava todos os dias. Estava treinada para o sentimento. E a ideia de Staxxx morta, com o corpo frio e imóvel, causou uma descarga de adrenalina que começou no peito de Thurwar e se espalhou por cada um de seus músculos, transformando-se num ódio quente por tudo ao redor. Esse ódio era uma motivação poderosa. Um desejo. A morte de Staxxx, a ideia de que isso podia acontecer, foi seu motor para chegar a Grã-Colossal. Antes de mais nada, um ódio pela crueldade de um mundo que permitiu que Staxxx estivesse em um sistema como o PECJ — isso também a impulsionava a seguir em frente. Mas Thurwar não sabia o que aconteceria agora que Staxxx seria objeto de sua violência. Parecia impossível usar a morte de Staxxx para se motivar a matar Staxxx; no entanto, ali estava o sentimento.

Estava cansada. Muito cansada. Thurwar esticou o joelho à sua frente na van e esfregou-o como fazia quando ninguém estava olhando. Esfregou o joelho e sentiu o alívio que tantas vezes negou a si mesma. Ela esfregou o joelho e a Angola-Hammond assistiu.

"Não vai, não", disse Thurwar, massageando o menisco.

"Randy ainda nem...", Rico começou. Sua voz tremeu. A luta de Rico, o assassinato que ele mesmo cometeu, ainda estavam frescos em sua voz e em seus olhos. Ele ainda era jovem, não tinha aprendido ainda a esconder a dor, o impacto da morte.

"Minha noite já está ruim", disse Staxxx. "Você não vai fazer nada com ninguém."

"Randy faria."

"Eu disse pra calar a boca!", Staxxx gritou.

Thurwar olhou para Staxxx e Staxxx retribuiu o olhar com firmeza. Thurwar sentiu a maior dor de sua vida. Não saber se Staxxx ainda se sentia como antes, se para sobreviver Staxxx poderia ter matado a parte dela que amava Thurwar.

"Isso mesmo", disse Gunny Puddles, rindo tanto que a saliva escapou de sua garganta. "O Superstars é uma família."

"Exato", disse Staxxx, sorrindo também.

Sai murchou em seu assento.

"Chupa, América", disse Rico.

"Esse é o espírito", disse novamente Jerry, o motorista.

E eles continuaram pelo caminho em que estavam, fosse para onde fosse, rumo ao início desta Marcha do Circuito.

Blecaute

Chegaram. Mais cansados de suas vidas e de suas verdades do que de caminhar.

O Acampamento ficava a metros de um desfiladeiro. Aos pés deles havia uma terra vermelha, mais vermelha à luz do fogo, que escurecia quanto mais próxima do amplo abismo de terra que continha os últimos vestígios de um rio moribundo.

Caminharam ao longo do desfiladeiro por um tempo antes de chegarem ao acampamento. Staxxx ocupou o mesmo lugar durante as seis horas da Marcha, e a sensação foi igual, embora Thurwar dissesse a si mesma que era diferente.

Foi um grande e triste alívio ouvir a Âncora anunciar: *BLECAUTE. A Marcha começa em catorze horas.*

"Certo", disse Ice Ice Elefante. "Pelo menos essa parte me deixa feliz." Ele colocou uma das grandes mãos no ombro de Thurwar, virou e caminhou para dar um abraço em Staxxx.

Thurwar encontrou seu jantar e, em vez de levá-lo para a tenda, abriu a caixa de brócolis crocante, frango assado orgânico e um pão de brioche com manteiga trufada e parmesão curado. Ela pegou a refeição e apoiou a bandeja no colo. Mordeu o pão primeiro antes de abrir uma garrafa de água sem gás.

"Jantar no Blecaute", disse Thurwar. "Um brinde." Ela levantou a garrafa e o vidro brilhou com a luz de seu pulso se dividindo, refletindo e refratando.

Staxxx sentou numa cadeira de verdade, em frente a Thurwar, com uma fogueira entre as duas. A A-Hamm ali reunida, podendo falar e ser ouvida só por eles mesmos.

Thurwar bebeu a água, equilibrando a bandeja nas coxas.

O resto da Cadeia ficou ao redor delas, sem saber bem o que fazer, inquietos.

"Relaxem", disse Thurwar. "Sentem. Noite de Blecaute."

Então Staxxx disse: "Aconteceu alguma coisa? Vocês estão me estressando".

E, com isso, Gunny Puddles começou a rir. Ele sentou e abriu a caixa com seu nome. Os outros seguiram o exemplo.

Thurwar tentou lembrar dos homens que elas mataram naquele dia. Como eles pareciam ter encontrado paz. Ela sabia que era uma ilusão conveniente, mas parecia real. Esperava que eles a perdoassem. Esperava que, independentemente do que fizesse com Staxxx, houvesse perdão aguardando por ela.

Ela conseguiu sentir que algo estava deixando seu corpo. A resistência que em algum momento a tinha definido. Uma persistência, uma dureza. Sentiu que aquilo estava indo embora. E ficou grata.

"Então qual é o plano?", Sai perguntou.

"Vocês não vão comer, é isso?", Thurwar disse.

Pensou no que tinha visto e feito com os humanos ao seu redor e se sentiu mais leve do que se sentia havia muito tempo. O pior que poderia acontecer estava aqui; assim, ela estava reservando um momento para se sentir aliviada. Esticou o joelho. Esfregou um pouco enquanto equilibrava a bandeja. Se deixou tomar pelo sabor do frango.

"Não é justo", disse Sai.

"É uma merda", disse Rico.

"É o jogo", disse Gunny.

"Não está certo, mas já não estava", disse Thurwar.

"Mas isso é...", Rico começou, e Staxxx interrompeu.

"É noite de Blecaute e vocês estão acabando com o clima. Mac não mandou o país inteiro chupar sem motivo. Aqui é assim. É o que é. Então, por enquanto, hoje tudo que quero saber é", aqui Staxxx se inclinou em direção ao fogo, "em quem vocês apostam?"

"Como assim?", Rico disse, embora todos entendessem.

"É uma pergunta simples. E vocês vão gastar Pontos de Sangue para assistir à gente?", Staxxx insistiu.

A A-Hamm olhou para Thurwar, como sempre fazia.

"Respondam pra ela", disse Thurwar. Sorriu, embora uma parte dela sangrasse. Elas já estavam meio que consolando eles. Estavam ajudando a Cadeia, tirando o peso dos ombros de todos. Dando espaço para que não tivessem dúvida de que a mudança viria.

Elas estavam cada uma de um lado do círculo mas, pelo menos nisso, mantinham-se unidas. Outra encenação. Algo para deixar bem o que nunca poderia ficar bem.

"Você é ótima, dona Thurwar, mas essa aí é uma doida com uma foice na mão. Vou assistir e vou estar num assento premium", disse Ice Ice.

"Sou muito boa com isso aqui", disse Staxxx. Ela acariciou a cabeça de Perfídia de Amor.

"Vi sua primeira luta na sala de recreação do bloco E quando estava lá", disse Sai Eye Aye. "Nunca vi nada daquele jeito. Desde então, eu sabia que Loretta Thurwar ia sair na Alta Liberdade. Com todo respeito", Sai acrescentou.

Staxxx riu e Thurwar assentiu.

Rico, que na verdade foi dos olhos vidrados ao choro silencioso, riu de si mesmo.

"É... é difícil vencer Staxxx se ela estiver focada. Eu nem me sinto confortável em dizer isso. Porra. A Staxxx é durona quando tem seriedade." Ele olhou para o chão enquanto falava.

"Quando é que eu não tenho seriedade?", Staxxx perguntou.

A Cadeia inteira riu.

"Exato. Acho que a Thurwar de um ano atrás ganhava. Hoje, não sei dizer."

Ice Ice Elefante disse: "Se durar menos de trinta segundos, Staxxx. Se passar disso, a Mãe de Sangue domina".

"Vocês parecem o pessoal da ReVegas. Nossa", disse Staxxx.

"Thurwar", disse Água Podre.

"E Mac disse Staxxx", disse Staxxx. "Ele acabou de falar no meu ouvido."

"Já fui a azarona antes", disse Thurwar. Os outros Elos começaram a comer e deixaram as mentes vagarem sobre os tipos de morte que aconteceriam na próxima semana e nas semanas seguintes. Ficaram ali, sentindo o calor e a luz da fogueira, e Thurwar não precisou se perguntar se tinha feito algo importante.

"Definitivamente vou estar nos camarotes", disse Sai.

"Eu também, se você me der uns Pontos de Sangue", disse Rico a Thurwar.

"Peça pra Staxxx te emprestar, já que ela é tão durona", disse Thurwar. A risada dela fez a Cadeia relaxar ainda mais. Então todos riram também.

"Estou dizendo que ela é uma oponente dura pra qualquer pessoa."

"Que seja", disse Thurwar. E eles a apreciavam. Estavam orgulhosos de serem liderados por uma mulher chamada Loretta Thurwar.

A noite foi avançando e, quando a sensação de que dormir era a única coisa que restava a fazer, Gunny Puddles fez uma pergunta.

"Enquanto todo mundo está aqui meio cirandeiro, queria perguntar: por que você matou o Crepúsculo? Ele era um filho da puta, mas tratava você como se fosse da realeza. Por que fez isso com alguém assim?"

Os olhos de Thurwar encontraram Staxxx. A noite estava fresca e segurou o som penetrante do vento se movendo pelo desfiladeiro como uma respiração baixa. Um ruído constante para lembrar que estava lá.

"Ele pediu. Tive que ajudar."

A Cadeia escutou. O ar sustentou o som da franqueza.

Gunny assentiu. Ele não a pressionou a dizer mais.

Nesse ponto, Staxxx levantou e caminhou lentamente no escuro em direção ao desfiladeiro, em direção à fenda na terra. Ela deixou Perfídia de Amor perto do fogo e se afastou da Cadeia.

Thurwar ficou sentada com os outros. Ela os amava, não queria decepcioná-los. E esperava que soubessem disso. Quando olhou para onde Staxxx tinha ido, não conseguiu vê-la.

Thurwar levantou, com o joelho latejando.

Ela não conseguia ver Staxxx, então caminhou mais rápido em sua direção.

Precisava ver Staxxx naquele momento. Precisava.

E viu.

O brilho dos pulsos de Staxxx levou Thurwar até ela. Esperava na beira do desfiladeiro, a luz emanando de seu corpo como uma oração.

"Fui eu que fiz isso, sabe", Staxxx disse. Ela olhou para baixo, e a maneira como pairava sobre a morte fez o coração de Thurwar apertar.

"Fez o quê?", Thurwar perguntou. Ela queria estender a mão e puxar Staxxx para trás. Mas poderia tê-la empurrado com a mesma facilidade.

"Este desfiladeiro. Eu estava treinando um dia e me empolguei um pouco e *bam*... fui lá e abri um buraco bem no meio do mundo." Staxxx inclinou-se sobre a beirada. Thurwar fechou os olhos. Tentou deixar acontecer o que iria acontecer. Talvez essa seja a maneira mais fácil.

Elas eram duas das maiores guerreiras que o mundo já viu.

Thurwar levou a mão às costas de Staxxx.

Agarrou o cós da calça de moletom e puxou Staxxx para trás. Elas se viraram uma para a outra.

"Eu acredito", Thurwar disse.

"Não gosto de pensar em nenhuma de nós sem a outra", disse Staxxx.

Thurwar puxou Staxxx para mais perto, sentiu o olhar dela e desejou que Staxxx também conseguisse senti-la.

"Não sei por que temos que fazer isso. Vamos embora juntas. Nós duas." Thurwar disse as palavras e sentiu-se cansada ao ouvi-las no ar. "Por que você está nos obrigando a fazer isso? Tinha que ser nós. Por que estamos indo para o Campo de Batalha?"

Thurwar já havia perguntado antes; ela sabia que não poderia perguntar de novo.

"Se eu pulasse agora, o que você faria?", Staxxx disse.

"Pularia atrás", respondeu Thurwar.

"E se você pulasse, eu faria a mesma coisa", disse Staxxx. "E se Puddles aparecesse e jogasse uma faca no meu pescoço?"

O pensamento causou uma onda quente de raiva no corpo de Thurwar.

"Eu transformaria o cara em pó", disse Thurwar.

"E depois?"

Thurwar se imaginou diante do purê em que transformaria Puddles. "Não sei", disse Thurwar, mas sabia que se inflamaria, um ódio que continuaria a crescer, um fogo que precisaria destruir mais alguma coisa.

"Você ia procurar a família dele, ou pelo menos o cachorro dele ou algo assim, certo?", Staxxx disse. A voz soava risonha, mas o rosto parecia triste ali no escuro.

Thurwar escutou.

"Eu sei que mandamos uma mensagem para as pessoas. E se a gente for para o Campo de Batalha, essa mensagem pode continuar viva de um outro jeito."

"Como? Eu não consigo..."

"Olha, eu consigo", disse Staxxx. "Se me fizerem matar você, eu sei que vou passar o resto da vida tentando destruí-los. Você entende. Eu sei que você sente isso."

"Eu não. Eu não vou fazer isso."

"Se você ganhasse no Campo de Batalha, aí pelo menos eu..."

"Se eu matasse você, qual seria a diferença? O que ia mudar?" Thurwar chegou ainda mais perto de Staxxx. Quase podia sentir o calor da pele dela.

"Faria você ficar. Você acharia uma maneira de transformar esses caras em pó. Ou tentaria. Você ia achar a Tracy, passaria a fazer parte de alguma coisa, e trabalharia igual uma louca e talvez, em algum momento, ia acabar me esquecendo e viveria um pouco por você mesma. Quero que tenha alguma coisa para te manter aqui, para que tudo que você é possa continuar existindo lá fora por mais um tempo. E você não devia ter que fazer nada, já fez muito, mas eu te conheço. Vai tentar porque é o que você faz, e isso já vai ser alguma coisa. Já vai ser tudo."

"Então para você eu sou uma mensageira? E se eu não quiser esse papel?"

"Você é minha mensagem e eu sou a sua", disse Staxxx. "Não importa quem ganhe, dá na mesma."

Thurwar passou as mãos pelos ombros de Staxxx e segurou sua cabeça.

"Nós", disse Staxxx.

"Mas qual é a mensagem, então? Que mensagem vale tudo isso?"

Staxxx pegou os pulsos de Thurwar e apertou. Thurwar se permitiu chorar.

"Você está certa", disse Thurwar, "eu sei." E beijou Staxxx, para que ela soubesse que era a melhor coisa da sua vida e que queria todo o tempo que lhes restava.

Jogo

O barulho estava por toda parte. O rugido de milhares de pessoas juntas. As duas guerreiras ficaram separadas pela primeira vez em uma semana. Portão norte. Portão sul. Elas emergiriam em um gramado, uma extensão verdejante inspirada nos campos de algodão, no território do engenho/prisão Angola. Arbustos aqui e ali. Mas basicamente grama limpa e uniforme. Os Mestres do Jogo sabiam que esta não era uma luta que precisava de distração. Era isso que o povo queria. Uma combinação perfeita. Um final, mas também um começo.

Estavam assistindo. Acreditavam na própria missão, que era servir a si mesmos e depois ao mundo. Pouco importava o que fizessem, independente do resultado, eles poderiam se apropriar, vender e forjar um novo tipo de vida. Eram artistas do mais alto nível.

Toda a gama de possibilidades humanas estava presente naquela noite. Era isso. A promessa que todos os jogos tinham sugerido. Era isso.

Os Mestres do Jogo estavam assistindo. Formavam o conselho de administração, mas não só; eram negociadores, administradores, políticos e proprietários, e viviam numa versão rarefeita do mundo, um espaço no alto, só para eles. Sentavam e bebiam champanhe para a satisfação de seus corações filantrópicos. Assistiam a uma luta que já tinham vencido, várias vezes. Os assentos próximos ao fundo eram os mais caros; e ficavam cada vez mais baratos à medida que se subia. No entanto, os *sky lounges* exclusivos onde eles sentavam custavam um preço que a maioria nunca poderia pensar em pagar.

Bebiam e não filosofavam. A garota com o cartaz os deixou enjoados. As perguntas os deixaram enjoados. Os milhares de manifestantes do lado de fora os deixaram enjoados. No entanto, eles ainda não tinham certeza, se recusavam a compreender o motivo pelo qual aquelas pessoas estavam tão ofendidas. Qual era o grande mal? Será que aquelas pessoas que não tinham inteligência, bom senso ou graça suficiente para sentar nos salões altos não conseguiam entender que eles, os Mestres do Jogo, estavam transformando este mundo aterrorizante em algo lindo?

Viram uma live em que Tracy Lasser entregou o microfone para a mãe adotiva daquela garota idiota, que ainda se recuperava do Influenciador, mas que aparecia agora como um ídolo. "E não vão tirar a gente daqui. Nunca vão nos silenciar. A mensagem da minha filha vai ser ouvida. Não vamos parar até que o sistema seja completamente repensado. Até que o Estado trabalhe para fazer com que os problemas desapareçam, e não os indivíduos. Até que a coragem de pessoas como a minha filha faça as coisas mudarem, não vamos parar." A mulher se virou e olhou para a menina, a tal de Mari, e entregou o microfone para ela.

"Eles não conseguiram me impedir. Nunca esqueça que não podem te impedir", disse Mari. A voz dela tremia, mas era alta e tinha peso. Ela se recuperou, virou uma propaganda da loucura que essas pessoas vendiam. Ali, vestida de preto, podia dizer qualquer coisa e o público ia engolir. Ela tinha invadido uma propriedade e agora milhões de pessoas a viam como uma espécie de heroína. Ela estava viva e ainda assim tinha se tornado uma mártir, nascida das gravações holofônicas do momento em que foi Influenciada. "Somos muitos, estamos unidos, somos..."

Cortaram a transmissão.

Será que não percebiam que eles tinham escondido o terror?

Será que não percebiam que eles tinham espalhado aquele mesmo terror pelo mundo para lembrar às pessoas que os Mestres do Jogo é quem as tinham salvado?

A faca nunca está longe do seu pescoço.

Um homem mal-intencionado está sempre perto das crianças, de seus filhos e filhas.

Será que não viam isso? Que tipo de cegueira era essa que não as deixava ver a beleza que os Mestres do Jogo construíram?

Havia duas maneiras de pensar no assunto.

Você poderia acreditar que havia pessoas boas e pessoas más. E que as boas mereciam glória e as más mereciam punição.

Ou você poderia acreditar que ninguém merecia ser punido, mas que a punição era uma consequência necessária. Um sacrifício inevitável para servir o bem maior: a humanidade. E então eles, os Mestres do Jogo, também carregavam esse fardo. Sempre em nome do bem maior. O bem mais difícil. O mundo de bem que só era possível porque eles estavam dispostos a construir a infraestrutura para promover a salvação. Remover um tumor. Um esforço para promover Justiça, realizado em nome do povo pelos melhores membros de sua sociedade. Um esforço para incapacitar um mal sempre presente, impor a vingança necessária para honrar as muitas vítimas da grande dor do mundo, deter as sementes do mal que crescem nas massas e reabilitar, quando possível, quem buscava a redenção.

Quem eles acreditavam que a merecia?

Este é o mundo. Este é o fato. Um serviço tão necessário quanto a própria vida. E eles, nós, você, eles — todo mundo concordou com o acordo.

As pessoas no *sky lounge* ergueram os copos.

"Um brinde", disseram, e depois voltaram a atenção para os campos verdes que haviam projetado.

Colossal

Você me chama de Colossal.

Vem me chamar do que me chama, vem, vem me chamar pra vida, me chama agora.

STAXXX

Vem me chamar de criminosa. De cruel sem coração

Vem me chamar de cataclismo, vem me chamar de condessa

Vem me chamar de tresloucada, e bem na hora que me matam, vocês me chamam de assassina

Vem me chamar, ouve meu nome, me chama agora

STAXXX

Vem me chamar de escolhida, vem me chamar de predadora

Vem me chamar de claridade em meio à escuridão

Vem me chamar de Kane, vem me chamar de Cristo Rei

Vem me chamar de clero, igreja do Criador

Vem me chamar do que vocês me chamam

STAXXX

Vem me chamar do que eu sou

Esta vida que me dão é pura morte

Esta morte que eu dou é pura vida. Pelo menos é amor

Então vem me chamar de Colossal

Vem me chamar de corrompida, me chamar de imaculada
Vem me chamar de cura, me chamar de Furacão
STAXXX
Furacão
STAXXX
Furacão
STAXXX
Vem chamar, vem chamar, vem me chamar completa.

Dia da Libertação

E então ela apareceu no Campo de Batalha com a foice nas mãos. E as pessoas gritaram o nome dela alto a ponto de fazer a terra tremer.

Anunciaram o nome dela.

Micky Wright estava ausente, como se fosse um dia grandioso demais, um encontro épico demais, para que qualquer outra alma estivesse no local.

As palavras de Staxxx ainda percorriam o corpo de Thurwar quando ela saiu do túnel para a luz. A adoração explodiu. Ela deu um soco no ar empunhando seu martelo enquanto seus olhos se ajustavam e ela percebia a magnitude ao redor. Um mar de homens e mulheres brilhando nas arquibancadas, berrando, chorando e respirando por ela. Dava para ouvir os gritos dos manifestantes do lado de fora. Ela ergueu o punho para eles.

Seguiu respirando fundo enquanto caminhava pela grama, tentando não olhar para Staxxx, que estava, é claro, presa na Detenção em frente. Thurwar voltou-se para as arquibancadas. Viu sua Cadeia, presos em seus assentos, mas roucos de tanto gritar. Estavam lá, perto de tudo. Dava para ver os músculos do pescoço de Sai inchando enquanto elu berrava, e Thurwar viu Rico e Ice gritando da mesma forma. Ela viu Água Podre torcendo, e até Gunny, observando todos eles, dando apoio.

Ela ouviu, sentiu tudo. Fechou os olhos e deixou que jorrasse sobre ela.

THUR-WAR
THUR-WAR
THUR-WAR

Thurwar notou o HMC flutuando à sua frente. Ela olhou para a A-Hamm e piscou. Tinham implorado que ela fizesse isso e ela fez.

"Aqui estamos!", Thurwar gritou. E as pessoas ficaram em choque. Fazia muito tempo que não ouviam sua rainha antes de uma luta.

"Aqui estamos de novo, no mesmo lugar onde comecei", disse Thurwar. As palavras eram dela, mas falava por todos eles, todos aqueles Libertos e não Libertos, os da Alta Liberdade e os da Baixa. "Um lugar de libertação."

Ela sentiu o martelo na mão, pensou em seu peso, em como carregar aquilo lhe causara danos, em como ela o usara para causar danos a outras pessoas. Pensou em como precisava do martelo, como precisava daquilo. Como às vezes o que te machuca também é aquilo de que precisa.

Largou Hass Omaha ao lado da Detenção.

"A má notícia é que eu perdoo vocês", disse Thurwar, e as pessoas gritaram. "A boa notícia é que eu perdoo vocês."

Com quem ela estava falando?

Com o mundo inteiro.

"Vocês nunca devem esquecer que nós somos fenômenos que nunca viram antes. Não é verdade?"

O mundo inteiro disse que sim.

Thurwar sorriu para si mesma e permitiu-se olhar nos olhos de Staxxx. Os olhares se encontraram. Thurwar está dizendo: *Como estou indo*? Staxxx está dizendo: *Estou impressionada*.

"Isso é uma coisa que vocês nunca viram antes, fico feliz que a gente concorde. Vocês nunca tinham visto uma Mãe de Sangue antes."

Nunca!, eles gritaram.

"Vocês nunca tinham visto o Terror Terrível da Arena, a Titã da Maré Baixa, a Senhora do Trovão!", ela gritou de volta. Thurwar se permitiu voltar a seu velho eu, a personagem que o mundo havia adotado. "A Domadora de Leões, aquela que cantou a última melodia. Aquela que treinou todos vocês!"

Thurwar olhou de novo para Staxxx, que se ajoelhou e riu. Porque era verdade; Thurwar, há muito tempo, mostrou a essas multidões o poder do chamado e da resposta.

"Quem ensinou vocês quem vocês são?", Thurwar disse, saltando no ar.

THUR-WAR

"Quem é a Grã-Colossal favorita da sua Colossal favorita?"

THUR-WAR

"E, se tudo isso for verdade, quero que lembrem disso." Thurwar girou lentamente, de modo que as milhares de pessoas pudessem sentir que ela estava olhando especificamente para cada uma delas.

"Nós somos algo que vocês nunca viram antes." E, antes de se ajoelhar na Detenção, disse: "Quando pensarem em nós, lembrem de que só porque uma coisa é de um jeito, não significa que nunca possa mudar, e que algo não é impossível só porque vocês nunca viram acontecer antes. Dizem que esse é um lugar de libertação. Então, quem vai ser libertado: eu ou vocês?".

Depois disso, ela se ajoelhou e a multidão ficou em silêncio. Foi para isso que elas tinham nascido.

Uma voz que não era de ninguém, uma máquina que se tornou humana ou uma máquina que finge ser humana, disse: "PRENDAM", e Thurwar sentiu aquilo pela última vez em sua vida.

Loretta Thurwar

Um HMC flutuou em direção aos lábios delas.

Presas, elas estavam imóveis. Mantiveram o silêncio, sentiram o poder que tinham. Staxxx pensou: vocês deveriam sentir vergonha. Todas essas correntes e olhe só pra mim, livre como o vento. "Eu já disse tudo", disse Staxxx. "Prestem atenção."

Thurwar olhou para Staxxx e para o HMC. "Eu te amo", disse Thurwar. E elas foram liberadas ao som de milhares de vozes.

Thurwar correu. E Staxxx também. Elas se moviam em passos rápidos e longos sobre a grama que levava uma na direção da outra. Correram o mais rápido que puderam para os braços uma da outra. O joelho doía, ela não ligava, era o fim. Daria tudo que seu joelho tinha. As duas se encontraram.

Abraçaram-se. As pessoas ficaram em silêncio. Elas se abraçaram e sabiam que estavam segurando uma parte de si mesmas nos braços.

"Nós, tá bom?", Thurwar disse.

"Você e eu", disse Staxxx.

Quando ela afastou os lábios dos lábios de Staxxx, as pessoas estavam em silêncio.

Soltaram-se e Thurwar olhou uma última vez para Staxxx, essa guerreira que chocou o mundo por ser ela mesma.

A hora de matar chegou.

"Pronta?", Thurwar disse.

"Ataque sem enrolar", disse Staxxx.

"O quê?", Thurwar disse.

"Eu te amo."

"Espera", disse Thurwar.

Mas Staxxx já tinha se afastado.

"Você e eu", disse Thurwar.

"Nós", disse Staxxx. E elas se afastaram uma da outra. Thurwar enxugou os olhos e correu para pegar Hass Omaha. Quando ela se virou, Staxxx já estava com Perfídia de Amor e as pessoas ficaram exultantes mais uma vez.

O mundo rugia e estremecia enquanto Thurwar sentia o peso do seu martelo. Ela pensou em sua força e em tudo o que essa força havia arrancado de seu mundo. Com o martelo na mão, ela correu.

Elas se encontraram não muito longe da Detenção de Thurwar. Staxxx foi mais rápida e, pela primeira vez na vida de Thurwar, a lâmina de Perfídia de Amor disparou em sua direção.

O corpo de Thurwar assumiu o controle. O pensamento que abafou foi: eu deveria só deitar aqui, não posso fazer isso. Mas o corpo dela dizia: eis o que eu vou fazer por você, vou cuidar dessa dor sem fim, aqui você não precisa pensar, só se mexer.

O corpo de Staxxx estava no ar e ela usou o impulso para lançar um golpe extremamente veloz para baixo, que Thurwar sabia que ela seria capaz de ajustar mesmo durante o movimento.

Thurwar deu um passo firme para o lado e, antes mesmo de encostar na grama, Perfídia de Amor já cortava novamente o ar em torno de Staxxx, que estava agachada e girava o corpo. Muitos Elos tentaram desviar desse ataque dobrando a cintura e logo depois viram as próprias vísceras no chão. Thurwar saltou para trás e sentiu o rastro de ar cruel deixado pela lâmina.

Outra vez, disse o corpo de Thurwar.

E outra vez o golpe veio. Os pés de Staxxx se inclinaram em outra rotação, a cintura e os braços acompanharam quando Perfídia de Amor cruzou novamente o ar, na horizontal, o golpe que cortava Elos ao meio. Thurwar esperou e Hass Omaha implorou para ser liberado; o martelo estava cansado de assistir Perfídia de Amor dançar sozinha. Seguindo a sensação, Thurwar saltou para trás novamente, mas, ao fazê-lo, afrouxou parcialmente a mão em que estava Hass Omaha para segurar a ponta de seu cabo e balançá-lo no ar.

O barulho do metal contra o martelo fez as pessoas explodirem com uma vitalidade renovada. Perfídia de Amor cortou o ar. Thurwar viu uma brecha. O caminho para esmagar, o caminho para a liberdade passando direto por um coração que a manteve viva por tanto tempo — por tempo demais, pensou, e, mesmo enquanto avançava para desferir um golpe, Staxxx, usando sua força e graça, foi capaz de interromper a subida de Perfídia de Amor e fazer a foice mergulhar em direção à cabeça de Thurwar. Thurwar interrompeu seu golpe e se encolheu no meio do impulso. Perfídia de Amor cortou o logotipo do Martelo da proteção de ombro de Thurwar e ela sentiu um formigamento do ombro até as mãos.

Deixe o pensamento para trás, disse seu corpo. Confie em mim. Eu consigo fazer isso.

Perfídia de Amor ricocheteou na armadura e estava recuando para atacar o rosto de Thurwar quando ela avançou. Mais pensamentos foram suprimidos. Ela estava ali, por inteiro. Plena naquele momento que era diferente de qualquer outro, ali com Staxxx. A única coisa que podia fazer era seguir em frente. Thurwar e Staxxx. Seus olhos se encontraram: gratos e destruídos.

Thurwar jogou Hass Omaha para a mão esquerda e depois agarrou o cabo da foice com a direita. Pela primeira vez naquele dia, Perfídia de Amor, a arma que mulheres e homens do mundo todo temiam, ficou imóvel. Thurwar virou o corpo enquanto segurava a foice e guiou seu martelo com força em direção à cabeça de Staxxx. Para sobreviver, Staxxx teve que abandonar Perfídia de Amor completamente, e Hass Omaha atingiu o chão quando Staxxx chutou o rosto de Thurwar com a bota.

O primeiro golpe certeiro.

Permaneceram em seus lugares. Ela errou, mas tinha feito um ataque, e saber que era capaz disso fez Thurwar sentir algo pior do que qualquer coisa que já tinha sentido. Ela respirou fundo. Ainda estava ali, respirando. O corpo, a sensação dizia, eu sei que dói, veja a dor, sinta e depois se mexa.

As pessoas rugiam sem parar. Um apetite que nunca seria satisfeito tinha se aguçado e aumentado. Thurwar segurou Perfídia de Amor e tropeçou, o peso de Hass e o golpe a desequilibraram. Staxxx agarrou sua arma com as duas mãos antes de chutar Thurwar no peito e na barriga. Thurwar soltou Perfídia de Amor enquanto era jogada e rolava para trás. Quando olhou para cima, Staxxx corria em sua direção. Um corpo correndo, um furacão encarnado. Staxxx atacou com força e Thurwar levantou e começou a recuar; mesmo enquanto recuava, sabia que não seria suficiente, por isso caiu de costas e viu a lâmina rasgar o ar acima de seu rosto. Deu um pontapé para a frente, e ouviu Staxxx ofegar, e o som a fez querer partir o próprio corpo. Mas ela levantou. Cansada, mas pronta. Conseguia ver que a respiração de Staxxx estava pesada.

Pressionaram a grama com os pés e se impulsionaram, uma em direção à outra. Staxxx saltou e deu um golpe lateral e mais uma vez Thurwar viu o mundo em câmera lenta quando Hass conteve Perfídia de Amor: uma segunda esquiva impossível.

Perfídia de Amor recuou e Hass já estava de volta e pronto para atacar. Preparado para devorar a Furacão Hamara Staxxx. Com o martelo de volta na mão dominante, ela golpeou em direção ao céu, em direção à mandíbula, para quebrar. Thurwar fez o movimento como se quisesse esmagar as nuvens escuras no céu. Seu corpo a ajudou a alcançar uma velocidade devastadora e absoluta. Ela golpeou sabendo que, quando o martelo se conectasse àquele corpo, Staxxx seria lembrada, multiplicada, para sempre.

Mas, enquanto o martelo se movia, percebeu que Staxxx tinha usado a esquiva de seu golpe para os seus próprios fins. Ela já estava girando, levando Perfídia de Amor de volta em direção ao pescoço de Thurwar. Ela não tinha como parar, não tinha como se mexer; a única coisa que podia fazer era ver o que a esperava do outro lado. Enquanto concluía o golpe, Thurwar estava pronta para ser libertada.

O que atingiu a lateral da cabeça de Thurwar foi o lado cego da lâmina de Perfídia de Amor. Staxxx se virou e seu rosto estava mais uma vez no caminho da investida assassina de Hass.

"Peguei você", disse Staxxx, largando Perfídia de Amor no chão.

Antes que a foice pudesse tocar a terra, Hass Omaha completou sua subida e explodiu em Staxxx. As duas estavam libertas e Loretta Thurwar ficou em meio àquelas pessoas, que tinham sido lançadas num silêncio arrebatador.

Agradecimentos

Este livro existe graças a muitos pensadores, ativistas, escritores e defensores de causas que me ajudaram a desenvolver meu ponto de vista e orientaram pesquisas que aprofundaram minha compreensão sobre o aspecto carcerário do nosso mundo e do nosso país. Essa compreensão foi a inspiração para grande parte do livro. Os ensinamentos e ensaios de Ruth Wilson Gilmore, Angela Davis e Mariame Kaba foram extremamente importantes ao longo dos anos em que trabalhei neste livro. Sou extremamente grato à Rockland Coalition to End the New Jim Crow, uma organização de pessoas apaixonadas que me ajudaram a aprender na prática como podemos mudar nossos sistemas para refletir o mundo em que queremos viver. A Unity Collective, e a possibilidade de trabalhar nesse projeto, também me ajudaram a me sentir em comunhão com pessoas que estavam pensando essas questões.

Gostaria de agradecer e enviar meu amor à família de Tina Davis.

Para obter informações contextuais sobre muitas das estatísticas e fatos citados neste livro, fiz referências à Constituição dos Estados Unidos e às suas emendas. Para citações legais que tratam de direito penal, eu me remeto ao Artigo 18 do Código de Leis dos Estados Unidos.

Os recursos fornecidos pela Prison Policy Initiative [Iniciativa de Política Prisional] foram de grande ajuda na pesquisa sobre o encarceramento nos Estados Unidos, e a ProPublica também. O Institute for Transparent Policing me informou a respeito do Law Enforcement Support Office [Escritório de Apoio à Segurança]. Também tirei muito proveito do TransEquality.org.

Solitary, de Albert Woodfox, foi uma inspiração essencial para mim no processo de elaboração deste livro. A cobertura do jornal *The New York Times* e, particularmente, a cobertura feita por Campbell Robertson do tempo em confinamento solitário de Woodfox, bem como de Herman Wallace e Robert King, também foram extremamente produtivas para mim.

Reportagens no *Guardian* e em vários outros meios de comunicação me conscientizaram a respeito de Cyntoia Brown e sua prisão.

E. Ann Carson, PhD, escreveu um relatório sobre suicídio em prisões e cadeias, do qual extraí estatísticas angustiantes.

Um relatório conjunto da Reuters e do National Center for Women & Policing [Centro Nacional para Mulheres e Policiamento] (5 de novembro de 1999) forneceu a história e o contexto relativos à violência policial e doméstica que aparecem neste livro. O relatório é baseado em dados de "On the Front Lines: Police Stress and Family Well-Being" [Na linha de frente: estresse policial e bem-estar familiar], do House of Representatives' Select Committee on Children, Youth, and Families [Comitê para Crianças, Jovens e Famílias da Câmara dos Representantes] e de "Interspousal Aggression in Law Enforcement Families" [Agressão interconjugal em famílias policiais], de Peter Neidig, Harold Russell e Albert Seng.

O artigo "A Vast Racial Gap in Death Penalty Cases, New Study Finds", de Adam Liptak (publicado no *New York Times*), e a cobertura desse jornal sobre o caso crucial de Warren Mc-Cleskey foram um material de base extremamente valioso, assim como a cobertura da National Public Radio (NPR) sobre a reversão da condenação de George Stinney Jr. Alan Lomax gravou os prisioneiros negros da Darrington State Prison Farm [Fazenda Prisional Estadual de Darrington], cujas canções de trabalho aparecem neste livro. Muito amor para esses prisioneiros e para todas as pessoas encarceradas e ex-encarceradas. Suas vozes são essenciais.

Também gostaria de agradecer a Peyton Shining Fox Powell pelo incrível amor e pelo apoio sem os quais este livro não teria sido possível. Gostaria de agradecer a Dana Spiotta, Arthur Flowers e George Saunders pela orientação ao longo destes anos. Muito obrigado ao programa de mestrado Syracuse MFA como um todo, especialmente a Sarah Harwell e Terri Zollo por criarem um espaço para tantos de nós.

Gratidão eterna a Lynne Tillman, por me colocar neste caminho do jeito certo. Muito obrigado a Walker Rutter-Bowman por ler uma versão anterior deste livro. E outro grande obrigado a Ingrid Rojas Contreras por sua orientação em todas as coisas novas. Obrigado ao Hermitage de Sarasota pelo tempo que pude dedicar a este projeto.

Obrigado, a toda a FAM, por me manter com os pés no chão e fazer piada de tudo. Obrigado à equipe Rensselaer/Greenridge/Plimpton por tudo.

Gratidão eterna à incrível Meredith Kaffel Simonoff, por todas as diferentes maneiras pelas quais ela possibilitou isso aqui, e a Naomi Gibbs, por trabalhar nas trincheiras durante esse longo processo de colocar um livro no mundo.

Um grande obrigado a Lisa Lucas, Natalia Berry, Josie Kals, Julianne Clancy, Asharee Peters, Altie Karper e Kathleen Cook, e a todos na Pantheon, cujo trabalho foi essencial para a existência deste livro neste formato.

Obrigado à minha irmã Afua, que é uma inspiração para todos aqueles que buscam ser verdadeiros consigo mesmos. Obrigado à minha irmã Adoma, outra pessoa que faz tanta coisa ser possível. Obrigado, mãe; este livro e tudo o que faço é seu. E obrigado, pai; nem sempre foi fácil, mas obrigado por tudo. Este livro é dedicado a você, acho que você teria gostado.

A marca FSC® é a garantia de que a madeira utilizada na fabricação do papel deste livro provém de florestas gerenciadas de maneira ambientalmente correta, socialmente justa e economicamente viável e de outras fontes de origem controlada.

Copyright © 2023 Nana Kwame Adjei-Brenyah
Copyright da tradução © 2024 Editora Fósforo

Todos os direitos reservados. Nenhuma parte desta obra pode ser reproduzida, arquivada ou transmitida de nenhuma forma ou por nenhum meio sem a permissão expressa e por escrito da Editora Fósforo.

Título original: *Chain-Gang All-Stars*

DIRETORAS EDITORIAIS Fernanda Diamant e Rita Mattar
EDITORA Juliana de A. Rodrigues
ASSISTENTE EDITORIAL Cristiane Alves Avelar
PREPARAÇÃO Bruna Barros
REVISÃO Cristina Yamazaki e Eduardo Russo
DIRETORA DE ARTE Julia Monteiro
CAPA Danilo de Paulo | mercúrio.studio
PROJETO GRÁFICO Alles Blau
EDITORAÇÃO ELETRÔNICA Página Viva

Dados Internacionais de Catalogação na Publicação (CIP)
(Câmara Brasileira do Livro, SP, Brasil)

Adjei-Brenyah, Nana Kwame
 Os Superstars da Cadeia / Nana Kwame Adjei-Brenyah ; tradução do inglês por Rogerio W. Galindo. — São Paulo : Fósforo, 2024.

 Título original: Chain-gang all-stars.
 ISBN: 978-65-6000-009-4

 1. Encarceramento 2. Ficção norte-americana 3. Lésbicas 4. Racismo I. Título.

24-193119   CDD — 813

Índice para catálogo sistemático:
1. Ficção : Literatura norte-americana   813

Tábata Alves da Silva — Bibliotecária — CRB-8/9253

Editora Fósforo
Rua 24 de Maio, 270/276, 10º andar, salas 1 e 2 — República
01041-001 — São Paulo, SP, Brasil — Tel: (11) 3224.2055
contato@fosforoeditora.com.br / www.fosforoeditora.com.br

Este livro foi composto em GT Alpina e
GT Flexa e impresso pela Ipsis em papel
Pólen Natural 70 g/m² da Suzano para a
Editora Fósforo em abril de 2024.